MATARUAS VERMÄCHTNIS

MATARUAS VERMÄCHTNIS

Erzählungen aus der Südsee

Andreas Döring

Kratzke Verlag für Kunst- und Kulturgeschichte

IMPRESSUM

Das Werk ist in allen seinen Teilen urheberrechtlich geschützt.
Jede Verwertung ist ohne Zustimmung des Verlages unzulässig.
Dies gilt insbesondere für Vervielfältigungen, Übersetzungen,
Mikroverfilmungen, die Einspeisung und Speicherung
in und Verarbeitung durch elektronische Systeme sowie
die öffentliche Aufführung.
Für den Inhalt ist der Autor verantwortlich.

Cover-Design: Ute Ohlms, Braunschweig
Textgestaltung & Satz: Christine Kratzke
Schrift: Garamond Premier Pro

Gedruckt auf säurefreiem alterungsbeständigem Werkdruckpapier.
Druck und Bindung: Hans Kock Buch- und Offsetdruck GmbH
Printed in Germany

1. Auflage, August 2011
© by Kratzke Verlag für Kunst- und Kulturgeschichte, Bielefeld 2011

Bibliografische Information der Deutschen Nationalbibliothek:
Die Deutsche Nationalbibliothek verzeichnet diese Publikation
in der Deutschen Nationalbibliografie; detaillierte bibliografische
Daten sind im Internet über http://dnb.d-nb.de abrufbar.

ISBN 978-3-9811555-3-2

**Cover-Design auf Basis eines Originalbilds von Judith Kunzle
Rarotonga – Cook Islands**

Acrylgemälde »Hula Dancer with Uli« (61 x 43 cm)
Webpräsenz der Künstlerin: http://www.jkunzle-onpaper.com

INHALT

Ich geh nur mal rasch Zigaretten holen   9

Eine merkwürdige Begegnung   15

Willkommen an Bord!   34

Dreizehn Paradiese in vier Wochen   78

The Magic Circus of Samoa   130

Die Wanderer von Ngaputoru   164

Der Tilt Train von Cairns nach Brisbane   220

Gute Nachricht aus Rarotonga   249

Die beiden Gentlemen von Bora Bora   267

Der Abgrund am Großhorn   299

Ich geh nur mal rasch Zigaretten holen

Nein – leider nein. Ich bin da anders.

Es ist mir unverständlich, wie son cooler Hecht einfach – schuck! – nach dem Tatort vom Sofa aufsteht, seiner Frau einen Kuss auf die Wange gibt, um nur mal eben Zigaretten zu holen. Und danach verliert sich seine Spur irgendwo hinter Tahiti, selbst nach hartnäckigstem Einsatz mehrerer Detekteien.

Ich weiß, wovon ich rede: Ich bin gerade in Papeete angekommen und warte an dem Blumengeschäft vor dem Flughafen auf Walter Dannemann in seinem weißen Renault Espace. Das hatten wir vorher per E-Mail so ausgemacht.

O. k. – Zum vermeintlichen Zigarettenholen vor Anne Will und sich dann für immer verpissen muss man nicht wirklich schon von zuhause aus einen Flughafentransfer in Papeete klar machen. Aber um hier überhaupt erst mal anzukommen und von Anfang an länger bleiben zu wollen, als der bundesdeutsche Tarifurlaub vorsieht, muss man doch verdammt viele Dinge mit Bedacht planen. Laut Strafgesetzbuch übrigens Vorsatz und damit in denkwürdiger Nähe zu niederen Beweggründen.

In jedem Fall landet man nicht einfach so im Affekt hier.

Wann immer die Geschichte vom Zigarettenholen erzählt wird, ist sie vor allem eine Geschichte des lange durchgehaltenen Planens und Verbergens, auch wenn sich die Zuhörer nur allzu gern vom Affekt und der Spontaneität blenden lassen. Klingt ja auch viel schöner und männlicher. Aber da, wo dann die Abenteuergeschichte anfängt, die fernen Länder, die exotischen Begegnungen und der in der Fremde gestählte, neue Mensch, der erst jetzt zu sich gefunden hat – da ist die wirklich interessante Story längst vorbei. Die Story von dem Ehepaar, das jahrelang an den wichtigen Themen vorbeigeredet hat, von dem verklemmten Kleinbürger, der von den Frauen dieser Welt träumt, die er nur aus einschlägigen Magazinen kennt.

Ich war noch niemals in New York, ich war noch niemals auf Hawaii, lief nie durch San Francisco in zerrissnen Jeans. Alle sind sie randvoll mit ungelebtem Leben.

Darüber haben doch bestimmt Psychologen schon promoviert. Wenn nicht, würde ich das Thema gern haben.

Man nimmt sich mit, wohin man geht.

Aber im Moment gehts mir gar nicht um diese tieferen Gründe – es ist zwei Uhr fünfzig in aller Herrgottsfrühe, ich warte auf den weißen Renault mit dem Schild *Chez Myrna* an der Windschutzscheibe, bin völlig gerädert nach fünfundzwanzig Stunden Flug und lasse nur eine Zigarettenlänge Revue passieren, was so alles zu regeln war, bevor ich mir hier auf Tahiti eine Zigarette anzünden konnte.

Auslandskrankenversicherung für länger als die zweiunddreißig Tage, mit denen das Formular der Krankenkasse endet (und da sind wir beim bundesdeutschen Tarifvertrag: länger als sechs Wochen fahren nur Studenten und Rentner), den Flug mindestens fünf Monate vorher buchen, wenn man nicht mal eben 3.500 Euro für die normale Economy Class zur Hand hat – zugegeben: Hin und zurück, was den spontanen Sofa-Aufsteher mit seinem *One-way*-Wunsch wahrscheinlich kalt lässt.

Und so viel Vorlauf ist lediglich das absolute Minimum.

Bei mir nicht so coolem Hecht kam natürlich noch viel mehr dazu: rein behördlich erst mal noch, und das dauert mindestens zwanzig Werktage, der längst fällige EU-Führerschein, damit die Jungs mir auf den entlegeneren Inseln nicht nach einem Blick auf diesen alten Lappen den Mietwagen verweigern. Dann der internationale Presseausweis, damit ich auch in vorderster Linie dabei sein darf, wenn ich schon in einen Zyklon gerate oder zufällig Kate und William inkognito auf Aitutaki surfen und ich ungewollt ihr Strandnachbar werde. Und natürlich Vorsorgevollmacht und Patientenverfügung, falls ich größeren gesundheitlichen Schaden nehme und man mich mit gut gemeinten medizinischen Verfahren künstlich von meinem wohlverdienten Abschied mitten aus dem Paradies abhalten will. Nein, keine Herz-Lungenmaschine. Erst recht nicht unter Palmen und dem Kreuz des Südens.

Naja, und schließlich dann noch all das, was man allen besseren Reiseführern entnehmen kann: Moskitonetz, Wasserentkeimer und die wichtigsten Mittel gegen Durchfall, Infektionen und Insektenbisse. Und last but not least allerlei Tand als Gastgeschenke: ein Dutzend Jägermeister-Caps zum Beispiel (mein Dank nach Wolfenbüttel), oder auch Bleistifte, Pins, und Feuerzeuge. Letztere eigentlich ungern, weil sie ein Abfallproblem darstellen, aber ein cooler Einweg-Lighter von Camel hat auf den entlegeneren Inseln, sagen wir, auf Puka Puka in den Tuamotus, einen gar nicht mehr bezifferbaren Prestigewert. Damit ist man als Gast noch willkommener als so schon.

Ich mache ein Sabbatjahr.

Ich will meinen runden Geburtstag an der Datumsgrenze zwei Mal feiern und mich ansonsten so lange wie möglich durch die Südsee treiben lassen.

Das heißt – nicht die ganze Zeit. Denn wenn ich ohne Arbeit bin, bringe ich selbst die friedvollste Inselgemeinschaft gegen mich auf. Also habe ich als Lektor für Literatur auf einem Passagierschiff angeheuert und werde fünfzig Tage lang deutschen und amerikanischen Touristen die Klassiker der Südseeliteratur schmackhaft machen. Und dabei zwischen der Osterinsel im Südosten und Guam im Nordwesten Ozeaniens auch die kleinsten Eilande besuchen. Allein die Vorbereitung auf diesen Job als Lektor hat mich zwei Jahre Lesezeit gekostet. Auch das ist sehr unspontan und wäre nur sehr schwer geheim zu halten.

Schatz? Was liest Du denn da?

Och, nichts, nichts weiter.

Das hat doch schon wieder mit der Südsee zu tun. Willst Du mich zu einer Traumreise einladen und ich soll nichts davon wissen?

Nein, Liebes. Ich will einfach nur irgendwann ganz spontan nach dem Tatort – – –.

Und es ist wie immer: Je mehr ich mich auf eine Reise vorbereite, desto weniger dringend muss ich dann wirklich los. Bin doch alles im Kopf schon mehrfach abgefahren.

Ich bin mit Jack London auf der Snark gesegelt, mit Stevenson auf der Casco, habe mit Dea Birkett ein ganzes Jahr bei den Nachfahren der Bounty-Meuterer auf Pitcairn verbracht. Mehr noch: ich habe mich sehr viel erfolgreicher als Starbuck gegen den alten Ahab aufgelehnt und Käpt'n Cook auf Hawaii zugerufen: »Tus nicht, fahr ab«. Aber war natürlich zu spät.

Ich bin ortskundig und voller Geschichten, ohne auch nur einen Schritt in Richtung Äquator gegangen zu sein. Wie bei den Geschichten von Karl May: Die leiden ja auch keineswegs darunter, dass er die Orte, die er beschreibt, nie gesehen hat.

Mmhh. – Wo bleibt denn aber auch der Herr Dannemann nur. Ich bin schon gleich mit der zweiten Zigarette durch.

Na, jedenfalls hab ich jetzt hier, endlich angekommen, wo in zehn Tagen mein Schiff abfährt, unter Palmen und dem Kreuz des Südens, kaum Herzklopfen oder gar euphorische Entgrenzungsgefühle. Im Gegenteil: Ich weiß nicht, ob ich meinen Koffer jemals wiedersehe, ich bin todmüde und es regnet in Strömen. Da war es zwischen den Seiten von Somerset Maughams Südseegeschichten ungleich gemütlicher.

Na, endlich, da ist er – oops! – sein Unterhemd ist nicht halb so weiß wie sein Renault.

Und die Unterhaltung mit ihm kommt ein wenig schleppend daher.

»Ach, das ist aber wohltuend, Herr Dannemann, hier nach so einem langen Flug nicht noch komplizierte französische Sätze konstruieren zu müssen, sondern muttersprachlich sagen zu können, dass ich mich jetzt auf ein Bett freu.«

Meine alte Schwäche. Je müder ich bin, desto länger die Sätze. Und mit einem wildfremden Menschen auf dem Beifahrersitz zu schweigen, ist mir peinlicher als beim Pinkeln beobachtet zu werden. Ich muss irgendwie immer die Leere füllen.

Aber Walter Dannemann bleibt völlig unbeeindruckt.

»Jau.«

»Wie lange leben Sie denn schon auf Tahiti?«
»Na – so vierzig Jahre.«
Pause.

»Sie klingen nicht nach Hessen oder Bayern, sind Sie auch Norddeutscher?«
»Hamburch.«
Längere Pause.

Aber dann reißt er förmlich das Gespräch an sich.
»Na. Sind Sie ja mitten im Regen angekommen.«
»Ach, naja – in Deutschland hats noch geschneit.«
Ganz lange Pause.

Viel mehr krieg ich aus ihm in vollen sechs Tagen nicht raus. Fremdenlegionär war er, bis 1966. Erst Indochina, dann Algerien, zum Schluss Mururoa bei den ersten Atomversuchen. Abschirmen – schützen – sichern.
»Hatten Sie keine Angst, verstrahlt zu werden, ich meine – – –?«
»Seh ich verstrahlt aus?«
Weiß nich.
»Warum sind Sie denn weg aus Deutschland?«
»War ja alles kaputt damals.«
Pause.

»Mut hatten wir ja. Aber kein Geld. Na, und da bin ich los.«
»Mut, zu töten?«
Lange Pause.

»*Alors*, Essen kriegen Sie bei mir nicht. Ich bin Jahrgang 32. Wie meine Frau noch lebte, ging das, aber jetzt wird mir das zu viel.«
Walter Dannemann läuft im Haus, wie alle hier, nur barfuß rum, auf nicht mehr ganz so ansehnlichen, reichlich ungepflegten Füßen mit viel zu langen, gelblich verhornten Nägeln. Seine starken Brillen-

gläser haben den Staub mehrerer Jahre von der tropischen Sonne förmlich eingebrannt bekommen. Wenn er lacht, was am Ende gar nicht so selten ist, wie ich anfangs dachte, sieht man unten rechts und oben links eine Zahnlücke.

»Viel Rente gibts ja nicht, aber wenn man n bisschen auf die Preise achtet, gehts schon. War ja früher alles viel billiger hier.«

Sein Haus ist in bester Lage, fünfzehn Minuten zu Fuß vom *centre ville* Papeete, er selber hat es gebaut. Bungalow mit Kachelboden, innen in makellosem Altdeutsch gehalten: Dunkelbraune Kunstledergarnitur, Kristalllüster, und Schrankwand mit hellgrünen, in Blei gefassten Butzenscheiben. Das wäre auch noch mal ein Thema, das ich gern haben möchte – der wohlanständige Deutsche und seine symbiotische Liebe zur Schrankwand. Das ist meines Wissens weltweit einmalig und hier auf Tahiti sozusagen doppelt exotisch.

40.000 Quadratmeter hat er noch draußen in *Tautira*, da haben jetzt die Kinder gebaut.

»Man muss ja auch sehen, wo die mal bleiben.«

»Wie viele Fremdenlegionäre leben denn auf Tahiti?«

»Was weiß ich – sterben ja dauernd welche weg. Ich geh nie zu den Ehemaligentreffen.«

»Und würden Sie ihr Leben nochmal genauso leben?«

»Auf Tahiti ne wunderschöne Frau heiraten und Familie gründen – ja; Fremdenlegion – nein.«

»Warum nicht?«

Pause.

Und ganz leichtes, nur angedeutetes Achselzucken.

»Sie sind einfach so aus Deutschland abgehauen damals?«

»Ja.«

Längere Pause.

»Hab noch nicht mal meiner Mutter was gesagt.«

Und dann lacht er, zeigt er mir seine beiden Zahnlücken in vollem Glanz: »Wie — nur mal rasch vom Bahnhof ne Schachtel Zigaretten holen.«

Eine merkwürdige Begegnung

Das Wellenrauschen in *Afaahiti* war unvergleichlich.
Oder ich war einfach froh, dem hektischen und stickigen Papeete den Rücken gekehrt zu haben.
Hier an der Windseite, einer der feuchteren Ecken Tahitis, war alles viel grüner, die Vegetation üppiger. Und die Luft reiner. Der Wald, der sich keine hundert Meter von der Uferstraße entfernt die steilen Berge hinauf schmiegt, sah undurchdringlich und wenig einladend aus. Aber er war voller Wohlgerüche, *Noa Noa*, die am Abend herunter wehen. Paul Gauguin war mit ihnen vertraut und hat sogar sein erstes Südseebuch nach ihnen benannt.

Die Abendstille von Tahiti ist das Wunderbarste von allem.
Man findet sie nur hier.
Nicht ein Vogelschrei, der die Ruhe stören könnte.
Manchmal fällt ein großes, trockenes Blatt zur Erde, gibt aber keine
Vorstellung eines Lautes, es ist nur, als zöge ein Geist vorüber.
Hin und wieder streifen Eingeborene schweigend
und mit nackten Füßen durch den Wald.
Immer diese Stille!
Ich begreife, daß die Menschen hier Stunden und Tage dasitzen können,
ohne ein Wort zu sagen, nur melancholisch den Himmel betrachtend.
Ich fühle, wie dies alles mich überwältigt,
wie dieser Augenblick mich ausruht. Welch schöne Nacht!

Der Mann konnte nicht nur ganz ordentlich malen, sondern auch trefflich beschreiben.

Gleich drei Hähne hatten mir allerdings diese erste vielversprechende Nacht unter meinem Moskitonetz, mit beruhigendem Wellenbrechen im Hintergrund und einschläfernden Regentropfen auf dem Verandadach, gründlich vermiest. Polynesische Hähne, sagte Julia mir dann am Morgen in meinen knittrigen Mann-hab-ich-beschissen-geschlafen-Gesichtsausdruck, hätten eine andere Auffassung von Männlichkeit als ihre doch recht weichlichen französischen Cousins. Und selbst schon die hat ihr Stolz zum Symboltier gemacht, eben jenem *gallischen*. Hier krähten die Hähne nur zwischen sieben und neun nicht – die Abendstille ist ihnen wohl sehr angelegen, und das offenbar seit Gauguins Zeiten – ansonsten allerdings durchgehend. Julia hatte hier schon Leute zu Besuch, die am dritten Tag alle Hähne der unmittelbaren Umgebung eingefangen, in Säcke gestopft und zwanzig Kilometer weiter im Wald ausgesetzt haben.

Aber immerhin: Ich war weit weg von den Postkartenständen und Gauguin-T-Shirts. Ich war dort, wo die einzigen Touristen, die man traf, die einheimischen Wochenendausflügler aus Papeete waren, die hier wanderten oder am Strand lagen, angelten oder ihre Freunde und Familien auf dem Land besuchten. Keine Amis oder Japaner.

Afaahiti liegt auf der *Presque-ile de Taiarapu*, dem kleinen Kopf der Schildkröte Tahiti, wo die Grundstücke billig sind und die Wege weit. Knapp anderthalb Autostunden von Papeete. Die Straße hört zwölf Kilometer hinter dem Ortsende auf und dann ist Schluss. Man könnte theoretisch noch zu Fuß ein paar Stunden weiter – macht aber kaum einer.

Ich wollte gern noch ein bisschen dösen auf der Terrasse, aber immer mehr Leute kamen, um das große Fest vorzubereiten. Es war Ostern, alle hatten vier Tage frei, und Christoph wollte heute Abend seinen siebzehnten Geburtstag nachfeiern.

Christoph war Julias Sohn, auf den Marquesas geboren und aufgewachsen und so strohblond wie seine Mutter. Er sprach marquesanisch, französisch, deutsch und englisch, und damit ungefähr drei Sprachen weniger als Julia, deren unzählige Auslandsaufenthalte damit anfingen, dass ihr Vater sie in der zehnten Klasse für anderthalb Jahre aus der Schule nahm, weil er für eine geologische Expedition nach Ägypten eine Dolmetscherin brauchte.

Sie blieb danach in England, machte Abitur, danach in Hamburg eine Banklehre, studierte Jura, absolvierte ihr Referendariat in Buenos Aires, bekam ihr erstes Kind auf Guadeloupe, ihr zweites auf den Marquesas, wurde französische Staatsbürgerin, um Lehrerin in Polynesien zu werden, ging dann nochmal zurück nach Deutschland und wurde Goldschmiedemeisterin.

Ich war wirklich meilenweit weg von Postkartenständen, Gauguin-T-Shirts und den handelsüblichen Touristenbetreuern. Nach Julias Vater ist ein Gletscher in der Antarktis benannt – 82 Grad 37′ südlicher Breite und 162 Grad 54′ östlicher Länge – und ihr Großvater war Präsident der Universität Würzburg. Er pflegte den ehernen Grundsatz: *Politik und Religion niemals bei Tisch, Herrschaften, bleibt einem ja sonst alles im Halse stecken.*

Julia hatte mich im strömenden Regen an der Bushaltestelle in *Tipaerui* abgeholt, etwa einen Kilometer vor dem Ortseingang von Papeete. Wir hatten uns noch nie im Leben gesehen, aber Heidy, die auch auf der *Ocean Blue* als Lektorin gearbeitet hatte, hatte darauf bestanden, dass ich über Ostern betreut werden müsse. Heidy selbst begleitete seit vierzehn Tagen eine Gruppe amerikanischer Senioren durch die Marquesas und Tuamotus.

Die deutschen *emigrées* auf Tahiti halten zusammen, und es war selbstverständlich, dass dann eben Julia statt Heidy an einem verregneten Karfreitag drei Stunden Autofahrt in Kauf nahm, um mich vier Tage lang durchzufüttern.

Diese hier unten ganz selbstverständliche Gastfreundschaft war mir unangenehm, ich kannte das aus Deutschland nicht mehr. Als Gastgeschenk hatte ich für sie passend zum Fest ein paar kitschige Lackbilder mit Hasen, Eiern und Küken aus Deutschland mitgebracht.

Und schon waren wir mitten in den sechziger Jahren, noch bevor ich die Beifahrertür zugeschlagen hatte, und kamen ganz ohne Anstrengung vom Stöckchen zum Steinchen.

Meine alte Angst vor dem peinlichen Schweigen zwischen Fremden war völlig weggewischt. Und obwohl schon am nächsten Tag das Befremdliche und Merkwürdige zum ersten Mal über mir hereinbrach, harmlos noch und alles andere als bedrohlich, fing ich an, mich langsam in der Südsee einzurichten und wohl zu fühlen.

Und zu lernen.

Julia hatte große Freude daran, mir alles ausführlich und polyglott zu erklären, wann immer ich nach irgendwas fragte. Das *Moleskine*-Notizbuch, von denen ich gleich drei zum Abschied geschenkt bekommen hatte, füllte sich, kaum dass ich ins Auto gestiegen war.

Myna-Bird, Hirtenstar. In ganz Ozeanien. Acridotheres tristis.
Aber warum tristis, traurig: singt wunderschön. Importiert aus Indonesien, daher der französische Name Merle de Molukke.
Die Einheimischen sagen ›Wini Wini‹.
So auch umgangssprachlich das Handy.
Dieser deutsche Schlager aus den 1960ern: ›wini wini wini wini – wana wana wana wana, die Trommel ruft zum Tanz‹.

Julia kannte ihn auch noch. Quietschend vor Vergnügen sangen wir ihn lauthals aus den runter gekurbelten Fenstern heraus.

Partyvorbereitung: Ich war bei den Frauen eingeteilt – ist sowieso nie das schlechteste, und hier allemal, denn die Männer hatten vor der Garage angefangen, mit Macheten Kokosnüsse zu schälen, aus den Fasern Grillholz zu raspeln und mit Hammer, Beil und Säge einen frischen Hammel spießfertig zu zerlegen. Martialische Tugenden. Und waren trotz freien Oberkörpers in Schweiß gebadet. Da schnitt ich doch lieber mit den Mädels auf der Veranda schön am Tisch das Gemüse und half beim Kuchenbacken.

Fefe kam die Treppe herauf, gerade sechzehn geworden, und da musste ich dann doch noch mal kurz an Gauguin denken. Hatte der nicht sogar mal einen Priester dazu gebracht, ihm die jungen Dinger vorzuführen? Fifi nahm wie selbstverständlich neben Sabrina, Marie und Moina Platz und stieg beim Zwiebelschneiden ein. Der einzige, dem man genauso wie mir die höheren Weihen der polynesischen Mannhaftigkeit nicht zugetraut und bei den Frauenarbeiten eingeteilt hatte, war Richard, Fefes Großvater. Ein Amerikaner voller wie-ich-mal-in-den-Tuamotus-auf-Grund-lief-Geschichten von früher und es-ist-verdammt-schwer-Ananas-wirklich-groß-zu-kriegen-Geschichten von heute.

Sabrina war schon bei der zwanzigsten Zwiebel und hatte noch nicht ein einziges Mal Schleim hoch gezogen oder sich die Augen gewischt.

»Ist das eine besondere polynesische Kulturtechnik?« Richard war ausgesprochen neugierig, wurde aber sofort ziemlich enttäuscht.

»Nee, Kontaktlinsen.«

»Is that what makes your amazing eyes so blue?« Er bemühte die ganz alte, leicht ironische Kavalierschule.

»Sie sind grün, Richard, und das ganz ohne Tricks.«

In der Tat wunderschöne grüne Augen und in der Tat eine wunderschöne Frau. Anfang dreißig, dickes, rotblondes Haar – *cheveux venetienne,* darauf waren die Franzosen auf Tahiti besonders wild – schlank, leichte Sommersprossen, markantes Gesicht. Aber einordnen in diesen örtlichen Mix aus europäischem, polynesischem und chinesischem Blut konnte ich sie nicht. Irgendwann fragte sie mich, wie lange ich denn hier bliebe und was ich so vorhätte, und als ich ihr erzählte, dass ich in einer Woche auf ein Schiff ginge, um dort die Klassiker der Südseeliteratur vorzulesen, kam wie aus der Pistole geschossen: »Auch Jack London?«

»Na klar«, antwortete ich, »der gehört sogar mit Maugham und Stevenson in eine ganz besondere Liga.«

»Der war ganz ober mies zu meinem Ur-Urgroßvater.«

Fragezeichen auf allen Gesichtern.

»Auf 50.000 Pfund wegen Rufschädigung hat ihn die Familie verklagt, rechtskräftig, aber London hat natürlich nie gezahlt.«

Sie hatte die Geschichte offenbar noch nie erzählt, alle schauten sie entgeistert an.

Sie schob die Zwiebeln beiseite und bat mich, ihr eine Zigarette zu drehen. Ich konnte deutlich spüren, wie die ausgeruhte Atmosphäre, die eben noch geherrscht hatte, ganz allmählich umschlug. Sabrina jedenfalls war von einer Sekunde zur anderen sichtlich aufgeregt. Und natürlich wollten wir alle wissen, was denn damals genau passiert war. Keiner schälte mehr Zwiebeln; wir rückten alle näher und schauten sie gespannt an.

»Emile Levy – mein Ur-Urgroßvater – war als Juwelier in Paris ziemlich reich geworden, als er hierher kam; das muss so in den 1880ern gewesen sein. Na klar war er auf der Suche nach Perlen für seinen Handel, aber er war alles andere als einer dieser weißen Kolonialisten. Er wollte seinen Reichtum nicht vor sich her tragen und trat überall ganz bescheiden auf. Sprach alle lokalen Dialekte der Tuamotu-Inseln, trug immer einen schlichten, sauber gebügelten *Pareo* und war ein Freund der Einheimischen. Er führte auf Tahiti die Freimaurerei ein und pflegte einen ausgesprochen liberalen Umgang. Und als Freigeist wurde ihm so manches Heidnische anvertraut: die Einheimischen brachten es ihm, um es vor den Geistlichen zu retten. Geschnitzte Götterbildnisse, *Ti'i* oder Petroglyphen, Menschenschädel und traditionelle Kriegswaffen.

In die erste Etage seines Hauses, dort, wo sich die Freimaurer trafen, durfte noch nicht einmal seine streng katholische Frau. Und da stapelten sich nicht nur die Zeugnisse der alten Rituale: Er hatte auch Bilder von Gauguin gekauft. Ob aus Mitleid oder Sachverstand, weiß ich nicht. Emile Levy war der reichste Mann in Polynesien, was machen da schon die paar Bilder eines bettelarmen Landsmanns. Und Gauguin war alles andere als beliebt hier: er soff und hurte, lebte auf Pump und war nur auf sein eigenes Wohl aus.

Was ich sagen will: Mein Ur-Urgroßvater hat hier natürlich den Handel mit schwarzen Südseeperlen nicht selbstlos aufgebaut, und er hat dazu noch überall, wo es ging, Land gekauft; er hat die bis heute größte Perle der Welt gefunden, in den Tuamotus, und die hat er dann an den englischen Hof verkauft – sie ist das Glanzstück in Queen Victorias Kronjuwelen – aber er ist im Grunde bescheiden geblieben und hat viel Gutes getan, wie in diesem deutschen Lied: *Verdiene wie seinerzeit Rothschild viel Geld und bleib so bescheiden wie er.*«

»Das Lied kenn ich«, unterbrach ich sie, »das Rothschild-Lied: *War mal ein kleines Jüngelchen, das wollt hinaus ins Leben – – –*.«

Sabrina schaute mich so eiskalt an, dass mir die zweite Zeile im Hals stecken blieb.

»Und dann kommt dieser London hierher, in seiner protzigen Jacht mit seiner zickigen Frau, und er hält sich für genau den Philanthropen, der mein Ur-Urgroßvater war. Und er hat was gegen reiche Juden, lässt sich von Neidern die eine oder andere Geschichte vom Perlenfischen und vom Kauf ganzer Inseln erzählen und schreibt *Mapuhis Haus*. Kennt ihr die Geschichte? Da hauen drei Händler in den Tuamotus einen Perlentaucher übers Ohr. Und natürlich ist mein Ur-Urgroßvater einer davon. Und Emile Levy ist der schlaueste und sichert sich den Coup. Aber dann kommt ein Hurrikan und der reiche Jude, Rache Gottes und Sieg des kleinen Mannes, wird tot an den Strand gespült.«

Bis hierhin erzählte sie ihre Geschichte in dem typischen Tonfall eines Referats, auf das man sich wochenlang vorbereitet hat. Aber auf einmal fiel ihre Stimme in diesen monotonen, metallischen Automatenklang einer Telefonansage. Ohne ein einziges Mal zu stocken, ohne beim Sprechen zu überlegen, und vor allem völlig ohne Satzmelodie zitierte sie das amerikanische Original:

That patch of red hair could belong to but one man in the Paumotus.
It was Levy, the German Jew, the man who had bought the pearl
and carried it away in the ›Hira‹.
Well, one thing was evident: the ›Hira‹ had been lost.
The pearl-buyer's god of fishermen and thieves had gone back on him.

Dieses rote Haar konnte nur einem einzigen Mann
auf den Paumotus gehört haben.
Es war Levy, der deutsche Jude, der Mann, der die Perle gekauft
und auf der ›Hira‹ mitgenommen hatte.
Nun, eins war offensichtlich, die ›Hira‹ war untergegangen.
Des Perlenkäufers Gott der Fischer und Diebe
hatte ihn im Stich gelassen.

Sabrina hatte jetzt richtig Schweißperlen auf der Stirn. Ihre Stimme war immer lauter geworden, ein einziges, kaltes, unheimliches Crescendo. Als hätte sie dieses Zitat, womöglich die ganze Geschichte, als Kind eingetrichtert bekommen. Ich konnte nichts daran machen – ich bekam eine Gänsehaut. Fefe war aufgestanden und hatte sich ein paar Meter weiter weg gesetzt. Ihr hatte die Veränderung in Sabrinas Ausdruck offenbar richtig Angst gemacht.

Da musste es noch etwas anderes geben, das sie so davontrug. Schließlich war die Geschichte bald hundert Jahre her, lag vier Generationen zurück und hatte mit ihrem Leben hier und heute überhaupt nichts zu tun.

»Als die Geschichte rauskam, haben die Leute vor Emile Levy ausgespuckt. Er war von heute auf morgen gesellschaftlich ruiniert, obwohl er den Prozess gegen Jack London gewonnen und Recht bekommen hat.«

Sie brach abrupt ab und atmete dann ganz tief aus – wie jemand, der sich gerade eine schwere Last von der Seele geredet, ein Geständnis abgelegt hat.

Niemand am Tisch wollte so recht wieder mit dem Schneiden anfangen.

»Erzähl das Deinen Touristen an Bord. Jack London, der Antisemit. Sag, dass Du diese Geschichte aus erster Hand hast. Du bist doch Journalist.«

Ich kannte die Geschichte der Begegnung nicht. London erwähnte sie nirgendwo in seinen autobiografischen Schriften, noch nicht einmal in der Beschreibung seiner Reise durch die Südsee: *Die Fahrt der Snark*.

Und seinen Biografen war sie meines Wissens auch entgangen. Die beschrieben immer nur diesen Gutmenschen aus Oregon, den London hier auf Tahiti getroffen hatte, Ernest Darling, ein ausgesprochen exzentrischer, mit Sicherheit sogar schwer verrückter Naturfreak, dem London ein ganzes Kapitel in seinem Reisebericht widmete. Von Emile Levy kein Wort.

Aber ich konnte mir sehr gut vorstellen, wie London diesen erfolgreichen Kapitalisten, den größten Perlenhändler der Südsee, hassen musste. Er, der Emporkömmling, der es zum reichsten Schriftsteller Amerikas gebracht hatte, auf Massenveranstaltungen den Sozialismus pries, sich gerne proletarisch gab, aber selber gerade Großgrundbesitzer geworden war. Der nur noch acht Jahre zu leben hatte, ausgelaugt, schwer krank, verblendet, und trotz immenser Einnahmen so hoch verschuldet, dass er Tag und Nacht schreiben musste.

Nach der Gänsehaut, die Sabrinas Verwandlung ausgelöst hatte, bekam ich jetzt Herzklopfen, weil ich da in der Tat ganz ohne mein Zutun eine Geschichte exklusiv bekam. Aber die ganze Situation kam mir doch zu merkwürdig vor, ich wollte noch mehr über Sabrina erfahren, und deshalb erweckte ich leider den Eindruck, als wollte ich mit ihr einen Streit vom Zaun brechen.

»Mmmh ... – missversteh mich bitte nicht, aber als Journalist müsste ich mich erst nochmal ein bisschen schlauer machen. Ins Archiv gehen sicherlich und die Prozessakten lesen. Aufzeichnungen suchen, in denen dein Ur-Urgroßvater von Zeitgenossen tatsächlich als bescheidener Freigeist beschrieben wird, der niemals jemand übers Ohr gehauen hat. Du bist Familie, Du bist zu nah dran.«

»Du glaubst mir also nicht.«

»Doch – ich wüsste nicht, warum Du uns allen hier, mitten aus dem gemütlichen Gemüseschneiden heraus, eine vollkommen steile Geschichte erzählen solltest. Aber als Journalist und zum Weitererzählen müsste mich dann auch interessieren, warum Dich diese Geschichte so sehr erregt, als wär sie erst letzte Woche Dir selber passiert.«

»Es geht mir um die Wahrheit. Die Wahrheit, die allen Menschen zugänglich wäre, wenn sie sich nur bemühen würden. Die Wahrheit über Emile Levy, die Jack London scheißegal war, die Wahrheit über die Folgen der Atomversuche hier in Polynesien, die die französische Regierung bis heute mit allen Mitteln zu verschleiern versucht, und die Wahrheit über diese ganzen Südseeparadiese aus dem Katalog, die Deine Touristen an Bord für viel Geld ausgeblendet bekommen.«

»Nicht nur, Sabrina. Ich lese Ihnen auch die Geschichte von dem unausstehlichen, bigotten Missionar in *Pago-Pago*, der am Ende nichts weiter will, als die Hure Sadie flach zu legen. *Regen* von Somerset Maugham.«

»Na klar, und am nächsten Tag zeigst Du den Passagieren die Slums von *Suva* oder die Phosphatminen in Mikronesien.« Ihre Augen funkelten richtig, sie fixierte mich.

»Natürlich nicht! Sei doch nicht so naiv. Und so böse. Dann wären die doch stinksauer, würden womöglich nie wieder herkommen – und ich hätte keine zweite Chance, ihnen ihr Paradies mit dem einen oder anderen Zitat wenigstens ein ganz klein bisschen zurechtzurücken.«

»Du bist feige!«

»Vielleicht. Wenn es feige ist, nicht in eine Schlacht zu ziehen, von der man meint, dass man sie nicht gewinnen kann.«

Inzwischen hatte ich nicht schlecht Lust, ihr zu sagen, dass sie mit Mitte dreißig durchaus schon weiter sein könnte, als alles mit Hass zu belegen, was sich sträubte, ihrem Ideal zu huldigen.

Gottseidank fühlte sich Richard offenbar genauso unwohl wie ich und versuchte, die Wogen ein bisschen zu glätten:

»*You see*, Sabrina arbeitet hier in Tahiti bei dem einzigen Radiosender, der hinter die Kulissen schaut. Entschuldige, Sabrina, wenn ich den Namen nicht vollständig zusammen kriege, aber ich kann kein tahitianisch. *Te reo Tafana*. The voice of the bow-people.«

»Nicht schlecht, Richard. *Te Reo o te Tefana*. Die Stimme der Leute mit dem Bogen. Ja, genau – dafür hab ich meine Jura-Professur an den Nagel gehängt. Wir engagieren uns für die Umwelt und soziale Belange, bohren nach und stellen genau die Fragen, die unser lieber Staatspräsident im Leben nicht beantworten würde.«

»Und, habt Ihr Untersuchungen, ob ihr auch gehört werdet?« Ich wollte wenigstens noch ein kleines bisschen nachtreten. Ich fühlte mich gekränkt und völlig zu Unrecht attackiert.

»Ganz frisch sogar. Jeder Befragte kannte unsere tägliche Hauptnachrichtensendung um zwölf und hört sie im Schnitt einmal in der Woche.«

»Und warum gehören heute alle Perlenfarmen Robert Wan, wenn

Dein Ur-Urgroßvater sie gegründet hat?«

Es war Fefe, die die Geschichte von Emile Levy endlich abschließen wollte. Sie hatte beim letzten Teil unseres Gesprächs angefangen, die Papayas zu schälen.

Um Sabrinas Mundwinkel blitzte ganz sanft ein spöttisches Lächeln auf. Sie sagte sehr bestimmt: »Oh, Monsieur Wan ist Chinese. Da ist Vorsicht geboten. Die sind extrem clever.«

Irgendwann im Lauf der Nacht kam dichter Nebel auf und es fing fast unmerklich an zu regnen. Es war eigentlich kein Regen – die Luftfeuchtigkeit hatte einfach nur die hundert-Prozent-Grenze erreicht. Die Gäste waren alle schon längst gegangen, Christoph war mit seinem besten Schulfreund in das Baumhaus geklettert, das die beiden vor Jahren ohne einen Nagel in den riesigen *Uru* gebaut hatten. Das Licht ihrer Kerosinlampe schien noch durch die breiten Ritzen, man hörte sie ab und zu leise kichern. Julia und ich wuschen bei Kerzenlicht das Geschirr ab, sie hatte eine uralte Cassette von Jacques Brel ausgegraben und erzählte von ihrer Zeit als Lehrerin auf den Marquesas-Inseln.

Wir waren in einer wunderschönen, merkwürdig beseelten Stimmung, das heillose Chaos im ganzen Haus ließ uns völlig unberührt. Mechanisch machten wir ganz gelassen unsere Arbeit, nippten am Rotwein und schlugen uns in Gedanken durch das Tal der *Hapa'a* auf *Nuku Hiva*. Sie aus eigener Anschauung, ich in einer Mischung aus Herman Melville, Jack London und Thor Heyerdal. Wir fabulierten richtig.

Es war wie als Kind, als ich zum ersten Mal den Traum von der einsamen Insel am anderen Ende der Welt mit einem Klassenkameraden teilte und wir in unserer Butze im Knackebeerendickicht jeden Sommertag über der Karte lagen, die wir aus unserem »Diercke Weltatlas« säuberlich herausgetrennt hatten, und heimlich die ersten Vorräte horteten, falls es demnächst losgehen sollte: Kommissbrot in Dosen, Prickel-Pit, Salinos und – als ständige Mutprobe und wiederholten Treueschwur – Gletscherprise-Schnupftabak.

Wir waren so vertieft und abwesend, dass es bestimmt einige Minuten gedauert hat, bis wir merkten, dass ein Fremder auf der Veranda stand. Dabei hätte man ihn selbst in diesem Nebel und auch ganz ohne Kerzenschein auf zwanzig, dreißig Meter sehen müssen: In vor Nässe glänzendem, gelbem, bodenlangem Ölzeug, mit einem orangeroten Südwester auf dem Kopf. Offensichtlich ein Mann, um einiges breiter und größer als ich. Er hatte uns den Rücken zugewandt, die Arme auf dem Geländer abgestützt und verlagerte ständig, aber in aller Seelenruhe und ganz langsam sein Gewicht von einem Bein aufs andere. Offensichtlich versuchte er, durch die Bäume hindurch irgendetwas in der Bucht zu erkennen.

Ich bekam von einer Sekunde auf die andere eine Gänsehaut, die mich richtig schüttelte. Ich war felsenfest davon überzeugt, dass ich in exakt dieser Situation schon gewesen war und spürte Angst in mir hochsteigen. Ich erinnerte mich, dass diese Konstellation: Nacht, Nebel, Fremder in merkwürdiger Kleidung, jedes Mal in eine ausweglose Auseinandersetzung geführt hatte, die ich nicht hatte steuern können.

Ein Déjà-vu aus schweißnassen Träumen:
Aus Hollywoodfilmen.

Der SS-Hauptsturmführer in schwarzer Uniform, der am Kopf einer üppig gedeckten Tafel lauter SS-feindliche Witze erzählt, über die niemand zu lachen wagt, bis die ersten anfangen zu schmunzeln und nach und nach ihrerseits über die Nazis herziehen.

Und dann zeigt ihn die Kamera in Großaufnahme, wie es nach einem sehr gewagten Witz totenstill wird, der schwarze Mann schluckt, dann rot wird, ganz langsam anfängt zu lächeln, dann den Mund öffnet, um die Konvulsionen, die sein Zwerchfell nach oben schickt, abzumildern, schließlich lacht, immer lauter lacht, wiehert, auf den Tisch haut, kaum noch Luft bekommt, alle anderen einfallen, die ganze Tafel sich ausschüttet vor Lachen, bis der SS-Mann schließlich mit hochrotem Kopf auf den ersten Witze-Erzähler zeigt und über alle Köpfe hinweg schreit: »Wache!! Abführen den Mann!«

Dieser Januskopf schaute mich gerade an, diese Doppelbödigkeit war es, an die ich mich zu erinnern meinte und vor der ich auf einmal Angst hatte.

Gar nicht mal vor diesem Typen allein, sondern vor irgendeiner Kraft, die auf einmal auf mich wirkte. Wie von einem gespannten Bogen, dessen Saite im Verborgenen lauert. Ich spürte die Kraft aus allen Richtungen: sie ging auch von den Bäumen aus, den Kerzen, sogar der Musik, die jeden Moment umkippen konnte in surreale Geräusche, die sich dann vergegenständlichten und nach mir trachteten.

Aber womöglich war ich vorher nur in meinen Gedanken viel zu weit weg gewesen, im Knackebeerengebüsch meiner Kindheit, hatte mich von Melvilles *Taipi*, das genau von dieser Spannung und Doppelbödigkeit handelt, vereinnahmen lassen. Oder ein leichtes Fieber war im Anmarsch und schickte mich gerade in die Erinnerungsreste längst geträumter Träume.

Trotzdem flüsterte ich: »Da steht wer, Julia. Kennst Du den, oder sollten wir lieber die Machete zurechtlegen?«

Julia strich mir mütterlich über den Kopf und lächelte: »Ganz ruhig. Wir werden fragen, wer er ist und ihm ein Glas Rotwein anbieten.«

Klang sehr pragmatisch und plausibel. Vielleicht war ich ja auch einfach nur zu betrunken und übernächtigt.

»Das ist sehr nett von Ihnen, Dankeschön, bei dem Sauwetter tut ein Schluck sicher gut.«

Der Mann knöpfte sehr elegant mit der Linken sein Ölzeug auf und stand dann in weißem Hemd mit Krawatte vor uns. Er sprach englisch. Julia deutete mit der Hand in meine Richtung und sagte: »Das ist Andreas, mein Name ist Julia. Ich wohne hier und Andreas ist aus Deutschland zu Besuch. Ich glaube nicht, dass wir uns schon mal gesehen haben – – –?«

»Verzeihung – wie unhöflich von mir. Ich heiße Griffith. Ich bin erst vor einer halben Stunde hier gelandet. Mein Boot liegt einen halben Kilometer vorm Strand draußen in der Bucht. Euer Haus war das einzige, das ich sehen konnte, weil noch Licht war, deshalb bin ich hier hoch marschiert.«

Julia lächelte und warf mir einen verstohlenen Blick zu, der in

Großbuchstaben sagte: »Siehste – immer halblang«. Sie wandte sich wieder Griffith zu, bot ihm einen Sitzplatz an und fragte: »Ich hoffe, Du bist nicht in irgendeiner Notlage. Um hier anzulanden, ist es verdammt spät.«

Er legte sein Ölzeug über das Geländer, prüfte den Sitz seiner Krawatte, lüpfte die Hose, so wie man das früher machte, kurz vor dem Knie an der Bügelfalte und setzte sich. Es war eine feine Hose aus gutem, marineblauem Tweed, zu der die groben, mit dünnen Stahlkanten beschlagenen Lederstiefel, die man jetzt sehen konnte, nicht recht passten. Das Regenwasser perlte richtig von ihnen ab, so getränkt von Maschinenöl waren sie. Ich blieb stehen, setzte mich nicht dazu, lehnte lieber an einem der Pfeiler; der Mann war mir nicht geheuer. Er roch nach Seetang, Fisch und Salzwasser, sein weißes Hemd und die Krawatte kamen mir vor wie Maskerade, oder womöglich sogar bewusste Tarnung. Er merkte das, da war ich mir sicher – umso vorsichtiger zog ich mich zurück.

Er brauchte nur einen einzigen Schluck für das Rotweinglas, schmatzte laut und genüsslich und sagte: »Seit drei Wochen segel ich die Tuamotus rauf. Und so schön die Inseln sind – allein die Namen klingen fantastisch: Tekokota, Vanavana, Puka Puka – so schwer machen sie es einem, den richtigen Wind und die rechte Strömung zu finden. Der gefährliche Archipel, den Namen haben sie sich weiß Gott redlich verdient. Und ich hab Kinder an Bord, da kann ich nicht einfach nach zwei Tagen Flaute in die nächstbeste Brise reinhalten. Und seit heute Mittag konnte man draußen die Hand nicht mehr vor Augen sehn. Ich hab schnurgerade auf Tahiti zugehalten, aber bin natürlich trotzdem viel später angekommen, als ich ausgerechnet hatte.«

Er griff in seine Hosentasche, holte einen mit Leder bezogenen Flachmann raus und schenkte sich Whiskey in sein leeres Rotweinglas.

»Wir haben nichts mehr zu essen an Bord, nur noch Zigaretten und Hochprozentiges. Ich hoffe, die Kinder schlafen, meine Frau tut ihr bestes. – Ist es noch weit von hier zur Hauptstadt?«

Bei dem Gedanken an halb verhungerte Kinder draußen in der Bucht musste sich Julias Mutter- und Lehrerinnenherz richtig verkrampft haben. Ganz benommen antwortete sie, dass es mit dem Segelboot ziemlich lange dauern würde, die Insel bis Papeete zu umrunden.

»Mit dem Auto sind Sie viel schneller. Anderthalb Stunden vielleicht. Aber doch nicht heute Nacht noch – – –?«

Er schüttelte ganz ruhig den Kopf und sagte dann, bei jedem Wort langsamer werdend: »Ach ja. Mit dem Auto.«

Ich machte die Augen zu. Ich stand in seinem Rücken, hatte ihn nur ein paar Sekunden von Angesicht zu Angesicht gesehen, und wollte ihn aus dem Gedächtnis heraus noch einmal entstehen lassen, und dabei den Geruch nach Seetang, Fisch und Salzwasser genauso visualisieren wie seinen tiefen Bass, in dem er sich mit Julia unterhielt.

Natürlich war das immer noch meine Angst: ich war gespannt, ob mein Déjà-vu noch andere Merkmale, womöglich sogar ein ganz anderes Gesicht heraufbringen würde. Er hatte einen ziemlich großen Kopf und recht weit abstehende Ohren, wobei das linke deutlich schräger stand. Sein volles Haar hatte er lange nicht mehr gekämmt, man konnte den Scheitel links gerade noch ahnen, ansonsten standen die dichten Haarbüschel wirr von der hohen Stirn und seinem Hinterkopf ab. Er hatte ein sehr volles Gesicht, was seinen Kopf noch größer erscheinen ließ, aber wenn mich nicht alles täuschte, war es von jahrelangem Alkohol aufgequollen. Das machte es auch schwierig, sein Alter zu schätzen: er mochte irgendwas zwischen Anfang dreißig und vierzig sein. Das weiße Hemd hatte er offenbar extra für den Landgang aufgespart und übergezogen.

Ein Abenteurer mit altmodischen Manieren, der seine Familie dabei hatte. In der Südsee, das konnte ich ja nur ahnen, womöglich selbst morgens um drei eine ganz alltägliche Begegnung. Er war mit Sicherheit nicht der Traum aller Schwiegermütter, aber ich konnte mir vorstellen, dass Frauen sich nach ihm umdrehten. Julia jedenfalls hatte er schon mächtig in seinen Bann gezogen.

Meine Angst, dass die Situation jeden Moment umkippen konnte, er vielleicht nur die Vorhut einer brutalen Bande war, blieb, aber das Déjà-vu war schon wieder verblasst. Ich spürte jetzt auch tatsächlich ein leichtes Gliederreißen, hatte also wohl in der Tat Fieber.

Ich setzte mich zu ihnen. Julia schenkte uns allen Wein nach und sagte: »Wir haben hier noch ziemlich viele Essensreste. Ich könnte Dir rasch was einpacken. Wie viele Münder hast Du denn zu stopfen an Bord?«

»Zu viele. Und sind gar nicht unsere. Aber manchmal hat man halt keine Wahl.«

Er schaute von seinem Weinglas auf, sein Blick wanderte von Julia zu mir und wieder zurück, als wollte er keine Sekunde unserer Reaktion verpassen und die Wirkung auskosten.

Julia sagte: »Ich versteh nicht recht – – –?«

Griffith leerte sein Rotweinglas wieder mit einem einzigen Schluck.

»Wenn man so lange unterwegs ist, passieren die merkwürdigsten Dinge. Sehen Sie – – –.«

Er lockerte seinen Krawattenknoten und wollte gerade zu einer längeren Geschichte ausholen, kam aber nur noch zu diesen beiden Worten. Denn draußen in der Bucht war auf einmal eine ungeheure Explosion zu hören. Erst dachten wir, es hätte sich ein Gewitter zusammengebraut, das sich jetzt mit mächtigem Donner entlud. Aber als Griffith mit weit aufgerissenen Augen über uns hinweg starrte, drehten sich Julia und ich um und wir sahen den riesigen roten Feuerball. Ein wabernder, hell strahlender Pilz, ein überdimensionales, gigantisches Gehirn; schwarz gerändert die Falten, die sich, je höher es in den Nachthimmel stieg, immer deutlicher ausbildeten, gelb und hellrot die sich immer stärker krümmenden Flächen.

Ich war hin- und hergerissen zwischen der atemberaubenden Ästhetik und dem Schock über ein sicherlich todbringendes Desaster dort draußen. Als ich mich kurz zu Griffith umdrehte, hatte er gerade einen Schluck aus seinem Flachmann genommen und ließ ihn, die Augen geschlossen, mit einem zufriedenen Lächeln ganz langsam und genüsslich im Mund zergehen. So als sei nach einer langen Ungewissheit endlich alles wieder in bester Ordnung.

»Was ist das – was passiert da?«

Julia fand als erste die Sprache wieder.

»Na – das Schiff ist in die Luft geflogen, was glaubst Du denn?«

Griffith lachte ganz unvermittelt laut auf und sackte dann auf einmal in sich zusammen. Wir schauten ihn fassungslos an.

»Und jetzt«, sagte er ganz leise, »muss ich sehen, wie ich wieder nach Pitcairn zurückkomme.«

Scheiße, das wars. Mit einem Schlag kam meine ganze Panik zurück. Das Déjà-vu-Gefühl hatte mich also doch nicht getäuscht. Genau dieser Satz war es, den ich wiedererkannte, der mir die Augen öffnete. In meinem eigenen Tonfall, mit meiner eigenen Stimme hatte ich ihn selber schon mehrmals gesagt. Ich hatte ihn genauso geflüstert wie Griffith. Aber der Satz gehörte nicht hierher. Und das Schiff da draußen kannte ich auch: es war die *Pyrenées*, und es gehörte auch nicht hierher. Griffith spürte instinktiv, dass sich auf einmal alles in mir gegen ihn wehrte und dass ich angefangen hatte, die Geschichte richtig herum zusammenzubauen. Er stützte sich mit beiden Armen auf dem Tisch ab, sah mich mit halb zusammengekniffenen Augen hasserfüllt an und raunte mir zu: »Na, sags schon! Spucks aus! Lass uns teilhaben an Deinen kranken Phantasien. Nur zu – – –!«

Ich reagierte genauso, wie er es wollte. Statt sofort ganz laut zu schreien oder einfach Julia zu packen und mit ihr wegzulaufen, nahm ich ganz behutsam ihre Hand und strich ganz langsam und beruhigend immer wieder von ihren Fingerspitzen bis zum Handgelenk.

»Um die Kinder brauchst Du Dir keine Sorgen zu machen, die gibt es gar nicht. Das, was da draußen brennt, ist eine Weizenladung, die zwei Wochen lang vor sich hin geschwelt hat. Eigentlich hat dieser Griffith hier eine gute Tat getan. Ist es nicht so, Griffith? Er ist einem hilflosen Kapitän als Lotse zur Seite gesprungen, um das Schiff in einer seichten Bucht auf Grund laufen zu lassen. Die Geschichte hat nur verschiedene Haken – – –.«

»Das ist meine Geschichte! Du Vorleser, Du Pisser! Ich erzähle, was ICH will. Und das lass ich mir von niemand kaputt machen.«

Griffith fixierte mich immer noch. Ein kleines Rinnsal frischen

Blutes lief seine linke Wange herunter – ihm war ein Äderchen an der Schläfe geplatzt. Gleichzeitig hatte er so viel Speichel im Mund, dass er immer schwerer zu verstehen war.

Während Julias Angst ihr den Schweiß auf die Stirn trieb, leitete mich meine merkwürdigerweise instinktiv immer weiter nach vorn. Ich hatte angefangen, mit den Füßen auf den Boden zu stampfen. Immer abwechselnd links und rechts, mit aller Kraft. Und dann fing ich im Rhythmus meines Stampfens so laut an zu singen, zu schreien, dass ich mich selber erschrak: *Geh aus mein Herz und suche Freud*. Ich hatte keine Ahnung, warum mir ausgerechnet dieses Lied einfiel, das ich seit Kindertagen nicht mehr angerührt hatte. Es klang entsetzlich, wie das grölende, zynische Marschlied einer mordenden und brandschatzenden SS-Kohorte. Julia war inzwischen so aufgelöst, so verwirrt und panisch, dass sie mitsang: *Narcissus und die Tulipan – – –*.

Und dann hörte ich meine Stimme, wie sie über unser beider Gesang in einem widerlich lasziven, von schwerem, geilem Atem unterbrochenen Geifer sagte: »Ich bin mir nur nicht sicher, liebe Julia, wer hier eigentlich in wessen Geschichte herumgeistert. Entweder sind wir beide gerade die Traumgebilde von Griffith, oder Du träumst sowohl mich als auch ihn, oder ihr beide seid zu Gast in einem meiner Albträume. Ich neige im Moment zu dieser letzten Spielart, denn ich spüre gerade diese wunderbare, so lange vermisste Gänsehaut.«

Griffith war inzwischen wie ein Derwisch auf den Tisch gesprungen und tanzte ekstatisch zu unserem Lied. Er hatte aus seinem rechten Stiefel eine Pistole gezogen und schoss wie wild immer wieder in die Luft. Er schrie gegen uns an, aber er konnte nicht mehr artikulieren.

Ich hörte alles nur noch ganz verschwommen und immer entfernter. Gleichzeitig konnte ich gottseidank schon spüren, wie ich genau die stampfenden Bewegungen auch ausführte, die ich machen wollte. Und ich merkte, wie mein stummes, panisches Schreien ganz langsam einen röchelnden Ton fand: ... *Berg, Hügel, Thal und Felder*.

Ich war endlich ganz kurz davor, aufzuwachen.

Es war bestimmt schon Mittag, als Julia mir ganz sanft ihre Hand auf die Schulter legte, um mich zu wecken. »Guten Morgen und frohe Ostern! Na, wie hast Du geschlafen?«

Ich brauchte einen Moment, bis ich, ohne die Augen zu öffnen, das wichtigste für den neuen Tag zusammen hatte: das Hochbett im Dachgiebel, das Moskitonetz, das ich akribisch unter der Matratze festgezurrt hatte, die ungewöhnlich hohe Temperatur, Julias Stimme, Tahiti, Sabbatjahr in der Südsee.

»Oh! – Hilfe! Ich hab ganz fürchterlich von Jack London geträumt. John Griffith Chaney. Diese Geschichte mit Sabrina gestern hat mich offenbar tierisch beschäftigt. Ein widerlicher Albtraum, so – ach ich weiß gar nicht. So diese vollkommen reale Situation, in der von Anfang an der Horror steckt. Und am Ende willst du aufwachen, willst strampeln und schreien, aber nichts passiert. Ich hab schon ewig nicht mehr so intensiv geträumt.«

Julia schaute mich ganz besorgt an, als gehörten zu guter Gastfreundschaft auch gesunder Schlaf und angenehme Träume. Erst hatte ich überhaupt nicht schlafen können wegen der Hähne, dann plagten mich Albträume. Sie hatte mit viel Liebe Frühstück gemacht. Christoph und sein Freund waren schon früh zum Wasserfall aufgebrochen und wollten Garnelen fangen. Zu Ostern gibt es schließlich Fisch, naja oder wenigstens Krustentiere.

»J'ai preparé le dejeuner. Lass uns erst mal ordentlich was essen. Dass Du so heftig träumst, liegt bestimmt daran, dass das hier alles unheimlich fremd für Dich ist und ungewohnt. Je mehr Du mit der Südsee vertraut wirst, desto schöner träumst Du, wirst schon sehen!«

Leider war dann genau das Gegenteil der Fall.

Willkommen an Bord!

[...] and by degrees, I felt the greatest desire to go to sea.

Edgar Allan Poe, »The Narrative of A. Gordon Pym of Nantucket«

Um acht Uhr heute früh ist die *Ocean Blue* in den Hafen von Papeete eingelaufen. Nach zehn Nächten in brütender Hitze auf Tahiti, mal mit dröhnender Technomusik von den Nachbarn bei Walter Dannemann in Papeete, mal mit Hunderten von Mücken und höllenlauten Hähnen bei Julia auf der Halbinsel, freu ich mich eigentlich unheimlich auf mein Bett in einer ruhigen, kakerlakenfreien und klimatisierten Kabine. Auch wenn ich sie mir teilen muss.

Aber so eilig habe ich es dann doch nicht; erst gegen zwölf fährt mich der weiße Renault Espace zum Pier. Das reicht, da ist die Gefahr vorbei, dass man gleich mal irgendwo kurz mit anfassen muss, noch bevor man überhaupt den Koffer auf die Kabine bringen kann.

»Na, denn man alles Gute, Seemann!«

Walter Dannemann streckt mir die Hand entgegen und hat einen richtig sentimentalen Zug um die Augen. Ich kann mir vorstellen, dass er einen Moment lang mit uralten Erinnerungen beschäftigt ist: Hamburger Hafen, an irgendeinem grauen Morgen 1950. Ein gerade achtzehnjähriger hat sein gesamtes Hab und Gut auf der rechten Schulter im Seesack und geht an Bord eines Schiffs, das ihn nach Marseille bringt und von dort in die schmutzigen Hinterhöfe der französischen Kolonialpolitik. Vor ihm liegt die zweifelhafte Ehre einer Karriere als Fremdenlegionär, hinter ihm seine zerbombte Heimatstadt, das zerbombte Deutschland.

Er wird es erst zwanzig Jahre später gemeinsam mit seiner tahitianischen Frau wiedersehen.

»Danke danke«, sage ich und zucke unter der Kraft seines Händedrucks richtig zusammen.
»Wird schon immer Wasser unterm Kiel sein. Und im Oktober werd' ich dann ja wieder auf ein paar Tage bei Ihnen wohnen!«

Ein kleines bisschen von dieser Wehmut, die mir da gerade entgegen kam, nehme ich noch ein paar Schritte mit und erinnere mich an meine erste Fahrt auf der *Ocean Blue*.

Vor genau fünf Monaten bin ich das erste Mal von Bord gegangen, den Kopf randvoll mit Erlebnissen und Erfahrungen, für die ich vorher keine Schublade gehabt hatte.

Zum ersten Mal war ich auf hoher See gewesen, zum ersten Mal Reisebegleiter, zum ersten Mal im Pazifik. Fünfzehn, sechzehn Stunden Knochenarbeit jeden Tag. Einen Monat auf Probe, die Reederei kauft keine Katze im Sack. Ich kenne die verstecktesten Winkel auf diesem Schiff, ich weiß, wie das Sonnendeck riecht und das Wasser aus der Dusche schmeckt. Danach war ich so ausgelaugt und so glücklich, wie ich es nur in den ausgesuchtesten Momenten meines Lebens bin.

Ich koste diese Bilder noch einen Moment lang aus, bleibe kurz stehen und scheppere schließlich mit meinen beiden Trolleys die Gangway rauf.

»Na, das gibts doch gar nicht! Der Märchenonkel ist zurück. Wow! Welcome back!«
»Die Krankenschwester! Ich fasses nich. Du hast doch auch kein zuhause, oder? Ist denn Aschaffenburg so Scheiße? Touch me, nurse, ich hab hier oben son ganz schlimmes Reißen. – – – bitte fass da doch mal an, ja?«

Na, da sind wir doch gleich wieder mitten drin.

Jetzt erstmal auf die Kabine, dann schauen, wo es was zu essen gibt, Mittagsschläfchen, drei Sorten Hemden, Mütze und Windjacke empfangen und dann in Dienstkleidung frisch geduscht die große

Begrüßungsrunde, bis die Touris kommen. Laut Einsatzplan wird das um 16:00 Uhr sein. Die Lektoren sind erst für den Begrüßungscocktail eingeteilt, also können wir uns den ganzen Vorgang in aller Ruhe anschauen.

Passagierwechsel, Spitznamen und noch andere Unverschämtheiten

Das Schiff liegt längsseits in einem der weniger ansehnlichen Reviere des Hafens, gleich neben den Mineralöllagern. Das frommt einem Luxusliner nicht. Die Fehlersuche läuft noch. Entweder hat der örtliche Agent die Behörden nicht mehr im Griff oder nur ans bequeme Verladen der Proviantcontainer gedacht. Vielleicht wollte aber auch der Hafenmeister irgendein politisches Exempel statuieren – oder hatte ganz einfach den Lageplan falschrum auf seinem Schreibtisch liegen.

Nicht mehr zu ändern. Umso akribischer ist die Gangway frisch gewienert und nach dem Brauch der Einheimischen mit frischen Palmwedeln geschmückt. Teppiche ausgelegt, Blumenkübel herangeschafft.

Kapitän und dritte Offizier stehen in makellos gebügeltem Weiß, der eine mit vier, der andere mit einem Goldstreifen auf den Schulterstücken, im Schatten unter den Sonnenschirmen und fachsimpeln über die miesesten Anlegeplätze zwischen *Petropavlovsk* und *Ushuaia*.

In zehn Minuten treffen die beiden Busse mit den neuen Passagieren an der Pier ein, die schlechte Nachricht liegt bereits seit einer Stunde vor: Vier Koffer fehlen, haben offenbar den Flughafen Los Angeles noch gar nicht verlassen. Die dazugehörigen Ehepaare haben sich bereits bei der örtlichen Reiseleiterin in Rage geredet, also Vorgehensweise wie üblich: Sofort auf die Herrschaften zugehen, freundlich, aber bestimmt isolieren, mit Geld und Kurier zurück in die Stadt, bei *Carrefour* einkaufen. Geht alles zu Lasten der Air France. Und natürlich werden sie als erste mit am Kapitänstisch sitzen.

Der Hotelmanager, auf sämtlichen Passagierschiffen dieser Welt immer nur als *Hotman* abgekürzt, hat höchstselbst die Aufgabe übernommen, den tropischen Begrüßungscocktail in die Gläser zu füllen. Und findet selbstverständlich das eine oder andere Behältnis, das er nachpolieren muß. Das ist bei Chefs genetisch. Auch Außenminister oder Bundespräsidenten müssen die makellos drapierte Schleife des Kranzes, der gerade von geübten Soldatenhänden für sie niedergelegt wurde, noch mal hier und da kurz anfassen. Ansonsten ist er guter Dinge, der *Hotman*: Der frische Proviant ist verstaut, alle Bestellungen waren pünktlich am Kai und die Kabinen gut eine halbe Stunde eher fertig als vorgesehen.

Der Expeditionsleiter und seine Assistentin prüfen am oberen Ende der Gangway die Passagierliste, in Khakihose und weißem Polohemd, goldenem Namensschild und weiß-blauer Schirmmütze. Die strahlende Kleidung von *Crew* und *Staff* tut ihre Wirkung bestens: ohne Sonnenbrille könnte man keinen aus diesem Begrüßungskomitee näher ins Auge fassen. So soll das sein, ein subtiler Stimmungsaufheller für die Zusteiger nach fünfundzwanzigstündigem Flug, akutem Bewegungsmangel mit Trombosegefahr und dem unbestimmten Gefühl, in einem mentalen Niemandsland zwischen Raum und Zeit nicht mehr wirklich Herr der Lage zu sein. Ganz behutsam werden sie an die Hand genommen. Wir nehmen ihnen alle Sorgen und Kümmernisse zusammen mit ihren Reisepässen ab. Dass wir uns über den einen oder die andere mokieren, erfahren sie nicht – es geschieht, wenn sie alle schon im Bett liegen, und es geschieht im Schutz der Mannschaftsbar, zu der Passagiere – Gott bewahre – keinen Zutritt haben. Und wir mokieren uns so, wie sich alle Berufsgruppen nach Dienst über ihre Klientel mokieren, die Pastoren, die Huren, Sozialarbeiter und Ärzte. Psychohygiene, um am nächsten morgen wieder frisch ans Werk gehen zu können. Denn spätestens nach dem zehnten Mal auf die Lippen beißen und den Mund halten haben wir halt ne Menge Hormone aufgestaut, die wir irgendwie wieder los werden müssen. Außerdem: Das ist es doch, was man von nem Schiff lesen will, seien wir doch mal ehrlich!

Die Altpassagiere sind schon vor einer Stunde von der Inselrundfahrt zurückgekommen, wie immer bepackt mit allerlei Geschnitztem und Gewebtem. Und natürlich Gauguin-T-Shirts, Gauguin-Halstüchern, Gauguin-Puzzles und Gauguin-Tischsets. Das sind die ewigen Tahiti-Renner. Wenn der Mann wüßte, wie gnadenlos er von seiner kurzzeitigen Wahlheimat vereinnahmt wird.

Die Altpassagiere sind schon seit dreizehn Tagen an Bord, sie sind braun gebrannt, duzen die Kellnerinnen, haben schon am Kapitänstisch gesessen und sind jetzt, am Tag der Neuankömmlinge, dementsprechend in der Hierarchie ganz oben. Und genau so stehen sie auf dem Achterdeck oder ihren Balkons und taxieren ganz ungeniert die neuen. Die robusteren Naturen sogar durch Fernglas oder Teleobjektiv. Wie beim Bettenwechsel in der Kurklinik, am Tegern- oder Bodensee, nur dass es diesmal eher um die soziale als die physische Einschätzung geht.

»Also Du glaubst es nich, nun guck Dir bloß mal die beiden an, die da wie wild vor dem Hotelmanager gestikulieren. Sind noch gar nicht an Bord und schon am Echauffieren. Neureich, da wett ich. Kein Benehmen!«

Hotman winkt in der Tat nach der Assistentin. Offenbar ist da das Isolations- und Beruhigungsvorhaben für die Gepäcklosen kurz vor dem Scheitern. Sofort Eingreifen! Das Taxi wartet schon. Für alle anderen gilt:

Willkommen an Bord!

Obwohl – zum Entspannen werden Sie so bald noch nicht kommen, Herrschaften, es gibt noch gut zweieinhalb Stunden Programm vor dem Dinner.

Welcome on board!

Den Mädels von der Rezeption fällt dieses so wichtige erste Strahlen am schwersten. Das Komitee an der Gangway hat die Neuankömmlinge ja auch nur im Transit, kann sie schnell abwimmeln. Aber die Rezeption ist der erste richtige Aufenthalt, mit organisatorischen Verrichtungen und teilweise lästigen und überfordernden Abstraktionshandlungen:

»Wir befinden uns hier auf Deck 3. Ihre Kabine ist zwei Decks höher. Da gehen Sie hier den Gang runter bis zur Treppe, zwei rauf, und dann sind die geraden Nummern steuerbord, die ungeraden backbord. Sie können auch auf den Plan hier schauen. Deck 3 ist gelb, Deck 4 grün, 5 blau.«

Diese Einführung werden die beiden fünfzig- oder sechzigmal geben, immer in demselben fröhlichen Ton. Und das ist harte Arbeit, denn die beiden haben noch immer das *Und kommen Sie gut heim* von heute morgen in den Knochen.

Gut achtzig Passagiere sind hier nämlich zu Tagesbeginn ausgestiegen, und die wollen ab sechs Uhr früh ihre Endabrechnung, ihren Pass, haben noch tausend Fragen zu Flugticket und Transfer, brauchen jetzt doch noch einen weiteren Kofferaufkleber, ein letztes Foto, *aber mit Ihnen in der Mitte, liebe Kathrin,* finden den Fragebogen völlig missverständlich und beschweren sich dementsprechend gleich hier und jetzt, tauschen schnell noch ihre Dollars zurück, weil es an der Rezeption so angenehm gebührenfrei ist und brauchen noch ein allerletztes Mal Hilfe am Rechner, weil sie ihren Kindern ja zum dritten Mal und jetzt aber endgültig e-mailen müssen, was seit zwei Monaten eigentlich alle Welt weiß: dass sie morgen Abend zurück sind.

Aber es hilft nichts, die Neuen müssen auf ihre Kabinen.

Und die Neuen sind erwartungsgemäß physisch und mental in äußerst prekärem Zustand, längst vergessene Herzprobleme melden sich zurück, langjährige Ehen stehen vor schwierigen Zerreißproben: »Ich fasses nicht! Du weißt schon wieder nicht, wo unsere Pässe sind. Das is das letzte Mal, dass ich mit Dir verreise! Ja – sieh zu, die Schlange wird immer länger!«

Eine Standardsituation aus dem zweiten Lehrjahr Hotelfachfrau.

Es reicht ein einfaches, wortloses Lächeln. Eine gestandene Rezeptionistin würde jetzt ums Verrecken nicht Partei ergreifen, bei aller Ver-

suchung um Gottes Willen nicht die Karte *Frauensolidarität* spielen, denn dann könnte das Ganze sehr leicht auch so weitergehen:
Sie halten sich da schön raus, Kindchen! Mein Mann ist ein international anerkannter Physiker. Der hat anderes im Kopf als seinen Pass abzugeben, nur um die Kabinennummer zu bekommen! – – –

Ungleich schwieriger sind schon die alleinreisenden Kandidaten, die während des gesamten Flugs keinen ihrer vielen Gedanken losgeworden sind und für die Begegnung mit der ersten Vertrauensperson ganze Referate vorbereitet haben. Besonders, wenn diese erste Vertrauensperson auch noch blond, blauäugig und ziemlich jung ist.

Statt einfach nur ihren Paß abzugeben, warten sie mit denkwürdigen Spielchen auf und glänzen gern mit auswendig Gelerntem:
Dem Menschen, der so stark durch den Genuß der Augen lebt, gibt eine Reise wie diese unendlich viel. Gar zu gern und allzu oft wandern aus fernen Ländern, in denen man reist, die Gedanken zur Heimat zurück, in Sehnsucht suchend und vergleichend. Unzufriedene Dunkelseher daheim sollten Gelegenheit erhalten, in die Ferne zu reisen. Das gibt Heimatliebe und Zufriedenheit. – – –

»Na, junge Frau, wissen Sie, wer das geschrieben hat?«

Na klar, Emil Nolde. So was wird bei uns auf die Rückseite der Speisekarte gedruckt, Du Pisser! Den Pass will ich und das Ticket, nichts weiter.

Aber die wirkliche Antwort zeugt von höchster sozialer Kompetenz: Zuerst muss sich in das Lächeln ein gerüttelt Maß an Bewunderung ob dieses gelehrten Zitats mischen, und dann muss der Gestus unmerklich umschwenken in Richtung Krankenhaus und Oberschwester und Befehlen, die wie Fragen daherkommen, à la: *Was gibt es denn heute schönes von unserem Stuhlgang zu berichten, Herr Breitmeyer?*

Solche Menschen sind meist sehr einsam am Grunde ihrer Aufdringlichkeit und nur in ihrer ureigenen verschrobenen Gedankenwelt Herr der Lage. Umso lieber lassen sie sich führen. *Des Menschen Hörigkeit.* Traurig eigentlich, wenn man die Zeit hätte, darüber nachzudenken. Hat man aber nicht, erst recht nicht am Tag des Passagierwechsels, wenn die nächsten in der Schlange schon unruhig werden.

Es reicht nur für das Einsortieren in das Kästchen *Sonderbetreuung*. Name, Kabinennummer und Gesicht merken. Und einen Spitznamen vergeben; zum einen als psychische Hygiene für einen selbst, um der im Namen der Höflichkeit aufgestauten Aggression ein Ventil zu geben, zum anderen, um die Verständigung innerhalb der Mannschaft zu erleichtern.

Dieser hier wird von nun an *der Literat* sein.

Es hätte ihn schlimmer treffen können.

Wir hatten schon einen *Stinker*, dem die Mädels von der Hauswirtschaft am dritten Tag diskret ein Deo ins Bad gestellt haben, eine *Klunker-Elli*, die sogar beim Schnorcheln noch gut 700 Gramm Gold am Leib hatte, und auf jeder Reise ist garantiert ein *Korinthenkacker* dabei.

Allerdings: die Spitznamen, die die Rezeption vergibt, sind nur vorläufig, Arbeitstitel sozusagen, entstanden in einer für beide Seiten stressigen Sondersituation. Die wirklichen, endgültigen Spitznamen vergeben die Kellner aus dem Alltag heraus, und der ständigen Wiederkehr der kleinen Ticks und Besonderheiten.

Spätestens am dritten Tag sind die herausragenden Persönlichkeiten an Bord durchbuchstabiert: *Fifi* für den Mann mit der schlecht sitzenden Perücke, *Dr. Swallow* für den Mediziner, der ein Vier-Gänge-Dinner in siebzehn Minuten schafft, *Zsa Zsa* für die bis zur Unkenntlichkeit geliftete vierundachtzigjährige Amerikanerin. Das sind dann in der ersten Woche endlose Lacher in der Mannschaftskantine.

Und todsicher ziehen die aufmerksameren Passagiere kurze Zeit später nach: »Ist Ihnen schon mal aufgefallen, wie schnell der Herr da am Zweiertisch sein Essen schlingt? Und diese ausgesprochen faltenlose Amerikanerin?«

Klar doch. Dr. Swallow und Zsa Zsa. Aber es ist Ehrensache, dass keiner aus dem Nähkästchen plaudert.

Noch dazu, wenn es ausgerechnet Fifi ist, der da gerade seine Beobachtungen kundtut.

Das Expeditionsteam ist als Eisbrecher beim Begrüßungscocktail eingeteilt. Anders als beim Drink unten an der Gangway sind hier in den Gläsern richtig Umdrehungen drin. Die Leute sollen sich schließlich entspannen und noch mal ordentlich Energie nachtanken. Das Expeditionsteam sind wir, die Lektoren, die wissenschaftlichen Reisebegleiter. Auch wir in Khakihose und blendend weißem Polohemd mit goldenem Namensschild.

Dr. Andreas Doering, Literature steht auf meinem. Und damit werde ich der Gewinner der allerersten Arschkarte dieses Reiseabschnitts. Denn das Schild wirkt natürlich wie ein Magnet auf *den Literaten*, von dem ich ja noch gar nicht weiß, dass es ihn an Bord gibt.

Sofort nimmt er mich in Beschlag:

»So so, dann sind Sie also gewissermaßen der Literat an Bord – interessant. Na, da will ich Sie mal auf die Probe stellen. *Mir scheint immer dort, wo ich nicht bin, wäre ich glücklich, und wo wir unseren neuen Aufenthalt nehmen könnten, ist eine der Fragen, über die ich mich unaufhörlich mit meiner Seele unterrede.* Na, wer könnte das geschrieben haben, Herr Doktor?«

»Mmhh«, sage ich und versuche, seinem stechenden Blick auszuweichen.

»Ich sag mal: rein ideengeschichtlich irgendwo zwischen ›Heinrich von Ofterdingen‹ von Novalis und ›Steppenwolf‹ von Hesse.«
Erstmal ordentlich name dropping machen.

Er schüttelt den Kopf: »Ich helf Ihnen: Großer Franzose.«

Diese Art von *Trivia Pursuit* kann man nur auf möglichst geistreichen Abwegen gewinnen.

»Ah! Dann weiß ich«, sage ich und blicke ironisch, »Napoleon auf St. Helena.«

»Sie wissen es nicht und wollen nur ablenken.«

Ich klappe mein Geweih zusammen: »Ja. Stimmt. Ich habe wirklich keine Ahnung, von wem das sein könnte.«

»Baudelaire!« Er bohrt mit dem Zeigefinger mein Namensschild tief zwischen meine fünfte und sechste Rippe.

»Sieh an. Naja, man lernt immer noch was dazu. Danke dafür. – – – «
»Darf ich Ihnen Stefan vorstellen, unseren Geologen?«

Bloß schnell durchreichen, den Mann!

Aber die meisten Neuankömmlinge tun einem eigentlich leid, eben die, die bei Streß und Überforderung hilflos reagieren, statt ihre Orientierungslosigkeit hinter großen Reden zu verstecken. Die normalen Passagiere halt. Die bis zum Schluss keinen Spitznamen haben.

Bei einem dieser Begrüßungscocktails im Gesellschaftsraum ist mal ein Amerikaner ganz besorgt auf mich zugekommen, hat sich umgeguckt, ob er auch nicht so leicht gehört wird, und fragte, wo denn das Deck für die englischsprachigen Passagiere sei.

Ich hätte ihn väterlich drücken können. Von der Rezeption wurde gerade die Durchsage gemacht, dass in fünfzehn Minuten die Sicherheitseinweisung beginnt. Diese Durchsagen sind immer zweisprachig, aber das Deutsche kam zuerst, und deswegen dachte der arme Mann, dies sei das Deck für die Deutschen und er sei in der falschen Etage.

Hat sich dann aber rasch aufgeklärt.

Eigentlich eine faszinierende Idee. Ein Schiff, auf dem alle Gemeinschaftsräume doppelt vorhanden sind. Der Speisesaal für die Amis, runtergekühlt auf zwölf Grad, mit Papiertischdecken, Ketchupflaschen und Zahnstochern mit Stars and Stripes- Fähnchen. Den Chardonnay gibt es nur mit Eiswürfeln.

Auf der anderen Seite das Restaurant für die Europäer: mit Leinentischtüchern, Kerzenhaltern und dekantiertem Rotwein. Beides gleichermaßen fünf Sterne, versteht sich.

Und auch zwei völlig verschieden sortierte Bibliotheken. Die amerikanische vornehmlich mit erbaulichen religiösen Schriften und großformatigen Fotobänden vom glorreichen Sieg der Ledernacken über die Japsen im Pazifik.

Es liegen tatsächlich Welten zwischen der alten und der neuen. Und auf der Ocean Blue haben wir sie beide zu gleichen Teilen.

So langsam wandern die Neuankömmlinge jetzt leicht beschwipst in ihre Kabinen ab, vor denen hoffentlich die richtigen Koffer stehen, und entnehmen mit Entsetzen dem Tagesprogramm auf ihren Betten, dass sie bestenfalls zwanzig Minuten zum Verschnaufen haben. Denn dann stellt sich im großen Vortragsraum auf Deck 7 das Expeditionsteam vor und gibt eine Vorschau auf den morgigen Tag in *Bora Bora*. Gleich im Anschluss: Die gesetzlich vorgeschriebene Sicherheitseinweisung. Dann: Schnorchel und Flossen in Empfang nehmen im Umkleideraum auf Deck 3. Da sind wir dann wieder live dabei, weil man da viel lernen kann – das andere fass ich mal rasch ein wenig zusammen.

Wir sind auf der Ocean Blue. Ein Schiff, auf dem man bei den meisten Passagieren Abitur und Studium durchaus genauso voraussetzen kann wie ein Einkommen oberhalb der Beitragsbemessungsgrenze.

Expeditionsreisen sind eine ganz andere Liga als Kreuzfahrten. Die Leute, die hier mitfahren, haben sich in aller Regel vorbereitet, einiges gelesen über die Reiseziele und sind überhaupt sehr weltgewandt. Kultiviertes, belesenes Publikum sozusagen. Womit ich um Gottes Willen nicht gesagt habe, dass man hier vor Ignoranz sicher ist, aber wenigstens kommt sie häufiger als auf manch anderem Traumschiff in grammatisch einwandfreien Sätzen und durchwirkt mit Fremdworten daher. Eine Dreier-Kombination, für die mir besonders Mediziner für immer im Gedächtnis bleiben werden: Fremdworte, Hypotaxe, Ignoranz.

In Papeete haben auch einige Kreuzfahrtschiffe festgemacht. Der Unterschied könnte größer kaum sein. Das sind schwimmende Hotels mit vierzehn, sechzehn Stockwerken und allein 800 oder mehr Mann Besatzung, die dementsprechend nur in große Häfen einlaufen können. Diese typischen Traumschiffe aus dem Fernsehen,

Auf unser Schiff passen maximal 160 Passagiere, bei 89 Metern Länge und nur 4,60 Metern Tiefgang können wir in Lagunen einlaufen, an denen die *Pacific Princess* und die *Celebrity Silhouette* leider vorbeidampfen müssen. Wir haben kein Kino, keine Disse, kein Casino, wir spielen weder Bingo noch Deckgolf und beschäftigen auch keinen Pianisten.

Die Passagiere liegen meistens um zehn, halb elf abends knallfertig im Bett, weil sie um sieben oder sogar noch eher aufgestanden sind. Dann wird rasch gefrühstückt, und schon gehts mit Gummibooten, den *Zodiacs,* immer acht Leute in einem, auf die winzigsten Eilande. Nicht selten heißt das: Viertelstündiger, harter Ritt auf den Wellenkämmen, bei der Durchfahrt durchs Riff nass werden und dann noch fünfzig Meter bis zum Strand waten. – Das kriegt man in Pumps nicht hin! Erst recht nicht, wenn das *Zodiac* schon an der Ausschiffungspforte zweieinhalb Meter rauf und runter tanzt.

Auf einigen Inseln, an denen wir so anlanden, sind wir die einzigen Touristen, die die Einheimischen zu Gesicht bekommen, dementsprechend ist das Staunen beidseitig.

Und der Empfang keine herunter gespulte Routine, sondern stolzes Präsentieren.

Sobald das Schiff in Sicht kommt, versammelt sich die ganze Insel am Strand, die Kinder haben schulfrei und seit Tagen von nichts anderem gesprochen als den *Palagi,* die da aus dem glorreichen Amerika und dem weitgehend unbekannten Europa kommen.

Und damit diese Begegnungen bei aller unterstellter Kultiviertheit und Reiseerfahrung der Passagiere an Bord nicht in einem heillosen Chaos und in Kriegserklärungen der Einheimischen enden, werden die Passagiere von den Lektoren auf das minutiöse Regelwerk aufmerksam gemacht, das es in den einzelnen Inselreichen zu beachten gilt. Der Anthropologe erläutert alles und stellt Regeln und Gebräuche im Laufe seiner Vortragsreihe in einen größeren Zusammenhang.

Die typische Vorbereitung auf einen Inselbesuch hört sich dann etwa so an: Direkt nach der Anlandung auf der Insel gibt es für jeden einen *Lei,* den Blumenkranz, den die Frauen am morgen frisch geknüpft haben, dann, so ziemlich genau ab Samoa westwärts, die *Kava-Zeremonie* für die Honoratioren auf beiden Seiten. Das ist in aller Regel drinnen oder unter einem eigens gespannten Dach, also bitte, ziehen Sie die Schuhe aus!

Kava ist nicht alkoholisch. In einer großen Schüssel wird ein Sud aus den Wurzeln des Pfefferstrauchs bereitet, *piper methysticum Forsteri,* der dann zeremoniell verabreicht wird. In streng hierarchischer Ordnung: wer auch mal will, sollte warten, bis der Dolmetscher getrunken hat, da ist meist das untere Ende der Prominenz erreicht. Einmal klatschen, dann wird die Trinkschale gereicht, nach dem Trinken zweimal klatschen. Mit hohlen Händen. *Kava* ist ein Trank, der die Nerven betäubt und beruhigt; fühlt sich im Mund an wie die örtliche Betäubung beim Zahnarzt. Nach zehn, zwölf Schalen kann man sich nicht mehr rühren. Also probieren Sie in Maßen!

Danach überreicht der Expeditionsleiter Geschenke – Häuptling, Bürgermeister und Pastor bedanken sich, und schließlich zeigen uns die Männer, Frauen und Kinder eine Auswahl ihrer schönsten Tänze. Und erst dann, ich bitte Sie, erst dann (!) darf die Insel erkundet, erst dann dürfen Souvenirs gekauft werden. Wir wollen da keine Schnäppchenjäger vorab sehen.

Und es gibt noch mehr Regeln: Während der Kava-Zeremonie wird gesessen, wobei die Beine niemals in Richtung Kava-Schüssel zeigen dürfen, am besten also Schneidersitz; in manchen Dörfern darf niemand außer dem *Chief* eine Kopfbedeckung tragen, egal, wie heiß die Sonne brennt – also eincremen, wer Glatze hat. Und wer zum Mittanzen aufgefordert wird, darf das grundsätzlich nicht ablehnen. *Ura piani* nennt sich das, Einladung zum Tanz, und ist ein Zeichen von Gemeinschaft. Keineswegs Touristenveräppelung.

Anthropologen können verdammt nützlich sein. Da ordnen sich sogar großkotzige Betriebswirte oder Wirtschaftsingenieure, die sich sonst über alles rein Akademische stellen, gerne unter.

Die Biologin an Bord wiederum bietet im Anschluß an all das Willkommensprozedere naturkundliche Inselrundgänge an, auf denen sie besondere Pflanzen und Tiere hervorhebt. Und referiert an Bord über Nutz- und Heilpflanzen, Seevögel oder Krustentiere.

Meist ist zusätzlich noch ein Meeresbiologe dabei, der für die gesamte Unterwasserwelt zuständig ist, die Fahrten des Glasbodenboots über den Riffen begleitet und die Taucher betreut.

Der Geologe schließlich hält Vorträge über Vulkanismus oder die Entstehung von Atollen und bietet seinerseits Exkursionen an.

Das ist sozusagen die akademische Standardausstattung der Ocean Blue, oft in doppelter Ausführung, weil nicht alle Lektoren zweisprachig sind.

Und wie im richtigen Leben auch, führen die Künstler und Literaten ein Schattendasein, deswegen gehören sie nicht zur Standard- sondern zur Sonderausstattung.

Judith Kunzlé und ich sind nur hin und wieder an Bord. Judith macht Workshops im Skizzieren und Zeichnen und hält Vorträge über polynesische Kunst, ich lese aus wichtigen Werken der Südseeliteratur: Herman Melville, Somerset Maugham, Jack London und Robert Louis Stevenson.

Die Lektoren sind der Kern des Expeditionsteams, deswegen halten wir nicht nur Vorträge, sondern sind auch die ersten, die die Inseln betreten und die letzten, die sie verlassen. Wir fahren die Zodiacs, sind am Strand Bademeister, reichen starke Arme beim Ein- und Aussteigen, helfen auch am achtzehnten Reisetag noch (wenn es eigentlich jeder kapiert haben sollte) beim Anlegen der Schwimmweste, stellen als Souvenir ein Logbuch und eine Photo-CD zusammen.

Wir pampern die Passagiere von morgens bis abends und geben nicht eher Ruhe, bis der letzte Rest von Selbständigkeit verschwunden ist: Das wäre die Arbeitsplatzbeschreibung.

Mit so viel Detailwissen werden die Neuankömmlinge am ersten Abend natürlich noch nicht bombardiert. Nicht, dass sie Zweifel bekommen, ob das hier wirklich ein erholsamer Urlaub wird, und doch noch schnell wieder aussteigen wollen, solange wir den Hafen noch nicht verlassen haben.

Aus etwas anderem Grund gab es mal so eine Situation.

Passagierwechsel in *Lautoka* auf Fidschi. Die Ocean Blue hatte noch nicht abgelegt, als eine Dame mit ganz dicken Adern zur Rezeption kam, und drohte, sofort wieder abzureisen und uns mit ihrem Anwalt die Hölle heiß zu machen.

»Was ist denn los, was können wir denn für Sie tun?«

»Ich will sofort eine andere Kabine!«

»Was gefällt Ihnen denn nicht an der, in der Sie untergebracht sind?«

»Der Blick! – Ich mache eben die Balkontür auf und schaue auf diesen riesigen, hell erleuchteten Frachter. Und dauernd rummsen diese Container beim Entladen. Nein. Dafür hab ich nicht so viel Geld bezahlt.«

Eine wahre Geschichte. Aus dem Schwarzbuch des Expeditionsleiters.

Eine Stunde später hatten wir abgelegt und sie hatte *bella vista*.

Bald sind die Neuankömmlinge durch und können sich beim Dinner im *Marco Polo Restaurant* zurücklehnen. Zumindest glauben sie das – aber auch da kriegen sie noch mal richtig enge Betreuung. Obwohl: das ist eigentlich mehr unser Schaden als ihrer.

Nur noch kurz Schwimmflossen und Schnorchelmasken in Empfang nehmen, Herrschaften! Und die Taucher bitte ihre Heftchen vorzeigen.

Die nächste Sondersituation. Und für meine Begriffe die unangenehmste.

Aber die beiden Tauchmeister sind abgehärtet. Es ist wahrlich kein Genuß, die Füße anderer Menschen begutachten zu müssen. Zumal die meisten Schiffsreisenden die sechzig schon weit überschritten haben und dementsprechend zu verhornten, gelblichen Zehennägeln, Furunkeln, Hühneraugen, Krampfadern, oder diesen vom vielen Pumps tragen extrem einwärts gerichteten großen Onkeln neigen. Und nach so langer Anreise kommt natürlich noch eine gewisse Geruchsentwicklung dazu. Hilft nichts. Bei Schwimmflossen kann man nicht einfach sagen, dass man Größe 42 hat, und dann werden sie schon passen. Also quälen sich alle aus ihren Schuhen und Strümpfen.

Und schon gibt es die ersten Geschichten.

»Wissen Sie, ich bin nämlich gefallen vor zwei Wochen und kann noch gar nicht wieder richtig auftreten. – – – Das Telefon klingelte abends, und da dachte ich schon, das ist bestimmt Benny, mein Enkel, och, son goldiger Bengel, der will sich bestimmt von seiner Omi verabschieden, weil er am nächsten morgen ganz früh auf Klassenfahrt – naja, ich will also die Treppe runter, hatte aber meine Lesebrille noch auf, und bumms! Direkt umgeknickt. Gottseidank erst auf der vorletzten Stufe. Das hat vielleicht weh getan, ich hab richtig geschrien. – – – Aber der Heinz, das ist mein Hausarzt, alter Studienkollege von meinem Mann, schneidiger Kerl, immer noch, hoch gewachsen, volles Haar, ganz elegante Erscheinung – naja, der kam jedenfalls gleich angefahren und ich erstmal ins Krankenhaus, röntgen und zur Beobachtung. Ich sage Ihnen! – – –«

»Wir können ja erst mal schauen, welche Maske sie brauchen. Machen Sie doch mal ihr Haar ganz aus dem Gesicht – so, ja, Klasse und jetzt halt ich die Ihnen, und Sie atmen ganz kurz durch die Nase ein.«

»Nein, also das tut mir leid, da krieg ich Beklemmungen.«

»Na, das sollen Sie natürlich nicht. Dann schau ich nur mal so – ach ja, das passt schon. Und wenn Sie beim erstenmal merken, die ist zu groß, geben wir Ihnen eine andere. So, jetzt mal zurück zu den Flossen. Ich denke, es wäre besser, wenn Sie die Strümpfe auch ausziehen.«

Im Grunde hat jeder von uns nach vier Wochen auf See die Berechtigung erworben, eine psychotherapeutische Praxis aufzumachen.

»Meinen Sie denn, ich sollte Schnorcheln?«

»Aber unbedingt. Sie können doch nicht in die Südsee fahren, wo es Tausende von einmaligen Riffen gibt, und sich das nicht mal aus der Nähe angeschaut haben. Im Wasser brauchen Sie nicht aufzutreten, und ins Boot zurück ziehen wir Sie schon.«

»Wie bitte? Wir schnorcheln nicht am Strand?«

»Nein, die Riffe sind meistens weiter draußen. Da ankern wir zwei Boote, und von da aus gehts ins Wasser.«

»Nein, das kann ich sowieso nicht, da hab ich Angst, dass es mich nach unten weg zieht.«

»Ach, was. Es sind immer zwei Leute aus dem Expeditionsteam mit dabei in den Booten.«

Die Dame wurde unsere eifrigste Schnorchlerin. Es war nur etwas schwierig, sie wieder aus dem Wasser zu kriegen. Und am Ende kannten wir alle ihre sämtlichen Krankheiten seit 1977, als sie diese schwere Unterleibsgeschichte hatte, alle kannten ihren verstorbenen Mann, der leider zum Trinken neigte, alle kannten Benny und seinen kleineren Bruder, alle kannten ihren Schwiegersohn, der zwar kein Akademiker, aber ein ganz patenter Unternehmer ist, und natürlich ihre Tochter, ach das war immer ihre Prinzessin. Und wir hätten uns nicht gewundert, wenn sie das nächstemal mit Heinz an Bord gekommen wäre, ihrem Hausarzt, wo doch dessen Frau nun auch schon drei Jahre tot ist. *Und wissen Sie, es ist doch so: das Leben geht ja schließlich weiter.*

Ansonsten kriegt man beim ersten Kontakt mit Taucherbrillen und Schwimmflossen natürlich auch immer wieder gern erzählt, als hätten die Meeresbiologen und Tauchmeister an Bord bisher nur in Aquarien gearbeitet, wo es überall auf der Welt schöne Tauch- und Schnorchelplätze gibt, welche Fische wo ganz besonders stark vertreten waren, wo auf einmal ein ganzes Rudel Haie auftauchte.

»Das war schon nicht ohne, sag ich Ihnen. Aber mein Mann hat ganz seelenruhig noch ein paar Aufnahmen gemacht. Wissen Sie, wir tauchen ja schon seit so vielen Jahren, wir fahren ja nie in die Berge. Malediven, Rotes Meer, Australien, Seychellen: Können wir ihnen überall sagen, was es zu sehen gibt und welche Hotels man nehmen sollte. Und eigentlich mögen wir das gar nicht, so in Gruppen tauchen oder schnorcheln.«

Tief durchatmen! Der Passagier hat immer recht, der Passagier ist König, und in drei Tagen sind alle viel entspannter.

»Na, dann haben Sie womöglich Ihre eigene Ausrüstung mit?«

»Sicher, Kindchen. Wir wollten nur mal sehen, ob Ihre vielleicht besser ist. Aber wir packen dann wohl doch lieber unsere aus.«

Kommen wir zum Abendessen. Oder nein, vielleicht doch noch kurz zwei weitere Knaller aus dem Schwarzbuch des Expeditionsleiters. Dann haben wir dieses Kapitel ein für allemal abgehakt.

Also – Frage einer Passagierin: »Sagen Sie, das Schiff ist ja doch ziemlich klein. Schläft denn die Mannschaft auch mit an Bord?«
Das ist schon gar nicht schlecht.
Wird aber noch übertroffen von der Frage nach dem Strom: »Sagen Sie, wo kriegen sie eigentlich so weit draußen den Strom her?«
Es wird kolportiert, dass es dazu folgende passende Antwort gab: »Naja, wir fahren ja sehr häufig dieselben Routen. Und die haben wir natürlich so gelegt, dass wir immer eines der vielen Unterwasserkabel abgreifen können. Muß man dann an Bord nur noch auf 220 Volt runterspannen.«
Ist aber unwahrscheinlich. Klingt eher so, als wäre diese Antwort erst in der Mannschaftsbar entwickelt worden.

Aber jetzt wirklich zum Abendessen. Für die Passagiere, traumhafte Südseelandschaften hin oder her, einer der Glanzpunkte des Tages. Auf der Ocean Blue wird nämlich richtig fünfsterneplusmäßig diniert. Wenn man mal die Größe der Küchen gesehen hat, fragt man sich, wie die Jungs und Mädels das hinkriegen, mehr als hundert Leute auf diesem Niveau zu verköstigen.

Das genießen natürlich auch Crew und Staff, aber für viele Lektoren ist das Dinner eigentlich das schlimmste. Nach zwölf, dreizehn Stunden Arbeit noch mal der härteste Brocken obendrauf. Denn wir sollen uns jeden Abend an einen anderen Tisch setzen und Konversation machen.

Es gibt richtig einen Wettbewerb, wer es am häufigsten schafft, drumrum zu kommen.

»Nee, Du, ich muss noch so viel vorbereiten für morgen, ich eß rasch in der Offiziersmesse.«

Es gibt nämlich verdammt viele beschissene Gespräche in einem Mikrokosmos, in dem Geld, Erfolg, gesellschaftlicher Status, die Überlegenheit der amerikanischen Nation und die Abwesenheit von Selbstzweifeln völlig selbstverständlich sind.

Natürlich sind das Ausnahmen, natürlich gibt es auch wahnsinnig interessante Zeitgenossen an Bord, aber leider kann man sich nicht an die klammern, denn mehr als drei-, viermal am gleichen Tisch sollte man nicht sitzen.

Die Zahl der gelungenen Dinnergespräche hält sich also in Grenzen.

Mein Gespräch mit einem hochgestellten Mediziner und seiner Frau: »Na, Sie sind doch wohl Lehrer, oder?«
Kein Witz. Genau das war sein erster Satz.
»Woran machen Sie das fest?«
»Na, die ganze Art, wie Sie reden.«
»Aha.«
Seine Frau hatte einen Anflug von Mitleid und griff ein: »Na, nun musst Du ihm aber auch sagen, was Du meinst, Schatz.«
»Ach, Du weißt genau, was ich meine.«
Pause.

»Ich bin im wirklichen Leben Rundfunkredakteur bei den Öffentlich-Rechtlichen.«
»Das ist ja noch viel schlimmer.«
»Mmhh. Was ist daran so schlimm?«
»Diese Nachrichten. Wenn ich das schon höre. Ist doch alles gelogen.«
»Ich kann nichts dafür, wenn Herr Schäuble oder Frau Merkel die Unwahrheit sagen.«
»Ja, aber Sie tun auch nichts dagegen.«
»Wir laufen nicht mit Rohrstöckchen rum und hauen ihnen auf die Finger, das stimmt. Ansonsten gibt es durchaus Kommentare oder auch die politischen Magazine mit Einschätzungen.«
»Ach, hören Sie doch auf!«
Hab ich dann auch. Radikal das Thema gewechselt.
Weil die Frauen hochgestellter Männer dieser Generation sehr gerne hochgestellte *Hausfrauen* sind, ist es mir gelungen, noch vor dem Zwischengericht das Gespräch mit IHR weiterzuführen – über Rezepte, selbst gezogenes Gemüse und die Vorteile von Fußbodenheizungen. Und als ich ihr von meiner Angewohnheit erzählte, meine Socken auf

der Wäscheleine paarweise sortiert aufzuhängen, hatte sie, glaube ich, kurzzeitig richtig schwiegermütterliche Gefühle mir gegenüber.

Lächeln – ablenken – vage bleiben. Domestikenschicksal, Promotion hin, Koryphäe her. Wir sind nicht wir, sondern Reisebegleiter, *staff*, im Preis inbegriffen. Und das kann für jemand wie die beiden Anthropologen von der Osterinsel, die in drei Sprachen fließend kommunizieren, die schon seinerzeit mit Thor Heyerdahl zusammengearbeitet haben und jeden maßgeblichen Wissenschaftler, Häuptling oder Geschichtenerzähler im Pazifik kennen, manchmal bitter sein.

Umso mehr freut man sich über die wirklich neugierigen, offenen Passagiere, die keinen Hintergrund für ihre Monologe suchen, sondern einen wirklichen Dialog. Die trotz ihres fortgeschrittenen Alters das Staunen noch nicht verlernt haben und neue Erfahrungen in ihr Weltbild einarbeiten, statt sie spurlos zu absorbieren und dann ungeduldig auf den nächsten Tagesordnungspunkt zu warten. Über die anderen muss man dann eben in der Mannschaftsbar Dampf ablassen.

Kann sogar ein willkommener Gesprächseinstieg sein, wenn man endlich der Krankenschwester näher kommen will. Das geht dann ungefähr so: »Oh, Hilfe – ich hab eben mit diesem Wichser am Tisch gesessen, diesem Prof. Dr. med. und seiner Luxusdame.«

»Au, ja, ein Oberarsch. War heute Nachmittag im Behandlungszimmer und hat rumgepupt, wie beschissen wir ausgestattet sind. Und dabei dauernd auf meinen Kittel gestarrt.«

»Na, mit beschissen ausgestattet konnte er DICH ja auch nicht gemeint haben.«

Danke für diese wunderbare Vorlage, Herr Professor!
Und schon geht es wieder einigermaßen.
Sag ich doch: Psychohygiene.

Aber jetzt liegen alle in ihren Betten, haben noch immer ihre Koffer nicht richtig ausgepackt, sind noch zweimal rasch aufgestanden und haben als Deutsche versucht, die Aircondition zu drosseln, als Ame-

rikaner, sie noch weiter aufzudrehen, und haben vergeblich mit der Rezeption einen Weckruf ausmachen wollen. Denn geweckt wird über den Lautsprecher in der Kabine und der ist weiß Gott laut genug, das werden sie morgen früh um Punkt sieben in Panik feststellen.
Also pssst. Lassen wir sie schlafen!

Umso ausgiebiger können wir noch ein bißchen über sie herziehen. Besonders über Sammler, Hobby-Ornithologen und Promis. Das ist zwar gemein, aber als Psychohygiene ausgesprochen sachdienlich.

Riegel-Rudi, Sportchef & John F. Kennedys Schwager

Am goldigsten fand ich eigentlich immer die Ornithologen, die *Birdwatchers*.

Für mich ist der Prototyp des Birdwatchers in der Südsee ein Engländer in knielanger Khakihose und abgewetztem Tweed-Sakko mit lederverstärkter Armbeuge, T-Shirt mit dem Logo der letzten Vogelkundler-Tagung auf Madagaskar oder Scharhörn, dicken Wollsocken, die über den Rand der alpinen Lederstiefel geschlagen sind.

Ich übertreibe nicht. – Ich habe deutlich einen unheimlich liebenswerten, aber leicht verschrobenen pensionierten Lehrer aus Somerset vor Augen, der mit einer ganzen Truppe gleichgesinnter und einigermaßen gleich aussehender Kollegen von Tahiti ostwärts zur Osterinsel an Bord war. Und zwar, weil außer den ornithologisch außergewöhnlichen Marquesas-Inseln vor allem die Vogelparadiese *Henderson*, *Ducie* und *Pitcairn* angefahren wurden. Die waren einzig und allein deshalb mitgefahren. Auf solchen Perlen wie den Tuamotus und Gambier-Inseln – Gott ja, sind sie halt auch mit ausgestiegen.

Waren ja eh, wie jeden Tag, morgens um fünf schon an Deck.

Mit Fernglas, versteht sich.

Birdwatchers haben auch nachts im Bett ihr Fernglas immer griffbereit, womöglich sogar um den Hals. Die Männer können sogar beim Pinkeln im Freien jederzeit blitzschnell umgreifen. Gestandene Birdwatchers begnügen sich bei Frühstück, Lunch und Dinner mit einfachen Tellergerichten, die man zum einen jederzeit stehen lassen und dann später mit dem gleichen Genuß kalt weiter essen kann, und die zum anderen genügend Platz auf dem Tisch lassen. Also keinen Salat zum Steak und keine zerlassene Butter zum Fisch.

Denn sie sitzen immer zusammen, und das addiert sich an einem Vierertisch zu vier Ferngläsern, vier Kameras mit langem Objektiv und dann noch zwischen vier und zehn Bestimmungsbüchern. Da nimmt man den Teller auch schon mal auf den Schoß. Draußen im Freien haben sie das alles natürlich immer am Mann, und deswegen erkennt man sie schon von weitem an dieser nicht ganz richtigen Körperhaltung. Aber selbst bei vier Bestimmungsbüchern unter einem Arm können sie mit dem anderen Fernglas oder Kamera immer noch im Bruchteil einer Sekunde in Anschlag bringen.

Es gibt dazu ein passendes, fast schon legendäres Bild, das auch in die Foto-CD mit aufgenommen wurde, die die Passagiere als Andenken bestellen konnten.

Auf Henderson oder Ducie in der Pitcairn-Gruppe, einer von diesen beiden Ornithologen-Paradiesen mit soundsovielen endemischen und vom aussterben bedrohten Vogelarten, waren die Birdwatchers ganz bewusst mit dem allerersten Zodiac an Land gebracht worden. *Bloß erst die Jungs zufriedenstellen,* das war uns Lektoren eingeimpft worden.

Und sie hatten kaum festen Boden unter den Füßen, als einer von ihnen auch schon den ersten Vogel entdeckte. Auf zwei Uhr in einem Baum zwanzig Meter vor ihnen und fünf, sechs Meter über ihren Köpfen. Präzis und synchron wie ein Ballett, wie die Fertigungsroboter bei VW in Halle 54, drehten sie sich alle in dieselbe Richtung, brachten ihre Gläser exakt parallel in denselben Winkel und fielen stocksteif in Flüsterton.

»Ich hab ihn noch nicht aufgenommen – was meinst Du, was es ist?«

Und genau in diesem Moment entstand das Foto.

Aber was wir Lektoren und später auch die Passagiere daran zum totlachen komisch fanden, haben die Herrschaften leider nicht verstanden. Womöglich, weil noch immer Unmut über einen verpassten Vogel herrschte. Im Inselinneren von *Fatu Hiva* auf den Marquesas-Inseln.
Und da kommen wir leider zur unangenehmen Seite solcher Interessengruppen.

Die Biologie-Lektorin war mit einer Gruppe von ganz normal an der Natur Interessierten unterwegs, unter die sich die Birdwatchers niemals begeben hätten, weil sie Büsche, Bäume und Sträucher nur anschauen, wenn sich darin ein kleiner gefiederter Freund verbirgt. Aber just auf diesem Spaziergang machte die Biologin genau eine der Vogelarten aus, deretwegen die ganze Truppe aus England überhaupt nur an Bord war.
Der *Fatu-Hiva-Monarch*, *pomarea whitneyi*. Und zwar Männchen und Weibchen schnäbelnd auf einen Schlag. Die Birdwatchers hatten sich extra einen lokalen Führer genommen, der sie an die heißen Stellen führen wollte – ohne Befund.
Und dann gab unsere Biologin mit ihrem Sprechfunkgerät ihr spektakuläres *spotting* auch ordnungsgemäß weiter. Allerdings nicht auf der Extra-Frequenz der Birdwatcher, die sich zu dem Zeitpunkt mit ersten Schürfwunden und schweißbeperlt durchs Gelände kämpften. Die konnten also nichts hören. Und keiner von uns, die wir alle auf der Frequenz der Biologin mithörten, dachte daran, dass das jetzt womöglich nicht angekommen war. Die Birdwatcher hatten zwar schon die anderen beiden Attraktionen der Insel ausgemacht, abgehakt und fotografiert: *pomarea mendozae* und *acrocephalus mendenae*, auch jeweils Männchen und Weibchen gefunden, aber eben keinen einzigen *pomarea whitneyi*. Und dann noch als Pärchen! Das Jahrhundertbild!
Und das Ganze kam erst raus, als alle wieder an Bord waren und die Truppe zwar davon schwärmte, wie sie die ganzen anderen Gevatter gesehen hatte, aber wieviel schöner wäre es doch gewesen, *blah blah*. Und da sagte die Biologin: »Wieso, ich hab doch n Pärchen gesehen.«

Und von einer Sekunde auf die andere war Krieg.

Ihr Geld zurück wollten sie, in ihren Fachzeitschriften von Exkursionen auf der Ocean Blue abraten wollten sie, es wurde sogar kurzzeitig ziemlich frauenfeindlich.

Meine Fresse!

Es gab richtig nen Krisengipfel mit dem Expeditionsteam: Wie man in Zukunft so etwas vermeiden könnte, wie sichergestellt wird, dass jeder an Bord, von dem kleinsten und gemeinsten Mann bis rauf zum Kapitän, jetzt nur noch auf Vögel achtet.

Denn auf Henderson, Ducie und Pitcairn ganz unten links in der Südsee warteten immerhin noch mindestens die *Grüne Flaumfußtaube* (*Ptilinopus purpuratus*), der *Pitcairn-Rohrsänger* (*Acrocephalus vaughani*), der *Borstenbrachvogel* (*Numenius tahitiensis*), eine fast ausgestorbene flugunfähige Ralle mit roten Füßen namens *Henderson Crake* (*Porzana atra*) und schließlich noch der *Weihnachtssturmtaucher* (*Puffinus navitatis*).

Haben sie alle zu Gesicht bekommen. Mit Samthandschuhen haben wir sie auf die Inseln förmlich getragen. Auf Henderson, UNESCO-Weltkulturerbe und daher keineswegs jedermann zugänglich, waren sie sogar die einzigen. Kaum war ihr Zodiac an Land, mussten wir weitere Fahrten wegen des Seegangs abbrechen.

Das Schiff hat dann die Insel umrundet, damit die Passagiere wenigstens einen entfernten Eindruck kriegten, und bei der nächstbesten Gelegenheit wurden unsere Birdies wieder an Bord geholt. Aber sie hatten alle vier endemischen Vogelarten ordnungsgemäß abgehakt und führten sich auf wie kleine Kinder zu Weihnachten. Das hat dann das verpaßte *pomarea whitneyi*-Pärchen einigermaßen wieder ausgeglichen.

Ich hatte das Glück, auf Henderson mit an Land zu sein. Hab im Schatten ein herrliches Schläfchen gehalten und Vögel Vögel sein lassen. Ich werd es bis ans Ende meiner Tage nicht verstehen, wie man jede freie Minute damit verbringen kann, Bäume, Sträucher Wolkenränder und Ufersäume nach Vögeln abzusuchen. Und beim 611ten Reiher zu sagen: »Guck mal, n Reiher«.

Ich meine, dass in einem einzigen Menschen – seinem Hass, seiner Liebe, seiner Verzweiflung, Hoffnung, Angst – mehr Gesprächsstoff steckt als in allen Vögeln dieser Welt.

Aber vielleicht hab ich ja auch nur als Kind kein Fernglas bekommen.

Außerdem gibt es sehr viel unangenehmere Sammler. Vom Prinzip her zumindest. Die Herrschaften aus dem *Travelers Century Club* zum Beispiel. Die sammeln Länder. Rein – Stempel – raus – weiter.

317 Nationen sind in den Statuten des Clubs aufgeführt. Da man erst Mitglied werden kann, wenn man Hundert schon von sich aus besucht und abgestempelt hat, zumindest hab ich das so verstanden, und der Name sagt das ja auch – muß man also unter strenger Aufsicht des Clubs noch 217 weitere zusammensammeln, bevor man zu alt zum reisen ist.

Nun ahnt man auch bei nur rudimentären Geografiekenntnissen, dass es so viele Länder womöglich gar nicht gibt. Und recht hat man.

Die clubinterne Auswahl ist ein wenig eigenwillig. Kreta ist zum Beispiel ein eigenes Land, genauso wie Sizilien, die Isle of Man und Wales. Da drin steckt politischer Sprengstoff ohne Ende. Diese vier Orte mit ihrem starken Drang nach Eigenständigkeit sind mit Sicherheit bis ans Ende der Tage Fördermitglieder des Clubs.

Aber es kommt viel schöner. Die Türkei gibt es gleich zweimal. Einmal als europäisches Land, einmal als Teil von Asien. Ich weiß nicht, wo die zwei Visastempel hernehmen. Ist das die automatische doppelte Staatsbürgerschaft? Und welcher Teil will denn nun in die EU? Aber das Beste ist Kaliningrad. Ja, Kaliningrad ist für den *Travelers Century Club* ein eigenes Land. Sollte man mal dem Bundesnachrichtendienst stecken. Kännigsbärch in kalte Häimat. Wissen das die Vetriebenen schon? Dass ihre Sache noch nicht verloren ist? Dass es da weltweite Alliierte gibt? Auftrittsmöglichkeiten für die Trachtengruppen, die in Deutschland kein Schwein mehr sehen will?

Es ist nie zu spät: *www.travelerscenturyclub.org*.

Und mit dieser eigenwilligen Arithmetik kommt man denn allein in Europa und dem Mittelmeerraum auf siebenundsechzig Länder. Im Pazifik sind es nur vierzig, aber dafür kann man sich bequem zurücklehnen, statt dauernd, wie im lästigen Afrika mit seinen zweiundfünfzig Ländern, den Flieger, den Zug, den Bus zu wechseln und Hitze, Hunger, Rebellen zu trotzen. Man buche ein Schiff, das in der Südsee möglichst viele kleine Eilande anfährt, die als eigenständige Länder aufgeführt sind, und braucht noch nicht mal auszusteigen. Denn die Behörden kommen an Bord, klarieren das Schiff ein und stempeln jeden einzelnen Pass. Und da, wo es dann noch »Unterländer« gibt, sorgen die Mädels von der Rezeption für den schmückenden Sichtvermerk. Sie fahren an Land und lassen auf Wunsch die Pässe abstempeln.

Und es gibt sie leider tatsächlich, die dickfelligen Ländersammler, denen die Auseinandersetzung mit anderen Ländern und anderen Sitten zum reinen Anhäufen des Einreisevermerks gerät.

Aber immerhin gibt es sogar bei denen noch ein Interesse für etwas, das außerhalb ihrer selbst liegt. Da interessiert sich ein Subjekt immerhin noch für ein Objekt. Diese allen Lebewesen gemeinsame Subjekt – Objektbeziehung ist bei Prominenten nämlich völlig aufgehoben. Da ist dann der Gipfel erreicht. Da interessiert sich ein Subjekt nur noch für sich selbst.

Prominente reden nicht über ANDERE, sondern über SICH.

Und sie reden nicht MIT anderen, sie reden ZU anderen. Halten Monologe: morgens, mittags, abends, nachts. Wir haben es immer geliebt, wenn der Expeditionsleiter ankam und sagte, dass wir zusammenkommen müssten, weil im nächsten Hafen ein Promi zusteigt.

Der erste war James Auchincloss. Ein Hüne von Mann, mindestens 150 Kilo schwer. Und anrührend, denn er war eigentlich sehr einsam. Wenn alle an Land waren und in Gruppen ausströmten, ging er ganz alleine vor sich hin. Keiner mochte mit ihm zusammen sein, wenn es was zu erleben gab. Er war erst wieder beliebt, wenn nichts anderes geboten wurde.

Keiner kannte ihn bei seinem unaussprechlichen Namen, den man sich aber auch nicht weiter merken musste, denn er stellte sich selbst immer nur als »John F. Kennedys Schwager« vor.

Er war seinerzeit sechsundfünfzig Jahre alt, Halbbruder von Jackie Bouvier, die dann erst Kennedy und dann Onassis heiratete. James war Sohn derselben Mutter wie Jackie, aber aus deren zweiter Ehe und erheblich jünger. Von daher kann er Kennedy eigentlich nicht wirklich gut gekannt haben, denn als der erschossen wurde, war er erst sechzehn. Aber er hatte viel über ihn gelesen, um auch auf solche Fragen wie: *Mit wem hat Kennedy in der High-School sein Zimmer geteilt?* antworten zu können: »A guy named Lem«.

Er wurde von der Familie kalt gestellt, wie er selbst sagte, weil er schon früh die Angewohnheit hatte, zu viel zu plaudern. Das dazugehörige Schweigegeld enthebt ihn sicher für den Rest des Lebens jeglicher Sorgen.

Aber er plauderte trotzdem, hielt jeden abend beim Dinner Hof. Sein Tisch war bei den Amerikanern beliebter als der des Kapitäns. Allerdings kam nie jemand zu Wort, James dozierte. Das heißt, er zitierte aus Reden, die er gehalten und Artikeln, die er geschrieben hatte. Er hielt sogar einen Vortrag an Bord, irgendwas über die amerikanische Vision im neuen Jahrtausend, die natürlich ausschließlich seine Vision war.

Ich habe mir manchmal vorgestellt, was von ihm übrig bleiben würde, wenn er einfach nur der Schwager irgendeines Farmers in Iowa wäre. Crew und Staff haben ihn eigentlich nur ausgehalten, weil sein Privatsekretär der absolute Knaller war: Danny.

Der war mit allen Wassern gewaschen und ein richtiger amerikanischer, strahlender Sunnyboy. Die liebenswerteste Tucke, die an Bord war. Die Mädels haben vor Freude gequietscht, wenn er mit ihnen tanzte, schon am zweiten Tag gab es eine lange Warteliste auf Massagetermine, weil er magische Finger hatte; er konnte beim Saufen als letzter noch gerade stehen, war so braungebrannt, durchtrainiert und muskelbepackt, dass die Mädels wiederum quietschten, wenn er sich am Strand abtrocknete, und er erzählte die abstrusesten Geschichten über die Kraft, die ihm seine Tätowierungen verliehen. Er imitierte Dean Martin und Frank Sinatra und war der einzige, der auf Anhieb den Trick des Barkeepers beherrschte, im geschlossenen Mund ohne Hilfe von außen in den Stiel einer Maraschino-Kirsche einen Knoten zu machen.

Sein Arbeitgeber, John F. Kennedys Schwager, hatte ihm die Reise und dazu noch ein Auto geschenkt, weil Danny gerade das Jubiläum *Fünf Jahre John F. Kennedys Schwagers Privatsekretär* feiern konnte. Noch eine Woche länger an Bord, und wir hätten ernsthaft versucht, ihn abzuwerben.

Am wenigsten von John F. Kennedys Schwager beeindruckt war eine zweiundachtzigjährige Stammkundin an Bord, die bestimmt schon ein Dutzend Mal mitgefahren war. Sie strotzte von rheinischem Humor und war unwiderstehlich direkt. Als Jimmy Auchincloss, wie gesagt geschätzte drei Zentner schwer, an einem Seetag immer wieder laut prustend in den vielleicht zwanzig Kubikmeter fassenden Pool stieg und dabei jedes Mal fünfzig Liter verloren gingen, zog sie mich halb auf ihre Sonnenliege und sagte so laut, dass es mir ziemlich unangenehm war:

»Nun gucken Sie sich doch mal dieses fette Schwein an. Und wenn das Kennedy selbst wär, müsste ich mich vor dem ekeln. Kann der sich nicht n Hemd überziehen, wenn er ausm Wasser kommt, muss der mir hier seine fette Plautze mitten in mein Buch halten? Da vergeht einem ja alles. Versteh ich gar nicht, wie son Goldjunge wie der Danny das mit dem aushält.«

Danny hat es uns mal ganz früh am morgen an der Bar verraten: »Er lässt mich machen, wie ich meine. Ich verwöhne ihn – und er zahlt ein fürstliches Gehalt.«

Und dann hatten wir mal Journalisten an Bord. Weil Rudi Gutendorf, *Riegel-Rudi*, eingeladen worden war, mit der Ocean Blue *Tonga* und *Samoa* zu besuchen, wo er bis vor kurzem die Fußball-Nationalmannschaften trainiert hatte. In der Diaspora, denn in der Südsee, einschließlich Australien und Neuseeland, hat Fußball noch immer so in etwa den Stellenwert wie bei uns Baumstammwerfen. Was dort zählt, sind Cricket, Basketball und vor allem Rugby. Aber Rudi hat Aufbauarbeit geleistet und ist in Ehren grau geworden.

In Samoa jedenfalls wurde er als alter Freund ausgesprochen herzlich begrüßt. Wenn man mal davon absieht, dass an seinem Tisch und im Umkreis von sechs, sieben Metern um ihn herum immer nur über Fußball geredet wurde, während draußen die schönsten Landschaften vorbeizogen, war er sehr umgänglich. Natürlich hatte die eine oder andere Anekdote beim zwölften Erzählen ihren Explosionseffekt deutlich eingebüßt, aber mit achtundsiebzig können wir uns ja mal an die eigene Nase fassen.

Immer auf seinen Fersen ein wirklich sehr angenehmes Fernsehteam des WDR, Tontechniker, Kameramann und junger Redakteur, der göttlich Fußball spielte; immer auf seinen Fersen auch der damalige, langjährige Sportchef des Senders, der mehr als einmal betonte, er habe mit den Dreharbeiten nichts zu tun und sei mit seiner Frau rein privat an Bord.

Es stellte sich sehr schnell heraus, dass der Sportchef der eigentliche Star der Reise sein wollte. Seine Frau spürte schon am zweiten Tag das Unbehagen vieler Passagiere und versuchte, so gut es ging gegenzusteuern, aber wenn er nicht schon ein gutes Dutzend Spitznamen gehabt hätte, hätte er von uns und den Passagieren noch eine weitere kleine Sammlung mitnehmen können.

Zwei Szenen bleiben unvergesslich.

Die erste ist das Fußballspiel der Schiffsmannschaft gegen eine Seniorenauswahl samoanischer Nationalspieler. Fünf Minuten vor Spielende läuft sich der Sportchef warm, immer hinten die Linie auf und ab, die Beine immer merkwürdig bis zum Bauchnabel angezogen. Das ganze eher in Zeitlupe als in Wettkampfstimmung. Alles lacht sich hinter vorgehaltener Hand schlapp. Vorher hatte er groß rumgebölkt, dass er jetzt das Spiel rumreißt. Zwei Minuten vor Spielende läßt er sich dann einwechseln und zählt innerlich, da bin ich ganz sicher, die

Sekunden bis zum Abpfiff. Aber das hat ihn für mich in diesem Moment auch ausgesprochen sympathisch gemacht: wir alle haben hin und wieder Versagensängste. Da hilft auch keine große Klappe. Genau wie bei den Passagieren, die ihre Hilflosigkeit und Orientierungslosigkeit hinter großen Reden verstecken.

In der zweiten Szene erzählt er einen Witz, der aus der Sicht der Passagiere der beste Witz der Reise war. An seinem Tisch sitzen fünf, sechs Leute, am Nachbartisch noch ne Handvoll. Und der Sportchef unterhält sie alle, indem er von sich erzählt – andere Geschichten kannte er nicht.

Die Sterne sind hell, der Wein hat die richtige Temperatur. Und irgendwann ist es Zeit für einen herzhaften Witz.

»Kennt ihr den schon?«

Im Sport duzen immer alle alle.

»Was is noch kleiner als ne Mückenfotze – – –?«

Und einer, der ihm wirklich ergeben ist, der ihn verehrt, seit er sich für Sport interessiert, der sich am nächsten Tag noch viele tausendmal dafür entschuldigt hat, begeht den Fehler, zu antworten: »Dein Gehirn!«

Da war der vielversprechende Abend dann leider frühzeitig zu Ende. Der Sportchef war alles andere als amüsiert, wollte nur noch ins Bett. Keiner hat je erfahren, wie der Witz weiterging, war auch nicht nötig – dieser hier war gut genug.

Es gibt nen alten Schnack unter Redakteuren, ähnlich wie die Bratscherwitze unter Musikern: *Es gibt uns Journalisten – und dann sind da noch die Kollegen vom Sport.*

Promis an Bord – wenn sie wüssten, dass wir sie alle in dieselbe Kategorie einstufen wie *Zsa Zsa*, den *Stinker*, *Dr. Swallow*, *Fifi* und den *Literaten*, sie würden uns die Pest an den Hals wünschen.

So, und jetzt noch beim letzten Bier ein bisschen über uns selber herziehen, und dann aber wirklich ins Bett.

Von dem kleinsten und gemeinsten Mann
bis rauf zum Kapitän

»Na wenigstens braucht Josefa die nächsten Wochen nichts mehr zu trinken.«
»Ähh?"
»Naja, die is doch voll.«
»Jaja, ich weiß. Die kippt die angebrochenen Weingläser zusammen und nickt sie weg.«
»Gar nichts weißt Du – die is von unten her voll.«
»Ähh?«
»Na, mit Sperma!«
»Aha.«

Zimperlich ist hier keiner: und die Mädels reden sehr viel eher Tacheles als die Männer.

Und gerade in punkto Liebesbeziehungen sind da an Bord alle Flanken offen.

Die inoffizielle Kommunikation klappt besser, als jede ISO-Norm es vorschreiben könnte. Kaum hat man mal in der Mannschaftsbar nach soundsoviel *Sex on the beach* (Vodka, Orangensaft, Bols Pfirsich und Johannisbeersaft, alles zu gleichen Teilen) mit der Krankenschwester einen längeren rein diagnostischen Zungenkuss ausgetauscht, weil sie den aktuellen Zustand der Mundflora untersuchen wollte, kriegt man am nächsten morgen vom Kapitän dieses eindeutige Augenzwinkern.

»Na, alles gesund soweit?«
»Klar doch. Und selbst?«
»Solange auf dem Schiff nur Wind und Bootsmann pfeifen, bleibt das Wetter überschaubar.«
Jaujau. Und nichts für ungut.

BORDFUNK!
Die offizielle Nachrichtenübermittlung steht dem Bordfunk in nichts nach, ist allerdings klarer strukturiert. Was der Kapitän dem

ersten Offizier und die zweite Wache der dritten zu sagen hat, ist seit Urzeiten formalisiert und genau wie in der internationalen Luftfahrt, die das eins zu eins aus der Seefahrt übernommen hat, auf englisch.

Was irgendwann mal vor hundert Jahren auf einem längst verschrotteten Schiff ins Logbuch geschrieben wurde, könnte jeder *able seaman*, jeder Vollmatrose dieser Welt, noch heute ohne Probleme nachvollziehen. Die Fachausdrücke hat jeder Seemann in Fleisch und Blut, aber auch jeder Kellner und jedes Zimmermädchen, die zum erstenmal in ihrem Leben auf einem Schiff angeheuert haben, müssen sie sich zügig draufschaffen. Wer solche *basics* wie *fore* und *aft*, *portside* und *starbord* nicht auseinanderhalten kann, läuft ständig im Kreis. Aber das muss ja schließlich sogar jeder lernen, der in Deutschland nur mal eben eine Optimistenjolle über den örtlichen Feuerwehrteich segeln möchte.

Es gibt diese alte Geschichte, die orientierungslosen Passagieren immer gern erzählt wird. Von einem uralten Seebären, der sich auf allen Meeren auskannte und jeden noch so furchtbaren Sturm am Kap Hoorn gemeistert hatte. Und der immer dann, wenn er seiner Mannschaft einen schwierigen Befehl erteilen musste, zu einem kleinen Kästchen in seiner Kabine ging, einen Zettel herausholte und nur »Aha!« murmelte. Und alle fragten sich, was da wohl drauf steht. Mindestens das Vermächtnis von Poseidon persönlich, so machte es jedenfalls den Anschein. Als er schließlich sein verdientes Seemannsgrab gefunden hatte, ging der erste Offizier an das Kästchen, machte es auf, holte den Zettel raus und las: *Backbord ist links und steuerbord ist rechts.*

Ich habe keinen Segelschein, empfinde die Auftritte von Shantychören als akustische Umweltverschmutzung und werde mein Lebtag keinen *Palsteg* hinkriegen, aber wann immer mir jemand aus dem Schatzkästchen dieser nautischen Welt erzählte, habe ich andächtig zugehört. Dass eine Seemeile exakt so lang ist, wie die Winkelminute des Erdumfangs am Äquator zum Beispiel. Ein Zusammenhang, über den ich mich immer wieder wie ein kleines Kind freuen kann.

Der Bordfunk, die inoffizielle Nachrichtenübermittlung, dient der Verbreitung völlig anderer Zusammenhänge. Möglichst zügig, aber keineswegs für alle.

Deswegen ist er möglichst unüberschaubar angelegt.

Der Bordfunk ist auf wundersame Weise mit der Hackordnung verwoben. Und deren Grenzen verlaufen einerseits parallel, andererseits völlig entgegengesetzt oder auch quer zur Hierarchie. Deswegen muss man als Neuankömmling vorsichtig sein, mit wem man was tut und wem man was sagt. Erstmal abwarten und beobachten.

Nur alte Hasen an Bord wissen, wie man dem Kapitän etwas übermittelt, ohne mit ihm zu sprechen und ohne selbst als Urheber erkannt zu werden. Man tuschele mit einem filipinischen Zimmermädchen und füge hinzu, dass das um Gottes Willen der Käptn nicht mitkriegen darf. Spätestens zwei Stunden danach weiß es die ganze Brücke.

Es ist wie aus dem Handbuch der Zivilisationstheorie: Je mehr Menschen auf engem Raum zusammenleben, desto feinmaschiger das Regelwerk, das es zu erkennen und einzuhalten gilt. Verschiedenste Grenzgräben sind zu beachten: Zwischen Filipinos und Nicht-Filipinos. Zwischen denen, die ständig Kontakt mit den Passagieren haben und Trinkgeld kriegen, und denen, die nur unter Deck arbeiten. Zwischen Mannschaft und Offizieren, Mannschaft und Expeditionsteam. Zwischen Schwulen und Heteros. Zwischen den jungen, die die Welt sehen wollen und jeden Landgang mitmachen, und den alten, die lieber Karten spielen und im Bett zum neunzehnten mal *Tomb Raider* gucken.

Man darf sich entlang dieser Gräben nie allzusehr festlegen, denn es ist sehr wahrscheinlich, dass man von jedem irgendwann mal etwas will. Es ist ein Meisterstück der Passagierschiffahrts-Kulturtechnik, wenn ein Nicht-Filipino, der an kein Trinkgeld herankommt, mit einer Filipina aus dem Zimmerservice, deren Ehemann auf einem anderen Schiff arbeitet, ein Verhältnis anfängt, obwohl beide keine Einzelkabine haben und der zweite Offizier mit der Filipina während des vorangegangenen Vertrags etwas hatte.

Meine Hochachtung! Das geht quer über die verschiedensten Grenzgräben.

Aber man trifft sich immer zweimal. Erst recht auf See.

Und gerade in punkto Liebesbeziehungen sind da, wie gesagt, an Bord alle Flanken offen.

Drum prüfe, wer sich gerne bindet.

Es hat da in *rebus eroticis* schon die skurrilsten Verquickungen und sogar ernsthafte Morddrohungen gegeben.

Wenn beide Beteiligten einer Affäre keine Einzelkabine haben, muss man sich mit seinem Zimmergenossen auf gewisse Abwesenheitszeiten einigen. Meist kein Problem, schließlich will ja jeder Mal. Es gibt aber auch die liberalere Spielart, wo einfach ohne Absprache eins der Betten doppelt belegt ist. Da kommt man dann nur mal kurz zum Duschen in die Kabine und kriegt zu hören, dass man sich nicht stören lassen soll. Die Stimme klingt etwas atemlos und ist gedämpft von Decke, Laken und Kopfkissen.

Das ist nichts für Feinfühlige, die gerade Liebeskummer haben oder nicht auf Klo können, wenn jemand Fremdes anwesend ist, aber solch Feinfühlige fahren auch meist nicht allzu lange zur See.

Mit sehr viel mehr Bedacht muss vorgehen, wem selbst mit der besten Absprache nicht gedient ist, weil sich da Sphären mischen, die nicht vermischt werden dürfen.

Niemals mit Passagieren!

Das gilt grundsätzlich auf allen Schiffen. Kommt natürlich trotzdem vor.

Es soll mal einen Lektor gegeben haben, der sich auf alles stürzte, was unter fünfzig war. Das sind ja pro Reise meist sowieso nur ein oder zwei bei dieser Klientel. Aber er hatte offenbar immer das Pech, dass seine Partnerinnen entweder mit Kind oder mit Elternteil unterwegs waren, also keine Einzelkabine hatten. Und Lektoren sind fast immer zu zweit auf Kabine, alles andere wäre zu teuer. Vielleicht könnte man sich mit seinem Zimmergenossen noch auf Besuchszeiten einigen, aber irgendwer kommt bestimmt rein, um sich nur mal kurz den Laptop auszuleihen oder im Dienstplan was zu tauschen.

Man hat besagten Lektor und seine jeweiligen Amouren in den denkwürdigsten Verstecken gesehen. Die Nachtwache, die ständig auf Kontrollgang ist, hat keine Chance, wegzuhören oder nicht hinzuschauen. Könnte ja was ernstes sein. Einmal war er in einem winzigen Lagerraum hinter den Paneelen der Bibliothek am Gange, einmal hatte sich die Dame ihr Dinner von den Kellnern einpacken lassen, um ihm ein romantisches Candlelight-Picknick auf der Bühne des Vortragssaals zu bereiten. Wie blöd kann man sein! Und er hatte zwar das Objektiv der Videokamera, die tagsüber die Vorträge über das Bordfernsehen in die Kabinen überträgt, wohlweislich mit dieser Plastikkappe außer Gefecht gesetzt, aber nicht daran gedacht, auch das Mikro am Rednerpult auszuschalten. Der Bordtechniker hat beide noch rechtzeitig vor übler Schmach bewahrt. Das war sicherlich der Tiefpunkt seiner Karriere.

Aber kurz darauf wurde er als Held gefeiert, weil die Nachtwache ihn und eine neue Flamme mit blankem Hinterteil in einem der Gummiboote oben auf dem zweithöchsten Deck erwischt hat. Man kreuzte bei scharfem Wind in der Antarktis. Und er soll, das sickerte durch, trotz der Minusgrade eine deutlich sichtbare, prachtvolle Erektion gehabt haben. Lange vor Viagra. War aber dann wohl doch seine letzte Anstellung an Bord.

Unvergeßlich ist auch die Nagelscherenattacke einer Filipina. Das war allerdings eine sehr ernste Sache. Sie hatte mit einem der Matrosen vor einiger Zeit eine Affäre gehabt, dann hatten sich ihre Wege getrennt. Nun waren sie erstmals wieder zusammen an Bord desselben Schiffs, und sie wollte gern dort weitermachen, wo beide aufgehört hatten. Er aber nicht. Und als er zum erstenmal mit seiner neuen Affäre im Bett lag, öffnete die Betrogene mit der Generalkarte die Kabine, stürzte sich auf das Bett und zerstach die beiden mit einer Nagelschere. Soll ziemlich stark geblutet haben.

Sobald Filipinos an drohenden oder vollzogenen Gewaltakten beteiligt sind, herrscht an Bord höchste Alarmstufe. Wenn es um die Ehre geht, das hört man von allen, die schon länger auf See sind, *schrecken die vor nichts zurück!*

Ich erinnere mich noch sehr lebhaft an das grün und blau geschlagene Gesicht einer Filipina aus der Hauswirtschaft, die vermeintlich die geheime Affäre zwischen einer Kollegin und einem höher gestellten Matrosen verraten hatte. Sie kam eines Abends aus dem Fahrstuhl, wurde von mehreren Mädels erwartet, zurück in den Lift geschubst und dann gings zur Sache. Das Opfer wurde sofort unter ständige Bewachung gestellt und im nächsten Hafen an Land geschickt. Niemand konnte sicher sein, ob nicht noch weitere Racheakte folgen würden.

Man erzählt sich über Filipinos auf See auch noch ganz andere Geschichten.

Von Leuten, die auf irgendwelchen Schiffen auf einmal nachts spurlos verschwanden. Und wer immer die Geschichte gerade erzählt, hat auch die nötigen Details parat, obwohl es sich doch eigentlich um eine völlig geheime Racheaktion gehandelt hat, die niemals aufgeklärt wurde.

»Und da kommen nachts auf den Matrosen drei, vier Filipinos zu, auf Höhe der Rettungsboote, luv bei schwerer See. Haben extra so lange gewartet, bis das Wetter so weit ist. Und dann – zack! – geht der Matrose über Bord. Bewusstlos natürlich. Is nie wieder aufgetaucht. Bei Filipinos musste total vorsichtig sein. Jahrelang arbeitest mit denen zusammen, alles bestens, und auf einmal guckste nur einen falsch an, und das wars.«

Ich habe mehrere solcher Geschichten gehört. Ich bin in der Tat sehr zurückhaltend im Umgang mit Filipinos, aber vielleicht sind das ja auch nur diese typischen Stellvertreterkriege, die Seeleute verschiedenster Nation gegen Seeleute jeweils anderer Nationen führen.

Russen gegen Griechen, Griechen gegen Filipinos, Filipinos gegen Russen und so weiter in allen erdenklichen Kombinationen.

Aber es gibt *in rebus eroticis* natürlich auch ganz rührende Romanzen an Bord: Obwohl auch da wegen der zeitlichen und räumlichen Enge vieles ganz anders ist als im wirklichen Leben.

Liebe ist sehr viel rastloser und auch sprachloser als an Land. Vielleicht auch, in den wenigen ungestörten gemeinsamen Momenten, sehr viel intensiver.

Wenn es der Dienstplan endlich mal zulässt, dass der Prinz und seine Prinzessin für zwei Stunden gemeinsam an Land gehen können und man die beiden dann juchzend auf einem Moped vorbeifahren sieht, dann wird einem warm ums Herz.

Oder wenn die beiden so weit abseits wie möglich am Strand geschnorchelt und sich quietschend mit Quallen beworfen haben und danach selig auf ihren Handtüchern liegen, Kopf an Kopf und Hand in Hand.

Das sind kostbare Momente, die die beiden nie wieder vergessen: »Ich weiß noch genau, wie sich Deine Hand anfühlte am Strand von Mopelia, wie Deine Haut roch und wo die Sonne stand.«

Und keine zwanzig Minuten später gings zurück aufs Schiff – sie musste an die Rezeption, er Drinks servieren.

Deshalb ist diese Liebe so intensiv.

Und sprachlos ist sie, wenn er aus Kolumbien stammt und sie aus Litauen und beide nur fünfzig oder sechzig englische Worte miteinander teilen. Viele Pärchen, die ich an Bord erlebt habe, kamen mit einem sehr kleinen gemeinsamen Wortschatz aus. Aber manchmal kamen sie eben auch nicht aus. Da wurde sich dann über komplizierte Gefühlsinhalte mit Hilfe von hinzugezogenen Dolmetschern des Vertrauens gestritten.

Rastloser als an Land schließlich ist diese Liebe allemal, nicht nur, was die Stunden angeht. Wenn beide tatsächlich zur gleichen Zeit an Bord gekommen und sich relativ zügig näher gekommen sind, dann haben sie bestenfalls acht gemeinsame Monate an Bord.

Da hält man jeden Tag fest.

Wenn sie dann auch noch gemeinsam von Bord gehen, können sie noch eine, zwei, drei Wochen gemeinsam an Land verbringen. Und wenn sich dann ihre Wege trennen, und sie nicht selten Tausende von Kilometern auseinander bei ihren Familien und Freunden sind, ist die Liebe vorbei.

Na klar gibt es Ausnahmen, aber die sind selten genug. Selbst wenn die Sehnsucht anhält und beide daran arbeiten, wieder aufs gleiche Schiff zu kommen, stellen die meisten fest, dass die Sehnsucht aus alten, vergangenen Bildern bestand. Inzwischen haben sie drei oder vier Monate in dieser ganz anderen Welt an Land gelebt, in der ganz anderes wichtig war.

Als Fiona das erstemal über meine Hand strich und sich als genügend erobert betrachtete, sagte sie einfach nur: »Es ist immer schöner, wenn man jemand hat.«

Jemand, für den man ne Flasche Champagner klaut, dem man seine Lieblings-CD brennt und *Vergiss mich nicht* draufschreibt.

Ganz unschuldig.

Es geht oft viel weniger ums Körperliche als die Passagiere vermuten.

Man hat jemanden.

Aber zwischen zwei Anstellungen, zuhause, an Land, wird dann immer wieder auf Null gedreht. Alle sind immer wieder völlig neu unterwegs. Als würde die Zeit an Land die Zeit an Bord auslöschen. Und vielleicht auch eine gute Entschuldigung liefern, keine allzu weit reichende Verantwortung zu übernehmen.

Es gibt richtig bittere Tränen, wenn der Prinz von Bord geht und die Prinzessin bleibt. Aber man kann Gift drauf nehmen, dass beide beim nächsten Vertrag mit jemand anders juchzend auf dem Moped sitzen.

Das mit der Zeit auf See ist sowieso noch mal ein ganz besonderes Ding.

Sie verliert ganz allmählich, je länger man an Bord ist, die Bedeutung, die sie an Land hat.

»Wann hast Du Ryan das letztemal gesehen?«

»Oh, two contracts ago.«

Das ist die größte Zeiteinheit auf Schiffen: der *contract*, der Vertrag. In aller Regel sind das acht Monate ununterbrochen auf See.

Die nächst kleinere Einheit sind die Saisons. Davon kamen auf der Ocean Blue drei auf so einen Vertrag von acht Monaten.

In dieser Zeit fährt man zum Beispiel einmal die ganze Südsee ostwärts von Japan bis zur Osterinsel – eine Saison; dann in die Antarktis – zweite, und zwar Sommersaison, und schließlich wieder die Südsee westwärts bis Fidschi, Guam oder Japan, dritte Saison, je nachdem, wann genau der Vertrag endet. Und ob denn auch die Ablösung geklärt ist: es hat schon Barkeeper oder Restaurantchefs gegeben, die einige Wochen länger an Bord waren als ihre Visa-, Rückflug- und Familienpläne vorgesehen hatten, weil der Nachfolger nicht eintraf.

Die Saisons sind dann nochmal eingeteilt in einzelne Reisen, die *cruises*. Das ist die Zeitspanne zwischen zwei Passagierwechseln, die eigentliche Reise, die die Passagiere im Katalog buchen. Also sechzehn Tage zwischen Tahiti und Fidschi, oder elf Tage zwischen Fidschi und Papua Neuguinea, acht Tage zwischen Niugini und Guam.
Macht drei *cruises*.

»Erinnerst Du Dich noch an den pensionierten Geologen aus der Ostzone, Einzelreisender, geteilte Kabine auf Deck 3?«

»Der Mann mit der Achselnässe! Gott ja, wann war der denn an Bord?«

»*Der Stinker*. Letzter Vertrag, vierte Reise, glaub ich.«

Vertrag, Saison und Reise sind an Bord wie Jahr, Monat und Woche an Land.

In diesen Kategorien sind die Geschichten verortet, die man als der, der man an Bord ist, erlebt hat und die man sich untereinander erzählt. Tage, Stunden oder gar Minuten sind nur noch für die Jungs auf der Brücke wichtig und den Zahlmeister natürlich, der termingebunden durch verschiedenste Zeitzonen hindurch Häfen avisiert, Liegegelder abrechnet, Einreisebehörden anfaxt.

Alle anderen stellen nur hin und wieder ihren Wecker vor oder zurück, ansonsten fließt die Zeit unterschiedslos an den Bullaugen vorbei. Stunden und Tage sind so einerlei wie sonst nirgends auf der Welt.

Die Restaurantschicht fängt mit dem Frühstück an und hört nach dem Dinner auf, egal, ob sich die Stunden seit dem letzten Hafen bereits dreimal verschoben haben oder die Sonne an den Polen länger scheint als in der Nähe vom Äquator. Freie Tage gibt es kaum, Sonntag und Mittwoch sind eins, zu Ostern und Weihnachten wird lediglich ein besonderes Menü aufgetragen, es gibt nur die ewig gleichen Pausen zwischen den ewig gleichen Schichten. Man verliert, keineswegs nur im ununterbrochenen Neonlicht im Maschinenraum unter Deck, das Gefühl für Datum, Stunde und Tag.

Womöglich läuft deshalb auch im Bordfernsehen auf dem Mannschaftskanal derselbe Film pausenlos zehn, zwölf mal hintereinander. Man kommt zu drei verschiedenen Tageszeiten auf Kaffee und Zigarette in die Mannschaftsbar und sieht dieselbe Sequenz, hört denselben Dialog. Und keiner hat von dem Film mehr als eine halbe Stunde gesehen. Außer denen, die nach Dienst nur in den Betten hängen und Glotze gucken. Und an denen fließt er irgendwann auch nur noch vorbei.

Wie spät es zuhause gerade ist, könnte keiner sagen. Man weiß es nur in Bezug auf ausgewählte Haltepunkte: Dort, wo telefonieren in die Heimat besonders billig ist. Auf den Cook-Inseln oder auf Guam.

Ansonsten herrscht für Crew und Staff an Bord ein unterschiedsloses Kontinuum.

Mit einer Ausnahme.

Wie die Lemminge tauchen alle an einem bestimmten Tag der Woche vor der unscheinbaren Tür gegenüber Kabine 217 auf. Billig Nachschub kaufen.

Dienstag ist *Slop Chest Day*. Mannschaftsverkauf.

Da öffnet der Proviantmeister für eine Stunde sein Füllhorn. Vodka, Whisky, Bier, Zigaretten und Duftwässerchen zum Spottpreis. Eine Stange *Marlborough* für 10 Dollar.

Kleiner Ausgleich für schmale Heuer.

Ein Hotelmanager, der nicht ein gerüttelt Maß an Brot und Spielen für die Mannschaft in seine Kalkulation mit einbezieht und ordentlich mehr bestellt, wird gehaßt. Manchmal gerät die *slop chest* aber auch beim beliebtesten Hotman aus den Fugen. Auf bestimmten Abschnitten der Reise durch die Südsee wird so viel gekauft, dass die Versorgung der Passagiere nicht mehr gesichert ist.

Auf der Strecke Tahiti – Osterinsel, die Tuamotus entlang, wo es die besten schwarzen Perlen zu kaufen gibt, sind nicht selten Bier, Wein und Spirituosen von einem Tag auf den anderen ausverkauft. Denn dort herrscht lukrativer Tauschhandel.

Geld bedeutet den Perlenfarmern nichts – das haben sie. Aber auf diesen kleinen Atollen sind Versorgungsschiffe rar, und da freut man sich über zehn Paletten Heinecken oder einen Liter Vodka – und schon kriegt man die Perlen nochmal extra günstig. Die ganz makellosen, unerschwinglichen Perlen sind eh nicht mehr auf dem Markt, die liegen längst in den Edelgeschäften von Tahiti und Bora Bora oder sind per Auktion in New York, London und Paris gelandet. Aber die mindere Qualität läßt sich noch gut für das Zehnfache des Einkaufspreises verticken, in Rußland, auf den Philippinen, in Tschechien – den Heimatländern der Crew.

Da, wo die Perle den kleinen Einschluß oder die winzige Wulst hat, kommt einfach die Einfassung drüber.

»When is pearls? This cruise or next?«

»Next.«

»Good, plenty time for slop chest.«

»Weil se den Hals nich voll jenuch kriegen«, sagt Vera.

1.700 Dollar im Monat bekommt Johanna aus Danzig für ihren Doppeljob: vormittags an der Rezeption und nachmittags im Beauty Salon. Ohne Trinkgeld. Brutto für Netto.

Das wäre an Land völlig außerhalb ihrer Reichweite. Sie hat einen deutschen Paß und nach deutschem Finanzrecht darf man 183 Tage im Jahr steuerfrei im Ausland arbeiten. Wie man das möglichst günstig hin- und herjongliert bei acht Monaten Vertrag und vier Monaten Pause, wissen alle. Und zum Überbrücken zwischen zwei Verträgen dann noch ein bisschen geringfügig beschäftigt zuhause und ab und an einem Wochenende schwarz eingesprungen vielleicht.

Ein philippinischer *Buzzboy* – das sind die Jungs, die pausenlos die Tabletts zwischen Küche und Restaurant hin- und her balancieren – kriegt 900 Dollar und dasselbe nochmal an Trinkgeld, wenn er fix und freundlich ist und mit älteren Herrschaften gut kann.

Vera weiß, wieviel Geld das wirklich ist:
»Zuhause sind die Könich. Na hömma. Dat kost doch alles nix bei denen.«
Vera ist schon ewig auf See und ich bin froh, dass sie ein bisschen aus dem Nähkästchen plaudert.
»Wenn die jung sind, dann fahrn die abber Autos, Du, da träumste abber von, dat will ich Dir abber mal sagen. Und füttern noch Vadder und Muttern und Onkel und Tanten durch. Aber Hallo!«
Ich hatte eigentlich nur gerade bei ihr loswerden wollen, dass die Filipinos für den gleichen Fünfzehnstundentag ziemlich viel weniger Geld bekommen als andere, die auch an Bord arbeiten.
»Ach hör doch damit auf! Dat is doch naiv. Und ich hab schon Mädels erlebt, Du, mein lieber Krokoschinski, da is abber Polen offen. Aber sperrangelweit. Die machen abber den richtigen Dollar nebenbei. Ganz kleine, unscheinbare Filipinas. Immer nur am Lächeln. Aber faustdick hinter den Ohren, Du, faustdick.«
Es ist zwecklos. Mein soziales Gewissen macht mich gerade lächerlich. Da hab ich wohl mitten in die Hackordnung gegriffen, einen der Gräben übersehen.

Es gibt nicht viele mit konkreten Plänen für die Zeit danach, nur wenige mit dem Bewusstsein, dass es mal eine Zeit danach, für immer an Land, geben wird. Der Kapitän, die Offiziere, die Matrosen wissen, dass sie bis zur Rente an Bord bleiben. Oder zumindest haben sie das vor. Aber im Restaurant, im Zimmerservice, an der Bar – das sind fast alles junge Leute, nicht wenige ungelernt, die irgendwann mal durch Zufall auf einem Schiff angeheuert haben und hängen geblieben sind. Nach der Schule oder der Lehre raus in die Welt, ordentlich Wind um die Nase wehen lassen. Und all den schlecht bezahlten Langweilerjobs in der Heimat den Rücken kehren.

Wie Kevin aus Südafrika. Er kellnert schon seit einigen Jahren und macht gutes Geld an Bord, will sich das Studium finanzieren, das er noch gar nicht angefangen hat, um dann Hubschrauberpilot zu werden. Das ist sein Traum. Ich würde mich nicht wundern, wenn er in zehn Jahren immer noch auf See ist. Er hat dann vielleicht nur seinen Traum ausgetauscht.

Wer erstmal einige Zeit an Bord ist, für den gerät die Zeit auch in den ganz großen Zusammenhängen durcheinander: den Träumen, den Zielen, der Lebensplanung.

Wenn sie nicht ihr Leben lang auf See bleiben, enden viele früher oder später als Herrchen oder Frauchen mit zwei Kindern und Schrankwand im piefigen Eigenheim.

Ununterscheidbar von den Nachbarn, die seit fünfundzwanzig Jahren in der Fabrik oder beim Landkreis arbeiten. Nur, dass im Wohnzimmer Masken aus Neuguinea hängen, *Tikis* von den Marquesas und Trommeln aus Vanuatu, die einmal im Jahr staubgewischt werden. Lauter Erinnerungen an die tolle Zeit damals, als man viersprachig mit aller Herren Länder auf Du und Du war.

»Lange her, nich Schatz?«

»Aber schön wars.«

Und am nächsten Tag gehts ins Werk – wie die Nachbarn auch.
Weltoffenheit, Vorurteilslosigkeit, Neugier, Begeisterungsfähigkeit: All das, was sie heute zu außergewöhnlichen Gesprächspartnern macht, schleift sich irgendwann ab, wenn sie für immer von Bord gegangen sind.

Muss sich abschleifen, damit die Nachbarn mit ihnen reden.

Und wenn sie zu lange an Bord bleiben, schleichen sich ganz allmählich und um viele Ecken herum Verschlossenheit, Pauschalurteile und Überdruss ein, bis sie lieber Karten spielen oder zum neunzehnten mal »Tomb Raider« gucken, statt an Land zu gehen.

Es ist halt nach wie vor ein einförmig Ding um das Menschengeschlecht.

Das ist weder traurig noch gut so, es ist einfach so.
Irgendwann weiß man, was die Welt im Innersten zusammenhält, ob man es nun tatsächlich weiß oder nicht.

Und dann will man nicht mehr raus, braucht man ja auch nicht mehr raus.

So – jetzt haben wir uns am Ende doch noch in eine melancholische Stimmung getrunken. Aber umso frischer geht es morgen früh ans neue Tagwerk.

Schließlich wollen wir ja alle raus.

Dreizehn Paradiese in vier Wochen.
Die präzisesten Reiseberichte der Welt

Wir alle tragen einen Ort in unserem Herzen
– einen perfekten Ort –
der die Form einer Insel hat.
Er bietet uns Zuflucht und Stärke;
an ihn können wir uns immer zurückziehen.
Mein Fehler war, dorthin zu gehen.
Träume sollten genährt und ausgeschmückt werden;
Traumorte sollte man nie aufsuchen.

Dea Birkett, »Schlange im Paradies«

Tahiti, Gesellschaftsinseln

Gauguin hatte recht: Blätter fallen hier nicht wie bei uns ganz langsam zu Boden, leicht und wie schwerelos vom Wind geschaukelt, sondern sie machen Plock!

Besonders die tennisschlägergroßen Blätter des *Uru,* des Brotbaums. Und es heißt, dass eine Hausfrau ungestraft den Kamm in der Butter stecken haben kann, aber wenn sie nicht morgens und abends ums Haus die Urublätter aufsammelt – dann fällt die gesamte Nachbarschaft über sie her. Schließlich gibt es ja sogar extra Blattpicker dafür. Und einmal in der Woche wird der Haufen angezündet. Kein Tag im Paradies, an dem es nicht an irgendeiner Ecke mächtig nach Osterfeuer riecht.

Apropos Paul Gauguin: Die schönste Frau von Papeete arbeitet in der Post gleich neben dem Bougainville-Park. Sie ist Anfang zwanzig, hat ein völlig symmetrisches, sehr fein geschnittenes Gesicht mit einer kleinen Nase und relativ schmalen Lippen. Sie ist tahitianisch, aber einer ihrer Großeltern dürfte europäisches Blut gehabt haben. An sechs

Tagen in Folge war ich an ihrem Schalter, jedes Mal hatte sie einen dicken, hellblauen Lidschatten. Ich frage sie dies und das, ich frage sie, ob es nicht auch Telefonkarten mit weniger Einheiten gäbe, vierzig wären mir zu teuer. Da lächelt sie mir zwei Augenaufschläge lang zu und haucht mit rauer Stimme:

»Mais tout est chér à Tahiti«.

Ich hab sie tatsächlich einmal mittags abpassen wollen und mich eine halbe Stunde vor der Post herumgedrückt. Aber als sie endlich herauskam, stürzte sie auf einen Bär von Mann zu, der gerade in einem beeindruckenden Allrad-Pickup vorgefahren war. Sein Stiernacken wippte cool zum Hip Hop, der aus allen Ritzen dröhnte:

»... it's getting hot in here – so take off all your clothes«.

Glücklich lachend, ganz frisch verliebt offenbar, stieg sie ein und er ließ die Reifen quietschen.

Irgendwie ist viel passiert, seit son Hänger wie Gauguin damals hier die jungen Dinger zu Füßen lagen.

Die meisten Tahitianer wohnen in ziemlich rasch zusammengebauten, einstöckigen Hütten aus Holz oder Zement. Aber Touristen nehmen das nur als Hintergrund wahr, als Kulisse für all ihre Vorstellungen von Südsee-Aloha-Romantik. Und achten lieber auf die Paläste, jedenfalls auf so dicht besiedelten Inseln. Nun denn: das schönste Haus auf der Insel gehört wahrscheinlich Robert Wan, dem größten Perlenhändler der Südsee. Es ist selbstverständlich nirgendwo ausgeschildert, deshalb kann ich das nur vermuten. Das protzigste Haus kann und soll jedermann sehen: da wohnt Gaston Flosse, der Präsident von französisch Polynesien. Man sagt, dass er von dort direkt ins Gefängnis umzieht, wenn er mal nicht wieder gewählt wird.

(Anmerkung: Zur größten Überraschung aller, mit denen ich über Politik gesprochen habe, wurde Flosse am 26. Mai 2004 abgewählt, ist aber nach wie vor auf freiem Fuß.)

Das älteste, auch nicht gerade bescheidene Haus, gehört dem Vatikan und ist der Sitz des Erzbischofs von Polynesien, Monsieur Coppenrath. Das schönste Haus, das ich sogar von innen sehen durfte, gehört einem veritablen Philosophen. Es thront 327 Meter über dem *Hotel Meridien,* dessen Luxus-Pavillions, auf Stelzen dort ins Meer gebaut, wo hinter der Nachbarinsel *Moorea* die Sonne untergeht, aus dieser Höhe winzig und billig aussehen.

»Wir wohnen seit dreißig Jahren hier oben«, sagt Denise, »und immer noch müssen wir uns morgens manchmal vom Blick aufs Meer und auf Moorea losreißen. Es ist jeden Tag anders.«

Ihr Mann Robert ist der Präsident der Forschungsgesellschaft für Ozeanien. Er hat in sein schlohweißes, volles Haar cool eine große, schwarze Ray-Ban gesteckt, und in seinem Auto kriege ich Angst. Er fährt diametral zu jeglichen physikalischen Gesetzen. Er arbeitet gerade über Graf Luckner, der hier um die Ecke, auf *Mopelia,* seine *Seeadler* ins Riff gesetzt hat. Und fragt mich: »Und Du, woran arbeitest Du?«

»Ach, ich schreibe über das, was ich hier unterwegs so sehe und erlebe.«

»Die Wahrheit?«

»Die Wahrheit? Mein Gott, wenn ich die immer wüsste!«

»Aha. Also wie alle anderen auch!«

Und er setzt, damit ich lieber nicht weiter frage, zum Schutz seine Ray-Ban auf.

Mmhh.

Ich hab den *groove* der Südsee noch nicht; mein Staunen ist noch zu groß – oder zu klein. Für die Wahrheit reicht es noch nicht. Und irgendwie ist es mir hier – wie schon Gauguin seinerzeit – zu französisch. Mal abgesehen davon, dass Tahiti die mit Abstand teuerste polynesische Insel ist. Womöglich sollte ich weiter nach Westen.

Irgendeiner hat immer irgendwo gerade ein Baguette unterm Arm, irgendeiner torkelt immer irgendwo gerade betrunken auf die Straße, irgendeine gibt immer irgendwo gerade ihrem Kind die Brust, irgendeiner wundert sich immer irgendwo gerade, dass man sein amerikanisch nicht versteht, irgendeine hat immer irgendwo gerade ihren Mann vor die Tür gesetzt, irgendeiner arbeitet immer irgendwo gerade an einem

Boot, irgendeiner ist immer irgendwo gerade unterwegs in die Kirche, irgendeiner schlägt immer irgendwo gerade seine Kinder, irgendeiner schimpft immer irgendwo gerade auf die Tahitianer, die Mischlinge, die Weißen, die Chinesen oder die Touristen.

Rarotonga, Cook Inseln

Wie ein endloser, schwer beladener Güterzug dröhnt die Brandung draußen ans Riff. Pausenlos. Ein sphärischer Chor mit unendlicher Atemluft. Ein Flieger, der gerade in die Wolken eintauchen will, aber nicht mehr von der Stelle kommt. Nur ab und zu ist für ein paar Augenblicke irgendetwas lauter: ein Hahn, ein Moped, der Regen auf dem Wellblechdach. Und dann ist es wieder da. Wie seit Jahrtausenden.

Jeden Tag gehe ich zweimal an den Strand und schaue mir die Bilder dazu an. Wenn das tiefblaue, unheimliche Wasser sich nach monatelanger Fahrt langsam hochwölbt, für zwei, drei Sekunden von der Sonne ein freundliches, helles Schwimm- und Badeblau bekommt, in dem sich für einen winzigen Moment der abgrundtiefe Hang des Riffs widerspiegelt, bevor es sich dann von oben her langsam in das strahlende Weiß einer Schaumkrone bricht. Es ergibt sich den Billionen von kleinen Tierchen, die in zweihundert Metern Entfernung vom Küstensaum ein Riff um die Insel haben wachsen lassen. Und von dort rollt es schließlich in kleinen, lieblichen Wellen gezähmt durch die türkisfarbene Lagune langsam an den Strand, wiegt die Boote, kitzelt die Waden.

Die Erinnerung an diese Tag-Bilder hilft mir nachts in den Schlaf, wenn das Dröhnen unheimlich wird. Wenn ich an *Keola* denke, der wie alle Polynesier den rauen Ozean meidet und sich lieber an der Lagune aufhält, um die Stimmen nicht zu hören und die Geister nicht zu sehen, die sich im Dröhnen der Brandung verbergen. Ich bin zwar auf Rarotonga und nicht auf Robert Louis Stevensons *Stimmeninsel*, ich neige auch ganz und gar nicht zur Spökenkiekerei und habe schon immer eine kindliche Freude daran gehabt, meinen Verstand zu benutzen – *SAPERE AUDE!* Das Motto der Universität von Auckland – aber die alten Mythen und Legenden, auch wenn sie nur nachempfunden sind wie Stevensons Geschichte, führen dieses sphärische Dröhnen im allerersten Halbschlaf doch in einige schräge Inszenierungen.

Gut 8.000 Menschen leben hier auf der Hauptinsel, dem Regierungssitz der Cook-Islands, alle rund um die Insel an der Küste verteilt und durch die zweiunddreißig Kilometer lange Küstenstraße verbunden. Bevor die Missionare kamen, lebten die Maoris Jahrhunderte lang in den Tälern und kamen nur zum Fischen hin und wieder an den Strand. Den Missionaren, den Hirten des Herrn aber gefiel es, sie in Küstennähe besser im Auge zu haben, und damit begann in den zwanziger Jahren des 19. Jahrhunderts die befohlene, völlig neue Besiedlung der Insel. Seither singen die Maoris sonntags in ihren weißen, aus Korallengestein errichteten Kirchen mit solch einer Inbrunst das Lob des Herrn dass sich jeder deutsche Kirchenchor nur noch kollektiv die Stimmbänder herausoperieren lassen kann. *'Imene tuki*, eine Spezialität der Cook Inseln. Eine extrem hohe Sopranistin gibt vor, alle fallen vierstimmig ein, die Männer antworten mit tiefen Schreien, Gutturallauten und Atemgeräuschen: *Hippa. Huut.* Dann fallen alle wieder ein zum zweiten Vers.

Jeder kennt seine Stimme: wo immer ein Bass steht, hört man die Unterstimme, wo immer Altstimmen sitzen, werden die Tenöre umspielt, die ihrerseits ebenfalls in der ganzen Kirche verteilt sind und sich noch mal in hohe und tiefe Stimmen teilen, und der Sopran schließlich stößt aus allen möglichen Winkeln dazu und schwebt mit einer Macht unter dem Kirchendach, dass es niemand auf den Sitzen hält. Wann immer ich irgendwo in der Südsee sonntags in der Kirche war, hatte ich Herzklopfen und Gänsehaut.

Sie singen in ihrer Kirche, ihrer *ekelesia,* von Kindesbeinen an vierstimmig, rhythmisch versetzt in atemberaubenden Offbeats, völlig synchron. Und egal, wo man steht, hat man diese Mehrstimmigkeit vor sich, neben sich, hinter sich, überall. Der HERR wird hier wahrlich akustisch verwöhnt. Und zu seiner noch größeren Freude haben die Polynesier das Missionieren natürlich auch schon längst perfektioniert.

An jedem zweiten Sonntag treten die *Girls Guides* und die *Boys Brigade* vor der Kirche an, richtig im Stillgestanden, und ziehen mit Fahnen und Trommelwirbel in die Kirche ein. Jeder von ihnen hat geschworen, andere Kinder aus Schule und Nachbarschaft an die christliche Gemeinschaft heranzuführen: *In the name of Jesus Christ our Saviour and the CICC, the Cook Islands Christian Church.* Ist aber auch nötig. Richtig voll sind die die Gotteshäuser erst ab Samoa westwärts.

Bizarr und vielzackig steigen die Reste des zwei Millionen Jahre alten Vulkans aus dem Meer empor. In der Hauptstadt *Avarua*, wo heute die Schiffe anlegen und die Flieger aus Neuseeland, Hawaii und Tahiti landen, war ursprünglich der Kratermittelpunkt. Auf den Vulkanresten durch den Regenwald zu wandern ist atemberaubend, anstrengend und geht selten ohne Seile und Leitern ab. Mit 653 Metern ist Rarotonga die einzige hohe der fünfzehn Cook-Inseln. Alle anderen, wie das bei Touristen genauso beliebte *Aitutaki*, sind Atolle oder emporgehobene Atolle, versprenkelt auf einer Seefläche von zwei Millionen Quadratkilometern. Das sind unglaubliche 1.000 mal 2.000 Kilometer zwischen dem neunten und dem zweiundzwanzigsten Grad südlicher Breite für fünfzehn winzige Inseln mitten im Wendekreis des Widders.

Rarotonga ist mit Abstand die jüngste der Cook Inseln und deshalb auch noch so schwer, dass es die unmittelbaren Nachbarn *Atiu*, *Mauke*, *Mitiaro* und *Mangaia* nach seiner Entstehung in die Höhe gehoben hat. Da waren die schon längst wieder halbwegs versunken und zum Atoll erodiert. Deshalb sind diese vier eine Besonderheit mit ihrem Kalkmantel-Saum, der früher als Riff das Atoll umgab, dann hochgehoben wurde, jetzt herausschaut und skurrile Höhlen gebildet hat. Keine Bade- und Schwimminseln also mit Bilderbuchstrand und deshalb von den Sheratons, Hiltons und Robinsons dieser Welt verschont geblieben. Dass die vier nicht noch höher gehoben wurden, haben sie den Ureinwohnern von Aitutaki zu verdanken.

Der höchste Berg auf Rarotonga hieß früher *Maru*, Schatten, und war die ganze Freude der Dorfbewohner von *Puaikura*. Der Berg hielt nämlich morgens die Sonne etwas länger zurück als überall sonst auf Rarotonga, und die Leute konnten länger schlafen. Na klar waren alle anderen eifersüchtig. Und auch auf den anderen Inseln hatte man von diesem Segen gehört.

Die mutigen Männer von Aitutaki aber brachen in ihren Kanus auf, um den Berg abzuschneiden und zu sich auf die Insel zu bringen. Als die Leute von Puaikura nachts die merkwürdigen Geräusche der fremden Angreifer hörten, griffen sie sofort zu den Waffen, aber der Feind war schneller. Zu schnell, denn einige Stücke des Bergs blieben in der Eile der Flucht auf der Strecke. Und beim Absetzen des geklauten Bergs zuhause auf Aitutaki verloren sie noch ein paar Stücke. Aber sie hatten es geschafft:

Jetzt konnten sie ein bisschen länger schlafen und hatten einen Berg, der immer noch hoch genug war, dass sich die Wolken daran abregnen konnten und ihnen reichlich Trinkwasser bescherte.

Die Bewohner von Puaikura waren übrigens nicht lange böse. Sie entdeckten, dass man viel mehr Fisch fängt, wenn man früher aufsteht. Allerdings mussten sie den Berg umbenennen: Er war nicht mehr Schatten, *Maru*, sondern *Raemaru*, leerer Schatten. Und so heißt der höchste Berg Rarotongas bis heute.

Womöglich war der Raub der Aitutakier ja auch der Grund dafür, dass James Cook zwar fast alle anderen später nach ihm benannten Inseln der Gruppe entdeckte, aber an Rarotonga vorbeisegelte, ohne es zu sehen. War eben nicht mehr hoch genug.

Ich sitze fast jeden Abend für ein oder zwei Stündchen vor Stevens Lebensmittelladen und lasse mir von ihm die alten Geschichten erzählen. Ihm gehört der *JMC-Store* an der Ostküste, gut zehn Kilometer von Avarua entfernt, und er verkauft sogar Nutella. Steven kennt ziemlich viele örtliche Legenden, obwohl er gar nicht von hier ist, sondern aus Atiu.

»Atiu – wow! Tapfere Leute! Haben viele Inseln beherrscht. In einer der Höhlen kannst Du nen Oberschenkelknochen sehen, der is so lang wie heute n ganzes Bein. Die waren mindestens zwei Meter zehn.«

»Nein, Steven, die Geschichte kenn ich. Das is n Walknochen, den da einer reingelegt hat, um das Staunen über Deine Vorfahren zu vergrößern.«

»Ach, erzähl doch nichts, hab ihn doch selbst gesehen.«

Er steht auf, geht an einen seiner sechs Kühlschränke und stellt mir noch ein Bier hin: *Vailima Export* aus Samoa in der Dreiviertelliterflasche. Steven ist fünfundvierzig und hat, Gott sei es geklagt, drei Töchter nacheinander gekriegt, bis vor vier Jahren endlich Steven jr. kam.

»Ich hoffe, der übernimmt den Laden mal. Meine älteste studiert in Auckland. Das hat mich im ersten Jahr allein 6.000 Dollar gekostet. Noch drei davon kann ich mir nicht erlauben.«

Aber schon lächelt er und sagt, dass seine Eltern ihm kein Studium bieten konnten, und jetzt freut er sich, wenn wenigstens seine Kinder höher hinaus können. Und sein Laden läuft gut: Drei Hotels und zwei Backpacker-Unterkünfte sind in direkter Nähe, er hat von sechs Uhr früh bis neun Uhr abends auf – sieben Tage in der Woche. Dass das in Deutschland verboten ist, kann er sich gar nicht vorstellen:

»Wieso denn das? Habt Ihr keine Lust zu arbeiten?«

»Bei uns gibt es kaum noch Geschäfte, die dem gehören, der an der Kasse steht. Und die Kunden haben auch keine Zeit mehr, sich vor den Laden zu setzen und zu erzählen, bevor sie was kaufen. Wir sind alle nur noch ›Raemaru‹, leere Schatten.«

Ein japanisches Touristenpärchen betritt in den Laden. Steven steht aber nicht auf.

»Die kaufen nichts. Die gucken und gehen wieder raus, wetten? Die haben alle nur so viel Geld, weil sie nix ausgeben. Die kaufen gleich ne ganze Insel oder gar nix. Jedes Mal erklär ich, warum hier alles etwas teurer ist. Jede Dose, jede Flasche, jedes Ei in meinem Laden kommt aus Auckland. Wir produzieren nicht so viel, wie die Touris brauchen. Verstehn sie nicht.«

Neuseeländer und Australier sind ihm zu grob und zu laut, aber am schlimmsten, sagt Steven, sind die Chinesen.

»Die kommen noch nicht als Touristen, aber warte mal ab. Jetzt gerade bauen sie uns einen neuen Gerichtshof – nicht EIN Cook-Islander auf der Baustelle, und alles im Namen der Freundschaft mit der Volksrepublik. Aber was die eigentlich wollen, sind Fischereirechte, jede Wette. Und dann kommt eins zum andern. Und irgendwann muss ich chinesisch lernen, nur um zu verstehen, dass die schon längst den Großhandel übernommen haben.«

Womöglich ist Steven uns Europäern um Jahre voraus. Der Weltmarkt der Zukunft ist im Pazifik, und auch auf diesen vermeintlich unwichtigen Cook Inseln schon längst Gegenwart. Die Dritte Welt jedenfalls ist woanders: Auf Rarotonga kommen auf 9.000 Einwohner 1.000 Internetanschlüsse. Und Europa ist fern und bedeutungslos. Europäische Produkte spielen im Pazifik keine Rolle – von Nutella und Maggi einmal abgesehen. Japan hat inzwischen schon weltweit die Nase vorn, bald zieht China nach. Und irgendwann werden die anderen Asiaten, die vor einigen tausend Jahren anfingen, die pazifischen Inseln zu bevölkern, aus den *sweat-shops* der dritten Welt die neue erste Welt geformt haben. Den Global-Player-Spieß umdrehen. Und dann fliegen sie im Urlaub ins Paradies Europa und kaufen auf Neuwerk oder Texel, der Isle of Man oder Korsika Andenken, damit wir Einheimischen auch n bißchen Bargeld auf der Hand haben.

Wir sind alle schon längst *Raemaru*.

Ich sag doch: Dieses sphärische Dröhnen der Brandung draußen am Riff führt zu schrägen Inszenierungen.

Ein Prachtexemplar von europäischem Raemaru lebt übrigens ausgerechnet in Avarua: der deutsche Honorarkonsul. *Strange person* ist noch das mildeste, das ich über ihn höre. Keiner mag ihn so recht, den braun gebrannten Surfer und Partylöwen, der überhaupt nicht aussieht wie achtundsechzig. Letzteres versichert mir seine Vertretung, eine Freundin von ihm aus Auckland. Denn Herr Doktor weilt seit zwei Monaten in Europa, wo er natürlich in Wien in die Oper geht. Auch dies versichert die Dame mir.

Das auffallendste in seinem kleinen Büro hinter dem *Banana Court* Einkaufszentrum sind Regale, in denen ungelogen mindestens 450 Exemplare seines Fotobands über die Cook Inseln stehen. Und auf den beiden kleinen Tischchen, auf denen ein Hilfe suchender Deutscher vielleicht gern das eine oder andere notieren würde, sind weitere, auch Prosawerke, aufgeschlagen. Ich hatte noch in Deutschland eins davon gelesen. Der Mann schreibt so grottenschlecht, dass es ihm recht geschieht, auf seiner Auflage sitzen zu bleiben.

Es gibt auf Rarotonga einen deutlich jüngeren deutschen Computerfachmann. Den lieben sie alle, weil er immer eine Lösung weiß, wenn der Rechner mal wieder abgestürzt ist. Bis hin zur Regierung der Cook Inseln, deren Webseiten er entworfen hat und jetzt betreut. Vielleicht sollte man dem die bundesdeutsche Flagge an die Tür kleben.

Denn wenn wir später mal die Touristenströme aus dem Pazifik bei uns haben wollen, sollten wir frühzeitig einen guten Eindruck machen.

Atiu, Cook Inseln

Es war Vollmond.

Tangaroa, der Gott des Meeres und der Fruchtbarkeit, weilte auf Atiu (damals *Enuamanu*, Land der Vögel), und wollte fischen gehen. Seine Frau allerdings wollte zum Tanz, denn auf Enuamanu wurde in der Vollmondnacht ganz besonders ausgelassen gefeiert. Aber beide konnten nicht gleichzeitig gehen, ganz verlassen durfte das Haus schließlich nicht sein. Ich stelle mir vor, was er gesagt hat:

»Fischen ist sehr viel wichtiger als Tanzen, schließlich bringe ich Nahrung mit nach Hause. Und Du hast einfach nur Deinen Spaß.«

Dieselbe männliche Argumentationsschiene wie heute auch. Und schweren Herzens blieb *Inutoto* zu Hause. Aber die anderen, die zum Tanz gingen, kamen am Haus vorbei und sagten:

»Hey, das geht doch nicht. Die ganze Insel ist auf den Beinen und Du bleibst zu Hause?«

Den ersten beiden Gruppen konnte sie noch widerstehen, aber dann ging sie doch mit. Tangaroa aber hatte das mit dem Zusammenhang zwischen Vollmond und Fischfang schon gut erkannt: nach kurzer Zeit war sein Kanu zum Bersten voll und er kam lange vor Mitternacht heim.

Zu früh.

Wutentbrannt ging er dorthin, wo er seine Frau vermutete, fand sie ausgelassen tanzend und machte ihr eine heftige Szene. Inutoto verließ den Ort in der einen Richtung, er in der anderen. Aber während er stracks nach Hause ging, ward sie nicht wieder gesehen. Am nächsten Tag schwärmte die ganze Insel aus, um sie zu suchen – sie blieb verschwunden. Ein zweiter Tag der Suche: immer noch keine Spur. Da wurde Tangaroa sehr traurig und machte sich Vorwürfe. Tagelang streifte er allein durch Atiu, suchte in den entlegensten Winkeln.

Auf einmal kam ein Eisvogel auf ihn zu und wich nicht mehr von seiner Seite. Und gab ihm immer wieder Zeichen: »Komm mit, ich zeige Dir was!« Und führte Tangaroa in eine Höhle in der *Makatea*, dem versteinerten Riff, das sich vor langer Zeit aus dem Meer erhoben hatte. Graue, messerscharfe Steine, dicht bewachsen mit *Scaevola*-Büschen.

Und dort fand er Inutoto, abgemagert und zitternd. Sie hatte sich in die Höhle verirrt und nicht wieder herausgefunden. Überglücklich schloss er sie in seine Arme und versprach, dass sie sich in Zukunft in den Vollmondnächten mit dem Tanzen und dem Fischen abwechseln würden. Die Höhle wird seither *Anatakitaki* genannt, d.h. soviel wie: Höhle, in die geführt wurde.

Und in der Höhle schwirrten zu Hunderten die *Kopekas* herum, die kleinen weißen Vögel, die die Leute von Atiu zwar schon längst kannten, aber noch nie beim Nestbau gesehen hatten. Genau dort waren sie emsig dabei, im Stockfinstern. Und genau dort lernen ihre Jungen das Fliegen.

Dies für die Ornithologen unter uns: Der Kopeka kann, ähnlich wie die Fledermaus, durch ein Sonarsystem exakt navigieren. Er ist nur auf Atiu und in einer benachbarten Art in Paraguay zu Hause. Sonst nirgendwo auf der Welt: *Aerodramus sawtelli* oder auch *Atiu-Salangane* genannt. Deshalb ist Ornithologen die Insel auch ein Begriff. Es macht also seinem Namen bis heute alle Ehre, das Land der Vögel. Man ist sogar gerade dabei, eine in Rarotonga endemische und fast ausgestorbene Art des Fliegenschnäppers, den *Kakerori*, hier erfolgreich wieder anzusiedeln.

Wer weiß, wie viele Umsiedlungsprojekte noch folgen werden, denn Atiu ist aus einem recht seltenen und wundervollen Grund prädestiniert, Enuamanu zu bleiben, denn *Rattus rattus* gibt es hier nicht. Das muss man sich auf der Zunge zergehen lassen: Atiu ist eine der ganz wenigen Inseln in der Südsee, einer der überhaupt weltweit ganz wenigen Orte, in denen es keine schwarzen Ratten gibt. Toi, toi, toi!

Ende der Vogelkunde.

Denn eigentlich ist Atiu ein Fisch. Genauso wie die Milchstraße.

Ein Triggerfisch wie aus dem Bestimmungsbuch, dessen Maul nach Nordwesten zeigt. So haben die Maoris von Atiu die Gestalt ihrer Insel schon vor Urzeiten gesehen. Gut 2.000 Jahre bevor James Cook sie im April 1777 entdeckte, kartierte, und ohne Zweifel zu dem gleichen Ergebnis kam. Man war hier mit der See schon vertraut und navigierte anhand der Sterne über das offene Meer, als die Europäer noch ängstlich von Bucht zu Bucht schipperten und sich keine zehn Meilen raus wagten.

Und noch älter ist die Vorstellung von der Milchstraße als Fisch. Ein fliegender Fisch vielleicht, wie man sie manchmal im Mondlicht silbern glänzend über die Wellenkämme gleiten sehen kann. Wie Sternschnuppen, die aus dem Spiegelbild des Universums auftauchen.

Die Milchstraße steht nachts mit einer Klarheit über der Insel, dass ich mich gar nicht satt sehen kann und danach immer und immer wieder nichtig und klein unter mein Moskitonetz und meine Bettdecke krieche. Mittwochs, freitags und sonntags allerdings hält der Schlaf nicht allzu lange an. Papa Moe schlägt um fünf Uhr morgens die *Pate*, die Schlitztrommel, um diese Seite des Dorfs an den Kirchgang zu erinnern.

Wie jeder Fisch, das erklärt mir der Inselhistoriker Papa Paiere augenzwinkernd, hat auch Atiu einen Nabel. Das ist der Mittelpunkt der

Insel. Ein weißer, zwei Meter hoher Gedenkstein aus dem Jahr 1860 markiert ihn, direkt gegenüber der *Cook Islands Christian Church*. Der Punkt war den Insulanern seit Jahrhunderten bekannt. Als das den Sportsgeist britischer Wissenschaftler herausforderte und sie nachmaßen, zeigte sich, dass sich die Einheimischen ohne jedes Hilfsmittel um keine zwanzig Meter vertan hatten.

Kaum mehr als 500 Leute leben hier, vor zwanzig Jahren waren es noch dreimal so viel. Der übliche Exodus auf der Suche nach besserer Arbeit und modernerem Leben: erst nach Rarotonga, dann nach Neuseeland oder Australien. Geschätzte 80.000 Cook-Insulaner gibt es, nur 15.000 sind noch auf den Inseln zu Hause. Allein in Auckland in Neuseeland leben mehr. Wer auf Atiu geblieben ist, arbeitet auf Staatskosten bei einem der Ministerien: die meisten als Landarbeiter für das Entwicklungsministerium bzw. als Hafen- oder Straßenarbeiter für die Abteilung Infrastruktur. Die weitaus besseren Jobs gibt es im Hospital, bei der Polizei, in der Gemeindeverwaltung und bei *Air Rarotonga*, die gefragtesten, handverlesenen Jobs vergeben die Privatunternehmer, die Kaffeeplantagen, Bäckereien und Ferienwohnungen betreiben. Mehr Möglichkeiten, an Bargeld zu kommen, gibt es nicht – außer natürlich Sozialhilfe aus Neuseeland.

Eigentlich könnten sich alle mit ihrem Tarofeld, ihren Bananen- und Kokosnussparzellen, den Mango- und Papayabäumen im Garten, den Schweinen und Hühnern selbst versorgen. Aber den Videorecorder und das Moped gibt es nicht gegen zehn Sack Taro. Also ziehen sie weg, wenn sie statt zu saufen von einem besseren Leben träumen; was immer das sein mag. Nicht wenige Mädels stehen später im Minirock und tief ausgeschnitten abends in Auckland in den schmuddeligen Nebenstraßen der *K' Road*.

Auch David will weg, obwohl er sich nichts Schöneres vorstellen kann als Atiu, sein Enuamanu, wie es schon immer war. Oben auf dem Plateau die fünf Dörfer mit den Hibiskushecken um die Grundstücke und den roten Sandwegen. Mit den Tarofeldern weiter unten an den Abhängen und in den winzigen Tälern, wo die ganze Familie in Gummistiefeln sonnabends am arbeiten ist, mit den Kokospalmen noch weiter unten, kurz vor der Makatea, wo sie die Schweine halten und hin und wieder alle Mann Nüsse ernten. Nach Auckland will er, Automechaniker werden, dicken Toyota fahren, aber erst mal muss er die Schule durchstehen und vor allem – seinen Zopf loswerden.

David ist zwölf Jahre alt und ältester Sohn einer Familie, die noch einen alten Initiationsritus aufrecht hält: die Haarschneidezeremonie. Dass er schon zwölf ist und immer noch seinen Zopf hat, zeugt davon, wie viele Leute bewirtet werden müssen, damit er endlich ein vollwertiger Junge sein darf. Nicht nur die ganze Verwandtschaft, sondern auch alle, bei denen er vorher zu der gleichen Zeremonie als Gast eingeladen worden war. Und dann müssen noch die eingeladen werden, die genauso wie er noch darauf warten. Da kommen so viele Schweine und Hühner zusammen, so viel Fisch und Taro, Bananen- und Brotfruchtpuddings, dass seine Eltern lange darauf sparen müssen. Es wird nicht nur bewirtet, sondern auch noch zum Mitnehmen gebraten und gekocht. Und zwar nach dem uralten polynesischen Prinzip: was du mir gibst, geb ich dir auch und noch ein kleines bisschen mehr, aber auf keinen Fall weniger. Was immer David von anderen Jungen bei deren Zeremonie bekam, muss zurückgegeben werden.

Und wenn nach Jahr und Tag endlich alles beisammen ist, wird er in seinen besten Anzug gesteckt, der aber mit einem Pareo verdeckt ist, dem traditionellen Wickelrock. Er wird auf einen Stuhl gesetzt, dann wird sein Haar in so viele Zöpfe gedreht, wie Leute befugt sind, ihm abzuschneiden, und dann endlich wird der Pareo abgenommen, sein Haar gekämmt, und er steht als Mann, oder wenigstens als richtiger Junge von seinem Stuhl auf.

Für Südseeromantiker, die immer noch auf der Suche nach dem »edlen Wilden« sind, ein kleiner Dämpfer: nach allem, was man weiß, gab es diesen Ritus in vormissionarischer Zeit noch nicht. Denn die Maorimänner trugen Zeit ihres Lebens lange Haare als Ausdruck von Kraft, Mut und Tapferkeit, während die Frauen sich ihre kurz schnitten. Also genau umgekehrt wie bei den Missionaren und ihren Frauen. Erst die Missionare haben für Männer den Kurzhaarschnitt befohlen, der auch gerne angenommen wurde.

Das Herauszögern des ersten Abschneidens bis ins zehnte oder zwölfte Lebensjahr ist also eine merkwürdige, relativ neue Mischung aus dem Annehmen der neuen Norm, ohne aber der alten einfach sang- und klanglos abzuschwören. Jesus wird wohl jedes Mal schmunzeln, denn die Maorimänner sahen ihm mit ihren langen Haaren vor der Ankunft der Missionare durchaus ähnlicher. Zumindest ist mir keine Abbildung bekannt, auf der Jesus einen Faconschnitt hat.

Etwa tausend Touristen verirren sich jedes Jahr nach Atiu, hundert nautische Meilen von Rarotonga entfernt. Und kaum einer bleibt länger als die drei Tage, die der Standardausflug von *Air Rarotonga* in Kombination mit vier Tagen Aitutaki vorsieht. Aitutaki ist die Hochglanz-Vorzeige-Insel, das paradiesische Atoll mit riesiger, türkisfarbener Lagune und den dementsprechenden Luxus-Hotels an makellosen Sandstränden.

Auf Atiu muss man zu einem der wenigen Strände entlang der Steilküste mindestens zwanzig Minuten laufen. Dafür ist man mit großer Sicherheit weit und breit der einzige, der das Handtuch ausbreitet. Es gibt nur Ferienwohnungen mit Kochgelegenheit, kein Internetcafé, keine Autovermietung, keine Tauch- und Schnorchelkurse. Genau ein Restaurant, das nur öffnet, wenn sich genügend Gäste vorher angemeldet haben, und zwei Läden, deren Lebensmittelsortimente sich kaum voneinander unterscheiden.

Die wirkliche Südsee!

Wo man Mangos, Papayas oder frischen Fisch per Tauschhandel vom Nachbarn bekommt. Wo man seine Wäsche im Handwaschbecken ausdrückt und nur so lange auf der Leine lässt, wie man in Sichtweite bleibt, weil Eigentum hier relativ ist. Wo der Telekom-Angestellte abends um sieben in der Sendemast-Zentrale eine 240er VHS-Cassette einlegt, damit auf den Bildschirmen der Insel kein Rauschen herrscht. Wo man bei Wanderungen früh morgens oder kurz vor Sonnenuntergang besser einen Knüppel zur Hand hat, um sich gegen Wildschweine zur Wehr zu setzen. Wo die große, weite Welt so weit weg ist, dass man sie auf die Schippe nimmt – am Flughafen hängt folgende augenzwinkernde Hinweistafel:

*Freiwillige Sicherheitskontrolle – wir bitten alle Passagiere,
beim Einsteigen in die Maschine ihre AK 47,
Bazookas, Granaten, Sprengstoffe und Nuklearwaffen
beim Piloten abzugeben.
Das Flughafenmanagement dankt Ihnen für Ihre Mitarbeit.*

Sehr cool. Aber so bekommt man natürlich von den Amis niemals Entwicklungshilfe.

Palmerston, Cook Inseln

Willkommen auf einem winzigen, weit abgelegenen Atoll, auf dem alle *Marsters* heißen.

»Überall sonst auf der Welt nennt sich das Inzucht« – der Expeditionsleiter der Ocean Blue kann das bei der Einsatzbesprechung für uns Lektoren nur zynisch sehen, »aber hier verkaufen wir das als Südseeromantik und Inseleinsamkeit. Also geht raus und sagt den Passagieren, dass das das wundervollste ist, das ihr je gesehen habt!«

Naja – rein fotografisch hab ich damit keine Schwierigkeiten: der makellos weiße, palmengesäumte Sandstrand von *Home Island* geht seicht ansteigend nahtlos in das Dorf über, dessen strohgedeckte Hütten großzügig um den strahlend weißen Kirchenneubau verstreut sind. Eine genauso großzügig angelegte Allee an der Kirche vorbei beginnt auf der donnernden Ozeanseite und endet leider schon wieder nach zweihundert Metern an der Lagune; dafür ist sie aber nachts beleuchtet von Straßenlaternen mit Solarzellen – als gäbe es hier Autos. Kein Punkt des Atolls erhebt sich höher als zwei oder drei Meter über den Strand. Auf der Hauptinsel leben derzeit annähernd Hundert Menschen und alle stammen sie von William Marsters ab.

Die fünfunddreißig *Motus* des Korallenriffs, die Nebeninseln, sind teilweise sogar größer als Home Island, aber unbewohnt. Blauer Himmel, zweiunddreißig Grad im Schatten, leichter Südostpassat, Blumenkränze zur Begrüßung – so kommt die Südsee in soundso vielen

Touristikkatalogen als Paradies auf der Titelseite daher. Nichts gegen einzuwenden.

Das sollte allerdings nicht zu europäisch-zivilisierter Herablassung verführen: die Schule von Palmerston hat mehrere Notebooks, die Insel ist online und hat eine eigene Telefonleitung nur für Faxe, damit man parallel in Ruhe mit den vielen tausend Verwandten auf den anderen Cook-Inseln, in Australien oder Neuseeland telefonieren kann. Man sollte sich tunlichst darauf vorbereiten, dass Paradiese keineswegs rückschrittlich sein müssen, nur weil bei uns alles so fortschrittlich ist und wir das zunehmend als sinnlos empfinden. Ich bin der festen Überzeugung, dass das Paradies sowieso kein geografischer, sondern ein mentaler Ort ist, eine Geisteshaltung. Aber das bespreche ich mit den Passagieren immer erst ganz am Schluss.

Man kommt hier nur mit dem Schiff hin. Und jedes noch so kleine Segelbötchen, das die Barriere in die Lagune passieren will, muss einen jener Marsters als Lotsen an Bord haben – man freut sich offensichtlich über jede Abwechslung, denn eigentlich sind die Untiefen bestens gekennzeichnet und Lotsen nicht wirklich dringend erforderlich. Unser Marsters heißt Allan. Er ist dreiundzwanzig, gut gebaut und singt pausenlos vor sich hin. Er sitzt lässig am Bug des Zodiacs und gibt hin und wieder die Richtung an. Wir fragen ihn, wie viele unverheiratete Frauen in seinem Alter es denn auf Palmerston gibt, und lächeln dieses typische Männerlächeln. Er versteht und sagt: »One, maybe two.«

Deshalb werde er im Oktober wohl nach Rarotonga gehen.

Jedes weitere Wort wäre frauenfeindlich gewesen.

Bei einem der früheren Besuche der Ocean Blue weigerte sich der Erste Offizier Alex, ein hart gesottener Ukrainer mit Dickschädel, den Anweisungen des Lotsen zu folgen. Immer, wenn der rechts zeigte, fuhr Alex links, bei Zeichen links stur geradeaus.

»Halt mal an, so kommen wir nicht weiter!«

Alex fährt volle Fahrt immer im Kreis, der Lotse sucht krampfhaft nach Halt am Bug.

»Halt an!«

»Ich denke nicht daran! Ich brauch dich nicht und dein blödes rechts-links-Gefuchtel! Ich kenne den Weg im Schlaf. Ich fahre seit acht Jahren im Frühjahr und im Herbst hier rein!«

»Du Pisser! Und ich wohne hier – seit fünfunddreißig Jahren!«

Ich könnte mir jetzt noch ein kleines Handgemenge in wilder Kreiselfahrt vorstellen, aber die Geschichte wird immer nur bis zu diesem Punkt erzählt.

Mit gleich drei Maori-Ehefrauen von der Insel *Tongareva* – drei Schwestern, was die Verwandtschaftsbeziehungen noch komplizierter macht – ließ sich der Engländer William Marsters am 8. Juli 1863 hier absetzen. Er wollte auf der unbewohnten Hauptinsel und einigen größeren *Motus* des Atolls Kopra für das tahitianische Handelshaus *Brander* ernten. 200.000 Palmen hat er gepflanzt, böse Zungen behaupten, dass er nach jeder tausendsten ein Kind zeugte, immer reihum mit einer der drei Schwestern. Kurz bevor er 1899 starb, entschloss er sich, das Land gerecht unter den drei Familienzweigen, dessen uneingeschränktes Oberhaupt er war, aufzuteilen. Er befürchtete wohl nach seinem Ableben Mord und Totschlag wie seinerzeit unter den Bounty-Meuterern auf Pitcairn. Und es gab auch bereits erste Anzeichen von Spannungen. Marsters teilte das Land bis hin zu einzelnen Sandbänken minutiös auf, und immer reihum wurde ausgesucht.

Das hat auch einigermaßen gehalten. Bis heute markieren einzelne Pukabäume oder Doppelreihen von Kokospalmen die Besitzgrenzen. Innerhalb des Dorfs sind es Lilien oder aufgeschichtete Steine. Heute allerdings werden Besucher gerne mal über die bösen Marsters der jeweils anderen Clans aufgeklärt. Die Sippen haben sich lange Jahre das Schwarze unter den Fingernägeln geneidet. Bei so wenigen Einwohnern auf so engem Raum wird das schnell zum Albtraum. Immerhin wurde hier schon zweimal die Schule in Brand gesteckt, und das neue Boot namens *Marster's Dream*, das deutlich mehr Touristen und häufiger als bislang Güter aus Rarotonga bringen sollte, hat den Verkehr sehr schnell wieder einstellen müssen. War halt nur die Idee einer Sippe gewesen, die anderen waren nicht gefragt worden.

Warum jemand aus Neid und Missgunst eine Schule ansteckt, bleibt ungeklärt. Aber es scheint, dass eine Zugereiste den Stellungskrieg der

Vettern und Cousinen langsam aber sicher aufweicht: der neuen Rektorin aus Neuseeland ist es zu verdanken, dass die nach Jahren wieder aufgebaute Schule mit Computern und Internetzugang ausgerüstet wurde. Sie bildet zusätzlich abends all die älteren Marsters fort, die seit den Brandstiftungen von der Bildung ausgeschlossen waren. Mit unerwartetem Erfolg: die Abwanderung wurde gestoppt. Bildung als Standortfaktor, auch hier draußen. Übrigens mit Geldern der Bundesrepublik Deutschland, die die Schule von Palmerston mit ausgestattet hat.

In den beiden Südseetouristenbibeln »Lonely Planet« und »Tahiti Handbuch« war immer noch von zweiundfünfzig Einwohnern auf Palmerston die Rede, der »Cook Islands Herald«, die Wochenzeitung der Cooks auf Rarotonga, verkündete, dass es jetzt schon wieder Hundert sind. Abzüglich Allan natürlich, unserem Lotsen, der verständlicherweise nicht warten mag, bis die Mädels der Grundschule alt genug sind, abends mit ihm an der Lagune unter den Palmen in den Sternenhimmel zu gucken.

Upolu, Samoa

Der berühmteste Schriftsteller Samoas, wenn nicht sogar ganz Ozeaniens, der *Grand Old Man* der pazifischen Gegenwartsliteratur, heißt Albert Wendt. Und bei so einem Namen sind wir mitten in der Wilhelminischen Kolonialgeschichte und dem Grund für den im Südpazifik ansonsten weitgehend unbekannten Rechtsverkehr auf den Straßen der beiden samoanischen Inseln Upolu und Savai'i.

Nachdem das Hamburger Handelshaus Johann Godeffroy 1857 in Samoa eine Niederlassung eröffnet hatte, sorgten deutsche Firmen und Geschäftsleute für eine lukrative Vormachtstellung von *Siamani*. (Pidgin aus »Germany«).

Und vierzehn Jahre lang, bis zum Beginn des ersten Weltkriegs, war Samoa sogar deutsche Kolonie und sorgte dafür, dass der Tag im Deutschen Kaiserreich sozusagen zwölf Stunden länger wurde.

Albert Wendts Großvater hatte irgendwann der preußische Kolonialismus hierher gespült. Und Großmutter Mele, eine bildhübsche Samoanerin, sorgte dafür, dass er blieb.

Apia ist die Hauptstadt beider Inseln:

Nach neun Tagen auf See ist sie der absolute Schock. Ampeln, Autos, Kinoreklame, Hochhäuser, wenn auch nicht wirklich hoch und in überschaubarer Anzahl. Zwei Supermärkte und ein McDonald's für 30.000 Einwohner.

Und die lautesten, schrillsten Autobusse der Südsee, aus denen neunzig Dezibel Schalldruck quillt. Zwanzig Jahre alte Toyotas mit acht, neun Sitzreihen hoch über der Straße: *Queen Poto Transport* heißen sie, *Ocean Light* oder *Poetry in Motion*. Und die Fahrer grooven hinter ihrem Steuer wie auf einer Tanzfläche: *Yeh, Talofa my friend*. Womöglich eine geniale Orientierungshilfe für Blinde:

Ich stelle mir vor, dass die Linien nach Musikrichtungen geordnet sind – Pop fährt nach Westen, Techno nach Süden, samoanische Schnulzen für die kurzen Strecken nach Vailima und zurück. Und alles in wildem Durcheinander dort, wo sie sich alle irgendwann treffen: am *Maketi Fugalei*, dem Obst- und Gemüsemarkt. Der Lebensmitte nicht nur Apias, sondern der ganzen Insel. Albert Wendt hat ihn in seinem Roman *Blätter des Banyanbaums* aus der Sicht des Provinzlers beschrieben, dessen Welt beim ersten Anblick dieser Massen von Waren und Menschen nachhaltig aus den Fugen gerät.

Kein Wunder.

Samoa ist nämlich eigentlich das mit Abstand traditionellste Land Polynesiens, sehr auf den Erhalt der alten Familienwerte, Dorfstrukturen und männlichen Hierarchien bedacht. Ich bin mir hundertprozentig sicher, dass man als Tourist draußen auf dem Land bei jedem noch so nichtssagenden Smalltalk ein halbes Dutzend Regeln verletzt.

Die *Fa'a Samoa,* der traditionelle samoanische Weg, hat sehr komplizierte Umgangsformen. Wenn man da aus *Lolomanu*, im südöstlichsten Zipfel der Insel, ein- oder zweimal im Jahr in die Hauptstadt kommt, wo alles sehr viel lockerer gehandhabt wird, gerät die Welt in der Tat aus den Fugen. So ähnlich ging es mir ja auch nach meinen neun Tagen auf See.

Also lieber erst mal hinsetzen und beobachten, auf einer der Holzbänke vor einem der unzähligen Kioske. Das sind halbhohe Holzverschläge, vielleicht zwei Mal zwei Meter groß, meistens gleich drei hintereinander. Im ersten gibt es Gegrilltes, im zweiten Getränke, im dritten Süßes. Die Verkäufer sieht man nur bis zu den Schultern und sie sind unentwegt am Hantieren. Einen *Tala* für einen halben Liter O-Saft unbekannter Herkunft, mit großer Sicherheit aus Konzentrat gemischt. Dafür darf man hier rauchen und kommt sofort ins Gespräch: »Talofa! Where you from?«
»Germany.«
»Ah, Siamani. Long way.«
In der Tat. Deutschland ist verdammt weit weg.

In meinem Rücken ist die Polizeiloge. An beiden Türen steht, dass den Drogen der Kampf angesagt wird: *Free Samoa!* Hinter der etwas verschossenen Gardine sieht man den Chef meist mit einem ebenso verschossenen Telefonhörer am Ohr. Ab und zu schreibt er eine kleine Notiz, danach öffnet sich die Tür, sein Arm reicht den Zettel einem sehr ärmlich wirkenden, vielleicht vierzigjährigen Boten, der vor der Loge auf einer Holzbank sitzt und raucht, und der springt sofort auf und liefert die Notiz an ihren Empfänger. Hinter der zweiten Tür sitzen zwei junge, stämmige Polizisten in blauer Uniform und Sonnenbrillen im Schneidersitz auf einer Holzpritsche und freuen sich jedes Mal wie Kinder, wenn eine junge Frau hereinkommt – und das passiert keineswegs nur ab und zu. Hier wird privates und dienstliches zu einem angenehmen Tag vermischt.

Polizisten und Polizistinnen in Samoa müssen tätowiert sein, sie müssen ein Minimum an Autorität bereits auf ihrer Haut tragen, um überhaupt eingestellt zu werden. Und das heißt: Tattoos von den Knien aufwärts bis zur Taille und die Familienzugehörigkeit am Oberarm.

Neben der Polizeiloge ist der Bereich für die alten Männer: erst der Tisch mit der Kavaschüssel, aus der immer wieder in kleine Becher nachgeschenkt wird, dann die niedrigeren Tischchen mit den Brettspielen, umringt von staunenden, nickenden oder bei überraschenden Zügen die Luft heftig durch die Zähne einatmenden Zuschauern. *Pack!* Die blauen und weißen Steine werden nicht gesetzt, sie werden auf die Bretter gehauen.

Daneben eine Reihe von Ständen für Touristen: Palmwedelfächer, geschnitzte Bilderrahmen, Wandmasken mit der sinnfälligen Aufschrift *Samoa,* T-Shirts, Aschenbecher und Miniaturen. Und erst dahinter sitzen die eigentlichen Frucht- und Gemüsehändler. Nicht selten sind gleich drei Generationen aus der Provinz angereist: die alten Frauen und Männer haben sich zu einem Mittagsschlaf auf den Boden gelegt, ihre Töchter bieten die Waren an, die kleineren Enkel laufen wild zwischen den Ständen hin und her, die größeren Enkel suchen cool im äußeren Bereich der Halle Anerkennung, Trost oder Ablenkung von ihren lästigen Familienpflichten.

Taro-Früchte, Bananen, Mango, Ingwer und frischen Kakao gibt es hier, und wer englisch kann, freut sich über sprachliche Zusammenhänge wie den zwischen Zwiebeln, *Aniani,* und Knoblauch, *Aniani saina,* also wörtlich: chinesischen Zwiebeln. Und sofort bin ich in Sia Figiels Roman »Alofa«. Sie wird in Sachen ozeanische Literatur als Wendts Nachfolgerin gehandelt, die nächste Schriftstellergeneration. Auch sie hat den *Maketi*, den Markt, beschrieben:

> *Augen blinzeln, Hände tasten, Hände berühren Brüste*
> *(nur ganz leicht).*
> *Es ist die ›Lass mich in Ruhe!‹, ›Treffen wir uns morgen wieder?‹,*
> *›Willst du Elope?‹*
> *›Willst Du mir einen blasen für fünf Tala?‹ – Abteilung.*

Die finde ich leider nicht.

Dafür bietet mir eine dicke alte Frau *Fuga Fuga* an. Eine braune Flüssigkeit, in der obskure eingemachte Früchte oder womöglich sogar Tierchen schwimmen. Beides zusammen, dickes unten, dünnes oben, ist selbst abgefüllt in Fanta-Flaschen, die mit Zeitungspapier und Kokosschnüren versiegelt sind.

»Was ist das?«

»Is Fuga Fuga!«

»Und woraus besteht das?«

»Is good for you, hehehe! Ahahaha!«

Ihr Busen droht mich zu erschlagen. Nach dem Lachen zu urteilen würde ich sagen: ein Aphrodisiakum.

Genug geschaut. Der aufrechte Literaturlektor muss seine Gruppe auf Upolu natürlich nach Vailima führen. Kirchen über Kirchen rechts und links der *Cross Island Road,* auf dem Weg dorthin: *Iesu Keriso*, so nennen die Mormonen hier den Herrn. Das klingt noch viel lustiger als der *Temipele* in Tonga, der Tempel des Herrn.

Wundervoll. Sprachliche Aphrodisiaka, *Fuga Fuga* für Atheisten.

Hier oben, in Vailima, zehn Kilometer außerhalb von Apia, zweihundert Meter höher und kühler, wohnte ein dritter, nach westlichen Maßstäben viel größerer Schriftsteller als Albert Wendt und Sia Figiel zusammen. Er hat die letzten vier Jahre seines Lebens auf Samoa verbracht und leistet seither dem Tourismus treue Dienste: Robert Louis Stevenson, genannt *Tusitala,* Geschichtenerzähler. Die Einheimischen haben ihn sehr geschätzt und ihm liebevoll diesen Beinamen gegeben. Die Häuptlinge haben sogar extra für ihn eine Straße von Apia nach Vailima anlegen lassen, die *Alo Loto Alofa,* die Straße des liebenden Herzens.

Man kann seinen Biografien entnehmen, dass Stevenson trotz »Schatzinsel« und »Jekyll and Hyde« nie sonderlich wohlhabend wurde. Er konnte überhaupt erst nach einer Erbschaft nach San Francisco fahren, eine Yacht chartern und in die Südsee aufbrechen. Und mußte auch dabei noch rechnen. In samoanische *Tala* umgemünzt war er allerdings offenbar ziemlich reich. Anders kann man sich Haus und Anwesen, die er sich in Vailima kaufte, nicht erklären. Ein luftiges, zweistöckiges Holzhaus im Kolonialstil, erst ein-, dann später dreiflügelig, für seine Frau Fanny, deren beiden Kinder aus erster Ehe, seine Mutter und sich. Im Rauchsalon ein Kamin, der an die schottische Heimat erinnerte, und das im tropischen Samoa!

»Von hier aus könnte man die Aleuten sehen, wenn die Erde nicht gekrümmt wäre«, schrieb er voller Begeisterung an Freunde in England. Das riesige Anwesen drum herum, hoch über Apia, ist heute zum Teil botanischer Garten und staatliche Baumschule. *Vailima* heißt: fünf Wasser. Sie kommen alle den Mount Vaea hinter dem Haus herunter. Dort oben liegen er und Fanny begraben. Das war sein letzter Wille, und als er am November 1894 an seiner jahrzehntelangen Tuberkulose starb, waren es wiederum einheimische Samoaner, die über Nacht einen Weg den Berg hinauf anlegten und auf dem Gipfel sein Grab aushoben. Den Spruch für seinen Grabstein hatte er schon zwanzig Jahre mit sich herumgetragen:

> *Home is the sailor, home from the sea,*
> *and the hunter home from the hill.*

Er war der erste *Palangi*, der erste Weiße, der in die kühlen Berge in direkte Nachbarschaft zu den Einheimischen zog; zu einer Zeit, als die anderen Weißen ihre Häuser in Apia noch gerne mit Zäunen vor ihnen abschotteten. Aber manchmal folgen ja Geschäftsleute und politische Sachwalter auch mal einem schöngeistigen und politisch auf der anderen Seite stehenden *Tusitala*.

Schon kurze Zeit später bauten die ersten Deutschen noch ein gutes Stück oberhalb Vailimas eine Wochenendkolonie zur Erholung von Hitze und Staub und nannten sie *Malololelei,* was man mit *ich wünsch Dir einen schönen Urlaub* übersetzen könnte.

Aber die Literaten und die Hauptstadt geben ein falsches Bild von Samoa, dem Herzen des Pazifiks. *Penina ole Pasefika*, Herz des Pazifiks, so nennt sich Samoa sogar im Staatswappen.

Man kann sich diesem Herzen von Apia aus langsam und allmählich oder auch ziemlich abrupt nähern, je nachdem, ob man die Stadt nach Westen in Richtung Flughafen oder nach Osten hin verlässt. Auf der allmählichen, westlichen Route bleibt die Besiedlung rechts und links der Straße noch gut zwanzig Kilometer ohne bemerkenswerte Unterbrechung. Von den 177.000 Samoanern wohnt der größte Teil auf der Westseite der Hauptinsel Upolu. Aber schon wenige Minuten außerhalb der Stadt gibt es kaum noch Häuser im westlichen Verständnis von vier Wänden mit Dach, Tür und Fenstern. Das samoanische Haus, die so genannte *Fale,* ist ein ovaler Säulenbau mit Holz- oder Zementboden ohne Tür und ohne Fenster, nach allen Seiten offen. Hier und da sieht man eine Truhe oder einen kleinen Schrank, vielleicht auch aufgestapelte Koffer an der hinteren Säulenreihe stehen, ein, zwei Stühle für die Alten, ansonsten ist der Raum, über den sich ein Dach wölbt, das wie ein kieloben liegendes Boot aussieht, leer. Und von allen jederzeit einsehbar. Kein Europäer, auch wenn er es mal für drei Nächte romantisch-verklärt in einer *Beach-Fale* versucht, könnte so leben.

Es gibt keine Privatsphäre und auch kein Privateigentum. Die Familie kommt zuerst, und die ist fest eingebunden in die Dorfgemeinschaft, wohnt in einer Fale, in die das ganze Dorf schauen kann, drei oder vier Generationen ohne räumliche Trennung. Da habe ich mich natürlich gefragt, wo eigentlich, oder wann, die vielen Kinder gezeugt werden. Und kein noch so aufgeklärter einheimischer Fremdenführer wollte mir diese – zugegeben viel zu intime – *Palangi*-Frage beantworten.

Die Mitte des Dorfes teilen sich die alte und die neue Zeit: es gibt aus der Maorizeit eine Versammlungs-Fale für alle wichtigen Besprechungen der Familienoberhäupter und Dorfältesten, und natürlich aus der neuen, europäischen Zeit die Kirche. Und die steht meistens noch etwas erhöht, ganz abgesehen davon, dass sie sowieso als massiver, weiß gestrichener Steinbau aus dem normalen Leben hervorsticht.

Und je weiter man der Inselstraße gegen den Uhrzeigersinn folgt, werden die Dörfer seltener, kleiner, ärmlicher, stehen zwischen den Fales Pferde statt Autos, ist der einzige Laden nur noch ein Bretterverschlag. Aber überall sorgen *Ulu, Esi* und *Talo,* also Brotfrucht, Papaya und Taro, sowie Bananen, Mangos und Kokospalmen für ausreichend Nahrung. Wer in Samoa verhungert, hat selbst Schuld; das sagen alle hier. Und die Hecken sorgen mit ihrem feuerroten wilden Ingwer, der *Teuila* genannten Nationalpflanze Samoas, dem Hibiskus, den Büschen mit *Si´u Si´u Pusi* (Katzenschwanz, oder wie immer sie auf Deutsch heißen mögen), wissenschaftlich *Acacypa Hispida* genannt, und Dutzenden anderen bunt blühenden Pflanzen überall für prachtvolle Farben und ausreichend Schönheit.

Touristen kommen hier nur im Leihwagen auf ihrer Tagestour vorbei und werden herzlich bewunken. Wirkliche Reisende, die sich auf eine neue Welt einlassen wollen und sich nicht in einem der noch immer wenigen Hotels oder Pensionen in und um Apia eingemietet haben, schwärmen von billigen Beach-Fales in entlegenen Dörfern mit Familienkontakt.

Ich habe starke Zweifel an ihren verklärten Berichten. Da wird aus der Hoffnung heraus, hier endlich ein Paradies gefunden zu haben, gnadenlos schön gerechnet, was nicht verstanden wird. Wer nicht in eine durch und durch intellektuelle oder reiseerfahrene Familie gerät, hat es mit ausgesprochen gebrochenem Englisch zu tun, das zu nicht mehr als dem Wetter und der Schönheit des Dorfes reicht. Und der Einblick in das vermeintlich so wunderbar ursprüngliche, einfache Leben ist in Wahrheit so oberflächlich, dass man ihn in der Bücherei oder dem landeskundlichen *Falemataaga*-Museum in Apia besser bekäme.

Je mehr die Familie zuerst kommt, desto weniger hat ein Fremder darin zu suchen. Besonders, wenn dieser Fremde noch nicht mal die Grundregeln der einheimischen Kommunikation beherrscht: Nach dem Schuhe ausziehen sofort auf den Boden setzen, um die gebührende Blickhöhe einzuhalten, nach der Begrüßung durch das Familienoberhaupt Gastgeschenke auszupacken und um Vergebung zu bitten, dass sie so bescheiden ausgefallen sind, hierarchisch von oben nach unten zu begrüßen, niemals an Tochter, Cousine, Neffe oder Sohn eine Frage richten, die nur der Vater beantworten dürfte. Und, mit kleinen Mengen Bargelds in der Tasche darauf reagieren zu können, dass man mehrfach von verschiedenen Familienmitgliedern um Geld gebeten wird. Backpacker, die von sich behaupten, sie hätten selbst nicht genug, sind immer noch schwerreiche *Palangi* im Vergleich zu den Einheimischen.

Mit all diesen Regeln kann ich gut leben. Aber was mich immer und immer wieder am meisten auf die Probe stellt, ist der völlig andere Umgang mit der Wahrheit.

Ich war bei einer Familie in *Siumu* eingeladen, einem recht traditionellen Dorf mit mehr als 2.000 Einwohnern. Fast alle miteinander verwandt und verschwägert. Weil ein Nein als Antwort den Gast beleidigen könnte, bekam ich immer nur Ja zu hören, wie geschickt ich auch fragte. Bis sich Scheibchen für Scheibchen herausstellte, dass ich für die Fahrt ans andere Ende der Insel statt des Busses ein Taxi zahlen musste, dass ich außer den Gastgeschenken auch noch so viel Brot, Cola und Süßigkeiten besorgen sollte, wie in einer riesigen Familie verzehrt wird, dass der Onkel, der mich um neun oder zehn Uhr abends wieder nach Hause fahren sollte, gar nicht daran denkt, das vor Mitternacht zu tun, und dann dafür auch noch doppelt so viel haben will wie der Taxifahrer auf dem Hinweg. Es geht nicht ums Geld: sogar Backpacker haben das übrig. Es geht darum, dass so getan wurde, als ginge es um MEIN Wohl und um MEINE Wünsche.

Und noch zwei Stunden, nachdem der wirklich letzte Gesprächsstoff verpulvert, die letzten Lieder gesungen und das allerletzte Kinderspiel gespielt, das Familienoberhaupt schon längst in seinem Stuhl eingenickt, die Familie schon längst wieder mehr mit sich selbst beschäftigt ist, werde ich alle zehn Minuten gefragt, ob ich mich wohl fühle. Und ich lüge genauso, wie sie mich belogen haben:

»Ich fühle mich so wohl wie selten, eure Familie werde ich immer tief in meinem Herzen behalten, ich könnte hier noch stundenlang so sitzen.«

Man kann das nicht ahnen, wenn man sich nicht bei anderen *Palangi*, die schon jahrelang hier leben und hunderte Male Fehler begangen haben, zuvor schlau gefragt hat. Und die sagen immer wieder dasselbe: »Du bekommst sie nicht wirklich zu Gesicht, ich traue keinem. Sie reden hinter Jedermanns Rücken und haben dabei noch das beste Gedächtnis der Welt, weil sie jahrhundertelang nur memoriert und nie aufgeschrieben haben.«

Das mit dem Gedächtnis ist für Europäer in der Tat ungewohnt; den Rest dieser Argumentation sollten wir eigentlich, wenn auch nicht so strikt und nicht so familienbezogen, aus unserer ureigenen Nachbarschaft kennen. Die ganz normale Xenophobie.

Aber in das Paradies Südsee fährt man natürlich mit ganz besonderer Heilserwartung und deshalb schließt man die Augen.

Genau deswegen trau ich den meisten Berichten nicht. Seit gut zweihundertfünfzig Jahren gibt es den »edlen Wilden«. Er ist nicht wild und auch nicht edel. Er ist einfach nur kein Europäer. Und wenn man das drin hat, kann man hier anfangen, auf Entdeckungsreise zu gehen. Das Paradies ist kein Ort, sondern ein mentaler Zustand. Und Samoa kann einen dorthin führen, wenn man ihn nicht ohnehin schon im Gepäck hatte. Aber hin und wieder ist das richtig harte Arbeit.

Savai'i, Samoa

Die nur wenig bekannte Nachbarinsel.

Und endlich wieder ein Sonntag in der Südsee. Die Passagiere der Ocean Blue sind herzlich zum Gottesdienst eingeladen. Auf dem pechschwarzen Lavagestein in *Asau* nehmen sich die ganz in weiß gekleideten einheimischen Kirchgänger noch feierlicher aus. Und die Kirche noch siegreicher: SOLI DEO GLORIA.

Selbst Säuglinge sind in weiße Seide oder Baumwolle gesteckt, mit Spitzenkragen um ihre knittrigen, braunen Gesichter. Ihre Eltern, Großeltern, Cousinen, Onkel und Tanten gehen nicht zur Kirche – sie schreiten. Vor dem Eingang kaum Gespräche, man redet erst nach dem Gotteslob. Strohhüte wippen zur Begrüßung einmal kurz auf und ab, die Mädchen verkneifen sich das Kichern, die Jungens sind gekämmt und unnahbar. Der Sonntag gehört dem Herrn und der Familie; viele kochen sogar das Essen vor, damit auch diese Arbeit nicht die Ruhe stört.

Aber ausgerechnet im religiös so strikten Savai'i, wo das Staatsmotto *Samoa is founded on God* befolgt wird, als sei ein Verstoß gegen die Sonntagsruhe die achte Todsünde, werde ich staunender Zeuge einer bemerkenswerten Ausnahme. Ein Geländewagen fährt langsam die Straße entlang – so als wollte auch er schreiten. Vorne sitzen zwei Männer, hinten eine Frau mit Kindern, alle NICHT weiß gekleidet.

Auf Höhe der Kirche geht – wie in Zeitlupe – hinten das Fenster auf und die Frau spuckt in hohem Bogen über die Straße. Als wollte sie den Gläubigen ihre Verachtung zeigen.

Irgendwann muss ihr das schwarz-weiße Savai`i zur Hölle geworden sein.

In *Mauga* haben sie das Dorf kreisrund um einen der vielen Eingänge zu dieser vulkanischen Hölle gebaut: einen ehemaligen Krater. In der Mitte ist der Sportplatz: Cricket, Rugby und Fußball. Auch hier leben die Familien in völlig offenen Hütten. Im kreisrunden Mauga kann man also aus jedem Wohnhaus in jedes Wohnhaus blicken. Die Kirche hat zwei Stockwerke, wie um der Tiefe der schwarzen Hölle das höchstmögliche Weiß entgegenzusetzen. Das untere Stockwerk sieht aus wie ein Kuhstall. Dort begrüßt uns der Dorfälteste in der unerträglichsten Mittagshitze auf Deutsch: »Guten Abend, meine Damen und Herren!«

Danach werden uns Souvenirs angeboten. Wir machen aber lieber Bilder von den Kindern, die schon genau wissen, was Digitalkameras so alles können und nach jedem »Flick« des Auslösers sofort angelaufen kommen, um das Ergebnis gewissermaßen freizugeben.

Vom Weltall aus gesehen, zieht sich ein Kraterband durch ganz Ozeanien – wie kleine Nadelstiche von Südosten nach Nordwesten, erst durch Upolu, dann durch Savai`i. Dort, wo der bis zu 11.000 Meter tiefe Tonga-Graben scharf links abbiegt und die Geologen in Sachen Vulkanismus von der geologischen *Hotspot*-Theorie zur so genannten Subduktionstheorie umschwenken. Östlich von Samoa sind Vulkane dadurch entstanden, dass es unter dem Meeresboden einen Schlot gibt, aus dem Magma quillt, durch das dann die Inseln aufgebaut werden, sofern der Schlot nicht allzu weit von der Wasseroberfläche entfernt ist.

Und weil sich die pazifische Platte bis zu zehn Zentimeter im Jahr in Richtung Westen von diesem *Hot Spot*, dieser Lavaquelle, wegbewegt, erlischt der Vulkan irgendwann, und über dem Hotspot entsteht die nächste Insel.

In äußerster westlicher Entfernung eines aktiven *Hotspots* findet man dementsprechend die jeweils älteste Insel, die meist schon zum Atoll erodiert ist, in unmittelbarer Nähe die jüngste, auf der man den Vulkankegel immer noch erkennen kann. Passt immer, dieses Entstehungsmuster, von Pitcairn im Südosten Ozeaniens über die Tuamotus, Gesellschaftsinseln und Cooks bis nach Samoa im Nordwesten. Nur, dass hier immer noch Vulkane aktiv sind.

STICHWORT: Sekundärvulkanismus.

»Jetzt wird es aber zu kompliziert«, sagt Stefan Kredel, unser Geologe an Bord, und erklärt mir den ganzen Rest trotzdem.

Im Schnitt alle 150 Jahre bricht auf Savai´i immer noch die Hölle los, sagt Stefans Kollege Warren, der früher für Mineralölkonzerne nach Schwarzem Gold suchte. Jetzt hat er sich auf Savai´i zur Ruhe gesetzt und führt als geologischer Fremdenführer die Touristen leider mehr sachkundig als eloquent über die Lavafelder.

1906 hat ein Ausbruch des *Mount Matavanu* das Dorf *Sale´Aula* in Schutt und Asche gelegt. Der Lavastrom ist direkt durch die Kirchentür der *London Missionary Society* geflossen.

Zwei Meter hoch steht dort bis heute das schwarze Lavagestein, ein mächtiger, unverrückbarer Block; an einigen Stellen kann man noch genau den Abdruck des Wellblechdachs erkennen, das einstürzte und im Verglühen ein Muster hinterließ. Die weißen Grundmauern der Kirche stehen noch – ein Farbkontrast wie der Sonntag in Asau, allerdings am völlig anderen Ende der Gefühlsskala. Dort, wo früher der Altar gestanden haben muss, ragt heute ein Mangobaum zwölf Meter hoch in den Himmel.

Ich bleibe andächtig stehen, lasse die Gruppe vorüber, verzichte auf den Rest der Führung und erfreue mich noch eine halbe Stunde an der atemberaubenden Symbolik. Himmel und Hölle treffen aufeinander und machen Platz für einen Baum.

Wow!

Niuafoʻou, Tonga

Wochenlang haben die 800 Einwohner von nichts anderem geredet als dem Passagierschiff, das da zum Ankern kommen und gleich neunzig Touristen an dieses hinterste Eiland des Königreichs Tonga spülen wird.

»Welcome to Niuafoʻou, the poorest and remotest island in Tonga. My name is Alan«, mit vorsichtigem Lächeln streckte mir der riesige Polizist am Kai seine riesige Hand entgegen.

»Ta Alofa, Alan, na, da kann ich mich ja gleich sicher fühlen.«

»Ah, ganz sicher hier, peaceful island, wir haben nicht viel zu tun.«

Das war offensichtlich. Seine drei Kollegen versuchten trotzdem, die ankommenden Passagiere von ihrer Unabkömmlichkeit zu überzeugen: Sie besserten fortwährend den rissigen Weg vom Pier mit ihren bloßen Händen aus, füllten schwarzen Lavasand in die Unebenheiten, oder schubsten die Kinder aus dem Weg, die natürlich auch sehen wollten, wie wir aussahen und ob wir vielleicht das eine oder andere Geschenk mitgebracht hatten. Aber Polizei ist Polizei! Alan und seine drei Kollegen, und etwas später der Regierungsinspektor, der uns mit seiner 125er-Yamaha auf Schritt und Tritt begleitete, ließen sich von keinem die erste Reihe streitig machen.

»You maybe cigarette?«, fragte Alan, als wir uns auf den Weg zu den Pickup-Trucks machten. Und ich hatte kaum in meinen Rucksack gefasst, als ich von einem Dutzend offen gehaltener Hände förmlich umringt wurde. Ich gab Alan fünf Blättchen und ein Häufchen Tabak: »Teil das aus, Alan, und behalt nicht alles für Dich und deine Cousins, Brüder und Onkel.« Er hat den Spaß verstanden und tatsächlich geteilt.

Aber seinen eigentlichen Coup sollte er erst noch landen.

»Könnte ich aufs Schiff? Nur mal gucken?«

Er durfte und dürfte am Abend danach der König in seinem Dorf gewesen sein, bis weit in die Nacht beim Zirpen der Zikaden im Gemeinschaftshaus haarklein erzählt haben, dass es auf dem Schiff einen Raum gibt, so winzig klein, dass er gerade reingepasst hat. Und kaum ist man drinnen, geht die Tür automatisch zu. Und dann bewegt sich dieser Raum nach oben oder unten, wenn man einen Knopf an der Wand gedrückt hat. Wie ein Boot auf den Wellen, nur viel sanfter. Und das ganze Dorf wird diesen Raum ausschmücken, bis er größer und herrlicher ist als der Palast des Königs in Nuku Alofa. Und morgen Abend wird Alan in *Tongamama'o* seine Geschichte erzählen, und dann in *Mata'aho*, bis er in allen acht Dörfern gefeiert wurde, und seine Geschichte wird ihm vorauseilen, aber trotzdem werden ihm alle an den Lippen hängen, auch die kleinsten, die Zeit ihres Lebens niemals zugeben werden, dass sie damals, als Alan von dem Schiff und dem Fahrstuhl erzählte, schon nach zehn Minuten sanft eingeschlummert waren.

»Welcome, welcome tourists, welcommmmm!« – Die Grundschule von *Esia* war vollständig angetreten, um zur Gitarrenbegleitung des Lehrers dieses eigens für uns komponierte Lied anzustimmen. Auf dem Schulrasen das Schild: *Welcome to the Ocean Blue's first ever landing on Tin Can Island.* Auch hart gesottene Globetrotter hatten einen Kloß im Hals und kauften Souvenirs, was das Portemonnaie hergab. Niuafo'ou nennt sich Tin Can Island, weil jahrzehntelang die Post von einem Frachter aus abgeworfen wurde. Briefe und Päckchen wurden in Ölpapier eingewickelt und dann in eine Blechdose verpackt. Schwimmer brachten die Fracht an Land.

Seit 1983 gibt es eine Landebahn, aber der Flieger war seit zwei Monaten schon nicht aufgetaucht. Ein Frachter legt drei oder viermal im Jahr an, Kontakt zur nächstgelegenen Insel ist behördlich untersagt, denn die gehört zum Inselreich Fiji.

Fremdenzimmer gibt es nicht.

Na klar ist das Schiff *from Germany* seit Wochen Inselgespräch. Die zwölf Pickups, die uns im Schritttempo von Dorf zu Dorf fahren, werden von mindestens hundert Einheimischen zu Fuß begleitet. Und wo immer wir aussteigen, werden wir förmlich von der Ladefläche gehoben. Natürlich begleiten sie uns auch auf den Vulkan, schütteln aber mehrfach den Kopf und lächeln: »Wir gehen da nie rauf – wozu denn?«

Tja, gute Frage. Wozu eigentlich.

»Als ich vor drei Jahren hier ankam, habe ich mir ein Haus gebaut. Als es fertig war und ich eines Freitags aus der Schule kam, um endlich einzuziehen, waren einige Räume bereits belegt. Man wollte mir eine Freude machen. Niemand lebt hier allein.«

Gerhard hat es als Lehrer aus Österreich hierhin verschlagen. Natürlich hatte er es sich nicht nehmen lassen, uns auf der Inselrundfahrt zu begleiten.

»Ich habe es bis heute nicht geschafft, ihnen das westliche Verständnis von Intimität und Privatsphäre verständlich zu machen, und dass es schön wäre, wenn nicht nur ich IHRE Kultur verstehe und respektiere, sondern auch sie wenigstens dieses kleine Stück von MEINER.«

Gerhard ist damals umgezogen, hat aber wieder Mitbewohner. Andere dieses Mal. Und bei allem, was er erzählte, hatte er dieses milde Lächeln in der Stimme und diesen wissenden Blick. Ich glaube, er wird bleiben. Irgendwas gibt es hier, was er zu Hause nie bekommen hätte.

Irgendetwas, das am Ende viel wichtiger ist als Intimität und Privatsphäre.

Ovalau, Fidschi

Ratu Sir Kamisese Mara ist tot. Er starb mit dreiundachtzig Jahren und hinterlässt seine Frau, sieben Kinder und vierzehn Enkel. Der Mann war Fidschis erster Premierminister nach der Unabhängigkeit von Großbritannien. Normalerweise ist das für uns an Bord nicht weiter von Interesse, vielleicht wären die Lektoren so eine Nachricht mal nebenbei beim Dinner kurz los geworden. Aber diese hier schlägt ein wie eine Bombe, denn Ratu Sir Kamisese Mara war auch *Tui Nayau*, d.h. oberster Häuptling der *Lau*-Inselgruppe, auf die wir gerade Kurs nehmen. Und deshalb ist der größte Teil der Inseln für Ausländer gesperrt. Tausende von Verwandten und hochgestellten Persönlichkeiten werden dort in den nächsten Tagen eintreffen und wollen ungestört sein. Die Gegend ist eine Woche lang wie von der

Landkarte verschwunden. Und so entfällt leider der Besuch auf *Fulaga,* wo uns die Einheimischen sonst immer wahnsinnig herzlich empfangen und wo die Einfahrt in die Lagune, vorbei an zu kleinen Pilzen erodierten Mini-Inseln, zu den schönsten überhaupt gehört.

Also müssen wir ganz schnell umplanen, ändern den Kurs und machen den Passagieren die Insel *Ovalau* schmackhaft. Im Hauptort *Levuka* gibt es einen Hafen, das Schiff kann längsseits gehen, und wir Lektoren haben genau einen Abend Zeit, uns schlau genug zu machen, um die Sehenswürdigkeiten zu erklären. In größeren Orten machen das eigentlich immer einheimische Fremdenführer, aber die sind auf die Schnelle nicht zusammen zu trommeln. Klasse. Das nenn ich eine echte Expeditionsreise.

Levuka sieht aus, als würden hier jeden Moment Clint Eastwood und Lee van Cleef um die Ecke biegen und eine Schießerei anfangen. Viele Gebäude sind noch original aus der ersten Hälfte des 19. Jahrhunderts, Kolonialstil einfacher Bauart: ein Laden mit vorgebauter Veranda, darüber ein weiteres Stockwerk. So wie man es aus Hollywood-Western kennt. Innerhalb von nur zwanzig Jahren war Levuka damals von einem kleinen Stapelplatz weißer Sandelholzhändler zur *Boomtown* und Hauptstadt mit 5.000 Einwohnern explodiert. Abenteurer und windige Geschäftemacher aus Europa und den Staaten wollten hier im Export von Seegurken, Schildkrötenpanzern und Kokosnussöl den schnellen Dollar machen und mieteten sich voller Tatendrang erst mal in einem der vielen Hotels ein. Ganze zweiundfünfzig davon gab es hier damals, genau eins ist übrig geblieben: das *Royal Hotel,* das in moribunder Schönheit davon zu überzeugen versucht, dass es noch immer das erste am Platz ist. Und weil es hier kaum Touristen gibt, wohnt man dort sogar recht preiswert. Der Saal hat noch die originale Einrichtung aus der Zeit um die Jahrhundertwende.

Man braucht nicht viel Phantasie, um sich in einer der Sitzgruppen unter langsam vom Ventilator fort getragenen Rauchschwaden Jack London, Somerset Maugham und Joseph Conrad vorzustellen, wie sie sich gegenseitig Geschichten von Wind, See und tropischer Hitze erzählen. Nur leider findet der Herrenmensch Maugham, in Seidenstrümpfen und Kashmirjackett, Herrn London nicht allzu sympathisch.

»Sie sind mir bei allem Talent eine Spur zu proletarisch.«

»Ist mir tausendmal lieber als hier die aufgeblasene Schwuchtel zu spielen«, antwortet London. Joseph Conrad will gerade schlichtend eingreifen, da öffnet sich geräuschlos die Tür zum Salon und Graf Luckner kommt herein, mit einem großkalibrigen Revolver in der Hand: »Tut mir aufrichtig leid, meine Herren, aber wenn Sie bitte ganz behutsam ihre Wertsachen vor sich auf den Tisch legen würden ... .« Luckner war übrigens tatsächlich hier, ein Brief mit seiner Unterschrift wird vom Hotel gehütet wie ein Schatz.

Levuka verfiel nach fünfzigjähriger Blüte in einen Dornröschenschlaf, weil gegen Ende des 19. Jahrhunderts die Hauptstadt nach *Suva* verlegt wurde, auf die Hauptinsel *Viti Levu*, die das kleine Ovalau, nur zwanzig Kilometer Seeweg entfernt, förmlich erdrückt. Wer heute in Levuka nicht in der Thunfischfabrik arbeiten kann oder einen Laden hat, für den gibt es hier keine Zukunft. Auf unserem Rundgang treffen wir auch prompt auf eine Familie mit drei Kindern, die all ihre Sachen packt, um die Mittagsfähre nach Suva zu nehmen – Fernseher, Bettzeug, Kakadu.

No work here, no future.

Als Tourist ist einem das natürlich ziemlich egal, wir genießen sogar ganz offen die nostalgische Stimmung und tauchen immer tiefer in die Vergangenheit ein.

Im Juli 1867 kam hier die Familie Swann an und machte eine Drogerie auf. Sohnemann William, studierter Chemiker und passionierter Heilkundler, half im Geschäft, ging dann aber als Apotheker zur See und strandete schließlich auf Samoa. Dort heiratete er die bildschöne Pele, mit der er schon bald einen Sohn, und drei Töchter hatte: Maggie, Aggie und Mary. Dieses Trio bekam den Namen »Der Blumenstrauß«. Die mittlere Blume baute in Apia auf Samoa das Hotel auf, das noch immer zu den berühmtesten der Welt gehört: *Aggie Grey's.*

Levuka ist voll mit solchen Geschichten. Vor dem Haus der Freimaurer lockt eine andere wahre Begebenheit aus jüngerer Vergangenheit. Das Logenhaus wurde 1875 gebaut und vor vier Jahren bei einem Putsch niedergebrannt. Man sieht nur noch die Grundmauern und die merkwürdigerweise unzerstörten Aircondition-Aggregate, die irgendwann mal nachgerüstet worden waren. Die Geschichte dieser Brandstiftung ist aberwitzig. Die Anhänger eines Putschisten namens George Speight wollten eigentlich den Hafen stürmen, waren aber zurückgeschlagen worden, und haben dann die Loge abgebrannt, weil die örtlichen Christen, allen voran die Methodisten, die Legende verbreitet hatten, dass es unter dem Haus einen konspirativen Tunnel gibt, der direkt nach Schottland führt. Nach Schottland!

Es gibt schlechtere Gründe, einen Brand zu legen, aber auch bessere. Aber Speight ist ja auch nie an die Macht gekommen.

Womöglich ein Segen.

Am nördlichen Ende der ehemaligen Flaniermeile *Beach Street* führt eine steile Treppe zum *Mission Hill* hoch, den die Reiseführer wegen der guten Aussicht empfehlen. Stimmt aber gar nicht. Der Blick ist wegen der vielen Bäume doch recht eingeschränkt. Dafür wohnt dort oben Duncan Crighton. Der Weg zu ihm ist nicht ganz leicht zu finden, man muss durch zwei private Gärten stiefeln, aber man braucht nur nach dem Mann mit dem Papagei zu fragen.

Sein Haus, um 1900 von deutschen Einwanderern gebaut, liegt in einem der schönsten und vielfältigsten tropischen Gärten, die man sich vorstellen kann. Und man genießt richtig staunend, dass sich die Artenvielfalt der Pflanzen und Tiere auf dem Weg nach Westen von den Cook Islands bis hierher annähernd um den Faktor fünf erhöht hat. Der Garten ist sehr gepflegt, die Ordnung im Haus ist allerdings eine einzige Katastrophe. Ich hab mich jedenfalls nirgendwo hinsetzen mögen. Dafür ist Duncan ein Original der besonderen Art. Redet pausenlos von allem, was er in seinem Leben so gemacht hat: von Safaris organisieren in Indien bis zur Vorbereitung der *Pacific Games* in Neuseeland, oder wo auch immer es war. Ich konnte so schnell nichts mitschreiben.

Der Mann ist Schotte. Aha! Schon wieder der Tunnel: Er wird ihn dann wohl in der Gegenrichtung genommen haben. Duncan hat sich hier nach einem bewegten Leben im zerfallenden British Empire mit sechzig Jahren zur Ruhe gesetzt und lebt seither von seinen Erinnerungen, die tausendfach an den Wänden dokumentiert sind. Und zeigt jedem gern seinen sprechenden Papagei und seine beiden Leguane. Der Vogel sagt aber nichts heute – wir sind zu viele, noch dazu, wo die Kinderschar auf seiner Veranda immer größer wird. Alle wollen die *Palagi*, die Weißen von dem Passagierschiff da draußen mal sehen. Kommen nämlich ansonsten keine mehr; auch Passagierschiffe gehören in Levuka der Vergangenheit an. Aber wer weiß, wie lange noch: die Stadt steht auf der Warteliste des UNESCO-Weltkulturerbes. Und wenn es aufgerückt ist und erst mal die Touristen strömen, wird hier die Vergangenheit der Vergangenheit angehören.

Ambrym, Vanuatu

John hat sich eine Hahnenfeder ins Haar gesteckt und lacht. Seine obere Zahnreihe ist strahlend weiß und makellos, unten fehlen vier. Er hat auf dem grauen Lavasandboden ein rechteckiges Stück mit hellerem Sand bestreut und zeigt seine Zeichenkünste: »I make mountain and sea.«

Er kreuzt den Zeige- über den Mittelfinger und beginnt mit drei senkrechten, parallelen Strichen. Nach zwei Minuten hat er ohne abzusetzen ein perfekt achsensymmetrisches Muster in den Sand gezeichnet, wie ein Mandala oder ein kompliziertes Tattoo. Dreieckig: Oben der *Mount Tuvo*, an dessen Fuß das Dorf *Ranon* liegt, rechts und links die beiden Enden der Bucht, so wie man sie am Strand von Ranon sieht.

»Gibt es ein Wort für diese Art Sandmalerei, John?«

»Is *Kastom*!«

Dieselbe Antwort hatte ich schon bekommen, als ich genauer wissen wollte, wie man das Idol nennt, in Stein geritzt, dass ich gerade für fünf Dollar gekauft hatte: *Kastom*, alter Brauch. Im Norden

Ambryms sind diese alten Bräuche lebendig geblieben, entstehen sogar immer wieder neue, nicht-christliche Kulte, obwohl die Presbyterianer und eine denkwürdige Kirche namens *NMS – Neil Thomas Ministry*, hier nach Kräften gegengesteuert haben. Aber bis heute läuten die Gemeinden keine Glocken, sondern schlagen ausgerechnet *Tam Tams*, spezielle Trommeln, in die urzeitliche Idole geschnitzt sind. Je nach Länge dieser Baumstammtrommeln sind ein, zwei, drei oder vier davon hineingearbeitet. Das größte Tam Tam ist vier Meter hoch. Es heißt *The Five Faces*. In jedem Dorf darf es nur eins davon geben.

»Is Kastom! Mein Vater hat es gemacht«, sagt Melinda.

Melinda weicht nicht von meiner Seite und führt mich durch Ranon – ihr Stolz ist unübersehbar. Sie möchte beim Aufbau der Insel dabei sein, lernt Krankenschwester, statt in die Hauptstadt zu gehen, und nimmt die wenigen Touristen, die sich nach Ambrym verirren, auf einen kulturellen Spaziergang mit. Sie riecht nach Kokosnussöl, Hibiskus, feuchter Erde und Schweiß und hat leider auf vieles keine Antwort. Zwanzig Männer führen einen *Rom-Tanz* auf, er heißt *Wolele*. Mehr kann mir Melinda nicht sagen, denn als Frau darf sie nicht über Männertänze reden. Sie wird schamrot im Gesicht. Die Männer sind über und über mit trockenen Bananenblättern bedeckt, auf dem Kopf tragen sie eine Maske, die aussieht wie ein stilisiertes Schweinsgesicht mit langem Bastbart und Federn als Krone. Die Sänger tragen nur Lendenschurz und Penisköcher, zwei Mann schlagen verschieden hohe Tam Tams. Der Tanz dauert eine Stunde.

»Nur, wenn Touristen kommen«, sagt Melinda, »sonst wird nicht getanzt.«

»Wegen der Kirche?«

»Ja, die Kirche will das nicht.«

Stimmt aber nicht. Wer mittanzen will, muss sich einkaufen und ist demensprechend begierig darauf. Nicht selten trifft man sich abseits in einer Lichtung im Wald. Die Männer tanzen sich in Trance und die Kostüme müssen hinterher verbrannt werden, damit die heraufbeschworenen Geister nicht wieder entwischen können.

Früher mussten Besucher, bevor sie willkommen waren, erst mal mit einer Keule ein Schwein erschlagen, das dann gemeinsam verspeist wurde. Die Touristen fanden das zunehmend abstoßend – heute kann man die Keule nur noch als Souvenir kaufen. Es sei denn, das ist wieder nur die halbe Wahrheit.

John, der Mann mit der Hahnenfeder, ist inzwischen zu Zauberkunststücken übergegangen. Er zeigt allerlei Tricks, die jedes Mitglied des magischen Zirkels früher oder später nachmachen könnte. Aber darauf kommt es nicht an. Westliches *Heureka* ist völlig fehl am Platz. Bei einer Zeremonie zur Beförderung eines Häuptlings, der *nimangki,* bei der zufällig auch Touristen anwesend waren, hat einer der Weißen triumphierend einen Zaubertrick entlarvt – sofort wurden alle Fremden ausgeschlossen. Dem *man blong majik,* dem Zauberer, gebührt absoluter Respekt. Der bei just jener Zeremonie ebenfalls anwesende Ministerpräsident von Vanuatu wusste das, als er sich vergeblich bemühte, einen Pandanuszweig wieder aus dem blanken Sand herauszuziehen, den der man blong majik zuvor unter allerlei Beschwörungsformeln dort reingesteckt hatte. Der MP durfte auch bleiben.

Vanuatu liegt mitten auf dem zirkumpazifischen Feuerring, einem der seit Menschengedenken aktivsten Vulkan- und Erdbebengebiete der Welt. Wenn die Lava der beiden Vulkane nachts die Wolken über Ambrym rosa färbt, kann man sich gar nichts anderes vorstellen, als dass hier heidnisch gezaubert, beschworen, getanzt und die Tam Tam geschlagen wird.

Und damit das alles schön ungestört so bleibt, gibt es zweierlei *Kastom:* den weichgespülten für die Touristen und den wirklichen, über den alle beharrlich schweigen.

Als abends an Bord die *Werum L. String Band* zum Barbecue aufspielte, und uns mit cooler Unnahbarkeit zeigte, was man in Vanuatu unter Popmusik versteht, bestätigte Allison aus Chicago diese Doppelbödigkeit des *Kastom.*

Wir hatten sie und einige wichtige Persönlichkeiten aus Ranon zum Essen eingeladen. Auch nach neunzehn Monaten als Lehrerin auf Ambrym hatte man Allison noch nie am wirklichen spirituellen

Leben der Einheimischen teilnehmen lassen.

»Ich bin zwar die Lehrerin ihrer Kinder, aber ich bin trotzdem nur die weiße Amerikanerin vom Peace Corps, die nach zwei Jahren der Insel wieder den Rücken kehren wird. Ich habe *Bislama* gelernt, deren Pidgin. Aber untereinander sprechen sie eine Sprache, von der ich nur Brocken verstehe. Und als Frau habe ich sowieso nur Zugang zu Frauen und Frauenthemen. Und auch dann darf ich nichts fragen, was ein ›Nein‹ als Antwort nach sich zieht. ›Nein‹ sagen zu müssen, wäre die größte Peinlichkeit, deswegen stellt auch kaum jemand Fragen.«

Das kannte ich schon von Melinda, die mir nichts über Männertänze sagen konnte. Ich hatte also gleich zwei Regeln gebrochen: Ich hatte fortwährend direkt gefragt, und dann noch eine Frau nach Männerthemen.

Es ist tatsächlich *tabu*, sich als Frau in eine Gruppe von Männern zu begeben. Und umgekehrt. Sobald man dem Kindergartenalter entwachsen ist, wird man völlig getrennt sozialisiert. Allison war nach ein, zwei Gläsern Wein richtig traurig, dass ihr begeisterter Einsatz für die Dritte Welt, für Inseln ohne Autos und mit Strom nur in handverlesenen Häusern mit Generator, so ganz anders aussah, als sie ihn sich vorgestellt hatte. Sie hatte sogar das Joggen aufgeben müssen. Es widersprach allen Gewohnheiten auf Ambrym. Erstens geht man nie allein irgendwo hin, man tut auch nichts alleine, und zweitens ist es üblich, dass man von jedem, den man unterwegs trifft, gefragt wird, wo man denn herkommt und wo man denn hin will. Eine Geste der Höflichkeit, für die es keine Ausnahme gibt. Und sie hatte den Einheimischen nie klar machen können, dass sie einfach nur für sich laufen möchte, als Sport. Erst den Strand rauf, dann wieder runter, jeden Abend.

»Wenn Ihr mich laufen seht, braucht Ihr nicht zu fragen.«

Sie hat das Joggen schließlich entnervt aufgegeben, weil sie nie weit gekommen ist.

Drei weitere Peace-Corps-Aktivisten aus den Staaten lebten auf Ambrym, waren aber auch keinerlei Trost.

»Ich habe die erst einmal gesehen. Der eine wohnt acht Stunden

Fußmarsch über die Aschefelder entfernt, die andern beiden vier Stunden die Küste runter.«

Als engagierte Lehrerin hatte sie noch eine Botschaft, die uns Lektoren bei der ewigen Erziehung mancher unverbesserlicher Passagiere sehr behilflich war: kauft Souvenirs, auch wenn ihr sie wieder wegschmeißt. Denn oft sind sie die einzige Möglichkeit, an Bargeld zu kommen. Und Bargeld wird für die Bildung der Kinder gebraucht: ein Jahr Grundschule kostet in Vanuatu umgerechnet dreißig Dollar, jedes weitere Jahr auf der weiterbildenden Schule sogar Dreihundert. Christian Walter, der Anthropologe an Bord, erzählt immer gern die Geschichte von dem Holzschnitzer in Papua Neuguinea, der gerade mit einem Amerikaner über ein sehr kostbares Stück verhandelte. Der Ami hatte nur Dollars, die in den entlegeneren Gebieten kaum zu tauschen sind. Der Holzschnitzer lief kurz zum Lehrer, fragte, ob er das Schulgeld auch in Dollars annimmt?

»Ja, das geht.«

Hat zwei seiner Söhne ein weiteres Jahr Bildung ermöglicht.

Loh, Torres Islands, Vanuatu

Cecil Turgoven
Hemi Bik Fala Chife Blong Loh
Hemi Startem Wok Blong 1960
Hemi Ded Long 1982, January No. 9

Das Grab von Cecil Turgoven am Dorfeingang ist das einzige mit einem Kreuz. Er war eine herausragende Persönlichkeit auf der Insel, ein *Kastom Chief*, der sich in der Geschichte, den Mythen, Bräuchen und Traditionen des Dorfes auskannte. Die Grabinschrift ist in *Bislama* und in recht ungeübter Schrift ohne Schablone in den weichen Kalkstein geritzt:

Cecil Turgoven
Er war ein großer Mann und Häuptling in Loh

Er begann mit dem Leben 1960
Er ist tot seit Januar Nr. 9, 1982

»Mmhhh – ein großer Häuptling und dann ist der ist nur zweiundzwanzig geworden?«

»Nein, da sind wohl Sechs und Null vertauscht worden. Das passiert leicht. Hier wird nach wie vor erzählt und kaum geschrieben oder gelesen.«

Cecils Vater war dabei, als die ersten Missionare nach Loh kamen. Und sein Sohn hat ihn in der Rolle des *Kastom Chiefs* beerbt: Peter Wotekwo. Ich wäre nie darauf gekommen, dass dieses kleine, unrasierte Männchen in zerrissenen Shorts und verdrecktem T-Shirt, irgendwo zwischen sechzig und achtzig, das kollektive Gedächtnis der Insel Loh ist. Ein Katarakt im linken Auge gab ihm etwas Dämonisches. Auf den zweiten Blick allerdings unterschied ihn eine Kleinigkeit von allen anderen: er hatte um die Fußgelenke und oberhalb der Wade Schmuckbänder aus schlichtem Pandanusbast.

Carlos hatte so unauffällig wie möglich mit einem Kopfnicken auf Peter Wotekwo gedeutet, aber ich sollte ihn um Gottes Willen nicht ansprechen. Carlos hatte nach längerer Funkstille gerade wieder sein Vertrauen gewonnen und wollte die beste Quelle für seine anthropologischen Studien nicht leichtfertig irritieren. Carlos ist Mexikaner und hat auf Loh viele Monate an verschiedenen Projekten gearbeitet. Im Moment beschäftigt er sich mit der Ernährung der Einheimischen, die fast ausschließlich Früchte anbauen und kaum fischen.

»Und wenn sie an den Strand gehen, fangen sie Landeinsiedlerkrebse, um sie zu exportieren. Ihre einzige Geldquelle. Die Restaurants unten in Port Vila zahlen gut, aber die Leute hier haben noch nicht verstanden, dass diese Krebse, diese *Palmendiebe*, erst mit über zehn Jahren geschlechtsreif sind. Der Bestand schrumpft drastisch.«

Der einzige, der Carlos dabei helfen kann, das zu ändern, ist der *Kastom Chief* Peter Wotekwo.

»Wisst Ihr eigentlich, welchen Wirbel ihr hier ausgelöst habt? Vor vierzehn Tagen wurde hier ein Zauberwettbewerb veranstaltet. Jedes der beiden Dörfer hat das Sagen über eine Bucht, und es ging darum, zu beweisen, dass die eigene Bucht das ruhigere Wasser hat und besser zum ankern geeignet ist. Also haben sie nicht nur Wind und Wellen der eigenen Bucht beschworen, ruhig zu sein, sondern der anderen Sturm, Springflut und Erdbeben gewünscht. Die bessere Magie zu haben war das eine – das Liegegeld von Euch zu kassieren das andere. Das Dorf drüben, in dessen Bucht ihr sowieso immer ankert, hat natürlich gewonnen.«

»Muss ich das verstehen?«

»Nein, mit westlicher Denke kommt man hier nicht weit.«

Sie wollten sich wohl nur mal wieder in den alten Künsten messen. Eine Woche später haben dann alle die Feindschaft begraben und gemeinsam angefangen, den Tanzplatz herauszuputzen, den Strand zu säubern und mit Macheten die Wege durch den Regenwald zu verbreitern. Es ist Mai und wir sind die ersten Touristen in diesem Jahr.

»Erzähl mir mehr von Peter Wotekwo.«

»Er hat ein unglaubliches Gedächtnis. Du gehst mit ihm durch den Wald, auf einmal bleibt er stehen, schlägt sich dreißig Meter nach links und sagt: dieses Grundstück gehört der Familie soundso. Sie hat es schon zwanzig Jahre nicht mehr genutzt.«

Die fünf Clans der Insel haben überall verstreut Gärten und Plantagen, möglichst unzusammenhängend, damit ein Zyklon nicht gleich alles auf einmal zerstört. Man erntet nur, was man selber braucht, und lässt Land auch mal brach liegen.

»Der Kastom Chief wird verehrt, aber man sieht ihn selten. Er bleibt immer im Hintergrund. Je größer das Wissen, desto weniger drängt es sich auf.«

»Das ist schon wieder alles andere als westlich. Ich kenne keinen deutschen Professor, der einfach nur die Klappe hält.«

»Es macht aber auch meine Arbeit schwer. Man fragt niemals direkt nach etwas, man verbringt stundenlang damit, um Themen herumzureden.«

»Ich hoffe, Du funktionierst parallel auch noch in den westlichen Tugenden. Ich hätte nämlich noch zwei ganz direkte Fragen, die ich unbedingt los werden will. Warum haben hier so viele Hütten Schlösser an der Tür?«

»Tja, die Menschen vertragen sich nicht unbedingt besser, nur weil sie auf einer kleinen Insel mit viel Wasser drum rum leben.«

Ich nickte und erzählte ihm die komplizierte Geschichte von Palmerston in den Cook-Islands.

Carlos lächelte: »Ja, hier war es auch der reine Neid. Irgendwann haben sich die untergeordneten Häuptlinge der Insel daran gestört, dass der oberste Häuptling, der Paramount Chief, noch Verwandte auf einer anderen Insel hat, also nicht nur einer der IHREN ist. Der Friede war so nachhaltig gestört, dass der Paramount Chief schließlich ein neues Dorf gegründet hat. Und weil niemand weiß, ob da nicht noch Rache oder Vergeltung hinterherkommen, verschließen viele ihre Türen.«

Das andere, was ich noch wissen wollte, betraf den Tanz, den man für uns aufgeführt hatte. Ein Rundtanz. Gut zwanzig Minuten waren immer Reihen aus vier Leuten hintereinander rhythmisch im Kreis gegangen, geschmückt mit fein geknüpften Kopfmasken, die mit Pflanzenfarben rot, gelb, blau, grün und orange gefärbt waren. Ein schriller Anblick.

Aber eigentlich noch schriller war, dass kleine Kinder neben Greisen getanzt hatten, und sichtlich Ungeübte neben Tänzern, die sich sehr grazil und harmonisch bewegten.

Carlos schmunzelte: »Ganz einfach: Die meisten Männer sind heute gar nicht auf der Insel. Deshalb haben sie für Euch einen Tanz ausgesucht, der in der Hierarchie ganz unten steht, und für den man keine besondere Geschicklichkeit braucht. Es gibt zwölf Stufen des rituellen Tanzes. Das da war die zweite von unten, noch nicht mal für Hochzeiten geeignet. Trotzdem werden die Masken hinterher verbrannt. Auch das lockt schon Geister an. Kleiner Trost für Euch.«

Also stimmt es, was ich in Ambrym schon vermutet hatte: Als Tourist bekommt nur einen milden Abklatsch von dem mit, was hier wirklich *Kastom* ist. Wer weiß, wie viel Ekstase und Besessenheit hier zum Vorschein kommen, trotz aller christlicher Firnis, wenn die hier eine

Zeremonie der zwölften Stufe abhalten. Aber da wäre mit Sicherheit kein Tourist zugelassen.

»Vanuatu – hier fängt die Südsee erst richtig an« hatte der Kapitän gesagt. Stimmt.

Hier würde ich gern noch mal länger auf Geheimnissuche gehen. Aber ich glaube, ohne Begleitung trau ich mich das nicht.

Carlos hatte darum gebeten, zum Lunch mit aufs Schiff zu dürfen.

»Ich würde gern mal wieder in ein richtiges Stück Fleisch beißen, aber es ist gar nicht so sehr wegen des Essens – ich würde mich gern bei euch mit Klopapier eindecken. Aber sags keinem! Lass uns in bester einheimischer Tradition ein bisschen drum rum reden!«

Madang, Papua-Neuguinea

Eine kleine Hafenstadt auf der zweitgrößten Insel der Welt. 25.000 Einwohner aus aller Herren Länder. Zwanzig Stunden lang sind wir zuvor die Küste entlanggefahren, nur ein kleiner Saum des Regenwalds schaut unter den dichten Wolken hervor – die majestätischen Berge im Landesinneren, bis 4.500 Meter hoch, haben noch keine Lust, den Sommer abzuschütteln, sich zu räkeln und den Kameras der wenigen Touristen freien Blick zu gewähren. *Mount Wilhelm* heißt der höchste, es gibt Namen wie *Finsch-* und *Alexishafen* – die Nordostküste von Niugini hieß mal *Kaiser-Wilhelm Land* und lag dem ebenso deutschen *Bismarck-Archipel* gegenüber. Und bis heute werden hier Kinder auf Namen wie Carl oder Augusta getauft, und unser Wort »Haus« ist ins moderne Pidgin eingedrungen: *haus sick* ist das Hospital, *haus polis* das Polizeirevier und *liklik haus* die Toilette.

Als in Madang noch die deutsche Reichsflagge wehte, gab es im *Tok Pisin* sogar über 150 Worte deutschsprachigen Ursprungs – rund zwanzig Prozent des Gesamtvokabulars: *grisgot, svesta, haltmunt, rintfi* und vor allem *saiskanake*. Mein Lieblingssatz, wenn ich nach dem Dinner die Serviette zusammenfalte, ist allerdings etwas englischer: *mi kaikai pinis* – ich bin mit dem Essen fertig. Geschätzte 750

Sprachen galt es in Papua-Neuginea in ein Staatsgefüge zu integrieren, da wurde Pidgin unumgänglich.

Es regnet so, wie es nur in den Tropen regnet, ein schier undurchdringlicher Vorhang hat sich zwischen Himmel und Erde geschoben. Die Wassertaxis, die pausenlos am Kai gegenüber dem *Madang Resort Hotel* an- und ablegen, erzeugen in Kurven und beim Anfahren eine eigene Brandung im Bootsinneren, so voller Wasser sind sie.

Madang wird als die schönste Stadt in Niugini gehandelt. Aber das zu sehen, bedarf es an einem Tag wie diesem höchster Abstraktion. Die großzügigen öffentlichen Grünanlagen sind überschwemmt und unbegehbar, ich kann die Teiche und Kanäle, die die Stadt durchziehen und ihr bei Sonne eine unvergleichliche Leichtigkeit geben, nicht von den Wegen und Pfützen unterscheiden. Madang unter Wasser – das ist für die meisten Weißen, die hierher kommen, ohnehin die einzig bleibende Erinnerung, allerdings haben sie dabei meist Schnorchelbrille auf oder die Sauerstoffflasche auf dem Rücken. Denn die Korallenriffe an der Küste und den vorgelagerten Inseln der Bismarck-See gelten als Dorado für Unterwassersportler.

Noch dazu, wo es gleich vierunddreißig japanische Jagdflieger zu entdecken gibt, im Zweiten Weltkrieg versenkt und noch immer mit sämtlichen Waffen und Munitionskisten an Bord: *Magic Passage*, *Barracuda Point* und *Planet Rock*. Wer diese Namen irgendwo beiläufig in einem Tauchclub fallen lässt, hat es mit glänzenden Augen zu tun.

Wer allerdings wie ich so altmodisch ist, sich für fremde Länder auch über Wasser zu interessieren, bekommt schnell mit, dass hier nicht alles eitel Sonnenschein ist. Kaum ein Geschäft, vor dem nicht wenigstens ein Sheriff steht – vor dem größten Supermarkt am Ort sind es gleich vier. Es gibt hier immer wieder »Zwischenfälle« marodierender Gangs. Und auch der Blick auf die majestätischen Berge im Hinterland wird dadurch getrübt, dass hier im Namen der Edelholzindustrie skrupellos und mitunter sogar schwer bewaffnet Kahlschlag betrieben wird.

Wenn der Regen mal für zehn oder zwanzig Minuten aufhört,

kommen die Flughunde aus den Kasuarinen hervor und ziehen über der Stadt majestätische Kreise. Hunderte. Mit diesem eckigen, trägen Flügelschlag, der sofort Transsylvanien und schlechte Horrorfilme heraufbeschwört.

Bei ihrer Spannweite von einem Meter bin ich froh, dass sie ausschließlich Früchte essen. Trotzdem höchste Vorsicht – und die Banane lieber im Rucksack lassen.

Ali Island, Papua-Neuguinea

Fünf Dörfer gibt es auf diesem winzigen Fleckchen: *Buyat*, *Tuhale*, *Malung*, *Ipelal* und *Jaltaleo*. Ich bin ganz stolz, dass ich sie mir merken konnte. Ohne Carl, der mich von einem Dorf zum anderen führt, hätte ich nie bemerkt, dass der angenehme, gepflegte Weg, den wir gehen, nacheinander durch alle fünf führt.

»My village three minutes. My mother's village four minutes.« Skurrile Entfernungsangabe. Wir sind noch mitten in Tuhale, da zeigt er plötzlich auf einen Strauch: »Dies ist das Dorfende. Jetzt sind wir schon in Buyat. Hier lebt die Familie meiner Mutter.«

Die grauen Häuser aus verwittertem Holz stehen auf Stelzen. Das schützt vor den Fluten bei Zyklonen und vor Erdbeben – gerade gestern war wieder eins.

Alle fünf Dörfer haben eine Tanzgruppe nach Malung geschickt, vor die Kirche des heiligen Antonius, um einen ohrenbetäubenden und farbenprächtigen *sing sing* aufzuführen. Wir sind jetzt 9.000 Kilometer durch die Südsee gefahren, fast überall mit Tänzen begrüßt worden, aber hier halten alle den Atem an.

»Mei, dös kost Fuim«, stöhnt schweißbeperlt der Münchner, der gedacht hatte, dieses Kapitel seines Videos, schon längst abgeschlossen zu haben. Aber die Mädels haben die schönsten Paradiesvogelfedern im Haar und zielen mit Pfeil und Bogen juchzend auf die Touristen. Und die Jungs hauen so kraftvoll auf ihre Waranhaut-Trommeln und tragen so fröhlich ihre Schweinehauer in der Nase – das kostet eben Film.

Nach zehn Minuten verschmelzen fünf Tanzgruppen, fünf Rhythmen, fünf Gesänge zu einer einzigen ohrenbetäubenden, undurchdringlichen Euphorie. Sie brauchen uns als Publikum gar nicht mehr. Und der heilige Antonius, der tatsächlich in halber Lebensgröße über dem Eingang zu seiner Kirche thront, scheint mir ganz liebevoll über diese heidnischen Schwächen seiner dunkelhäutigen Herde zu lächeln und dem Treiben interessiert zu folgen. Schließlich haben genau diese Tänzer dort vor seiner Tür die Kirche, seine Kirche, eigenhändig Stein auf Stein gebaut, fünf Jahre lang.

Carl hatte mich einfach irgendwann angestubst und mit ausgestrecktem Arm auf eine der Tänzerinnen gezeigt:
»She my wife!«
Und dann hat er mich von Gruppe zu Gruppe geführt, ganz nah heran, und mir seine Cousinen, Neffen, Onkel, Brüder und Schwägerinnen gezeigt. Und dann ihre Häuser. So kam es zu dem Spaziergang.
Dann trafen wir einen Nachbarn, dann gesellte sich Pater Tim dazu, und so kamen wir am Wasserloch von Ipelal vom Stöckchen zum Steinchen.

»Wir haben hier zwei Jahreszeiten: ›good time and bad time‹.«
Good time ist der Winter von Mai bis Oktober, die Zeit, in der die Fische massenhaft mit Netzen eingeholt werden. *Bad time* ist im Sommer, wenn es regnet und stürmt, und nur die kräftigen und erfahrenen Männer den Fisch mit Speeren einzeln aus den Korallen holen. Da muss dann die Verwandtschaft, die in den Städten auf dem Festland oder noch weiter weg arbeitet (einer von Carls Brüdern ist auf See), etwas mehr Geld schicken als im Winter.
»Fischen ist unser einziges Einkommen. Den Fang paddeln wir in unseren lipils rüber zum Markt aufs Festland und tauschen ihn gegen Sago und Yam.«

Heute aber nicht.

Dreißig oder vierzig dieser schlichten Auslegerkanus kreisen nämlich schon seit Stunden um unser Schiff, magisch angezogen von der Manöverstation am Heck und all den Köstlichkeiten, die erfahrungsgemäß irgendwann von dort heraus gereicht werden: Mehl, Reis, Zucker und T-Shirts, die irgendein Filipino mal von einem Passagier bekommen hat. Die ausgetragenen Sicherheitsschuhe eines Maschinisten, Feuerzeuge und Kugelschreiber. Ein paar wagemutige Jungens vertreiben sich die Wartezeit vorne auf dem Wulstbug der Ocean Blue tanzend, die Mädchen, denen sie imponieren wollen, tauchen ungerührt ihr Paddel ins Wasser und ziehen in unglaublich graziler Harmonie ihrer Bewegungen ruhig an ihnen vorbei.

An Land kommt es inzwischen zu rührenden Szenen. So wie ich hatten alle Passagiere ihre Fremdenführer gefunden, die ihnen Muschelketten oder geschnitzte Mini-Kanus überreichten, als es mittags zum Lunch aufs Schiff zurück ging. Und am Nachmittag kommen alle Passagiere wieder und mit ihnen die Gegengeschenke unter diskreter Umgehung der Gesundheitsbestimmungen, die die Einfuhr von Lakritz, Schokolade oder Kaugummi strengstens verbieten.

Reunion am Strand.

Und dann sitzen die Gruppen, immer ein oder zwei Weiße in der Mitte, drei bis zehn Schwarze drum herum, im Schatten großer indischer Mandelbäume. Einige sogar Arm in Arm. Sitzen einfach nur und schauen aufs Wasser. Geredet wird kaum, es ist einer dieser seltenen erhebenden Momente, in denen Verstehen und Glück wortlos sind. Manchmal, ganz manchmal, für wenige Augenblicke, gibt es eine Brücke zwischen unvereinbaren Kulturen.

Guam, nördliche Marianeninsel (USA)

Winnie-the-Pooh sitzt, als es wär es nicht schon schlimm genug, dass ihn die Disney Corporation bis zur Unkenntlichkeit verniedlicht hat, mitten in der *DFS-Galleria*, dem nobelsten von mindestens drei Dutzend riesigen Einkaufszentren entlang der *Tamuning Bay*. Er lächelt gequält direkt neben den Aloha-Hemden von Tori Richard, um ihn herum die Hochglanz-Coolness von DKNY, Hilfiger, Hermés, Gucci, Cartier und Ralph Lauren. Er hat eine Sonnenbrille auf, ein Surfbrett in der Linken, Longdrink in der Rechten, trägt Schwimmflossen und ein T-Shirt mit dem Aufdruck *I Love Guam*. Ach du Scheiße! Puh Bär! Der Inbegriff des einfachen Lebens, das nur aus Honig und Freundschaften besteht!

Ich werde und werde es nicht verstehen, was diese erkenntnisfeindliche Convenience-Kultur der Amerikaner weltweit so anziehend macht. Alles rosarot, jederzeit erhältlich und von Jesus Christus persönlich empfohlen. Immerhin: Guam steht zwar unter amerikanischer Verwaltung, möchte keineswegs ein weiterer Staat der USA sein, weil niemand US-Bundessteuern zahlen will. Das ist aber auch das einzige Gegenargument. Ansonsten ist auch hier der amerikanische Traum für einen gestandenen Europäer schon längst zum Alptraum geworden.

Umso magischer zieht er die Japaner an: Guam ist mit 1,3 Millionen Touristen pro Jahr in Sachen Fremdenverkehr nach Hawaii die Nummer zwei im Pazifik, neunzig Prozent der Gäste stammen aus Japan. Und für die beginnt der schönste Urlaub ihres Lebens mit dem unvergleichlichen Hochzeitspaket. Dreimal fuhr die weiße Stretchlimousine bei *Watabe Wedding* vor, während ich nebenan lediglich einen Kaffee und zwei Zigaretten schaffte.

»Yes, Sir, we have twenty-two weddings today – not too busy.«

Das teuerste Arrangement ist eine *Night Wedding* in der St. Probus-Kapelle für 1.650 Dollar. Dafür gibt es den Pastor, den Hochzeitskoordinator – was auch immer der macht – Organist, Sänger, Blumenbukett, drei Fotos *without negatives* und die Limousine. Sollten die Glücklichen die handelsüblichen sechzig Minuten überschreiten, werden weitere fünfzig Prozent fällig. Den Rest des Urlaubs verbringen die frisch vermählten japanischen Paare beim Shopping, bis sie amerikanischer ausstaffiert sind als die Amerikaner. Wenn sie nicht juchzend Ballon-Tretboot fahren oder mit dem Motorsurfer immer hübsch linksrum die vier Bojen vor dem *Alupang Beach Club* umkreisen.

Ein Kriegsveteran war es, der diesen japanischen Touristenboom seinerzeit ausgelöst hat, erzählt man sich: 1941–44 war Guam von Japanern besetzt. Als die Amerikaner die Insel zurückeroberten, die seit 1898 unter ihrer Verwaltung gestanden hatte, haben sie einen vergessen: Sergeant Shoichi Yokoi, der noch achtundzwanzig Jahre nach Kriegsende in einem Erdloch unter einem Bambusdickicht lebte und sich vor den Amis versteckt hielt. Er hatte keine Ahnung, dass die glorreichen Ledernacken schon längst zwei Kriege weiter waren.

Yokoi hatte sich von Kokosnüssen, Papayas, Brotfrucht, Schnecken und Ratten ernährt und aus Hibiskusfasern Kleider hergestellt. Am 24. Januar 1972 wurde er von nichts ahnenden Jägern am *Talofofo-Fluss* entdeckt. Und kurz darauf japanischer Held erster Ordnung, weil er vor laufenden Kameras sagte, es sei besser, allein in einem Loch zu überleben, als dem Feind in die Hände zu fallen. Ach, Herr Unteroffizier! Ihre Nachkommen zahlen als Touristen sogar sehr viel Geld für diese feindliche Umarmung. Freiwillig und voller Enthusiasmus.

»They bring in the money, but sometimes I hate them« – Stoßseufzer von Anton hinter dem Steuer des *Lam Lam Tours Shopping Bus*. Drei Linien verbinden die großen Hotels mit den Einkaufszentren. Wer darüber hinaus will, in die Berge oder den kargen Süden der Insel, sucht Busse vergeblich. Will ja auch in der Regel keiner, weil es keine sonderlich reizvolle Landschaft ist.

Aber es interessiert sich auch niemand für Antons Familie: Vier Jungs, ein Mädel, altes *Chamorro*-Blut, so wie es 1521 die Spanier vorfanden. Das heißt, ein bisschen gemischt wird es schon sein: Die Krankheiten, die die Europäer mitbrachten, dezimierte die chamorrische Urbevölkerung von 70.000 auf 5.000 Einwohner. Gesunde europäische Frauen für die einheimischen Männer kamen nicht auf die Insel, also ließen sich umgekehrt die einheimischen Frauen auch auf weiße Seeleute, Händler, Missionare und Abenteurer ein. Der Niedergang der Ursprungskultur geht also auch hier, wie in ganz Ozeanien, unfreiwillig auf die Rechnung der Frauen.

Auf Guam dürfte es zusätzlich der Anfang vom Ende des über 3.000 Jahre alten Matriarchats gewesen sein. Denn als Seemann und

Abenteurer, und auch als Missionar, ließ man sich nicht von einer Frau sagen, was zu tun ist.

Antons Sohn steht heute als Anreißer vor dem *Pearl Café*. Er träumt davon, endlich aufs *Festland* zu gehen, nach Kalifornien. Aber vorläufig spricht er für 5 Dollar die Stunde fließend japanisch und drückt den Passanten Speisekarten mit einem Zwei-Dollar-Rabatt-Coupon in die Hand.

Ursprünglich, vor den Spaniern, Amerikanern und Japanern hieß *chamorri*: von nobler Herkunft, adelig.

Sic transit gloria mundi.

The Magic Circus of Samoa

*Eines Tages muß sich einem doch die Gelegenheit bieten,
alles zurückzugewinnen.
Muß!*

Joseph Conrad, »Lord Jim«

»Das ist ein verdammt schöner Koffer. So was hab ich hier in der Gegend schon lange nicht mehr gesehen. Du bist Europäer, oder?«

Nach fünf Tagen Plastikwelt in Guam hätte dieses ästhetische Bekenntnis eigentlich mein Herz sperrangelweit weit öffnen müssen. Aber als ich mich zum Sprecher umdrehte, war ich instinktiv kurz davor, sofort meine Zelte abzubrechen und die muffige Luft der Raucher-Abteilung, auf die ich mich eigentlich seit anderthalb Stunden gefreut hatte, mit der sterilen Einsamkeit vor Gate 16 einzutauschen, in der sich nur eine Handvoll Japaner im Halbschlaf auf den Bänken lümmelte. Aber irgendwie brachte ich doch noch ein »Yes, I`m German« heraus, drehte mich aber sofort wieder um und suchte Schutz und Zuwendung bei Aschenbecher und Papptasse.

Meine Fresse!

Ein riesiger, muskelbepackter Glatzkopf hatte da an einem Tisch halb links hinter mir Platz genommen, drei fingerdicke Goldketten um den Hals, in einem Aloha-Hemd, das über und über mit Bikinimädels bedruckt war. Sein mächtiges Doppelkinn wurde in Form gehalten von einem streichholzdünnen Bärtchen, das unmittelbar über der Oberlippe verlief, und dann, wie mit Kajalstift gezeichnet, schräg herunter bis zu den Schilddrüsen reichte. An seinem linken Arm die obligatorische zwei Zentimeter dicke Uhr, an beiden Händen ein Panoptikum an Gold und Edelstein. Vom Hals abwärts, beide Arme und die Brust hinunter, mäanderte eine Tätowierung, die in zwei dicken

Zopfmustern an den Handgelenken endete. Wohin sie von der Brust aus weiter ging, mochte ich weder erkunden, noch mir ausmalen. Solcherlei Zeitgenossen lassen bei mir sofort alle Alarmglocken schrillen. Wenn ich ihnen zu Hause begegne, wechsele ich die Straßenseite, oder trinke hastig mein Bier aus und zahle.

»Aahh – Deutschland«, fing er wieder an.

»Ich versuch schon seit Jahren, mal ne Vorstellung von Circus Roncalli zu erwischen, aber irgendwie hat es noch nie geklappt. Obwohl – in Wahrheit hab ich ja nur mal den Zug genommen von Köln nach Amsterdam und war eine Woche in Frankfurt. In der Schweiz kenne ich jedes gottverdammte Tal zwischen Genf und Lugano, aber Deutschland – naja, vielleicht im nächsten Leben.«

Er rollte mit den Augen, schielte, bis seine Pupillen fast ganz verschwunden waren und lachte: »Jaja, die Welt ist doch in der Tat viel größer als meine Nasenspitze. Und erstmal sind wir in Guam. Findest Du Guam auch so zum Kotzen wie ich?«

Mmhh. Da passte was nicht zusammen.

Brutale Zuhälter und skrupellose Straßenräuber, deretwegen man aus Angst die Straßenseite wechselt, reden anders. Dieser Mann war dabei, im Sturm meine Vorurteile Lügen zu strafen. Na klar fand ich Guam zum Kotzen.

Ich nickte: »Bin froh, hier am Flughafen zu sitzen und in einer Stunde wieder abzuheben.«

Auch er nickte und hakte sofort ein: »Obwohl fliegen ja eigentlich blöd ist. Mit Reisen hat das nix zu tun. Aber sonst wär die Welt ja noch größer. Ich kauf mir alle drei Jahre ein Round the World Ticket. Das kostet in Samoa nur 1.800 Dollar, und wenn Du n paar Stopps mehr willst 2.200. Da kannste dann ganz Südamerika noch mitnehmen. Das is schon Klasse. Und am liebsten Lufthansa oder Air New Zealand. Da sind die Sitze breiter, hahaha.«

»Und wieso fliegst Du dauernd um die Welt?«

»Tja – warum ist die Banane krumm. Ich besuche Freunde, Künstler, die ich kenne, und schaue mir Zirkusnummern an, von denen ich gehört habe. Am besten natürlich, wenn alles zusammenkommt: wenn ein Freund ne neue Nummer macht bei nem Zirkus, den ich noch nie gesehen habe. Da flieg ich dann los. Guter Grund, mal raus zu kommen aus der Tretmühle.«

Er hatte einen ausgesprochen angenehmen britischen Akzent. Eine Wohltat in dieser Umgebung, deren Sprache amerikanischer daherkam als auf dem Festland, dem *mainland USA,* das der Traum aller Menschen hier auf Guam war, mit denen ich gesprochen hatte.

Ich hatte mich inzwischen ganz ihm zugewandt. Half ja nichts. Der Mann war sympathisch. Er bot mir eine Zigarette an und sagte, er sei Berlo. Und sei hier mit einer Körperartistin aus Mexiko verabredet.

»Mehr weiß ich auch nicht. Ich kenne nur ihren Namen: Jasmine. Hab sie aus dem Internet gefischt. Kommt mit der Maschine aus L. A. um sechs. Weißt Du, woran man eine Körperartistin erkennt?«

»Vielleicht kommt sie im Handstand mit nem kreisenden Hula-Reifen um den Hals aus der Zollkontrolle?«

»Hahaha! Das ist gut. Ok, also achten wir darauf.«

Das war alles so ganz offensichtlich eine ganze Menge Zirkus auf einen Schlag, dass meine nächste Frage vielleicht nicht unbedingt den Höhepunkt der Smalltalk-Kultur darstellte.

»Bist Du im Zirkusgeschäft tätig?«

»Kann man so sagen. Ich habe den einzigen reisenden Zirkus im Pazifik. Frag irgendwo zwischen Tahiti und Papua-Neuguinea nach Berlo und die Leute haben mich schon gesehen. Und den ›Magic Circus of Samoa‹.«

Das kann nicht wahr sein. Es gibt auf zehntausend Inseln im Pazifik genau einen Zirkus, und dessen Direktor wartet hier mit mir gemeinsam auf eine Körperartistin aus Mexiko.

»Und was macht ein Deutscher 20.000 Kilometer von zuhause auf einer Insel, die er Scheiße findet?«

Er bot mir schon wieder eine Zigarette an.

»Rauch ordentlich – hab ich für n halben Dollar die Schachtel gekauft.«

»Ich bin hier vor drei Tagen von nem Kreuzfahrtschiff abgesetzt worden. Hab vier Wochen auf der Ocean Blue gearbeitet, von Tahiti bis hier. Paßt in Deine Abteilung – ich war so ne Art Literatur-Clown an Bord. Nach dem Dinner hab ich vorgelesen. Die Klassiker der Südseeliteratur.«

Er rollte wieder mit den Augen, schielte, spitzte die Lippen und stieß den Rauch seiner Zigarette als kleine, kreisrunde Wölkchen in meine Richtung.

»Und was macht ein Zirkusdirektor auf einer Insel, die er zum Kotzen findet, noch dazu ohne seinen Zirkus?«

»Guam ist unser nächstes Gastspiel, zwei Wochen en suite. Bin vorausgeflogen, um Jasmine zu treffen. Die Jungs sind mit unserem Schiff unterwegs von Ponpei. Scheißwetter, sag ich dir, es gab eine Zyklonwarnung – hab zwei Tage lang ständig mit der Brücke telefoniert. Aber alle sind sauber durch, müßten übermorgen hier sein. – Hey – wow – kuck mal – wenn das nicht die Körperartistin ist, von der wir alle träumen!«

Ich saß mit dem Rücken zur Ankunftshalle und hätte nur durch eine sehr indiskrete Verrenkung sehen können, was er sah: Auf rosafarbenen, mit Straß besetzten Stilettos, in einem silbernen Pailletten-Minirock, der zwischen Bündchen und Saum keine fünfundzwanzig Zentimeter maß, einem ebenfalls mit Pailletten besetzten Büstier, über den sie ein dunkelblaues Aloha-Hemd vor den Bauch geknotet hatte, kam sie mit dem strahlendsten und umwerfendsten Lächeln, das dieser Flughafen seit seiner Eröffnung gesehen hat, den Gang herunter. Das Tick-Tick ihrer Stilettos versetzte sämtliche anwesenden Männer in eine tiefe Hypnose: einige verlangsamten ihre Bewegungen bis zur Ultra-Slow-Motion, hielten dann inne, um dann wie Roboter nur noch ihren Kopf zu drehen, andere mussten ganz plötzlich umkehren, hatten überraschend in der entgegen gestzten Richtung was zu erledigen und sprinteten weg, sogar Pärchen wurden jäh getrennt, weil der Teil mit dem Schwanz auf einmal anfing, in der Innentasche des Jackets zu kramen und möglichst unmerklich zurück zu bleiben. Auch Berlo war aufgestanden, blieb stocksteif stehen und schaffte es nur, seine rechte Hand wie zu einem Offenbarungseid zu heben und eine kaum erkennbare *La Ola* von seinem kleinen zum Zeigefinger zu schicken. Er wollte ihr offenbar zuwinken. Und ich hatte mich natürlich auch schon längst umgedreht.

Jasmine hatte eine blaue Federboa über der rechten Schulter hängen und einen silbernen Zylinder in der Hand. Mit dem anderen Arm zog sie einen Koffer hinter sich her, von dem sie später sagte, dass sie da ohne Mühe drin verschwinden und sich in ihm umziehen könne. Sie war sicher nicht größer als ein Meter sechzig, gertenschlank und hatte langes, strohblondes Haar, das ihr bis kurz vor den Saum des Minirocks reichte.

»Ich fürchte, ich errege hier gerade Aufsehen – tut mir leid, aber Los Angeles – Guam ist ein Inlandflug und bei zwanzig Kilo Gepäck musste ich eine meiner Bühnenmonturen anziehen, um wenigstens das nötigste dabei zu haben. Man will ja schließlich einigermaßen professionell in der Manege stehen und auch mal das Outfit wechseln.«

Berlo strahlte und streckte ihr die Hand entgegen: »Ist mir ausgesprochen lieb, wenn du Aufsehen erregst – nur so kriegen wir ausverkaufte Vorstellungen. Und wir haben uns schon gefragt, ob wir Dich denn überhaupt erkennen würden.«

Er stellte mich Jasmine vor, bot ihr einen Sitzplatz an, fragte, was wir trinken wollen und verschwand kurzzeitig.

So sehr ich mich bemühte – mein Smalltalk wurde nicht besser. Ich krame immer gern in den hintersten Falten meines Sprachzentrums, statt ganz entspannt einfach das zu sagen, was in Hollywoodfilmen auch immer gesagt wird und bestens funktioniert. *Ich wette, die Piloten haben sich abgewechselt, um immer mal wieder an deinem Sitz vorbeigehen zu können.* Das wäre ein passender, formschöner und schmeichelnder Gesprächseinstieg gewesen, der nichts weiter aussagt, aber für gute Stimmung sorgt. Stattdessen stellte ich ihr diese typische Interviewfrage, bei der ich mich in Gedanken das Mikro halten und den Aussteuerpegel regulieren sah.

»Wie – wird man denn Körperartistin?«

Sie lächelte mich an:

»Zufall. Wie das meiste im Leben. Meine Eltern haben mich mit drei Jahren in eine Ballettschule geschickt. Und da stellte sich heraus, dass ich mich mehr als die anderen biegen kann, ohne zu brechen. Mit zwölf hatte ich meine erste eigene Bühnenshow, Fernsehauftritte, alles hübsch neben der Schule, versteht sich – tja, und bin dann einfach dabei geblieben.«

Zweite Frage, immer noch Interview: »Und jetzt kommst Du aus Mexiko?«

»Uuhh, ja. Ne scheiß lange Reise. Mit dem Bus von Tijuana nach San Diego, da zwei Tage bei ner Freundin, die mich nach L.A. gebracht hat und dann der Flieger hierher. Ich hoffe, Berlo hat n passables Hotel gebucht.«

»Hab ich da meinen Namen gehört? Kaum geht man mal weg, redet ihr über mich. Wisst wohl nicht, was ihr erzählen sollt, wie? Hat er Dir schon gesagt, dass er aus Deutschland ist? Hab ihn am Koffer erkannt.«

Danke, Herr Zirkusdirektor! Wisst wohl nicht, was ihr erzählen sollt! Ich kriege meine Lektionen immer viel lieber mitten aus dem prallen Leben heraus als in diesen sterilen psychotherapeutischen Behandlungszimmern.

Genau so habe ich Berlo, Jasmine und den *Magic Circus of Samoa* kennengelernt.

Ich konnte damals nicht länger bleiben, mein Flug war während unserer Unterhaltung schon dreimal aufgerufen worden. Und so schnell geht das: eben noch hatte ich Guam gar nicht schnell genug verlassen können, und auf einmal wär ich gerne noch geblieben.

Berlo lud mich herzlich ein, seinen Zirkus mal für ein paar Tage zu besuchen und vielleicht an der Kasse auszuhelfen.

Ein paar Wochen später bin ich dann tatsächlich nach Samoa geflogen, um sein Angebot anzunehmen. Und Stilettos hin, Goldkettchen her – es stellte sich heraus, dass Jasmine, auf den ersten Blick das einfältige Blondchen, das einen ganzen Flughafen lahmlegt, die Tochter eines Professors für theoretische Physik war und in jeder freien Minute im Internet oder über Bücher gebeugt an einer Doktorarbeit in Neurobiologie saß. Und dass Berlo, der meine Schubladenwahrnehmung ja gerade schon durch seine Freundlichkeit und Herzlichkeit beschämt hatte, in seiner Heimat Samoa eine ganze Menge Autorität, verkörperte. Man hatte ihm den *Tupua´i* -Titel eines Unterhäuptlings verliehen, weil er sich auf die traditionelle Heilkunst verstand. Er war *witch-doctor* – offenbar wurde ich von Anfang an mächtig von ihnen angezogen – oder vielmehr zog ich sie an, sobald ich ohne den Schutz der Ocean Blue eine Insel betrat.

Von Australien oder auch Neuseeland aus nach Samoa zu fliegen, ist eine merkwürdige Angelegenheit.

Ich hatte am Montagnachmittag in Guam der Dame am Gate 3 meinen Boarding Pass gegeben und nach knapp fünfstündigem Flug meinen Koffer am Sonntagabend wieder in Empfang genommen.

Genau so.

Das will wohl durchdacht sein, wenn man seine Unterkunft bucht. Samoa liegt am Ende des Tages, dort, wo die Sonne aufgeht, wenn sie sich in Deutschland schon wieder langsam dem Horizont nähert. Laut Weltkarte elf Stunden Unterschied. Zu diesem Zeitpunkt ist aber in direkter Nachbarschaft Samoas, in der neuseeländischen Stadt Gisborne, die sich rühmt, die erste Großstadt zu sein, die den neuen Tag erblickt, eben jener neue Tag schon fast wieder vorbei. Keine fünf Flugstunden weg. Dabei geht die Sonne in Samoa sogar noch eine dreiviertel Stunde eher auf als in Neuseeland. Aber eben zum Gestern, und nicht zum Heute.

Mmhh?

Genau so. Irgendwo musste man halt, der Logik der Längengrade folgend, die alle fünfzehn Grad eine Stunde abzieht oder zuzählt, den Schnitt zwischen heute und morgen machen. Und als guter Europäer, der dem Rest der Welt schon immer überlegen war, tat man das genau auf der anderen Seite von Greenwich, dort, wo es natürlich nicht so wichtig war, da hinten im Pazifik, am 180. Längengrad. Dieser schnurgerade Federstrich der britischen Admiralität ist aber inzwischen aus nationalstaatlichen Gründen eine recht ausgebeulte Linie geworden. Denn sonst gäbe es auf Fidschi und auch in Neuseeland ein ziemliches Durcheinander.

Wer hat schon gerne auf seinem Staatsgebiet zwei verschiedene Tage gleichzeitig. Muss man ja alle Formulare doppelt ausfüllen, zwei Zeitungen herausgeben, schlimmer noch: um zu vermeiden, dass das gesamte Gewinnsystem zusammenbricht, gleich zwei Lottos anbieten. Also hat man die Datumsgrenze hier und da um ein paar hundert Seemeilen verlegt.

Es gibt in der Tat durchaus einfachere Sachverhalte als den Tagessprung.

Aber jetzt sind wir schon mal dabei und denken es auch zuende. Man kann nämlich trefflich noch ein bisschen mehr damit spielen, einen verschmitzten Gesichtsausdruck aufsetzen und behaupten: deshalb hat der Tag ja eigentlich auch achtundvierzig Stunden und nicht vierundzwanzig. Denn natürlich möchten die Samoaner, wie der Rest der Welt, ihren Tag auch vierundzwanzig Stunden lang haben, von Null Uhr bis Mitternacht. Aber wenn die große Uhr an der Beach Road in Apia zur Geisterstunde schlägt, ist dieser neue Tag in Gisborne schon wieder bis auf eine Stunde aufgebraucht. Ist ein verdammt alter Tag, der da in Apia auf Samoa anbricht. Er hat die Flut bereits zweimal in die Bay of Poverty bei Gisborne getrieben und die Vögel erst singen und dann wieder verstummen lassen. Der Tag hat schon vierundzwanzig Stunden auf dem Buckel, bevor er in Samoa erst anfängt – macht bis zur samoanischen Mitternacht *summa 48*.

Wenn man sich so schnell wie möglich in derselben Richtung bewegt, wie die Erde rotiert – also wenn man von London über Los Angeles westwärts nach Samoa, Tahiti oder Rarotonga fliegt – dann wird es ja auch nie dunkel, oder halt sehr viel später, als die gewöhnliche Tageslichtzeit hergibt. Und irgendwann überspringt man einen Tag, verliert ihn. In umgekehrter Richtung, nach Osten, fliegt man durch einen überraschend kurzen Tag; es wird erstaunlich schnell dunkel und man meint, der Zeit entgegen zu fliegen.

Jules Verne hat daraus eine der großartigsten Pointen der Weltliteratur gemacht, als er Phileas Fogg in dem Bewusstsein, seine Wette verloren und einundachtzig Tage um die Erde herum gebraucht zu haben, nach London zurückkehren lässt, bis sein Diener Passepartout eher zufällig den korrekten Wochentag erfährt und Fogg am Ende doch noch eine Sekunde vor Ablauf der Frist wieder den ehrenwerten Reform Club in Pall Mall betritt.

Ist in der Tat kompliziert; und die einzigen, die das souverän aus dem Ärmel schütteln, sind die Damen und Herren von Quantas, Air New Zealand, Aloha Airways und all den anderen Fluggesellschaften, die täglich mehrfach die Datumsgrenze in beiden Richtungen kreuzen.

Dem Neuankömmling in Samoa wird auch erstmal mißtraut. Bei der Vorausbuchung der Unterkunft per Internet wird ihm in einer behutsam formulierten E-Mail die Frage gestellt, ob die Ankunftszeit denn auch wirklich die Ankunftszeit sei, bevor man mitten in der Nacht einen Shuttle zum Flughafen schickt, der dann womöglich unverrichteter Dinge wieder zurückkommt.

Aber Betty von Air New Zealand hatte mir in meinem Flugplan extra nochmal alles mit gelbem Marker angestrichen und mit Ausrufezeichen versehen – meine Angaben waren auf der sicheren Seite, und Lelani von der Pension *1848 Princess Tui Inn* konnte mir schon im ersten Anlauf unter sternenklarem Himmel die Hand schütteln: »Talofa, welcome to Samoa!«

Es war zwei Uhr früh. Im Haus war es totenstill.

Kein surrender Ventilator, der die stickige Luft erträglicher gemacht hätte, kein Radio, kein Fernseher. Das einzige, was sich rührte, war eine Kakerlake, die sich träge immer und immer wieder abmühte, den Tresen der Rezeption hochzukommen. So lang wie mein Mittelfinger, aber offenbar schon halb tot.

Lelani füllte, nur um mich einzuchecken, wie in Zeitlupe endlose Listen aus, zog endlose Linien mit einem Holzlineal, blätterte hoch konzentriert minutenlang in meinem Pass und gab mir am Ende gleich drei Quittungen. Bis ich endlich meinen Zimmerschlüssel in der Hand hielt, war eine halbe Stunde vergangen. Und je länger ich wartete, desto gespenstischer wurde die Szenerie.

Ein moribundes Jugendstilhotel, zernagt von tropischem Regen und glühender Hitze, das all seine Gäste, wenn sie nicht wach genug sind, gleich am nächsten Tag wieder aufzubrechen, tief in seine Vergangenheit zieht. *You can check out any time you like, but you can never leave.* Ich sah mich schon zu Lelani herüberbeugen und ihr zuzuflüstern: *Die Angaben in meinem Reisepass stimmen nicht mehr, Lelani. Mein Name ist Aschenbach, Gustav Aschenbach.*

Ich war am Einnicken und legte mir im Halbschlaf schon die skurrilsten Gespräche für den Frühstückstisch zurecht. Wenn ich lange genug blieb, könnte ich am Ende womöglich noch Robert Louis Stevenson treffen und um eine Widmung bitten. Und da möchte man ja keinen Mist erzählen. Die Erklärung war denkbar einfach: Wir hatten einfach nur aus Versehen die Datumsgrenze im falschen Winkel überflogen und waren jetzt in einer Zeit gelandet, in der Vergangenheit und Zukunft eins waren – so etwas lächerliches wie deren chronologischer Ablauf keine Rolle spielte.

Mit einem Ruck richtete ich mich auf und konzentrierte mich. Wie nach zu langer Fahrt auf der Autobahn, wenn man eigentlich rechts ran sollte, aber diese Sekundenschlaf – Grauzone gerade so schön ist.

»Ich – äh – ich würde gerne erstmal duschen. Ich hatte ganz vergessen, wie heiß es in Samoa sein kann.«

Lelani schaute nur ganz kurz von ihrem komplizierten Vorgang auf und sagte ohne jede Satzmelodie: »Sorry no shower. Auf dieser Seite von Apia wird das Wasser um Mitternacht abgestellt. Erst morgen früh um sechs wieder.«

Ich schaute sie fragend an: »Und die Toiletten?«

Sie zog einen weiteren langen Strich.

»Sind schon randvoll, hihi.«

Die Kakerlake lag jetzt auf dem Rücken. Ich musste wohl doch erstmal ausschlafen und mich langsam an die Hitze gewöhnen. Ich war mir nicht wirklich sicher, ob das alles gerade wirklich passierte. Aber wenigstens ein eiskaltes *Vailima* wollte ich noch trinken. Ist neben Tahitis *Hinano* das mit Abstand beste Bier in der Südsee.

Nachdem ich dann mein Moskitonetz sorgfältig unter der Matratze straff gezogen hatte, verstrickte ich mich einmal mehr in ein heilloses Chaos von Träumen. Diese besonders verwirrende Art, wo man es gleich mit zwei Träumen zu tun hat. Im ersten sagt man zu sich selbst: gut, du wirst gleich einschlafen und womöglich merkwürdige Dinge träumen, und wenn es zu gruselig wird, dann weck ich dich schon. Und es wird furchtbar gruselig, aber der, der einen da wecken wollte, ist am Ende am allerschlimmsten. Das hatte schon in Tahiti angefangen, dass ich nachts so intensiv träumte wie seit meiner Kindheit nicht mehr. Aber es blieb meistens nichts hängen am nächsten morgen. Ich konnte mich nur daran erinnern, dass ich mehrmals vom Träumen aufgewacht war.

Mir war Duncan Francis das erste Mal ausgerechnet bei Mc Donald's aufgefallen. Und die Eindrücklichkeit dieser ersten Begegnung hatte sich erst allmählich herausgestellt.

Er trug einen Nadelstreifen-Dreiteiler, Krawatte und geflochtene Lederschuhe, seine vollen Haare wurden von den Schläfen her langsam grau, er hatte eine sehr abgegriffene Ledertasche unter dem Arm. Hin und wieder öffnete er sie, holte ein dickes Konvolut von Akten hervor, zwischen denen Unmengen von Blaupapier herausschauten und machte sich Notizen.

So sah es jedenfalls aus, so wollte er, dass es aussah, denn er schrieb nicht ein Wort, machte keine Zeichen, unterstrich nichts, blätterte nur ab und zu vor und zurück. Er schaute minutenlang durch alle Menschen durch, die an seinem Tisch vorbei rein- und rausgingen, er war tief in Gedanken und tat dann wieder so, als müsse er seine Akten bearbeiten.

Es war mein erster Tag auf der Insel, ich hatte viel Zeit und blieb fast eine Stunde in der angenehmen Fast-Food-Kühle.

Der Magic Circus of Samoa hatte seit Noumea den Zeitplan geändert und wollte auch in Tonga noch Aufführen dranhängen – Berlo, Jasmine und die anderen würden frühestens in zwei Wochen eintreffen. Ich konnte mich ganz in Ruhe eingewöhnen, das gesamte Touristenprogramm abspulen und mir sogar bei Mäckes Zeit lassen.

Womöglich war mir Francis auch nur deswegen aufgefallen. Denn er wechselte alle zehn Minuten seinen Sitzplatz, was ich zwar wahrgenommen, aber nicht weiter verfolgt hatte, allerdings saß er mir irgendwann direkt gegenüber, und da konnte ich dann deutlich sehen, was für ein merkwürdiges Spiel er spielte. Er musste früher mal eine elegante Erscheinung gewesen sein, er machte einen kultivierten und gebildeten Eindruck, aber irgendetwas stimmte nicht mehr. Sein Anzug war zu abgetragen, das Hemd zu vergilbt, das Blaupapier schaute zu wirr zwischen den Akten hervor und seine Augen waren so eingefallen, dass man meinen konnte, sie gehörten gar nicht ihm. Als hätte er seine richtigen schon längst verpfändet oder verkauft. Und würde sich diese blaßblauen, rotgeränderten, tief in den faltigen Augenhöhlen eingegrabenen jeden morgen ausleihen, um wenigstens noch ein bisschen sehen zu können.

Ich habe schon Hunderte von abgerissenen Typen, Gescheiterten oder Gestrauchelten gesehen. Ich habe Reportagen über alkoholkranke Wohnungslose gemacht, die sich stolz *Berber* nannten, ich habe dem einen Geld zugesteckt, mich von dem anderen angewidert abgewandt, den meisten bin ich aus dem Weg gegangen.

Duncan Francis, als er mir so direkt gegenüber saß, ich seinen Schweiß riechen und seine Anstrengung spüren konnte, rührte mich auf einmal unglaublich intensiv an. Fast so, als hätte ich ihn nach jahrelangem Warten endlich getroffen. Ich hatte das merkwürdig sichere Gefühl, dass er an irgendetwas gescheitert war, das weit über Geld und Gut hinausging. Aber er wollte der Welt zeigen, dass sie ihm trotzdem seinen aufrechten Gang nicht nehmen würde.

Ich konnte mir bis ins kleinste Detail vorstellen, wie er jeden morgen sein einziges Paar Schuhe putzte und akribisch seinen einzigen Anzug ausbürstete. Seine geborgten Augen nahm und dem Leben einen neuen Tag abtrotzte. Aufrecht.

Ich habe vor solchen Menschen nicht nur Hochachtung, sondern eine richtig tiefe Ehrfurcht. Erst wenn das Rückgrat bricht, fällt man wirklich. Und nur wer das Leben auch noch am Abgrund meistert, hat am Ende wirklich etwas zu sagen. Aber das hatte natürlich alles viel mehr mit mir zu tun als mit Duncan Francis. Ich entlud auf diesen wildfremden Menschen, der mir da zehn Minuten lang gegenübersaß all das, wovor ich selber Angst hatte.

Das zweite Mal sah ich ihn im *On the Rocks.*

Dasselbe Hemd, dieselben Schuhe, derselbe Anzug, allerdings ohne Weste, vermutlich, weil es ein besonders heißer Tag war. Und irgendwie dachte ich unwillkürlich, dass er in diese Bar viel besser passt. Tatsächlich unterhielt er sich auch, schien sogar mit den beiden, an deren Tisch er saß, gut bekannt zu sein, denn hin und wieder lachten die beiden diese rauhe, von jahrzehntelangem Alkohol und Zigaretten bis an den Rand des Animalischen verzerrte Mischung aus Husten und Grölen. Und sie lachten, so schien es mir, nicht über Francis, sondern mit ihm – über etwas, das er ab und an in die Unterhaltung einstreute.

Das On the Rocks liegt direkt an der *Beach Road,* nur ein paar Schritte vom Anfang der *Cross Island Road* entfernt, die nach Vailima rauf führt, dann weiter zum Lake Lanoto'o, dann über die Berge im Landesinneren und schließlich an der Südküste in Siumu endet. Jeder Tourist fährt sie mindestens einmal, jeder Tourist kennt die Kreuzung, kennt natürlich die Beach Road, das On the Rocks.

Reingehen tun nur wenige. Sie werden darauf aufmerksam, weil gleich links daneben eines der besseren Restaurants liegt, das Sails, rechts daneben eine Pizzeria und noch eins weiter das Rainbow Restaurant. In beiden sitzen fast ausschließlich die etwas preisbewußteren Touristen, vermutlich sind sie im Lonely Planet-Führer als Geheimtipp verzeichnet. Und es gibt auch wirklich keinen schöneren Blick über den Hafen, vom *Aggie Grey's Hotel* vielleicht abgesehen, aber da kostet selbst im preiswerteren Bereich eine Eisschokolade sechs *Tala*, man sitzt an viel zu niedrigen Tischen, darf nicht rauchen und hat neben sich Geschäftsleute, die ständig über *win-win situations* sprechen. Oder blasse amerikanische Familien mit Kindern, die von Rechts wegen jeden Tag mit ner Tracht Prügel auf normale Lebensgröße gebracht werden müssten.

Ich setzte mich an einen der Tische unter dem Vordach und schaute über die Bucht auf den Hafen: die weißen Segeljachten im Vordergrund, hinten die Pier mit der Fähre nach Pago Pago, die gerade festgemacht hatte und erst morgen früh wieder auslaufen würde. Ich sah zu, dass ich in Hörweite von Duncan Francis und seinen Gesprächspartnern saß, hing aber, obwohl er es gewesen war, der mich hierher gelockt hatte, eine ganze Weile völlig anderen Gedanken nach.

Wie lange war ich jetzt schon da unterwegs, wo die gängigen Weltkarten, die mich durch Kinderstube, Schule und Studium begleitet hatten, jeweils am linken und rechten Rand aufhörten. Rechts neben Australien und links neben Südamerika gab es immer diesen kleinen Streifen Blaues. Das Ende der Welt! Nur ausgeführt als Schmuckelement, links etwas breiter als rechts. Der blaue Rahmen um die eigentliche, wesentliche, erste Welt: MEINE.

Auf der Ebstorfer Weltkarte aus dem 14. Jahrhundert liegt Jerusalem in der Mitte, der Rest der damals in einem Kloster der Lüneburger Heide bekannten Welt ist drumrum drapiert, Rom als Sitz der Kirche natürlich noch mal besonders hervorgehoben, ansonsten werden die Angaben immer ungenauer, je weiter die Orte vom Blickfeld des Kartografen entfernt waren. Bis hin zu den Antipoden, menschenähnlichen Wesen, bei denen Kopf und Füße vertauscht sind, weil sie ja da ganz unten, wo sie auf dem Kopf stehen, irgendwie auch gehen müssen. Die Karte ist nicht nach Norden, sondern nach Osten ausgerichtet, »orientiert«, wie unsere Kirchen auch: Das Haupt Jesu ist oben und überschaut die Welt, seine am Kreuz ausgestreckten Arme umfassen sie. Eine symbolische Karte, über die wir heute lächeln, weil sie vorne und hinten nicht stimmt, aber der Streifen Blaues am rechten und linken Rand, den wir noch heute in jeder Buchhandlung wie selbstverständlich als Bild der Welt bekommen, stimmt irgendwie ja auch hinten und vorne nicht. Er zerschneidet einfach so eins der größten zusammenhängenden Kulturgebiete menschlicher Zivilisation in einen rechten und linken Rand. Genauso selbstverständlich, wie dieses Kulturgebiet per Dekret in ein gestern und heute geteilt wurde, weil es da hinten, genau auf der anderen Seite von Greenwich, ja nicht so drauf ankam.

Und genau da saß ich, auf Samoa, im Herzen Polynesiens, *Penina ole Pasefika*.

Keine zwei Meter vor mir kamen pausenlos hellbraune, schwarzhaarige Menschen mit Tätowierungen die Beach Road entlang, schöne Menschen und hässliche Menschen; boten mir unvermittelt ein breites Lächeln an zwischen ihren vollen Lippen und ihren in der tropischen Sonne weiß blitzenden Zähnen.

Nein – ich verklärte sie nicht: ich wusste, dass sie biestig sein konnten, gnadenlos, januskötig, fremdenfeindlich, brutal, unaufrichtig, widerlich besoffen und uneinsichtig. Und noch dazu gerade hier in Samoa: Sie konnten heiliger tun als die Dreifaltigkeit.

Aber ich freute mich gerade darüber, dass ich die beiden blauen Ränder endlich zusammengeklebt und dicht besiedelt vorgefunden hatte.

Im On the Rocks saßen vornehmlich europäische Männer, *Palagi*, die jeden Zug ihrer Zigarette durch die Nase wieder ausatmeten. Braungebrannt von jahrelanger tropischer Sonne, die Farbe tief eingegerbt vom ebenso langen Trinken. Nach Sonnenuntergang, im grellen künstlichen Licht unter dem Billardtisch, hatte ihre Erscheinung etwas unwirkliches, verschwommenes; ihre schmuddeligen Aloha-Hemden, dazu die noch immer im Haar steckenden Sonnenbrillen, die inzwischen asphaltgrauen Flipflops und diese Hautfärbung: man sah sie wie durch ein dunkel getöntes Moskitonetz.

Der Tisch auf halbem Weg zwischen der Bar und dem Billard war jeden abend unausgesprochen reserviert für eine samoanische Tunte mit Koteletten und ausgestopftem BH. Ein Hüne von Mann mit rauhem Bass und Schuhgröße 46, einer feuerroten *Teuila*-Blüte hinter dem rechten Ohr und makellos lackierten Fußnägeln in alles andere als grazilen Korksandalen.

Er kam meistens mit seiner Schwester, einer bildhübschen taubstummen Enddreißigerin. Weil außer ihrem Bruder niemand Zeichensprache konnte, beschränkte sich ihre Kommunikation in der Bar darauf, von allen, die neu an den Billardtisch traten, kurz gestreichelt zu werden. Und entweder schlug sie um sich oder rieb mit geschlossenen Augen ihren Kopf an der Brust desjenigen, der sie gerade berührte.

Es gab aber auch Geschäftsleute: Einen vielleicht fünfzigjährigen Japaner, dem man ansah, dass er Geld hatte. Er bestellte meistens für die Tunte und seine Schwester mit, bekam aber trotzdem bei jeder Begrüßung von der Schwester nur Schläge und von der Tunte eindeutige Komplimente, die er grinsend und glucksend ablehnte. Ich habe den Japaner jedesmal nur mit Queue in der Hand gesehen, nie weiter als drei Schritte vom Billardtisch weg.

An einem der vier Tische unter dem Vordach zur Straße hin saß häufig ein sehr spendabler Engländer, der sich gern mit zwei bis drei jungen, muskelbepackten Matrosen unterhielt.

Und die drei Barhocker waren für Leute, die zwar eine zeitlang regelmäßig kamen, es aber nie zu langjährigen Stammgästen bringen würden. Wenn ich diese unausgesprochene Regel nicht beachtet hätte, hätte ich sicherlich die Geschichte von Duncan Francis nie zu Ende gehört. Überhaupt fing man erst an, mit mir zu reden, nachdem ich bei meinem fünften oder sechsten Besuch im *On the Rocks* den Japaner, mit dem an dem Abend keiner spielen wollte, dreimal hintereinander beim Pool observiert hatte.

Talofa, Du literarischer Oberreiseleiter!

Was macht mein Samoa?
Hast Du Dir schon eine dieser weltweit einmalig knusprigen Schönheiten angelacht?
Ich fürchte, bei Deiner nicht vorhandenen Konfektionsgröße kannst Du nur die Mitleids-Karte spielen, hihi!

Unser Geschäft läuft unerwartet gut, es dürfte die beste Saison seit langem werden – wir sind noch immer nicht aus Noumea weg und müssen Tonga nochmal nach hinten schieben. Ich hoffe, Deine Pläne halten das aus, denn ich würde Dich schon gern wiedersehen und Dir n bisschen das wirkliche Samoa zeigen.
Und mit meiner Hilfe hast Du auch in Nullkommanichts ne Freundin. Jasmine lässt herzlich grüßen – sie ist der absolute Magnet; ich habe ein Foto von ihr auf unsere Plakate montiert und die Männer stehen Schlange.

Weißt Du noch, wie sie in Guam den Flugverkehr lahmgelegt hat? Sie ist übrigens Lesbe und will von Männern nichts wissen: what a waste! Und trotzdem fressen ihr alle aus der Hand. Die drei Zwerge aus Vietnam (sind als Clowns am Trapez und auf dem Hochseil) machen ihr abwechselnd jeden morgen Frühstück, massieren sie nach den Shows und würden ihr Leben für sie lassen.
Wusstest Du, dass Sie an einer Doktorarbeit sitzt? Irgend son unverständliches Zeug über Persönlichkeitsveränderungen nach Gehirnverletzungen. Sie hat mir Bilder gezeigt, ich sag Dir, die könnte ich alle sofort unter Vertrag nehmen.
Nein, ernsthaft: tolle Frau. Ich fürchte nur, dass sie ihr Engagement nicht verlängern wird. Ist halt doch andere Bühnen gewöhnt.

Und – bist Du schon in schwermütiges Grübeln geraten? Man sagt, daß Palagi, die zu lange in der Südsee bleiben, die Orientierung verlieren. Fängt meistens ganz harmlos mit Träumen an, hihi.

Aber das einem Reiseleiter zu erzählen, oder was war das – Lektor? – hieße ja Eulen nach Athen tragen. Trotzdem, wenn Du Geschichten aus dieser Ecke suchst, geh ins ›On the Rocks‹, wohnst ja ziemlich nah dran an der Nachtclub-Meile.
Mehr sag ich nicht, wirst schon sehn.

So – halt Dich wacker, ich melde mich, sobald wir wissen, wann wir Apia genau einplanen können. Und trink schön jeden Tag zwei Tassen samoanischen Kakao. Ist gut für den Stuhl.

Dein Berlo

Und nicht vergessen: die ganze Welt ist nichts weiter als eine Bühne ...

E-Mails von Berlo waren leider selten, aber immer ein ausgesprochener Genuß. Ich sah ihn richtig vor mir, wie er mit seinen riesigen Händen behutsam versuchte, nicht immer gleich drei Tasten auf einmal runterzudrücken. Aber wahrscheinlich hatte er jemand, dem er in den Rechner diktieren konnte.

Dieses ganze Zirkus-Projekt schien allerdings immer mehr zu zerbröseln. Dabei hatte ich mir schon den Platz angeschaut, wo das Zelt stehen würde, draußen auf der *Mulinuu*-Landzunge, gar nicht weit vom Parlament Samoas.

»Immer, wenn wir da unser Zelt aufschlagen, gibt es auf Samoa zwei Zirkusse nebeneinander«, hatte mir Berlo geschrieben, »aber der Magic Circus arbeitet mit nur drei Clowns wesentlich effektiver als die Pappnasen aus dem Parlament.«

Endlich kam meine Chance.

»Let me buy you a drink. Ich habe gerade erfahren, dass das Schiff, auf dem ich angeheuert hatte, nie wieder Wasser unter dem Kiel haben wird. Und alleine mag ich mir keinen Trost antrinken.«

Ach du Scheiße! Was Einfühlsameres hattest Du wohl nicht gerade auf Lager.

Duncan Francis sah mich irritiert an:

»Mit dem Unglück anderer sollten Sie nicht so leichtfertig umgehen. Aber weil Sie neu hier sind und offensichtlich noch Hilfestellung brauchen – meinetwegen. Eine Cola. Ohne Zitrone.«

Jetzt war ich es, der irritiert guckte: »Eine – Cola?«

»Ja. C – O – L – A. Ich trinke keinen Alkohol.«

Der aufrechte Gang. Schon wieder meine volle Hochachtung.

Ich nickte Gretchen zu, die gerade am Kühlschrank eine rauchte, und bestellte.

Sie hieß wirklich Gretchen: Noch so ein Überbleibsel der deutschen Kolonialzeit wie Albert Wendt, der größte samoanische Schriftsteller, und wie der derzeitige Tourismusminister Hans Joachim Keil. Alles urwüchsige, kaffeebraune Polynesier mit deutschem Namen.

Duncan Francis war zwar Stammgast im On the Rocks, aber er kam recht unregelmäßig. Und jetzt hatte ich ihn endlich erwischt. Er hatte sich zu niemandem setzen wollen und war an die Bar gekommen. Er legte seine Tasche auf den Tresen und stellte sich neben mich.

»Soso – dann sind Sie also Seemann. Aber es gibt doch reichlich Schiffe, da brauchen Sie doch nicht Trübsal zu blasen.«

Instinktiv schaltete ich sofort um, damit ich mir nicht den Spott sämtlicher Einwohner einer Hafenstadt zuzog. Von den anwesenden Matrosen ganz zu schweigen. Die Seemannsnummer hätte ich keine zwei Minuten durchgehalten.

»Ach – ich bin schon seit Monaten vom Pech verfolgt.«

Francis setzte sich auf den Hocker neben mir.

»Na, dann sind Sie hier ja goldrichtig.«

Und dann schaute er mich mit seinem leeren Blick an und sagte mit auf einmal tonloser Stimme: »Monate ist doch noch gut. Wenn du die Jahre nicht mehr zählen kannst, fängt es an, dich klein zu kriegen. So wie du nie sein wolltest, so bist du auf einmal.«

»›Raemaru‹.«

»Rai – was?«

»›Raemaru‹. So heißt ein Berg auf Rarotonga. Leerer Schatten.«

»Meinetwegen. Trifft es sogar ganz gut.«

»Und wie fing es bei Ihnen an, wenn ich fragen darf?«

Er nippte an seiner Cola. Wir hatten noch gar nicht angestoßen.

»Ich kam als hoffnungsvoller Jurist hierher. Aus Neuseeland. Mein Anwaltsbüro in Christchurch wollte eine Außenstelle in Samoa aufbauen. Ein-Mann-Kanzlei mit einheimischer Schreibkraft. Da hab ich sofort Hier! gerufen. Dienstwagen, Büro mit Aircondition: das klang nach Abenteuer, Selbständigkeit und sogar bescheidenem Luxus. Ging auch zwei Jahre lang gut. Aber ich will das gar nicht erzählen, ich hab das schon tausendmal erzählt.«

Ich kam mir total schäbig vor. Aber ich wollte unbedingt seine Geschichte hören, weil ich inzwischen davon besessen war, dass sie etwas mit mir zu tun hatte. Ich hatte keine Ahnung, was; die Südsee fing allmählich an, in mir zu arbeiten. Berlo hatte recht.

»Dann kam der Zyklon. Das ist natürlich nichts Besonderes auf Samoa – alle drei, vier Jahre fegt einer über uns weg, aber dieser war der erste, gegen den sich einige der wohlhabenderen Familien und sogar ganze Dorfgemeinschaften versichert hatten. Oder zumindest meinten sie das. Denn eine windige Firma aus Fidschi hat sie alle über den Tisch gezogen – – –.«

Er griff nach seiner Tasche, öffnete zögernd den Reißverschluß, hielt dann aber gedankenverloren inne, schloss sie wieder.

»Lauter ganz ausgeschlafene Inder. Wir hatten alle Hände voll zu tun, nicht nur ich, auch der Chinese, Jackson und Partner, alle. Und alle haben wir unsere Prozesse verloren. Nur der Chinese hat zwei Vergleiche geschafft.

Meine Kanzlei hat sich gefragt, ob ich der richtige Mann für Samoa bin. Und dann hat irgendjemand das Gerücht gestreut, ICH hätte die Inder beraten. Schließlich seien alle Verträge entstanden, kurz nachdem ICH in Apia aufgetaucht sei. Das war natürlich gelogen und ich habe von der Versicherung auch ein Schreiben erwirkt und draußen an mein Büro gehängt, in dem das als lächerlich bezeichnet wurde, aber Sie wissen ja, wie das ist. Christchurch hat mich gefeuert, ein neuer zog in das Büro, das ich aufgebaut hatte. Ich stand auf der Straße. Gott sei Dank hielt damals die Familie meiner Frau noch zu mir – ich hatte gerade geheiratet.«

Je länger er erzählte, desto lebendiger wurden seine Augen. Er machte auch gar nicht mehr den Eindruck, der mich bei unserem ersten Treffen so berührt hatte. Er war nicht so hilflos und ausgestoßen, wie ich ihn mir ausgemalt hatte. Wenn er tatsächlich am Abgrund lebte, dann hatte er womöglich einen ganz normalen Lebensentwurf daraus gemacht. Seine Geschichte jedenfalls erzählte er ohne Weinerlichkeit, manchmal mit einem bitteren Unterton, aber das war ja nun wirklich nur allzu verständlich.

Einer der Nasenloch-Raucher gesellte sich kurz zu uns, um ein Bier zu bestellen.

Kaum hatte Francis ihn wahrgenommen, griff er mit beiden Händen nach seiner Tasche und hielt sie mit verschränkten Armen vor seinen Bauch. Als wollte er ihren Inhalt beschützen.

Der Mann war ausgesprochen unsympathisch. Gretchen, die sich die ganze Zeit bemüht hatte, unserem Gespräch hinter der Bar aus dem Weg zu gehen, beeilte sich, ihn zu bedienen. Er nahm einen tiefen Zug aus seiner Zigarette, atmete ihn auch tatsächlich durch die Nase aus, so dass Francis den Rauch wegwedeln mußte. Dann schaute er mit schon glasigen Augen zu Francis, während er mich anredete.

»Na, erzählt er Dir auch die Wahrheit? Dass er die größte Dummheit gemacht hat, die man in Samoa nur machen kann?«

Gott sei Dank ging er danach sofort zum Billardtisch zurück.

Ich hatte Angst, dass die ganze Situation kippen würde und beeilte mich, gar nicht erst eine Pause entstehen zu lassen:

»Ich kann überhaupt nicht erkennen, dass Sie irgendwelche Schuld auf sich geladen haben.«

Francis fiel wieder in diese tonlose Stimme zurück, in der er seine Geschichte begonnen hatte.

»Hab ich aber. Und ich muss es ertragen, dass solche zweifelhaften Gestalten sich an meiner Verfehlung schadlos halten.«

Und plötzlich richtete er sich auf, griff nach meinem Handgelenk und fragte: »Wie spät ist es – ich glaube, ich muß los.«

»Halb zehn. Aber jetzt haben Sie mich zu neugierig gemacht. Warum darf sich dieser versoffene Beachcomber da drüben an jemandem wie Ihnen schadlos halten?«

Francis lächelte: »Danke. Auch daran erkenne ich, dass Sie neu hier sind und noch Hilfestellung brauchen. – – – Als ich gefeuert war und meine Frau mit unserem zweiten Kind schwanger war, fing ich an, immer mehr für die Familie zu leben, für ihre Familie. Das war das halbe Dorf, unten in Lotofaga. Natürlich sollte ich für ein Einkommen sorgen als studierter ›Palagi‹ aus Neuseeland. Brotfrucht, Bananen, Schweine und Hühner gab es genug, aber Bargeld hatte keiner: für den Fernseher, die Waschmaschine, den Gefrierschrank. Und ich habe mit Gelegenheits-Schreibarbeiten oder Behördengängen mein bestes getan.

Aber ich bin auch mit Gummistiefeln ins Tarofeld, habe eine Kakao-Plantage hochgezogen, die schon bald Geld abwarf und fing an, Brachland für eine Ananasplantage herzurichten. Diese ganze Juristerei war mir auf einmal gar nicht mehr wichtig. Ich war auf einer Farm groß geworden in der Nähe von Gisborne und hatte eine kindliche Freude daran, zu meinen Wurzeln zurückzukehren. Ich hatte ganz vergessen, was für eine ungeheure Befriedigung das ist: Zu ernten, was man gesät hat.

Aber dann kam der Zyklon. Der zweite große Zyklon in meinem Leben. Und der machte alles kaputt. Das Dorf weggefegt, die Plantagen zerstört und – und meine – meine hochschwangere Frau unter einer Palme zerquetscht.«

Ich habe mich nicht getraut, ihn anzuschauen. Und auch Gretchen hatte offenbar schon gewusst, was kommt, und war an uns vorbei zur Toilette geschlichen.

Francis krallte sich jetzt förmlich an seiner Aktentasche fest.

Wir schwiegen.

Bestimmt drei, vier Minuten lang.

Gretchen kam zurück hinter die Bar und fragte so neutral wie möglich, ob wir vielleicht noch ein Getränk wollten. Francis fragte mich nur tonlos nach der Uhrzeit.

»Viertel vor.«

Er stand von seinem Barhocker auf: »Ich muss jetzt. Ich hab noch zu arbeiten.«

Ich versuchte, ihn aufzuhalten.

»Aber von einer Schuld kann immer noch keine Rede sein.«

Er knöpfte seine Weste zu und flüsterte dabei so leise, *dass* ich mich weit nach vorne beugen mußte: »Ich habe den HERRN verflucht. In der Kirche. Vor aller Augen und Ohren.«

Duncan Francis drehte sich um und ging.

Ich habe ihn nie wieder gesehen.

Während seiner Geschichte hatte ich das On the Rocks völlig ausgeblendet, hatte mich richtig in seine Welt hinein versetzt.

Mir sein Büro vorgestellt, in das sich irgendwann kein Klient mehr verirrte, seine Frau, wie sie kichernd und errötend nach den ersten Treffen mit ihm ihren Cousinen erzählte, dass sie sich in einen Palagi verliebt hatte.

Ich kannte das Hinterland der Bay of Poverty um Gisborne herum und hatte mir eine Kindheit auf einer Farm in Neuseeland ausgemalt. Hunderte von Schafen, ein kleiner, kristallklarer Bach unten am Fuß des Hügels. Und oben, schon von weitem zu sehen, das Farmhaus; weiß gestrichen mit grauem Wellblechdach. Ich hatte das alles ganz plastisch vor mir gesehen, alles, während Duncan erzählte.

Aber jetzt dröhnte der Kneipenlärm umso gnadenloser auf mich ein, als müsste er die Pause wieder wettmachen. Am Billardtisch wurde nur noch gegrölt, am Durchgang zu den Toiletten, vor dem riesigen, auf die Wand gemalten Haifischmaul, standen drei übergewichtige Samoanerinnen, die pausenlos im schrillsten Falsett losprusteten, Joe Walshs Gitarrensolo von *Hotel California* war bis zur Unkenntlichkeit verzerrt, weil die Membranen der Lautsprecher den von ihnen verlangten Schalldruck schon längst nicht mehr liefern konnten.

Ich musste erstmal raus, rüber auf die andere Seite der Beach Road, mich auf die Hafenmauer setzen und vom Sternenhimmel beruhigen lassen.

Ich war gerade ganz woanders, oder – nein: Ich war gerade so intensiv in Samoa, wie man es nur sein kann.

Da, wo die Cross Island Road von der Beach Road abzweigt, steht das *Ioane Viliamu* Gebäude. Es war jahrelang das höchste Haus in Apia, sechs Stockwerke. Es soll an den Mann erinnern, der in Samoa eine völlig neue, glückliche Zeit einläutete: John Williams. Der Mann, der in die Geschichte eingegangen ist als der Apostel Polynesiens. Als Katholik wäre er mit Sicherheit schon längst selig gesprochen worden; er hat zwar keine Wunder vollbracht, aber das andere, viel härtere Auswahlkriterium für die Seligsprechung erfüllt er voll und ganz: er hat ohne Sünde gelebt und ist als Märtyrer gestorben. Aber Williams war nicht katholisch, sondern im Auftrag der *London Missionary Society* unterwegs, aus vatikanischer Sicht also: Fußvolk und Christ zweiter Klasse. Und sogar für protestantische Maßstäbe war Williams noch etwas zu unorthodox. Genau deswegen war er wahrscheinlich der erfolgreichste Missionar zwischen Fidschi und Raiatea.

Frisch verheiratet und gerade zwanzig, brach er 1816 in die Südsee auf, diente dem Herrn auf Tahiti, Moorea, Huahine und Raiatea, brachte danach das Christentum auf die Cook-Inseln und baute auf Rarotonga sogar sein eigenes Schiff, die *Messenger of Peace*. Nach Samoa kam er am 24. August 1830, blieb nur eine Woche, arbeitete aber mit seinem alten Trick: Im Gefolge hatte er bereits beseelte Polynesier, die die Frohe Botschaft gewissermaßen von Einheimischem zu Einheimischem verbreiteten: *Glaub mir, Bruder, schau mich an.*

Das fiel auf umso fruchtbareren Boden, als sich schon längst herumgesprochen hatte, dass mit dem neuen Gott auch neuer Reichtum kam: Beile, Äxte, Hammer, Nägel und allerlei bunte Glasperlen. Die Samoaner wurden ganz besonders eifrige Jünger, und die hiesige Mission wurde im späteren 19. Jahrhundert berühmt dafür, dem einheimischen Nachwuchs eine profunde Ausbildung mit auf den Weg durchs irdische Jammertal zu geben.

Williams seinerseits war inzwischen kurzzeitig nach London zurückgekehrt, um seine Bibelübersetzung ins Rarotonga-Maori und ein weiteres Buch über seine Missionsarbeit in der Südsee herauszubringen. Bis heute Klassiker.

Viel mehr hat er aber nicht geschafft: Kaum war er aus England wieder in Samoa angelandet, brach er mit recht umfänglichem Gefolge nach *Vanuatu* auf, um seine Mission immer weiter nach Westen zu tragen. Er kam gerade noch in Vanuatu an. Am 22. November 1839 wurde er bei einem Überfall getötet und nach Landessitte verspeist. Die noch unbekehrten Bewohner von *Erromanga* hatten sich gerade über ein europäisches Handelsschiff geärgert und hielten sich kurzerhand an dem ungebetenen Besuch schadlos.

Als sich die Nachricht von Williams' Märtyrertod über die Inseln verbreitete, fiel halb Polynesien in tiefe Trauer. Und die Samoaner ließen nichts unversucht, ihren Ioane Viliamu zurück nach Hause zu bekommen. Was immer vom Apostel Polynesiens übrig geblieben sein mochte, liegt auch tatsächlich in Apia begraben.

»Hier auf Samoa ist alles, was mit Gott zusammenhängt, hundertfünfzigprozentig«, hatte mir Gabriele aus Deutschland gesagt, die im *Falemataaga Museum of Samoa* arbeitet.

»Und vor allem staatlich gefördert. Haben Sie sich schon mal das offizielle Staatswappen angesehen? Oben das Kreuz Jesu, von dem Land, Meer und Kreuz des Südens beherrscht werden, und darunter das Motto: ›Fa′avea I Le Atua Samoa‹. Was soviel heißt wie: Samoa ist auf Gott gegründet.«

Sie zuckte mit den Schultern und schüttelte ganz leicht den Kopf.

»Das Wappen wurde übrigens schon gut zehn Jahre vor der Unabhängigkeit von Neuseeland entworfen und abgesegnet.«

Ich musste lachen: »Womöglich war das der entscheidende Schritt, die Kiwis ein für allemal rauszuekeln.«

Sie räusperte sich, so wie man das tut, wenn man jemand wortlos abstrafen will. Gott sei Dank klingelte das Telefon. Fünf Minuten lang redete Gabriele eine Mischung aus samoanisch und englisch, legte dann auf und sprach mich sofort wieder auf Deutsch an: »Und als dann die Verfassung für das unabhängige Samoa angenommen worden war, setzte man gegenüber dem Parlament einen Gedenkstein, der an die Verfassungsgebung erinnert. Da trieft es auch von Heiligem Geist, Erlöser und Samoas neuer Bestimmung.«

Mmhh.

Das wurde mir jetzt doch etwas zu detailliert. Mir hatte schon gereicht, dass hier sogar aus dem Radio der Heiland tropft und die Leserbriefe in der Zeitung voller religiöser Dispute waren, die offenbar wochenlang ausgetragen wurden. Da wurde ernsthaft minutiös dargelegt, dass es der Teufel ist, der das Verbrechen begeht, wenn ein Vater sich an seiner Tochter vergreift.

Es hatte wohl gerade mal wieder einen aktuellen Fall von Kindesmißbrauch gegeben. Die Flut der Leserbriefe, die genau in diese Kerbe hauten, hatte jemand losgetreten, der ganz europäisch und aufgeklärt meinte, Selbsterkenntnis und Einsicht in die Grauzone fleischlichen Verlangens könnte da Abhilfe schaffen und sei keineswegs im Widerspruch zu gottgefälligem Leben. Den Teufel mit Therapie, nicht mit Gebeten auszutreiben, riet er.

Leider kam das Argument nicht aus Samoa, sondern aus Auckland, von einem der vielen ausgewanderten Samoaner. *Urban Samoans* heißen die hier mit deutlich abfälligem Beigeschmack. Einmischung in innersamoanische Probleme.

Die Kirche griff aber sogar mitten hinein in meinen Alltag, ohne mir eine Wahl zu lassen. Nicht nur in den Dörfern auf dem Lande, sondern in vielen Bereichen der Hauptstadt wurde abends eine Muschel geblasen oder eine Glocke geläutet, die zum Gebet mahnte. Und dann musste man fünfzehn Minuten lang tatsächlich innehalten, durfte nicht weitergehen, nicht reden. Und am Strand vor dem Princess Tui Inn durfte sonntags nicht gebadet werden. Hatte die benachbarte Kirchengemeinde drum gebeten.

So sehr mich der Gottesdienst drüben auf Savai'i damals fasziniert hatte, als ich mit der Ocean Blue zum ersten Mal hier war: Meine Sympathien waren doch eher bei der Frau, die im Vorbeifahren in Richtung Kirche gespuckt hatte. Und natürlich bei der Moral von Somerset Maughams Erzählung *Regen*, die gnadenlos die Bigotterie eines Geistlichen schilderte und die alles andere als zufällig auf Samoa spielte, drüben in Pago Pago, im amerikanischen Teil.

Meine eigene Erzählung hätte irgendwo diesen Absatz:

Sehr geehrter John Williams, lieber Apostel!

Ich habe nie verstanden, wie man von der Richtigkeit und Ausschließlichkeit seines eigenen Glaubens so unumstößlich überzeugt sein kann, dass man die ganze Welt auf seine Seite bringen muss.
Was Sie hier hinterlassen haben, ist die totale Entmündigung und konterkariert meines Erachtens die Ihnen heilige Idee vom Menschen als Krone der Schöpfung.

Aber die Heftigkeit, mit der ich mich gegen dieses mir widerliche Missionieren wehrte, sagte mir, dass ich da auf einen Sack schlug, in dem auch ein gutes Stück von mir selbst steckte.

»Immer, wenn Weiße bedauern, dass die Missionare hier alles so grundlegend verändert haben, dann versteckt sich hinter dem vermeintlichen schlechten Gewissen über den weißen Mann, also sich selbst, auch nichts weiter als ein Herabschauen auf die Eingeborenen. Wären sie doch nur so geblieben. So, wie wir sie heute haben wollen. Aber die Missionare waren einfach nur schneller und haben sie so gemacht, wie wir sie damals haben wollten.«

Das hatte mir Robert aus Tahiti, der Philosoph, mit auf den Weg gegeben. Auch wenn er recht hatte: Gott war mir hier ein bisschen zu groß. Und ich konnte mir sehr gut vorstellen, was es bedeuten musste, in Samoa den Herrn zu verfluchen.

Nach einer Weile kam Gretchen und fragte, ob ich denn auf der Mauer übernachten wollte. So langsam aber sicher würden die Gäste nach Hause gehen.

»Warum haut er nicht einfach ab?«, fragte ich sie.

»Er kann nicht.«

»Wie – kann nicht. Da drüben ist die Hafenmole und Flugtickets gibts bei Air New Zealand!«

Sie hockte sich für einen Moment neben mich: »Nein, er kann nicht. Ist kompliziert. Wenn Du willst, erzähl ich's Dir, wenn alle anderen gegangen sind.«

Und gab mir einen Kuss auf die Stirn.

Ich wartete geduldig, bis Gretchen alles verschlossen und abgerechnet hatte, half ihr, die Tische und Stühle auf der Veranda zu stapeln und anzuketten. Es war noch eine halbe Flasche Champagner übrig geblieben. Der Japaner hatte sie ausgegeben, aber die Tunte und seine Schwester waren frühzeitig gegangen. Und alle andern tranken nur Vailima aus der Flasche.

Gretchen schenkte uns ein: »Du bist nicht wirklich Seemann, oder?«

»Was glaubst Du?«

»Mmhh. Für n Seemann hast du nicht die richtige Statur.«

Ich habs geahnt. Unzählige Jahre Fitness-Studio für die Regentonne.

Sie trat hinter meinen Barhocker, legte beide Arme über meine Schultern und drückte mich fest an sich. Ich konnte ihre straffen Brüste, ihre Nippel sogar, zwischen meinen Schulterblättern spüren.

»Warum bleibst Du nicht hier? Heiratest eine Einheimische – – –.«

»So eine wie Dich?«

»Warum denn nicht?«

»Ach, Gretchen. Ich bin doch südlich des Äquators gar nicht alltagstauglich. Ich kann kochen, bügeln, bin ordentlich – aber das kannst Du alles viel besser. Du brauchst jemand fürs Tarofeld, für die Bananenplantage, für den Betonmischer und die Kettensäge, während Du die Kneipe wirfst. Ich wüsste ja noch nicht mal, wie man Brotfrüchte vom Baum holt. Und in der Kneipe wär ich früher oder später unser bester Kunde.

Nein – es sei denn, Du kämst mit mir nach Deutschland.

Außerdem, irgendetwas, ich weiß noch nicht, was, bereitet mir hier ein tierisches Unbehagen. Aber Du wolltest mir die Geschichte von Duncan Francis zu Ende erzählen. Womöglich hat ja mein Unbehagen mit ihm zu tun.«

Ich hatte keine Ahnung gehabt, dass sie mich so sehr mochte.

Wann immer ich an der Bar gesessen hatte, hatten wir uns nett unterhalten, hin und wieder geflirtet, aber wirklich nur ganz verhalten.

Sie war eine herbe Mischlings-Schönheit, *Afakasi*, ihre Mutter Europäerin, Vater Samoaner aus besser gestellter Familie. Von zwei verschiedenen Männern hatte sie zwei Kinder, beide Väter hatten sie nicht gut behandelt.

Die alte polynesische Geschichte: die Mädels arbeiten sich schon von Kindesbeinen an in Grund und Boden, die Jungs sind cool, trinken gern und schlagen Frau und Kinder.

»Duncan hat nicht nur den Herrn verflucht, er hat auch die ganze Gemeinde in Angst und Schrecken versetzt, denn er kam mit nem Vorschlaghammer in die Kirche und hat reichlich Schaden angerichtet. Irgendwann ist es dem Pastor gelungen, ihm das Ding aus der Hand zu nehmen. Die Geschichte hat einen ungeheuren Wirbel ausgelöst. Ich war vierzehn oder fünfzehn damals. Ganz Samoa war in heller Aufruhr, auch die amerikanischen Inseln. Wochenlang haben die Gemeinden, egal, welcher Konfession, für das Seelenheil der Familie gebetet. Ich auch.«

»Und Duncans Seelenheil?«

»Für das natürlich zu allererst. Denn der Teufel hatte ja von IHM Besitz ergriffen. Aber das mussten uns die Alten erst noch erklären. Wir wollten erst nicht für jemand beten, der so was Schlimmes getan hatte. Ich erinnere mich noch ganz genau, wie wir jüngeren das nächtelang diskutiert haben, meine Schulkameraden, meine Geschwister, meine Cousins und Cousinen.«

Sie atmete tief aus und schaute still auf ihre Hände.

Als sie mich wieder anschaute, sah ich, dass sie auf einmal ganz feuchte Augen bekommen hatte.

»Heute seh ich das ganz anders. Weißt Du – ich bete noch immer für ihn, manchmal. Aber für die Familie nicht mehr. Die ist am Ende zu weit gegangen. Man muss auch vergeben können.«

Ich hatte gut daran getan, mir all die kleinen blasphemischen Bemerkungen zu verkneifen, die mir auf der Zunge gelegen hatten. Denn jetzt nahm sie meine Hand und fragte mich, ob es jemand gäbe, für den ich hin und wieder betete.

»Ich – – – ich bete nicht, Gretchen.«

Sie verstand sofort. Sie drückte meine Hand mit aller Kraft und bekreuzigte sich.

Mein Gott! Diese Gegend scheint harte Prüfungen für mich bereit zu halten.

Diese hart gesottene Geschäftsfrau, die Matrosen zusammenscheißen konnte, dass sie in Grundstellung vor ihr standen, war lammfromm.

Gretchen – na klar.

Ich hätte viel eher drauf kommen müssen.

Ich streichelte ihre Hand, weil mir nichts Besseres einfiel, wie ich sie trotzdem von meiner Rechtschaffenheit überzeugen konnte, und fragte etwas unbeholfen: »Was hat denn die Familie gemacht?«

Sie nahm einen Schluck aus ihrem Glas und ich konnte in ihrem Gesicht lesen, wie sie damit die letzte Minute herunterspülen wollte.

»Die hat erstmal das gemacht, was jede samoanische Familie ganz selbstverständlich tun würde – die *Ifoga*-Zeremonie abgehalten. Der Schutz des Lebens.‹

Noch am selben nachmittag haben sich sämtliche Familienmitglieder, auch Duncan, die Häupter bedeckt mit ihren kostbarsten Pandanusmatten, vor der Kirche niedergelassen und schweigend um Vergebung gebeten. Und der Pastor hat sie die ganze Nacht sitzen lassen. Inzwischen hatten sich einige Hundert Leute aus allen Teilen der Insel eingefunden, um dabei zu sein. Und erst am nächsten morgen kamen der Pastor und einige andere wichtige Kirchenleute und nahmen der Familie die Matten von den Köpfen. Das war sogar im Fernsehen. Duncan wurde noch auf dem Kirchplatz verhaftet. Trotz ›Ifoga‹ hatte die Kirche natürlich Anzeige erstattet. Drei Monate hat Duncan gesessen – eine recht milde Strafe, denn er zeigte wirkliche Reue.«

»Aber spätestens danach hätte er doch abhauen können!«

»Nein. Ich sag doch, er wird nie abhauen können. Denn jetzt

kommt der alles andere als christliche Teil. Hast Du schon mal was von *Fono ma Aitu* gehört?«

Ich zuckte mit den Schultern:

»Mmhh. *Fono* sind die Zusammenkünfte aller Wichtigen einer Großfamilie oder eines Dorfs. *Aitu* sind die Geister. Ich könnte mir jetzt zusammenreimen, dass man da alle lebenden und toten Geister zusammentrommelt.«

»Das war mir klar, dass Du bei Geistern hellhörig wirst.«

»Na hör mal. Als gestandener Heide fliegt man doch geradezu auf alles, was es sonst noch gibt. Jedes Argument ist recht.«

Sie legte ihren Zeigefinger auf meine Lippen. Aber sehr liebevoll. Ich sollte lieber schweigen.

»Die Familie hat großen Rat gehalten. – Mit allen Geistern der Lebenden und zusätzlich den Geistern aller Toten, die maßgeblich sind. So ein Fono gibt es in Samoa nur alle fünfzig Jahre mal. Und die Geister der Toten waren sich einig, Duncan aus der Familie auszustoßen, aber gleichzeitig darüber zu wachen, dass er nie aus ihren Augen verschwindet. Damit er jeden Tag daran erinnert wird, was er getan hat. Und wenn das die Geister der Toten beschließen, kannst du sicher sein, dass Duncan nicht mehr raus kann, für den Rest seines Lebens nie weiter als hundert Meter vom Strand wird wegschwimmen können.«

»Und das glaubst Du – – –?«

Sie nickte.

»Ich weiß nicht, was mich so sicher macht, aber ich glaube, man kann es an seinen Augen sehen. Es sind nicht seine. Es sind die Augen von Geistern.«

Und auf einmal konnte ich sehr gut verstehen, dass Gretchen für ihn betete. Nichts anderes war meine Hochachtung, meine Ehrfurcht vor ihm.

»Wo ist er denn jetzt eigentlich noch hin? Der fängt doch nicht wirklich um zehn noch irgendwo n Job an.«

»Ab und zu macht er nachts im Ofisa Loia von Mister Wan Schreibarbeiten.«

»Der Chinese.«

»Genau. Der einzige, der Duncan noch hin und wieder beschäftigt. Und das ist ganz sicher die größte Demütigung von allen.«

Ich kam nicht drauf, was sie damit meinte und schaute sie fragend an.

»Schwarz auf weiß hat das natürlich keiner. Aber man munkelt, dass es der Chinese war, der damals das Gerücht mit den Versicherungen in die Welt gesetzt hat.«

Ich saß auf der Steintreppe vor dem Princess Tui Inn wie jeden abend, an dem ich nicht ins On the Rocks gegangen war. Die Sonne ging langsam hinter dem Haus unter und tauchte den Vorgarten mit seinen Hibiskus- und Ingwerbüschen, den grauen Vaiala Beach mit seinen schwarzen Felsbrocken, den uralten Palmen, tauchte sogar die schwarze Asphaltstraße in so kräftige Rottöne, dass man selbst als hartgesottener Postkartenmotiv-Hasser auf den Auslöser drücken musste.

Bei Sonnenuntergang und bei Vollmond ist die Südsee am schönsten. Der Sonnenuntergang holt die Farben des Korallenbaums, dessen erste Blüten anzeigen, wann die Wale kommen, holt die Farben der Lilien und der Papaya-Früchte erst richtig hervor. Tagsüber kamen sie gar nicht an gegen das gleißende Licht, die flimmernde Hitze. Erst abends, bei schräg einfallenden, immer schwächer und schwächer werdenden Sonnenstrahlen, leuchten sie, als ginge es darum, so kräftig wie möglich durch die Nacht zu kommen und den Sternen den Weg zu weisen. Und erst dann geben auch die Blüten ihren intensivsten Duft ab.

Besonders der Parfümbaum, *Moso'oi* hier auf Samoa, *Ylang Ylang* auf Tahiti, verdient sich seinen Namen erst genau in dieser letzten Stunde des Tages. Seiner stärksten und schönsten. Die Stunde, in der alles ganz allmählich umschlägt.

In der die ersten Liebespaare ihren Wagen unter den Palmen parken, die Fenster herunterkurbeln und kichernd darüber streiten, bei wievielen Kindern das gemeinsame Haus, das es noch gar nicht gibt, voll genug ist.

Die Stunde, in der die Hunde aus ihren Schattenplätzen hervorkriechen, sich ein letztesmal räkeln und strecken und sich allmählich am Straßenrand zu knurrenden Streetgangs zusammenfinden. Der Verkehr auf der Beach Road auf einmal, unbemerkt zwischen zwei Ampelphasen, die Richtung wechselt und die bunten Busse nur noch aus der Stadt herausfahren.

Ich hatte meine Koffer schon gepackt, aber mein Flieger ging erst um halb zwei. Die Ankunftszeiten von Flugzeugen auf den Südseeinseln ist noch ein weiterer, lebendiger Beweis dafür, wie unwichtig der ersten Welt diese beiden blauen Ränder hier auf der Rückseite der Erde sind. In Sydney, Auckland und Los Angeles starten sie zu angenehmen Zeiten – niemand muss Überstunden machen oder mitten in der Nacht aufstehen, um den Duty Free Laden aufzuschließen. Und kommen dann zwischen Mitternacht und vier Uhr morgens hier im Paradies an. Und wer im Paradies lebt, dem schlägt doch keine Stunde, oder? Der wird doch wohl mal fünf, sechs Stunden hinter dem Steuer seines Taxis schlafen können, um 10 Dollar zu verdienen.

Bruno und Jasmine würde ich so bald nicht wiedersehen, der Magic Circus of Samoa ließ noch immer unbestimmte Zeit auf sich warten.

Und ich war das Gefühl immer noch nicht los geworden, dass die Geschichte von Duncan Francis irgendwo irgendeinen Schlüssel enthielt, den ich gerne in Händen gehalten hätte. Um Bruno eine Freude zu machen, hatte ich ihm geschrieben, dass ich auf seinen Rat hin im On the Rocks gewesen war und Francis und seine Geschichte kennen gelernt hatte. Berlo kannte ihn persönlich.
Armes Schwein, hatte er geantwortet, *ein kleines Stückchen seiner Vergangenheit überschattet den Rest seines Lebens.*
Aber er hat auch zu klein beigegeben. Man kann genauso an der Vergangenheit arbeiten wie an Gegenwart und Zukunft.
Ich habe ihm als Tupua'i, als witch doctor, schon mehrmals meine Hilfe angeboten. Er hat das immer ziemlich entrüstet abgelehnt.

Ich nehme an, er trägt immer noch denselben Anzug?
Wusstest Du, dass alle Männer Samoas hinter seiner Frau her waren? So eine atemberaubende Schönheit hast Du bestimmt noch nicht gesehen in Deinem trostlosen Palagileben.
Wie ist es überhaupt mit Dir und den samoanischen Fräuleins? Sag mir nicht, dass Du Deine Hemden immer noch selber bügelst!

Ein letztesmal wollte ich noch kurz ins On the Rocks, mich von Gretchen verabschieden. Immerhin hatte ich von ihr den ersten Heiratsantrag meines Lebens bekommen.

Ich hatte ihr ein kleines Amulett mit einem Kreuz aus Perlmutt gekauft.

Die Wanderer von Ngaputoru

Alles ist vorbestimmt, Mann, das ganze Drama! Wort für Wort.

Herman Melville, »Moby Dick«

Ich habe lange gebraucht, bis ich Mataruas Geschichten verstanden habe.

Und ich habe am Anfang ehrlich gesagt auch nur durchgehalten, weil Matarua bildhübsch war. Bei ihr war dieses blauschwarze, dicke Haar noch viel dicker als bei all ihren Cousinen und brach das Sonnenlicht in so viele Farben, dass mir der Atem wegblieb. Wie die schönsten schwarzen Perlen aus Tongareva oder Manihiki.

Ich hatte mich schon bei unserer ersten Begegnung mehrmals dabei erwischt, zu überlegen, wie ich mich ihr nähern und unbemerkt daran riechen könnte; besonders, wenn sie mitten in einem Satz, so als könnte sie dann besser überlegen, den Knoten löste, für den sie weder Spange noch Band brauchte, und dann ihr Haar selbstvergessen schüttelte, bis es ihre Hüften umspielte. Ich habe jedes Mal richtig tief den Atem eingesogen. Deswegen hatte ich auch eine Zeitlang gedacht, ich hätte nicht richtig aufgepasst, wäre von und mit ihr davongetragen worden. Zum Takauroa- oder Taungaroro Beach, an irgendeinen dieser versteckten, menschenleeren Strände im Süden und Westen der Insel. Wo ich nicht nur an ihrem Haar riechen würde.

Ich saß im Halbschatten vor dem kleinen Gästehaus, das Andrea und Jürgen gehört, mitten in *Areora*, dem südlichsten der fünf kleinen Dörfer auf Atiu. Mit der Ocean Blue war ich schon zweimal für fünf oder sechs Stunden hier gewesen, im Frühjahr und im Herbst. Jetzt war Winter. Nur noch einige Hibiskussträucher blühten. An den völlig kahlen Frangipani, die bei Sonnenuntergang vor dem Abendhimmel aussahen wie Korallen in einer Lagune, hing noch die eine oder andere rosa Blüte, und die Tiarébüsche waren gerade noch ausreichend bestückt, um den Mädchen und Frauen sonntags den Haarschmuck für den Kirchgang zu liefern.

Ich hatte eine Handvoll Leute kennengelernt, die mich alle herzlich eingeladen hatten: Andrea und Jürgen, George, der Touristen Flora und Fauna erklärt, und Hinano, die Grundschullehrerin.

Drei Wochen wollte ich diesmal bleiben und hatte mich im *Are Manuiri* von Andrea und Jürgen eingemietet. Und da saß ich wie jeden Tag kurz vor Sonnenuntergang auf der halbrunden, mit Pandanus überdachten Veranda. Fünf oder sechs Nachbarskinder waren um mich herum versammelt, ich hatte Lollies verteilt und wir sangen immer abwechselnd Kinderlieder auf Maori und auf Deutsch. Ich hab keine Ahnung, was sie da sangen, und sie konnten umgekehrt trotz meiner Übersetzung nicht wirklich was mit einem Müller anfangen, noch dazu mit einem, der nicht wandert, und deshalb schlecht ist.

Aber rätselhaftes waren sie von mir schon gewöhnt: Am Vormittag war ich in der Schule gewesen und hatte in Hinanos Klasse ein bisschen was von Deutschland erzählt, von so merkwürdigen Dingen wie Schnee auf hohen Bergen, von Straßenbahnen und von Kirchen, die tausend Jahre alt sind. Mit großen Augen hatten sie an meinen Lippen gehangen, sich totgelacht, als ich ihnen Ä, Ü und Ö vormachte.

Und jetzt waren alle neugierig, was man diesem Touristen, der länger bleiben wollte als die meisten, die den Weg nach Atiu gefunden haben, noch so alles entlocken konnte. Hatte ja auch mit Lollies gut angefangen, und jetzt kramte ich tief in meiner Erinnerungskiste: *Hänschen Klein*, *Alle meine Entchen* und eben *Das Wandern ist des Müllers Lust*. Beatles, Phil Collins und Oasis kann ich besser.

Und auf einmal stand Matarua hinter mir, war ganz leise durch eine Lücke in der Hecke vom Nachbargrundstück dazu gekommen und stützte sich mit ihren Armen auf meiner Stuhllehne ab. Als wäre ich ihr längst vertraut. Oder zumindest wollte sie zeigen, dass sie etwas Besonderes war. Schließlich war sie schon siebzehn.

Wie sehr sie etwas Besonderes war, hätte ich beinahe nie erfahren.

Jürgen und Andrea sind vor zwanzig Jahren aus Deutschland nach Atiu ausgewandert. Eigentlich wollten sie nur Urlaub machen auf Tahiti und Rarotonga. Aber der kleine Abstecher nach Atiu, vierzig Flugminuten nordöstlich von Raro, brachte ihre Lebensplanung drei Jahre nach der Hochzeit völlig durcheinander. Es war einer dieser Momente, auf die man insgeheim immer hofft, und wenn sie dann da sind, kriegt man doch furchtbares Herzklopfen. Oder womöglich gerade deswegen.

Ob sie nicht Lust hätten, die Kaffeeplantage zu übernehmen, die in den Sechzigerjahren immer mehr heruntergekommen war und jetzt brach lag.

Hatten sie.

Erstens hatte da der Parlamentsabgeordnete aus Atiu, seinerzeit Landwirtschaftsminister der Cook-Inseln, höchstpersönlich das Angebot gemacht, und zweitens hatten sie bei ihrer Ankunft auf der Schotterpiste den kleinen Viersitzer mit den beiden Propellern vorne und hinten kaum verlassen, als ihnen schon klar war, dass sie hier mehr erledigen würden als Postkarten vom Ende der Welt zu schreiben.

Jürgen brachte die Plantage auf Vordermann und verkauft seither den vollständig ökologischen Arabica, der im Halbschatten von riesigen, uralten Albisien heranreift. Sechs Tonnen im Jahr. Eine von Kaffeekennern hoch geschätzte Delikatesse nicht nur in den Cooks, sondern auch in Amerika und Europa. Zusätzlich kurbelt Jürgen unermüdlich den Tourismus auf den Cook Inseln an. Man kann ihn jedes Jahr auf der ITB in Berlin treffen.

Andrea hat eine alte polynesische Tradition sozusagen ein zweites Mal auf westliche Beine gestellt. Die alten Frauen von Atiu stellen seit der Missionierung *Tivaevaes* her, Schmuck-, Gebrauchs- und Prunktücher. Eine Kunst, die heute außer auf den Cooks nur noch in Tahiti und Hawaii praktiziert wird. Ursprünglich waren die Stoffe in Polynesien aus reich verzierter, geklopfter Baumrinde, *Tapa*, in die man sich bei feierlichen Anlässen hüllte. Die Toten wurden vor der Bestattung darin eingewickelt und auch heilige Gegenstände, solange man sie nicht für Riten brauchte. Die Missionare in ihrer unendlichen

Güte untersagten das Tapa, das den europäischen Spinnereien natürlich ein Dorn im Auge war. Also werden Tivaevaes auf Atiu seit gut hundertachtzig Jahren nur noch aus Baumwolle, Leinen oder Seide hergestellt und nur noch als Wandbehang, Bettüberwurf oder Kissenbezug. Dafür allerdings in einer ungleich komplizierteren und arbeitsaufwendigen Patchwork-Technik. Andrea ging nach ihrer Ausbildung in einer deutschen Paramentenwerkstatt bei einer über neunzigjährigen Maorifrau auf Atiu in die Lehre und gründete eine Werkstatt. Die von ihr entworfenen und von Einheimischen gefertigten Stücke hängen inzwischen in der halben Welt. Sogar in der australischen Nationalgalerie.

Und weil der Tag lang ist auf einer Insel mit genau einem Mittelwellensender, dem nächsten Kino auf der Nachbarinsel Rarotonga, dem nächsten Theater auf Tahiti und keinen eigenen Kindern, Onkeln, Tanten, Nichten, Neffen, Cousins und Cousinen wie bei allen anderen Bewohnern von Atiu, betreiben Andrea und Jürgen noch besagte kleine Pension in ihrem früheren Wohnhaus und managen einen kooperativen Lebensmittelladen in Areora.

»Hallo, my name is Matarua. Ich bin heute erst aus Mauke angekommen.«

Sie hatte den letzten Vers des Maori-Lieds mitgesungen und während des juchzenden Beifalls aller, der jede unserer kleinen Darbietungen beendete, einfach zwei der Kinder beiseitegeschoben, reichte mir die Hand und lehnte sich dann an einen der Verandapfosten. Nein – sie räkelte sich, schmiegte sich an ihn. Die eben noch so laute, ausgelassene Runde verstummte von einer Sekunde zur anderen. Es war offensichtlich, dass die Kinder Respekt vor ihr hatten. Vielleicht sogar ein bisschen Angst.

»Nice to meet you.«

Es war nicht nur ihre Schönheit, die mich verwirrte und einen ganz merkwürdigen falschen Unterton in meine Begrüßung brachte – so als hätte ich ganz kurz und wenig überzeugend jemand anders gespielt. Ich hatte mich im Sitzen verbeugen wollen, und das war mir ziemlich daneben geraten. Der Respekt, den ihr die Kinder zeigten, hatte mich verunsichert. Eben noch war alles so fröhlich und unbeschwert gewesen, so wie ich auch mit Kindern in Deutschland singen würde. Und auf einmal wurde ich richtig mit Herzklopfen daran erinnert, dass man in der Südsee nie weiß, wer da in dreckigem T-Shirt und ausgetretenen Flipflops vor einem steht. Womöglich die Schwester oder Tochter eines der Häuptlinge von Mauke.

Und Peter Wotekwo tauchte wieder vor mir auf, der tief verehrte Kastom Chief von Loh in Vanuatu, den ich ohne fremde Hilfe bestenfalls für einen ausgesprochen ungepflegten Dementen gehalten hätte.

Und Hinanos Mann, hier auf Atiu, dem ich am Tag meiner Ankunft nur lässig von weitem zugewunken hatte, nachdem mich Hinano lang und herzlich umarmt hatte.

Ein ganz blöder Amateurfehler.

Ich hätte auf ihn zugehen und mich vor ihm verbeugen sollen. Er ist der älteste Sohn des mächtigsten Unterhäuptlings der Insel. Was ich nicht wusste. Aber genau deswegen hat mich Hinano am Ende nie zu sich nach Hause eingeladen, wie sie es bei meinem letzten Besuch versprochen hatte.

»Nice to meet you, Matarua. Also bist Du nicht von hier?« – Ich versuchte, mich so schnell wie möglich von meiner Kopflastigkeit zu verabschieden und die misslungene Gestik wieder gut zu machen.

»Nein, aber das Haus hier neben gehört meinem Onkel, und da wohn ich jetzt. Das hier sind alles meine Cousinen.«

»Ah, George ist dein Onkel. Und warum bist Du zu ihm nach Atiu gekommen? Schulferien sind doch erst ab nächsten Montag.«

»Ich geh nicht mehr zur Schule. Morgen ist hier große Hochzeit, und da bin ich eingeladen.«

»Oh – wer heiratet denn?«

»Eine alte Frau und ein Hundertfüßer.«

»Ach so! Na, das is ja cool. Ähmm – erzähl mir von Mauke. Wie viele Menschen leben denn auf deiner Insel?«

»Vorgestern sind bei uns zehn Leute beim Fischen ertrunken.«

»Mmmhh. Gleich so viele?«

War das jetzt ne Prüfung, die ich bestehen sollte? Mal ganz abgesehen davon, dass das eine sehr interessante und originelle Variante zur Angabe der Einwohnerzahl war, war es ausgesprochen unwahrscheinlich, dass zehn Fischer auf einen Schlag ertrinken. Mauke ist eine winzige Insel von vielleicht 400 Einwohnern. Da gibt es mit Sicherheit keinen Fischkutter, sondern, wie hier auch, entweder Auslegerkanus für zwei oder Aluminiumboote mit Außenbordmotor für vier Leute. Also müssten sie drei oder gar fünf Boote hinter die Brandung geschickt haben, obwohl die See seit Wochen rau ist? Nein.

»Und gestern Abend ist noch zu allem Unglück jemand erstochen worden. Schwarze Wolken über Mauke. Die Würmer von Akatokamanava sind uneins. Erstochen von seinem eigenen Sohn.«

»Aha! Wie denn das?«

»Hatten – hatten Streit. Schon seit Jahren.«

Sie öffnete ihren Haarknoten, legte den Kopf in den Nacken und schüttelte ihn völlig gedankenverloren. Wie in Zeitlupe. Ich füllte meine Lungen so leise wie möglich, bis es weh tat.

»Da vorne kommt er angefahren.«

Ein vielleicht dreißig Jahre alter Mann in Shorts und Windjacke, den ich tatsächlich noch nie gesehen hatte, fuhr, wie die meisten hier, auf einer klapprigen Honda vorbei, nickte kurz in unsere Richtung und war im nächsten Augenblick hinter der Hibiskushecke verschwunden.

»Müsste der nicht längst im Gefängnis sitzen, Matarua?«

»Kommt morgen – nee, kommt erst übermorgen rein. Ganz früh.«

Die Nachbarskinder hatten sich während unseres Gesprächs nach und nach verabschiedet.

Wir waren allein.

Und ich war unsicherer als je zuvor, wer da wirklich vor mir stand. Peter Wotekwo hin, Hinanos Mann her: Ich war eher geneigt, meiner europäischen Wahrnehmung zu folgen. Und ich denke, jeder *Papa'a*, jeder Weiße, hätte mit mir übereingestimmt, dass Matarua nicht ganz richtig im Kopf war. Zumal weit und breit niemand etwas von einer Hochzeit wusste.

Nach einem Hundertfüßer hatte ich lieber gar nicht erst gefragt.

Papa Paiere Mokoroa führt mich über die Insel. Ich musste ihn länger dazu überreden, obwohl er ganz offiziell für 25 Dollar einen historischen Rundgang anbietet, den man telefonisch buchen kann. Es war eine von diesen typischen polynesischen Verabredungen gewesen, die jeden Europäer zum Wahnsinn treiben kann.

»Ich würde gern mit Papa Mokoroa sprechen.«

Seine Frau war am Telefon, »der ist nicht da.«

Schweigen.

»Ich würde nämlich gern seine Tour mitmachen.«

»Das geht nicht.«

»Mmhh. Aber man hat mir gesagt, dass ich nur zwischen drei und halb fünf anrufen kann, um mich anzumelden.«

»Well, sorry«, und legte auf.

Am nächsten Tag fuhr ich persönlich hin, Papa Paiere kam nach einigem Rufen heraus. Im Feinripp-Unterhemd und abgewetzten Boxershorts, seine vollen, weißen Haare noch wirr und ungekämmt. Ich wusste, dass er mit allen drei Häuptlingen der Insel, den *Ariki*, verwandt ist und gab mir Mühe, die Regeln zu befolgen: Ich betrat sein Grundstück erst, als er mich dazu einlud, hatte ihn mit Verbeugung und vollem Namen begrüßt und tat einiges für sein Ego, ohne zu dick aufzutragen und ihn misstrauisch zu machen.

»Es wäre für mich eine große Ehre, Papa Paiere Mokoroa, wenn ich Sie auf einem Rundgang über die Insel begleiten dürfte. Ich habe schon viel über Sie gehört – niemand kennt sich in den alten Traditionen besser aus als Sie – – –.«

»Das geht nicht.«

»Mmmhh?«

»Ich arbeite gerade an einem neuen Buch und das nimmt viel Zeit in Anspruch.«

»Ich weiß, dass es 25 Dollar kostet, an Ihrem Wissen teilhaben zu dürfen.«

»Ich führe nur Leute, die ein besonderes Interesse an Atiu haben, einen Bezug zu dem, was ich erzähle. Ich habe keine Lust mehr, immer nur irgendwelche Touristen neben irgendwelchen Sehenswürdigkeiten zu fotografieren. Und vor allem bin ich es müde, jeden noch so kleinen Brocken Maori ins Englische zu übersetzen. Das geht nämlich nicht so einfach.«

»Ich hätte glaube ich schon ein paar ganz konkrete Fragen, die mir bisher niemand beantworten konnte oder wollte.«

»Die meisten Fragen beantwortet doch das Buch, das wir hier vor einigen Jahren herausgebracht haben. Haben Sie das vielleicht noch nicht gelesen?«

»Nein. Ich habe es nirgendwo mehr bekommen.«

»Dann lesen Sie das erst mal. Und wenn dann noch Fragen sind, können Sie ja nochmal wieder kommen.«

Der Mann war mir durchaus als eigenwillig und wenig umgänglich beschrieben worden. Er hatte sich mit allen Clans der Insel angelegt, vor allem mit seinem eigenen. Und hatte sich den Zorn der Kirche zugezogen, als er vor Jahren seinen Posten als Diakon in der *Cook Islands Christian Church* zurückgab. Die Unkenntnis der Pastoren und anderen Diakone über das, was in der Bibel stand, hatte seine Geduld überstiegen. Sie sollten erst mal richtig die Bibel lesen. Und wenn sie soweit wären, käme er auch wieder in die Kirche.

Er soll bis heute nicht wieder gegangen sein.

Es war vermessen von mir, aber ich hatte nur noch eine einzige Chance, diese verfahrene Situation in meinem Interesse zu beenden. Wenn er wirklich auf das Prinzip: Viel Feind, viel Ehr ansprach, dann konnte ich ihn nur noch provozieren, um seine Neugier zu wecken. Und ihm damit gleichzeitig, und das war das Vermessene, ganz polynesisch die letzte Chance geben, dass ich mein Gesicht wahrte und nicht beleidigt wurde. Er hatte mir diese Chance zwar schon durch sein Angebot gegeben, wieder zu kommen, aber ich wollte ihm deutlich zeigen, dass mir das nicht reichte.

»Was ist in dem alten Grab auf dem Grundstück von Andrea und Jürgen, das ihren Gästen Albträume bereitete? Und wohin wandern die Geister, wenn wir schlafen?«

»Also gut. 25 Dollar. Morgen früh um acht fahren wir los.«

Aber einen völlig unerwarteten Stolperstein hatte er doch noch für mich.

Als ich am nächsten Morgen um zwei Minuten nach acht in die Straße einbog, an deren Ende sein Grundstück lag, kam er mir mit seinem halb durchgerosteten Pickup schon entgegen.

»Ich wollte Sie gerade abholen – hatten wir nicht acht Uhr gesagt? Ich dachte, Papa'as sind Pünktlichkeit gewöhnt.«

»Ja, schon. Entschuldigung. Aber in fünf Monaten in der Südsee habe ich es noch nie erlebt, dass irgend jemand irgendwann mal eine Verabredung genauer als zwanzig Minuten eingehalten hat.«

»Ich war mein Leben lang Lehrer. Acht ist acht und halb neun ist halb neun.«

Ich legte mein Rad auf seine Ladefläche und stieg auf den Beifahrersitz – mit dem freundlichsten Lächeln, das ich um drei Minuten nach acht 20.000 Kilometer von zu Hause für Leute, die partout nicht liebenswert sind, auf Lager hatte. Und aus den geplanten zwei Stunden wurden dann am Ende doch noch dreieinhalb. Plus Einladung zum Mittagessen bei ihm zu Hause. Dafür erzählt er einfach viel zu gern.

Ina-I-Te-Roe muss eine der glücklichsten und stolzesten Frauen auf Atiu gewesen sein.

Fünfzehn Kinder hat sie zur Welt gebracht, konnte sich über dreißig Ur-Ur-Großkinder freuen, siebzig Urenkel und ebenso viele Enkel. Und weil es der Herr offenbar gut mit ihr meinte, hat er ihr 107 Lebensjahre gegönnt. Als sie 1985 zu Grabe getragen wurde, reichte der Platz in der größten Kirche auf Atiu, die die größte Kirche der Cook Inseln überhaupt ist, nur für die engste Verwandtschaft.

Ina-I-Te-Roe war bestimmt auch stolz auf ihren Namen. Er heißt »Ina und der Aal«, und das ist eine der berühmtesten Legenden Polynesiens, die noch heute jedes Kind zwischen Hawaii und Neuseeland kennt. Jede Insel hat ihre eigene Version. In Tahiti ist es Prinzessin Hina, in Samoa Prinzessin Sina. Auf Atiu gab es nie Prinzessinnen. Hier geht die wunderschöne Tochter eines stolzen Kriegers jeden Tag zum Tangiriri-Bach unten im Tal, um in seinem kalten, frischen Quellwasser zu baden. Und jeden Tag kommt ein großer und besonders dicker Aal an die Oberfläche, um die schöne Ina zu betrachten. Aber eines Tages ist kein Aal mehr da. Nicht, dass Ina ihn besonders gemocht hatte, aber sie hatte sich an seine Gesellschaft gewöhnt und sich insgeheim gefreut, dass er sie so schön fand.

Und plötzlich wird sie sehr krank.

Inas Vater, der stolze, unerschrockene Krieger, weiß sofort, was zu tun ist.

Er schickt Ina zum Kräuter- und Heilkundigen, und der stellt fest: in Ina ist ein Aal. Sie solle drei Tage nichts essen, und dann sollen ihre sieben Brüder den *umu*, den Erdofen, mit den größten Köstlichkeiten füllen, wie zu einem großen Festmahl. Und Ina solle sich breitbeinig vor den umu stellen, wenn die ganzen wunderbaren Düfte nach Schwein, Hühnchen, Krabben und Taro beim Öffnen langsam entweichen. Vor Hunger würde der Aal sicher wieder ans Tageslicht wollen.

Gesagt, getan. Völlig erschöpft und voller Schmerzen entblößt sie sich nach drei Tagen, und tatsächlich kommt der Aal aus ihr heraus, als würde sie ihn gebären. Inas Vater und ihre sieben Brüder stürzen sich auf ihn, aber erst dem jüngsten Bruder gelingt es, ihm den Kopf abzuschlagen. Aber auf Inas Drängen lässt sich die Familie dazu erweichen, den Kopf des Aals wenigstens zu bestatten. Denn sie erkannte den Aal, der ihr im Wasser immer so schöne Komplimente gemacht hatte. Und siehe da: aus dem Grab wächst nach kurzer Zeit eine Kokospalme. Und genauso und nicht anders kam dieser Baum, der Baum des Lebens, dem für Ernährung, Kleidung und Hausbau im Pazifik unbestritten die absolut zentrale Bedeutung zukommt, nach Polynesien.

Wers nicht glaubt, schaue sich mal ganz genau eine Kokosnuss an. Sie hat dort, wo man sie aufschlägt, um das Wasser zu trinken, drei dunkle Punkte: Die Augen und den Mund des Aals.

Die Familie auf Atiu, auf deren Boden sich die Quelle des Tangiriri befindet, isst übrigens seit Menschengedenken keinen Aal. Papa Moe, der Chef der Familie, weiß ganz sicher, dass dieser von allen anderen geschätzte Leckerbissen seiner Familie Krankheit bringt. Wenn er welchen fängt, verkauft er ihn.

Ina-I-Te-Roi: Wer hätte nicht gern einen Namen, der so viel erzählt.

Mama Ina war ganz bestimmt eine der glücklichsten und stolzesten Frauen auf Atiu.

Und ihre Geschichte lag für mich einfach so am Wegesrand.

Man muss nur mal kurz anhalten.

Kaum eine Straße in Polynesien, in der man nicht solche Geschichten lesen kann.

Denn überall gibt es Gräber. Die Vorfahren liegen nicht eng an eng auf Friedhöfen wie bei uns, sondern auf den Grundstücken, die seit Jahrhunderten ihren Familien gehören.

Mama Ina, stell ich mir vor, hat so lange gelebt, dass keins ihrer Kinder ihr direkt neben deren Wohnhaus als Grabstätte ein eigenes kleines Häuschen mehr bauen konnte. So richtig mit Wellblechdach auf Holzpfosten, um den Regen abzuhalten, mit winzigem Zaun drum herum, damit Hunde oder Hühner das makellose Weiß der Grabplatte nicht beflecken und die frischen Blumen in der Vase umkippen oder gar fressen können.

Ein Anblick, der Touristen immer wieder anrührt: Das große Wohnhaus für die Lebenden in der Mitte, die kleinen Wohnhäuser für die Toten rechts und links davon oder auch davor – niemals hinter dem Haus, wo die Essensreste für die Hühner hin gekippt werden. Sie sind nicht immer mit Zaun und Dach, aber immer strahlend weiß und deswegen oft viel freundlicher als das Haupthaus mit seinen verschossenen oder abblätternden oder gar nicht erst auf den bloßen Zement aufgetragenen Farben.

Mama Ina liegt am Waldrand.

Vielleicht ist sie dort aufgewachsen, vielleicht hat sie dort ihre fünfzehn Kinder bekommen. Vielleicht ist das Stückchen Land aber auch nie bewohnt gewesen. Dann hat Ina-I-Te-Roe eben am Tag ihres Todes den Anfang gemacht mit der Besiedlung.

Und kurz danach bekam sie auch schon einen Nachbarn, damit sie fortan den Weg ins Dorf nicht allein machen muss: Iobu Ngavavia Paerau ist neben ihr eingezogen. *Paerau* heißt »zwei Beine«. So jemand hat ein Geist in ihrem hohen Alter bestimmt gern an seiner Seite.

Und dann zeigt Mama Ina ihm ihre Ur-Ur-Enkel und tanzt mit ihm unbemerkt auf deren Hochzeiten. Immer drei Tage nach Vollmond. Dann lässt es sich besonders leicht entwischen, weil mehr Platz zwischen den Dingen ist, und alle anderen Geister auch unterwegs sind.

Als Andrea und Jürgen auf der Insel ein neues Haus beziehen wollten, fanden sie auf dem Grundstück, das sie gepachtet hatten, ein altes, schon völlig eingestürztes Doppelgrab vor. Eingefasst von abgehauenen Stalagmiten aus einer der Höhlen in der *Makatea*, dem ehemaligen Riff, das lange vor der Ankunft des ersten Kanus in die Höhe gehoben und versteinert wurde. Und diese Einfassung ist das einzige, was man sehen kann – kein Grabstein, keine Platte. In die Stalagmiten – schwere Brocken, die kilometerweit transportiert worden waren – war auch nichts eingeritzt.

Niemand wusste mehr genau, wer dort lag. Es konnte aber nur ein Vorfahr der Familie sein, der bis heute das Land gehört. Niemand anders hätte das Recht, dort seine Ahnen zu begraben. Und es musste nach 1823 errichtet worden sein, dem Jahr, in dem John Williams die Frohe Botschaft des Christentums nach Atiu brachte. Die vormissionarische Zeit, sagt Papa Paiere Mokoroa nicht ohne verächtlichen Unterton, kannte keine Bestattungen, bei denen die Körper der Verstorbenen vergraben und von der sichtbaren Welt ausgeschlossen wurden. Man ließ sie so lange an bestimmten Orten unter freiem Himmel liegen, bis nur noch Knochen und Schädel übrig waren, von der Sonne gebleicht. Dann brachte man die Gebeine in eine der Höhlen in der Makatea.

Einebnen oder bebauen durften Andrea und Jürgen das Grab nicht.

Das Land auf den Cook Inseln gehört seit Menschengedenken den jeweiligen Familien und ist, mit wenigen Ausnahmen, bis heute unveräußerlich. Auf Atiu sind sogar die Höhlen in der Makatea in Privatbesitz. Rein theoretisch dürften die Familienangehörigen auch darin wohnen. Und hätten das Recht, den Mitgliedern anderer Familien den Unterschlupf bei lebensbedrohenden Hurricanes zu verweigern.

Auf Palmerston sind sogar noch die winzigsten Sandbänke aufgeteilt. Und wehe, einer fischt vom falschen Ende, ohne vorher gefragt zu haben. Jede Banane, die man pflückt, jede Mango, jede Kokosnuss, die man vom Boden aufhebt, nimmt man jemandem weg. Aber man kann Land pachten, und das ist auch gar nicht so selten. Üblich sind sechzig Jahre, danach fällt es an den Pachtgeber zurück, mitsamt allem, was darauf in der Zwischenzeit gebaut oder gepflanzt wurde. Und natürlich muss ein Grab, das schon immer dort war, nach wie vor dort sein. Auch wenn niemand mehr weiß, wer drin liegt.

Papa Paiere Mokoroa weiß es auch nicht, obwohl das Haus von Andrea und Jürgen auf dem Land seines Clans steht und er als das kollektive Gedächtnis der Einwohner Atius gilt.

Nein, ich präzisiere: Der *Toke-enua no Enuamanu*.

Papa Paiere hat – einmal Lehrer, immer Lehrer – eine kindliche Freude daran, mir Maori-Brocken hinzuwerfen und sie erst zu übersetzen, wenn sich auf meiner Stirn Falten zeigen.

»So haben wir uns ursprünglich genannt: Würmer (*Toke*) des Lands (*Enua*), das *Enuamanu* heißt. Und jetzt möchten Sie sicher wissen, was ›Enuamanu‹ bedeutet. Ich sag doch, es ist wirklich lästig, wenn ich jeden Fliegendreck lang und breit … .«

»Nein, das krieg ich glaub ich selber zusammen. Der höchste Berg von Bora Bora heißt *Otemanu*, Ort der Vögel. Und Enua heißt Land, also kann das doch nur … .«

Ich komme mir vor wie der Oberstreber damals im Lateinunterricht. Aber ich muss Eindruck schinden, um ihn bei Laune zu halten.

Seit ich Matarua kenne und im Flieger hierher einen Zustand durchgemacht habe, den ich nie und nie wieder erleben will, brennen mir Fragen auf den Nägeln, die nur Papa Paiere beantworten kann.

Und ich will ums Verrecken nicht diese polynesischen Ausflüchte hören. »Vielleicht.« »Ich kann mich nicht mehr erinnern.«

Der erste Gast, der im neuen Haus von Andrea und Jürgen zu Besuch war, kam aus Honolulu. Ein gemeinsamer Freund der beiden, der auf Atiu alte Handwerkstechniken studieren wollte. Sein Flug von Rarotonga nach Atiu hatte sich um ein paar Tage verzögert, weil sich gerade ein Hurricane aufbaute und jeglicher Schiffs- und Flugverkehr vorsichtshalber ruhte. Für ihn Tage und Nächte voller Angst, obwohl das Unwetter, das sich dann entlud, von Einheimischen als für die Jahreszeit normal bezeichnet wurde.

Auf Atiu dann war es ruhig und auch nicht so heiß wie auf Rarotonga, er freute sich darauf, das Gästezimmer in dem frisch bezogenen, hellen und großzügigen Neubau einweihen zu können.

Aber gleich in der ersten Nacht hatte er einen schrecklichen Albtraum: Jemand saß auf seiner Brust, schnürte ihm den Atem ab redete in unverständlichem Maori immer lauter und lauter auf ihn ein und zeigte mit ausgestrecktem Arm auf irgendeinen imaginären Ort dort draußen. Als wollte er sagen: »Los, Du kommst jetzt mit, ich muss Dir was zeigen!«.

Zitternd und schweißgebadet wachte der Besuch auf und versuchte, sich zu orientieren. Eine einleuchtende Erklärung war schnell gefunden: Nach all dem Stress auf Rarotonga und der himmlischen Ruhe auf Atiu war das womöglich die letzte unterbewusste Verarbeitung der Angst vor dem Hurricane.

In den übrigen Nächten schlief er dann auch tief, fest und traumlos.

Als nächstes kamen ganz alte Bekannte aus Deutschland zu Besuch. Nach der endlosen Anreise waren beide am ersten Abend früh zu Bett gegangen und wollten dem Jetlag dadurch entgegen wirken, dass sie nach nur vier Stunden Schlaf beim ersten Sonnenlicht aufstehen und dem neuen, völlig verschobenen Tag folgen wollten. Kaum waren sie eingeschlafen, als die Frau von wildem Schreien ihres Mannes aufgeschreckt wurde. Er schlug um sich, strampelte, war klatschnass im Gesicht und versuchte krampfhaft, seine Lider zu öffnen, um dem ihn quälenden Albtraum zu entkommen. Und schrie, stöhnte dann, hauchte schließlich: »nein, ich geh nicht«, als seine Frau ihn endlich hatte wecken können.

Am Frühstückstisch erzählten die beiden noch ziemlich mitgenommen, was sie in der Nacht erlebt hatten.

In all ihren Ehejahren hatte keiner jemals einen so heftigen Albtraum gehabt. Aber die bedrückte Stimmung verflog im Lauf des Tages. Schließlich hatten sie Urlaub, Atiu im Frühjahr entsprach ihren Vorstellungen vom Paradies in der Südsee, und es war schön, bei alten Freunden herzlich aufgenommen zu werden. Nach einigen Gläsern Rotwein scherzten alle am Abend darüber, dass da einfach nur wieder mal der Geist aus dem alten Grab gestiegen sei, der sich immer meldet, wenn Leute mit viel Gepäck ankommen. Hat wohl beim Zoll gearbeitet. Und es blieb auch bei dieser einen schrecklichen, dieser ersten Nacht.

Von ihrem Bekannten aus Honolulu, der schon zur Einweihung des Gästezimmers so heftig geträumt hatte, redeten Andrea und Jürgen lieber nicht.

Dem dritten Besucher gelang es, etwas Licht in diese merkwürdigen Vorkommnisse zu bringen.

Auch er wachte in der ersten Nacht irgendwann kurz nach Mitternacht schweißüberströmt auf. Und war sich ziemlich sicher, dass er gerade einen kleinen, offenbar nicht weiter bedrohlichen Herzinfarkt gehabt hatte. Er kannte sich mit den Symptomen aus, weil er etwa ein halbes Jahr zuvor bereits einen Infarkt gehabt und sich seither intensiv mit dem Thema befasst hatte.

Aber nichts von dem, was ihm sein Arzt als typische Alarm-Anzeigen erläutert hatte, traf in dieser Nacht zu: Er konnte klar sehen, sein Gleichgewichtssinn stimmte, er zitterte nicht und war auch nicht blass.

Glück gehabt.

Nur sein Gaumen und seine Lippen waren taub. Und er war mit beiden Händen fest um seinen linken Brustkorb verkrampft aufgewacht und hatte vorher im Traum lauter entsetzlich gleißende Lichtquellen vor den Augen gehabt. Und er konnte sich noch erinnern, dass ihn jemand in diesem Traum zu sich holen wollte.

Als er beim Frühstück davon erzählte und Andrea ihm vorschlug, lieber im Hospital vorbeizuschauen, winkte er ab. Er hatte in letzter Zeit seine Tabletten nicht mehr wirklich regelmäßig genommen und wollte sich jetzt einfach nur wieder disziplinieren.

Er wollte auf Atiu lange Spaziergänge machen und schwimmen gehen.

Aber dann erzählte ihm Andrea von den Albträumen der anderen Besucher, und dass sie und Jürgen schon ernsthaft vermutet hatten, dass das alles mit dem alten Grab zu tun haben könnte.

»Kann ich das Grab mal sehen?«, fragte er.

Er war merkwürdig entspannt und fragte so, wie ein Arzt nach einem Laborergebnis fragt oder ein Untersuchungsrichter nach einer Tatwaffe. Der Mann hatte sich gerade zum Osteopathen ausbilden lassen und ganz offenbar keine Angst vor Wahrnehmungen, deren Beschreibung die physikalischen Grenzen überschreitet.

»Wenn Sie aus dem Fenster Ihrer Dusche schauen, haben Sie es direkt in Augenhöhe. Keine zehn Meter vom Haus entfernt.«

»Wenn Sie mir das gleich gesagt hätten, gestern Abend noch, hätte ich mich ohne Probleme auf einen nächtlichen Besuch vorbereiten können. Aber ich versteh schon, dass Sie Ihre Gäste nicht erschrecken wollen. Wenn Sie erlauben, und wenn die Angehörigen dieser Toten nichts dagegen haben, werd ich das mal in Ruhe untersuchen. Ich möchte dabei nur bitte nicht gestört werden.«

»Kein Problem.«

Andrea war das nur recht. Schließlich weiß jeder gern, wer in seinem Gästezimmer noch so alles ein und aus geht.

Der Mann, ein Brite aus Guernsey, der sich aus irgendwelchen Gründen näher für die Kaffeeplantage interessiert hatte und nur deshalb nach Atiu gekommen war, entbreitete am Abend ganz sachlich und wie selbstverständlich seine Untersuchungsergebnisse.

Als hätte er routinemäßig für Andrea und Jürgen ein Grundwassergutachten erarbeitet.

Und natürlich für Papa Paiere Mokoroa, den die beiden dazu geholt hatten, weil es ja schließlich um sein Land und seine Vorfahren ging.

»Also, in dem Grab liegen zwei: Mann und Frau. Das hätte jeder andere auch feststellen können, denn es ist in zwei Stufen unterschiedlich tief eingefallen, also müssen dort zwei liegen, die in deutlichem zeitlichen Abstand bestattet wurden. Und Mann und Frau sind es, weil sich Verwandte, also Geschwister vielleicht, ein Grab nur teilen, wenn sie gleichzeitig und unverheiratet gestorben sind. Aber das wesentliche ist, und das konnte ich deutlich und ohne jeden Zweifel spüren, dass der Mann zu früh gestorben ist. Zu früh natürlich nur aus seiner Sicht. Er wollte, oder vielmehr musste noch etwas erledigen, wozu er nicht mehr gekommen ist.

Und da trübt sich dann leider das Bild. Nach allem, was ich wahrnehmen konnte, hatte es heftigen Streit in der engsten Familie gegeben, den nur er hätte schlichten können.

Und ich kann nur vermuten, dass er von seinem eigenen Sohn getötet wurde. Wenn Sie selber nicht mehr wissen, können wir das getrost als gegeben hinnehmen – verstehen Sie mich bitte nicht falsch, aber ich habe einige Erfahrung im Einschätzen solcher Vermutungen. Als seine Frau viele Jahre nach ihm starb und neben ihn gelegt wurde, war die Tat offenbar gesühnt und der Streit beigelegt.

Was unseren Toten aber nicht beruhigt.

Seine Frau hat ihren Frieden gefunden. Ist zwar auch aktiver als gewöhnlich, aber nur bezogen auf ihn. Sie möchte ihn beruhigen. Aber er wird wohl bis ans Ende der Zeit Hilfe suchen. Es sei denn, es findet sich jemand unter den Lebenden, der ihn und seinen Sohn zusammenbringen kann. Aber dazu müsste man wissen, wo der begraben liegt. Auf Atiu jedenfalls nicht, auf irgendeiner anderen Cook Insel sehr wahrscheinlich auch nicht.

Womöglich in Australien oder Neuseeland.«

Andrea und Jürgen konnten nur mit den Achseln zucken. Papa Paiere war tief in Gedanken und versuchte, sich zu erinnern. Er wusste von einem Familienstreit aus den Erzählungen seines Großvaters. Aber auch der hatte schon die Einzelheiten oder Namen oder gar Gründe nicht mehr gekannt. Oder verschwiegen, aber das kam heute auf dasselbe hinaus. Und er wusste, dass ein Strang des Clans noch heute mit einem anderen etwas distanzierter umging. Aber keiner konnte sich mehr an den Grund erinnern. Und schon gar nicht, wann und bei wem diese nicht weiter tragische Animosität angefangen hatte. Das gab es schließlich überall auf den Cooks. Am Ende also auch bei Papa Paiere nur Achselzucken.

»Verzeihen Sie mir, wenn ich rein anthropologisch eine ganz unsentimentale, in diesem Zusammenhang vielleicht pietätlos erscheinende Erkenntnis daraus ziehe: der Mann tut mir unendlich leid, denn es gibt nichts furchtbareres, als in der Ewigkeit nicht ruhen zu können. Ich werde für ihn beten. Und vielleicht sollten Sie das auch hin und wieder tun. Aber schauen Sie sich seine Frau an. Sie hat nicht nur zu früh ihren Mann verloren, noch dazu durch die Hand ihres eigenen Sohns, sondern dann offensichtlich durch Sühne dieses Verbrechens auch ihren Sohn noch. Und sie hat die Kraft gefunden, ihren Frieden damit zu machen. Ihr Mann wehrt sich bis heute gegen etwas, das bei aller Ungerechtigkeit, bei allem Aufschrei für das eigene Leben einfach nur nicht zu ändern war.«

Er sprach gegen ein staunendes Schweigen an und hatte, ähnlich wie in der Nacht zuvor, Schweißperlen auf der Stirn und ein taubes Gefühl im Mund. Aber er hatte seine Stimme noch immer nicht gesenkt. Er schaute erst Jürgen, dann Papa Paiere tief in die Augen und sagte dann: »Wie viel stärker doch die Frauen sind als die Männer. In allen Kulturen. Zu Lebzeiten und darüber hinaus.«

Matarua fuhr mit einem Kinderfahrrad die Straße immer wieder rauf und runter. Und kam jedes Mal leise vor sich hin summend an meiner Veranda vorbei.

Ich saß mit freiem Oberkörper im Schatten, las einen kitschigen

Liebesroman über Tahiti und passte jedes Mal den Moment ab, in dem Matarua die Lücke zwischen den Bananenstauden passierte und ich ihre wippenden Brüste sehen konnte. Sie hatte ein tief ausgeschnittenes, rotes Top an. Auf Tahiti wär das nicht weiter aufgefallen, in den Cooks, und besonders auf Atiu, war das ausgesprochen ungewöhnlich und gewagt.

Sie hatte den Fahrradsattel so hoch wie möglich geschraubt und lehnte sich beim Fahren tief runter.

Ich kann bei sowas nicht in Ruhe lesen.

Ich ging ins Haus, um mir was überzuziehen und ein paar Schiffszwiebäcke zu holen: Cabin Bread, eins der Hauptnahrungsmittel in der Südsee. Als ich wieder raus kam, saß Matarua vorn übergebeugt am Tisch und blätterte in meinem Buch. Sie schaute mich überhaupt nicht an und fragte wie nebensächlich: »Na, bist Du schon wieder raus ausm Gefängnis?«

Ok, Matarua, wenn du unbedingt willst, dann spielen wir eben jetzt dieses Ich-kann-noch-viel-verrückter-als-Du Spiel. Hauptsache, du bleibst genau so sitzen, wie du gerade sitzt.

»Nee, Du, ich war gar nich drin – die wollten mich nicht. Ich bin offenbar unschuldig."

»Du kommst ja auch nicht rein, weil Du was getan hast.«

»Aha. Sondern?«

»Die Blätter des Miri müssen bei Vollmond geschnitten werden. Das sind noch drei Tage.«

»Erzähl mir von Mauke, Matarua. Die Hochzeit ist längst vorbei und Du bist immer noch hier.«

»Schwarze Wolken über Mauke. Die Würmer von Akatokamanava sind uneins. Wollen wir schwimmen gehen?«

»Gerne. Jetzt gleich?«

»Komm zum Oravaro Beach um drei. Ich zeige Dir eine Stelle, die alle schon wieder vergessen haben. Da sind wir ganz allein.«

Sie stand auf und tippte mit dem Mittelfinger auf das Buch: »Das da is langweilig.«

»Ich weiß. Aber ich war froh, einen Tahiti-Roman gefunden zu haben, der nicht schon hundert Jahre alt ist. Woher kennst Du ihn?«

»Eben gelesen. Als Du drin warst.«

Das Buch hatte 324 Seiten. – Die Frau war wirklich eine Herausforderung.

»Und – kriegen Sie sich?«, fragte ich und versuchte, unser Spiel aufzufrischen.

Sie löste ihren Haarknoten.

»Ja, aber Pito muss lange in der Kirche auf Matarena warten. Dabei hat sie ein halbes Jahr lang nichts anderes gemacht, als diesen Tag vorzubereiten. Und Brotfrucht kommt nur einmal ganz kurz drin vor. Matarena und Tapeta streiten sich, ob sie gekocht oder gebraten besser schmeckt.«

Brotfrucht. So hieß das Buch. Da gab es nichts dran zu rütteln, sie kannte es und hatte nicht nur rasch die letzte Seite gelesen. Und sie hatte recht. Der Titel war sehr willkürlich gewählt.

Und ich, ich lernte immer mehr Südseespiele kennen, auf die man sich nicht einlassen sollte.

»Meine Hochachtung, Frau Nachbarin. Du kannst verdammt schnell lesen.«

Sie lachte: »Nicht lesen. Stirn drauf legen.«

Sie knotete ihr Haar wieder zusammen, nahm ihr Rad und fuhr davon.

Papa Paiere Mokoroa führt mich zu einem Grundstück, dass ich allein nicht betreten durfte. Ganz davon abgesehen liegt es so versteckt, dass ich es auch nie gefunden hätte. Er lehnt sich provokativ an die Grabmauer eines vor langer Zeit gestorbenen Häuptlings und zeigt mir einmal mehr, dass er was Besonderes ist.

»Diese Stelle ist für meinen Clan tapu. Immer noch. Der Ariki, der hier liegt, ist verunglückt. Und als seine Leute das Grab errichteten, ist einer der Arbeiter von einem Steinblock erschlagen worden. Wie Sie sehen, hat im Umkreis von zwanzig Metern seit Jahrzehnten niemand mehr etwas angerührt. Alles überwuchert. Das Tapu sagt, dass jedem aus meiner Familie, der hier etwas anfasst, ein Unglück passiert.«

Er hebt einen von der völlig verwitterten Grabmauer abgebröckelten Stein auf und packt ihn wieder an Ort und Stelle.

»Mir tut das nichts. Ich habe schon überlegt, ob ich nicht anfange, hier ein bisschen aufzuräumen, um mich dann hier bestatten zu lassen. Aber wahrscheinlich müsste ich für die Arbeiten nach meinem Tod ein paar fidschianische Gastarbeiter kommen lassen. Warum nicht – würde das ganze sogar viel billiger machen.«

Ich versuche, mich in die Logik einzudenken und freue mich über den Vorschlag, den ich ihm mache – nicht nur, weil ich Eindruck schinden will:

»Oder ein anderer Clan aus Atiu, dem das Tabu nichts ausmacht, gibt Ihnen auf den letzten paar Metern das Geleit und mauert Sie ein.«

Er lächelt.

»Meine Familie würde dem niemals zustimmen. Denn das Tapu geht noch weiter. Es sagt auch, dass Mitglieder anderer Familien, die hier etwas anrühren, Schaden herbeiführen. Und zwar demjenigen aus unserer Familie, an den sie gerade denken. Und Sie wissen doch, wie das ist: Wenn man unbedingt vermeiden will, an den oder den zu denken, oder an dieses oder jenes, ist es schon zu spät.«

»Und warum kann Ihnen das Tabu nichts anhaben?«

»Weil ich mich im Gegensatz zu allen anderen hier mit dem Ursprung der Dinge beschäftige. Ich bin ja auch weit und breit der einzige, der die Bibel liest, statt sie immer nur nachzuplappern. Das Tapu hätte längst aufgehoben werden können. Denn mit dem Tod des Steinsetzers war das vorgesehene Unglück längst vorbei. Es war das Ende, nicht der Anfang.«

»Mmhh. Das Unglück war vorgesehen?«

»Ja. Wenn ein Ariki seinen Titel erhält und in einer feierlichen Zeremonie sein Amt eingeführt wird, wird ganz zu Anfang eine Muschel geblasen. Das ist eine hohe Verantwortung, und nur der Beste der Insel darf das. Er ist der ›ta'unga pu‹, der Priester der Trompete. Und wenn die Muschel einen falschen Ton abgibt, liegt ein Fluch auf der Herrschaft des Ariki. Und genau das ist hier passiert. Der Priester der Trompete hatte sich in der Nacht vor der Zeremonie die Oberlippe verletzt. Sie war geschwollen. Er war von einem Cousin in einem rasenden Anfall von Eifersucht geschlagen worden. Als der falsche Ton erklang, ging ein Raunen durch die Reihen, in denen die Älteren saßen. Der Ta'unga Pu machte sich Vorwürfe, aber sein Cousin, der ihn verletzt hatte, war inzwischen wieder bei normalem Verstand, verlor jedoch das Bewusstsein und schlief drei Tage lang. Und als der Ariki schließlich nach nur acht Jahren im Amt bei einem Verkehrsunfall in Neuseeland starb, ging der Fluch der Muschel in Erfüllung. Und zusätzlich war derjenige, der bei den Arbeiten am Grab starb, besagter Cousin des Muschelbläsers. Ich denke, er hat gewusst, was er tat. Und mit seinem Tod ist die Geschichte abgeschlossen. Sie muss nicht mehr durch ein Tapu daran gehindert werden, zu Ende zu gehen.«

Ich hatte eigentlich vorgehabt, die Insel Mauke zu besuchen. Air Rarotonga bietet eine Woche Mauke und Mitiaro recht günstig an. Aber wegen des Tanzfestivals zum *Constitution Day* war dreieinhalb Wochen lang kein Flieger zu kriegen. Und auch die beiden Frachtschiffe hatten freundlich abgewunken. Hunderte von Tänzern und Musikern kamen nach Rarotonga und wollten nach dem Festival sofort wieder zurück auf ihre Inseln.

Aber dann kam ja soundso dieses chaotische Ende meines Atiu-Aufenthalts.

An klaren Tagen kann man Mauke und Mitiaro von Atiu aus sehen, als winzige Linien am Horizont. *Ngaputoru* nennen sie sich, diese drei, die einzigen Cook Inseln mit Sichtkontakt untereinander, »die drei Wurzeln«, und der gemeinsame Name zeugt davon, dass sie enger zusammen gehören als alle anderen. Nicht nur geographisch, sondern vor allem auch durch Jahrhunderte alte verwandtschaftliche Beziehungen.

Das seinerzeit sehr kriegerische Atiu hatte auf beiden Inseln Herrscher seines Willens eingesetzt und die Herrschaft durch gezielte Hochzeiten gefestigt. Eigentlich wollten sie sich nur Proviant sichern, wenn sie weiter rausfuhren, sagt Papa Paiere. Je nachdem, wo es hingehen sollte, haben sie Mauke oder Mitiaro als Station benutzt und sich dort die Bäuche und die Kanus für die Weiterfahrt gefüllt.

Auch morphologisch gehören die drei Inseln zusammen. Die Entstehung Rarotongas hat sie gut zwanzig Meter in die Höhe gehoben. Das Korallenriff, das sie bis dahin umgab, erhebt sich heute versteinert, grau und dicht bewachsen als Steilküste und lässt nur an einigen Stellen den Zugang zum Wasser zu. Diese sogenannte Makatea macht die Küste unbewohnbar.

Die Dörfer liegen auf den Plateaus in der Mitte der Insel, auf Atiu in neunzig Metern Höhe. Wo es deutlich kühler ist als am Strand. Die Tarofelder, Kokosnuß- und Bananenplantagen liegen unterhalb dieser Siedlungen in den feuchteren Niederungen. Vielleicht leiteten die Bewohner von Atiu ja auch daraus ein Recht auf Mauke und Mitiaro ab: es sah dort genauso aus wie zu Hause, also konnte es ja nur zu ihnen gehören. Auf Mauke, das sich traditionell *Akatokamanava* nennt, haben sogar die beiden Dörfer denselben Namen wie zwei Siedlungen auf Atiu: Areora und Ngatiarua.

Und nachdem John Williams – ich erwähnte ihn bereits – am 19. Juli 1823 mit zwei Missionaren auf Atiu gelandet war und *Rongomatane*, den damals mächtigsten Häuptling, innerhalb von wenigen Stunden von der Überlegenheit des christlichen Gotts überzeugt hatte – er kaute als entscheidende Prüfung genüsslich Zuckerrohr, das unter Tabu stand – waren Mauke und Mitiaro nur ein paar Tage später ebenfalls christlich. Rongomatane begleitete Williams höchst persönlich in seinem Kanu.

Der Tag der Ankunft der Frohen Botschaft wird noch heute auf allen Inseln zeitlich versetzt als *Gospel Day* gefeiert. Auf Mauke allerdings hielten sich trotz der strengen Verbote der neuen geistlichen Herrn die alten Traditionen länger als sonst irgendwo in den Cooks. Noch 1882 wurden in die Balken des Kirchenneubaus Zeichen, Figuren und Symbole aus der ALTEN Zeit geschnitzt. Man kann ja nie wissen. Einer, der da überhaupt nicht hingehört, ist bis heute deutlich über dem Altar zu sehen: *Tangaroa*, ein menschlicher Körper mit Vogelkopf und Flügeln: Der polynesische Gott des Meeres und der Fruchtbarkeit. Gemäßigter als auf der gemeinsamen Dollarmünze Neuseelands und der Cook Inseln, wo er sich mit riesigem Phallus über seine und seiner Schöpfungen Fruchtbarkeit freut – aber immerhin.

Ich war auf meiner bisherigen Reise von solchen Orten immer ausgesprochen fasziniert gewesen, an denen das Archaische nach wie vor kräftig unter der christlichen Oberfläche hervor wächst. Wo gute Christen natürlich die Genesis nacherzählen konnten, aber gleichzeitig fest davon überzeugt waren, dass der Mensch eigentlich doch von den Würmern abstammt. Matarua hatte recht: uns Europäern, uns Weißen ist der Kopf zu schwer. Und wir haben immer nur große Wörter ohne Seele.

Die Würmer von Akatokamanava sind übrigens schon lange immer mal wieder uneins: Beim Bau besagter Kirche konnten sich die beiden Dörfer nicht über eine einheitliche Architektur einigen. Deshalb hat sie bis heute zwei deutlich voneinander unterschiedene Schiffe und sogar zwei Eingänge. Einen für die Bewohner von Areora, einen für die von Ngatiarua.

Andrea hat in den Boden ihres Hauses ein Mosaik aus winzigen bunten Kacheln eingearbeitet: ein Fluss, der von der Mündung zur Quelle fließt.

»Hier in Polynesien steht alles auf dem Kopf«, sagt sie. Wir sitzen nach meiner Führung mit Papa Paiere vor ihrer Werkstatt und trinken Kaffee aus Eigenproduktion.

»Wenn hier auf der Insel jemand schon von weitem winkend und lächelnd auf Dich zuläuft, und du denkst, dass er dich gleich ganz besonders herzlich begrüßen wird, kannst du sicher sein, dass er hinter seinem Rücken die Machete versteckt, mit der er dir den Kopf abhackt. Und jemand, von dem du denkst, dass er noch nie in seinem Leben freundlich zu dir war, ist der, auf den du dich am meisten verlassen kannst, wenn du Hilfe brauchst.«

Seit über zwanzig Jahren lebt sie mit Jürgen hier und kann vieles immer noch nicht richtig einordnen. Wann genau mit »Ja« »Nein« gemeint ist und wann nicht und vice versa. Und von wem in dieser unglaublich langen Geschichte, die gerade erzählt wird, eigentlich die Rede ist.

»Meistens ist das, was am wenigsten vorkommt, der Kern der Geschichte. Und dann wirst du manchmal das Gefühl nicht los: O Gott, der meint mich damit, obwohl er gerade von der Cousine des Nachbarn erzählt.«

»Du sprichst mir so was von derartig aus der Seele«, seufzte ich. »Ich habe im Moment richtig das Gefühl, dass am meisten ich selbst auf dem Kopf stehe.«

Ich erzählte ihr von meiner Begegnung mit Matarua.

»Ich glaube, die hat ne Klatsche. Aber Du weißt, wie es ist. Auf einmal kommt dir der Gedanke, dass die mit der Klatsche die Welt viel klarer sehen, als man es selbst je könnte. Bei deren Wahrnehmung verschwimmen Vergangenheit, Gegenwart und Zukunft, glaube ich. Für Matarua ist Zeit und Raum was ganz anderes als für mich. Und nach allem, was ich hier schon über Geister und Omen und Tabus gehört habe, fängt meine Selbstsicherheit gerade an zu bröckeln. Das ist grotesk. Ich habe mich immer für einen ziemlichen Kopfballkünstler gehalten.«

»Matarua?«, Andrea hatte den Namen noch nie gehört.

»Aber wenn Du sagst, dass sie eine Nichte von George ist – in dessen mütterlicher Linie gab es schon einige, die n bisschen oder sogar heftig verrückt waren. Und es passt bis hin zum Namen. Matarua heißt: Zwei Gesichter.«

Damit war mir leider nicht wirklich viel weiter geholfen.

»Und das mit dem Durcheinanderwürfeln der Zeiten«, schmunzelte Andrea, »ist hier weit verbreitet. Erst fragst du dich, ob das, von dem gerade die Rede ist, gestern war oder vor Jahren, und dann ist es auf einmal heute, eben gerade, und dann wechselt sogar die Rolle. Aus dem Onkel, von dem gerade die Rede war, wird der Erzähler selbst, weil er sich inzwischen so in Rage geredet hat, dass der erzählerische

Abstand stören würde. Aus der Geschichte ›mein Onkel hat meinem Vater mal erzählt, dass er das und das sofort lassen soll und das hat er dann auch getan‹, wird die Geschichte ›und morgen werde ich meinem Vater sagen, dass er damit mal aufhören soll. Mal sehn, ob er es tut‹. Sehr verwirrend. Es geht nicht um das Ergebnis, sondern um die Dramatik der Situation. Und womöglich gab es diese Situation nie wirklich, sondern nur in der Vorstellung des Erzählers.«

Ich versuchte, diese polynesische Logik des Erzählens zu übertragen auf die erste der Geschichten, die mir Matarua aufgetischt hatte: »Wie geht das, dass jemand, von dem man weiß, dass er gestern auf Mauke seinen Vater umgebracht hat, heute auf Atiu mit dem Moped frei rumfahren kann? – Ha! Weil er eine Seuche mitbringt, die auf der Insel herrscht. Besagte schwarze Wolken über Akatokamanava. Zehn Fischer sind schon gestorben. Und deshalb ist der Moppedfahrer und Vatermörder tabu und keiner rührt ihn an.«

»Nein. Weil es noch gar nicht passiert ist und er den Mord erst noch begehen wird!«

Andrea war offenbar sehr viel versierter als ich.

Ich nahm noch einen neuen Anlauf.

»Oder der Moppedfahrer ist der Enkel. Und der Vater, also Großvater, wurde schon vor hundert Jahren erstochen, auf Fehmarn oder am Bosporus.«

Wir gackerten und prusteten und freuten uns über unseren kleinen VHS-Kurs Kreatives Erzählen. Und obwohl sie doch ganz kurz inne halten und schlucken musste, bekam Andrea schließlich die höchst mögliche Punktzahl und die Empfehlung für den Kurs »Kreatives Erzählen II«. Sie sagte wie selbstverständlich: »Nee, erstochen auf Atiu. Und er liegt bei uns auf dem Grundstück begraben und findet keinen Frieden.«

Matarua saß auf einem der Felsen etwas oberhalb von Oravaro Beach, als ich angeradelt kam. Sie hatte immer noch dieses irritierende Top an und sich dazu einen dunkelroten Pareo um die Hüften gewickelt, auf den große weiße Blumen gedruckt waren. Und im gleichen

Rot-Ton hatte sie sich die Fußnägel frisch lackiert. Ihr Haar glänzte in der Sonne wie Chinalack, sie hatte es mit duftendem Kokosöl eingerieben. Entweder wartete da, wo sie mich hinführen wollte, ihr Lover mit einer Machete auf mich, oder sie hatte das alles für mich gemacht.

Ich hatte Herzklopfen. Sie hätte jetzt meinetwegen den größten Schwachsinn unter der Sonne erzählen können.

»Das Rad müssen wir verstecken, dummer Papa'a – Du hättest zu Fuß kommen sollen.«

Wir schoben es in ein von Wildschweinen zerwühltes Dickicht etwas landeinwärts und deckten es mit Bananenblättern und Palmwedeln zu. Danach ging sie barfuß über die messerscharfen Korallensteine der Makatea voraus.

Der Weg, den nur sie sah, führte mal in die Höhe und dort dicht am Abgrund zum Meer entlang, mal stiegen wir wieder hinunter und wateten durch das knietiefe Wasser. Ich fragte, warum wir nicht einfach durch die Lagune wateten.

»Weil die Frauen bei Ebbe hier Muscheln sammeln und uns sehen könnten.«

Nach einer Viertelstunde kamen wir zu dem kleinsten Strand, den ich je gesehen habe. Vielleicht fünf Meter lang. Bis zum Wasser waren es vier Schritte. Und erst, als sich meine Augen an das von dem schneeweißen Korallensand verdoppelte Sonnenlicht gewöhnt hatten, sah ich, dass es ein winziges Loch keine zwanzig Zentimeter oberhalb des Strands gab.

»Da durch und dann hoch ist noch ein Strand. Aber ohne Augen. Komm!«

Sie schob sich, wie durch eine Luke, mit den Füßen voran durch das Loch, hatte sich aber auf die Seite gelegt. Offenbar war der Eingang geschlängelt und deswegen umso perfekter getarnt.

Ich hatte Angst. Ich hörte richtig mein Blut durch die Adern jagen. Dieses Loch, das noch nicht mal bedrohlich aussah, weil von der anderen Seite Licht herein fiel, erinnerte mich an den Flieger hierher. Ein winziger 15-Sitzer, wie ich ihn schon oft betreten und den Flug immer sehr genossen hatte. Man kann ins Cockpit gucken, spürt jedes Luftloch.

»In soner Maschine fängt doch das Fliegen erst an«, hatte ich noch zu einer Amerikanerin gesagt, die ziemlich ängstlich immer wieder ihren Sicherheitsgurt löste und dann wieder zuzog. Und zum ersten Mal in meinem Leben hatte ich eine Panikattacke bekommen. Zehn Minuten nach dem Start hatte ich mich nur mit Mühe beherrschen können, nicht loszuschreien, dass ich sofort runter muss, zurück nach Rarotonga, raus, RAUS!

Ich hatte keinen Anhaltspunkt, was die Panik ausgelöst hatte.

Na klar ist Air Rarotonga nicht die Lufthansa. Aber der Flieger war in Ordnung, die Piloten waren ausgeruht und völlig bei der Sache, nichts war locker oder vibrierte verdächtig. Trotzdem: immer wenn ich mich zur Beruhigung im Innenraum umsah, kriegte ich fürchterliche Beklemmungen, und wenn ich aus dem Fenster sah, musste ich noch vielmehr innerlich schreien: Klaustrophobie und Platzangst zugleich. Beides hatte ich zuvor nie gekannt. Mein Herz war völlig außer Kontrolle, ich presste mit beiden Händen meinen Brustkorb zusammen. Es war die Angst vor irgendeiner Angst; ich hatte das Gefühl gehabt, dass ich in irgendeine Erinnerung abtauchte, die offenbar fürchterlich gewesen sein musste.

Aber in meinem Bewusstsein gab es dafür kein Vorbild. Ich hatte als Kind mal in einem Kettenkarussell wie am Spieß geschrien, weil ich es nicht mehr ausgehalten hatte. Das war das schlimmste, an das ich mich erinnern konnte, aber es war kein Vergleich. Die Angst musste aus tieferen Schichten kommen, aus Träumen vielleicht. Ich war wahrscheinlich mitten in einen uralten Albtraum geflogen, von dem ich keine Ahnung mehr hatte.

Und es passte, folgte irgendeiner mir noch unzugänglichen Logik. Ich hatte schon ganz zu Beginn meiner Reise auf Tahiti bemerkt, dass ich hier sehr viel intensiver träumte als zu Hause. Auf meiner Reise erwartete mich ganz offenbar nicht nur Neues, sondern vielmehr auch Altes. Irgendwas in mir war mächtig am Aufräumen. Und hatte mir lediglich die Rolle des Beobachters zugeteilt.

»Komm rein, Papa'a! Wir haben nicht viel Zeit. Die Flut kommt in einer Stunde. Oder willst Du mich nicht?«

Ein heller Gang, in dem ich mühelos stehen konnte, führte leicht aufwärts. Immer wieder waren Stufen in den Stein gehauen. Das Licht fiel aus unzähligen Felsspalten, durch die man ohne Probleme hätte kriechen können. Dass man sie vom Meer aus nicht sah, lag daran, dass sie von oben her dicht mit Scaevola-Büschen bewachsen waren. Die ganze Steilküste bis gut einen halben Kilometer ins Landesinnere hinein war damit förmlich überzogen und machte die Makatea größtenteils undurchdringlich. Der Gang endete nach vielleicht fünfzehn Metern in einem perfekten Rechteck, an dessen kürzeren Enden Sitzstufen gehauen waren. Wie eine unterirdische, versteckte *Marae*, eine Opfer- und Kultstätte. Der Boden war mit feinstem Sand bedeckt, viel feiner als auf dem Strand vor der Höhle. Wenn das alles wirklich künstlich in einer schon bestehenden Höhle angelegt worden war, konnte es nur aus der Zeit stammen, als Atiu schon christlich war, denn Eisenwerkzeug hatten erst die Missionare mitgebracht. Und die hätten eine neue heidnische Kultstätte mit dem Gottseibeiuns belegt. Deshalb diese perfekte Tarnung.

»Matarua – wo sind wir hier? Ist diese Höhle vielleicht ganz zufällig tabu?«

»Nicht für mich. Und niemanden, den ich mitbringe. – Mein Vater hat sie mir beschrieben, und Takona Tua wusste noch, wie viele Schritte es sind ab dem großen Schraubenbaum. Die beiden waren die letzten, die hier drin waren. Lange bevor ich geboren wurde. In der Nacht, in der jedes Jahr zum ersten mal die sieben Etu Matariki am Himmel zu sehen sind.«

Ich überlegte: »Die Pleiaden?«

»Kann sein. Ihr Papa'as habt merkwürdige Wörter. Wenn die Etu Matariki zu sehen sind, werden die Tage wieder länger.«

Sie musste heute schon mal hier gewesen sein. Mit frisch geflochtenen Palmwedeln hatte sie in der Mitte des Rechtecks ein Lager bereitet, Hibiskusblüten drumherum gelegt, gegen die Mücken zwei

Räucherspiralen aufgestellt und sogar den Sand geharkt. Mit einer Machete hatte sie die Wurzeln der Sträucher gekappt, die die Felsspalten verdeckten. Jetzt saß sie im Schneidersitz auf den Palmwedeln und lächelte mich an.

»Zieh Dich aus und leg Dich hin.«

Ich gehorchte ihr. Das ist genau das richtige Wort. Das war nicht mehr das Mädchen, das im Kreis ihrer Cousinen in Rätseln redete. Nicht ganz richtig im Kopf war. Auf einem Kinderrad fuhr.

Das also bedeutete ihr Name: Matarua – zwei Gesichter.

Sie ölte meinen Körper ein und sang dabei.

Ich war mir nicht sicher, ob ich das durchstehen würde.

Tausend Fragen schwirrten mir durch den Kopf: Wozu hatte diese Höhle gedient? Wer war Takona Tua, und wie kam Maturas Vater aus Mauke zu solch detaillierten Kenntnissen über eine Höhle, die keiner mehr kannte? Warum verführte mich Matarua so gezielt und planvoll? Konnte sie wirklich durch Stirn auflegen ein Buch in einer Minute lesen? Und wer war sie wirklich? Und auch die Rätsel, die seit Tahiti wie ein Mosaik Steinchen für Steinchen immer öfter vor meinen Augen auftauchten, aber deren Antworten immer weiter am Horizont verschwanden. Ganz zu schweigen von dem großen Rätsel, das das Mosaik am Ende ergeben würde.

Was ist die Wahrheit? – Damit hatte es in Tahiti angefangen.

Vor welcher Angst hatte ich Angst? – Da war ich jetzt auf Atiu angekommen.

Wohin gehen wir in unseren Träumen? – Das war mir Papa Paiere Mokoroa schuldig geblieben, hatte er zu vage beantwortet.

Und was sang Matarua gerade eben, während sie mich mit diesem wundervoll duftenden Öl einrieb? – Ach, scheißegal.

Sie zog ihren Pareo bis über die Oberschenkel und begann auf mir zu reiten.

Ich wollte sie nackt sehen: »Warum ziehst Du Dich nicht aus?«

»Niemals beim ersten Mal.«

»Darf ich Deine Brüste anfassen?«

»Ja.«

Ich schob beide Hände unter ihr Top und sah schon wieder etwas, das mich überforderte und ans Aufgeben denken ließ. Dabei habe ich Sex eigentlich immer ganz gut gekonnt.

Vom Bauchnabel aufwärts bis kurz unter ihre Brüste waren vier handtellergroße Pflaster geklebt, in der Mitte ziemlich dick ausgewölbt.

»Was hast Du da, Matarua?«

Sie legte ihre flache Hand auf meinen Mund: »Sssch – – –!«

Sie fing an zu zittern, schloss die Augen, und als sich ihr ganzer Körper verkrampfte, biss sie sich in den gekrümmten Zeigefinger ihrer rechten Hand. Dann stand sie ruckartig von mir auf und öffnete ihren Haarknoten, wie ich es schon von ihr kannte. Ich war noch nicht fertig und schaute sie fragend an.

»Armer Papa'a – bist schon so alt und musst noch so viel lernen. Maoriliebe ist schnell.«

Ich setzte mich auf und versuchte, das ganze wenigstens für mich selbst spielerisch zu entkrampfen. Ich imitierte ihren englischen Akzent und sagte: »Schwarze Wolken über Atiu. Die Würmer aus Europa und Enuamanu sind uneins.«

Sie lachte und öffnete mit ihrer Machete eine Kokosnuss.

»Na wenigstens ist Dein Kopf noch dran. Hier, trink. Und keine Angst. Mit jedem Mal, dass Du in mir bist, wirst Du zwar schwächer – und ich stärker, aber am Ende werde ich Dir wieder was abgeben. Und ich glaube, es wird für uns beide reichen. Ich habe viel von meinem Vater gelernt. Und tun müssen wir es soundso.«

Noch vier Fragen mehr. Oder sollte ich doch endlich alles abbrechen in der Gewissheit, dass sie nicht ganz richtig im Kopf war?

»Hat Dein Vater mit Dir etwa – mmhhm – hast Du mit ihm – Sex gehabt? hast Du etwa von IHM alles beigebracht bekommen?«

»Na klar. Ich bin die älteste, und nachdem meine Mutter gestorben war, fand sich keine neue Frau. Niemand möchte mit einem Ta'unga zusammen sein. Aber das meinte ich gar nicht. Ich meinte, dass ich von ihm als Ta'unga viel gelernt habe.«

Ich hatte keine Ahnung, was ein Ta'unga war. Papa Paiere hatte den Ausdruck für den Muschelbläser gebraucht, aber das konnte hier wohl kaum in Frage kommen. Und ich hatte auch keine Ahnung mehr, die wievielte Frage das war.

Sie erklärte es mir. Und nach allem, was ich zu dem Zeitpunkt damals in der Höhle verstehen konnte, war ihr Vater ein Heilkundiger. Einer, zu dem man geht, wenn die Mediziner mit ihrem Latein am Ende sind und sagen, dass einem nichts fehlt, obwohl man noch immer krank ist. Er konnte mit Geistern kommunizieren und nach deren Rat Pflanzen oder Kräuter verschreiben oder sogar Beschwörungen machen.

Und er war offenbar ein ganz großer Ta'unga: Sogar aus Tahiti und Samoa waren schon Hilfesuchende zu ihm nach Mauke gekommen. Die Worte, die Matarua am meisten gebrauchte, waren Priester und Meister.

Nur Takona Tua, sagte sie mit einem merkwürdigen Unterton von Stolz, sei ein noch größerer Ta'unga als ihr Vater. Die sei sehr viel älter und habe zwei Geister mehr zur Verfügung. Und dann sackte sie für einen Augenblick in sich zusammen, begann eine Melodie zu summen, öffnete ihr Haar und steckte sich eine Hibiskusblüte hinter ihr linkes Ohr.

»Takona Tua ist die Tante meines Vaters, meine Großtante. Sie hat ihm – hat ihm viel beigebracht. Ihr Vater und mein Großvater waren auf Atiu und Mauke die mächtigsten Ariki. Aber irgendwann – irgendwann gab es Streit, der sogar die beiden Ta'unga entzweit hat. In der Nacht der Etu Matariki haben sie sich das letzte Mal in Freundschaft gesehen.«

Daher also der Respekt, den ihr die Nachbarskinder auf meiner Veranda gezeigt hatten. Ich hatte gerade gewissermaßen mit einer Adeligen geschlafen. Allerdings mit dem unguten Gefühl, dabei irgendwie nur Objekt gewesen zu sein, Erfüllungsgehilfe, Stellvertreter. Natürlich nagte das an mir, deshalb fragte ich sie, warum wir es soundso tun müssten, wie sie gesagt hatte. Und warum ich dabei schwächer würde und sie stärker.

»Ich muss mit einem Papa'a schlafen, um Papa'as verstehen zu können. Ich kann die Stirn auf Eure Bücher legen, aber nicht auf Euch selbst. Um Euch lesen zu können, muss ich einen von Euch in mich rein lassen.«

»Du könntest mit mir reden. Dann würdest Du mich auch verstehen.«

»Euer Kopf ist zu schwer. Ihr lasst zu viel aus beim Reden. Eure Gefühle, Eure Träume, Eure Ängste. Und Ihr habt immer nur Wörter ganz ohne Seele. Wenn ich Dich spüre, lügst Du nicht.«

Ich war außer mir.

Ich wusste gar nicht, wo ich anfangen sollte. Und konnte natürlich in der Erregung das Pferd nur von hinten aufzäumen: »Das Buch auf meiner Veranda war von einer tahitianischen Autorin, nicht von einer Weißen, nicht von uns.«

»Es war ein Buch. Das reicht schon. Wir haben nie geschrieben oder gelesen. Das habt Ihr uns aufgezwungen. Außerdem lebt sie in Australien und ist mit einem Papa'a verheiratet.«

»Na Klasse! Und heißt das jetzt, dass jeder Weiße, der in die Südsee fährt, von Euch flach gelegt wird? Soll ich nach Deutschland zurückfahren und allen sagen: Leute, fahrt dahin, da könnt ihr ficken, weil die euch verstehn wollen? Und nehmt die Bücher mit, die euch zu dick zum Lesen sind – die werden euch in Nullkommanix zusammengefasst? Studierende aller Bundesländer vereinigt euch. Zwei Fliegen mit einer Klappe. – – – Mit dem Reiseführer werd ich Millionär!«

Ich war selber erschrocken über meine heftige Reaktion.

Sie nahm meinen Kopf zwischen ihre Hände und küsste meine Stirn, rieb ihre Nase an meiner.

»Sssch – Papa'a! Das ist alles ganz anders. Ich mag Dich und ich mochte Dich vom ersten Augenblick an! Ich muss Eure Geister verstehen. Ich werde sie bestimmt brauchen. Das hat mir Takona Tua aufgetragen. Sie hat mich zu ihrer Nachfolgerin bestimmt. Das war die Hochzeit, Du erinnerst Dich? Komm jetzt – wir wollten doch schwimmen gehn.«

Sie machte die Räucherspiralen aus, knotete ihren Pareo fest und ging voraus. Ich blieb dicht hinter ihr und fragte: »Und was sind das für Pflaster auf Deinem Bauch?«

»Rau-Ti-Blätter. Takona Tua legt sie mir jeden Tag neu auf. Nichts Schlimmes.«

Wir krochen aus der Höhle zu dem kleinen Strand zurück, um zu schwimmen. Oder besser: Zu planschen, denn die Lagune war hier extrem flach. Die See draußen war spiegelglatt, obwohl die Flut seit einer halben Stunde auflaufen musste. Eigentlich hätte man schnorcheln sollen. Die Wellen brachen sich kaum, kein Wind war zu spüren, es war ungewöhnlich still. Wir konnten sogar ein paar Weißschwanz-Tropikvögel hören, die weit oben über der Makatea kreisten. Und die Feenseeschwalben, die hinter dem Riff einen Fischschwarm ausgemacht hatten, waren richtig laut. So still war die See.

Aber auf einmal, wir hatten uns gerade pitschnass in den Sand gelegt, baute sich innerhalb von drei, vier Sekunden ein Grollen auf – wie der Donner eines Gewitters in einiger Entfernung. Aber es musste ganz nah sein. Unwillkürlich schaute ich zum Himmel hinauf und sah tatsächlich eine dunkle Wolke in vielleicht drei Kilometern Entfernung.

Aber Matarua hatte einfach nur ihren Kopf gedreht, schirmte ihre Augen mit der flachen Hand vor der Sonne ab und rief juchzend: »Ai! – Aue! – Te To'ora! A whale – look!«

Ich folgte ihrem Blick und spürte meine Pupillen sich verdreifachen und meinen Unterkiefer unwillkürlich herunterklappen.

Ein Buckelwal stieg aus der Flut herauf, keine dreißig Meter entfernt. Magisch zog er uns an, elektrisiert hielten wir uns aneinander fest und starrten mit jedem Muskel unseres Körpers auf die Riffkante. Das Schauspiel dauerte keine zehn Sekunden, aber es kam mir vor wie eine Ewigkeit: Wie er seinen Bogen zog, spielerisch und leicht trotz tonnenschwerer Last, ich konnte richtig sehen, wie er seine Freude daran hatte, seine Schwanzflosse aus dem leicht geschwungenen S seiner Aufwärtsbewegung das stärker gekrümmte Fragezeichen seines Eintauchens formen zu lassen. Und dann schaute nur noch sie heraus, die

Schwanzflosse, die diesen freundlich lächelnden Koloss aus der Tiefe hatte hochschnellen lassen. Für einen kurzen Moment konnten sich ihre Muskeln entspannen und, stellte ich mir vor, die Schwerelosigkeit am Scheitel des Bogens als prickelnden Kitzel ihrer größten Ausdehnung spüren, konnte sie die Sonne auf ihrer Haut – als Erinnerung an graue Vorzeiten jenseits der Küste – wieder mit in die Tiefe nehmen.

Herman Melville hat in *Moby Dick* dem Schwanz des Wals ein ganzes Kapitel gewidmet. Ich werde mein Lebtag nie wieder vergessen, warum.

Matarua ließ ganz langsam meine Hand fahren und strich mir über den Arm.

»Ein besseres Zeichen kann es gar nicht geben. Die schwarzen Wolken über Mauke werden sich schon bald abregnen und nicht hierher ziehen. Und Dich wird Takona Tua beschützen. Te To'ora für zwei Liebende, ein Wal für uns.«

Und sie hob zum zweiten Mal ihren Pareo hoch, krallte sich in meinen Schultern fest und drückte mich in den Sand, dass ich die Zähne zusammenbeißen musste.

Dann stand sie, wie beim ersten Mal auch, einfach auf, ging langsam vor sich hin summend die Felsen hoch, ohne sich noch einmal umzudrehen, und ließ mich allein.

Ich lerne immer mehr Südseespiele kennen, auf die man sich nicht einlassen sollte.

Wovor würde mich Takona Tua beschützen? Wer war überhaupt diese Takona Tua?

Und was war das für eine abstruse Idee, mit mir zu schlafen, um die Geister der Papa'as zu verstehen? Geister haben nur Tote, oder musste ich da nochmal was nachlesen? Ich war jedenfalls noch ziemlich heftig am Leben.

Oder ging es um meine Träume? Aber dieses Gesülze von den Träumen und dem Schlaf als dem kleinen Bruder des Todes hatte ich immer als ausgesprochen halbseiden empfunden. Mehr was für diese Abteilung »gemeinsames Menstruieren auf Gomera«.

Ich erinnerte mich nach Jahr und Tag an ein Zitat, das ich gegen Ende meines Studiums ausgegraben hatte: *Wer das Irrationale schon dort haben möchte, wo de jure noch die Klarheit und Herbheit des Verstands herrschen sollte, hat Angst davor, der Wahrheit an ihrem wirklichen Ort zu begegnen.* – Sinngemäß.

Ich wollte mich auf Atiu oder sonst irgendwo jedenfalls nicht der Herbheit und Klarheit meines Verstands entledigen. Ich kannte seit vielen Jahren den wirklichen Ort der Wahrheit. Es ist ein bodenloser Abgrund. Als gestandener Atheist und Melancholiker hatte ich mich schon längst am Rand dieses Abgrunds eingerichtet. Ich wusste, was zu tun ist, wenn man einmal mehr morgens aufwacht und einen die ganze Sinnlosigkeit des irdischen Jammertals mächtig in das tiefe Loch zieht.

Aber vielleicht war ja jetzt die Zeit gekommen, sich für einen allmählichen Abstieg zu rüsten. Sich nicht mehr am Rand, sondern im Abgrund selbst einzurichten. Und am Ende wartete vielleicht eine wunderschöne Höhle, wie ich sie gerade entdeckt hatte. Die wirkliche Erkenntnis, die allumfassende. Nicht dieses kleine Äpfelchen von Erkenntnis, auf das wir so stolz sind, obwohl es uns doch immer wieder nur von der Erkenntnis weg zum Glauben an Gott führt.

Ich wollte mich, sollte es jetzt wirklich an den Abstieg gehen, dabei nicht beirren lassen. Nicht durch zehn tote Fischer, einen Moped fahrenden Mörder, falsche Muscheltöne, Geister, die nicht zur Ruhe kommen, schwarze Wolken und Angstattacken in einem 15-Sitzer.

Papa Paieres Frau stellt Taroscheibchen auf den Tisch, Schiffszwieback und frisches Weißbrot. Alles dick mit Butter bestrichen. Dazu gibt es dampfenden Kaffee mit Kokosmilch.

»Aber nicht den von Jürgen – das hier ist mein eigener.«

Bis in die Kaffeetasse hinein ist Papa Paiere sein ganz eigener Herr. Seine Frau nennt er Hausmädchen.

Das *Taro* von Atiu ist in den Cook Inseln berühmt und das kleine Tarofeld, das jede Familie in den Tälern, wo das Wasser sich sammelt, selbst bestellt, ist ihr ganzer Stolz. Trotzdem: Tarobrot schmeckt genauso grau wie es aussieht und wird beim Kauen immer mehr. Also doch lieber Schiffszwieback.

Unser Smalltalk mäandert so vor sich hin: Der akute Wassermangel in diesem Winter – – – 160 Mopeds gibt es jetzt auf Atiu – – – Und dieser Schwachsinn, von Steuergeldern hinter dem Hospital eine riesige Sportarena zu bauen für den Sportwettkampf Nordinseln gegen Südinseln, der nächstes Jahr hier ausgetragen wird.

Und dann kommt wieder so eine Kleinigkeit, die mich sofort hellhörig werden lässt.

Sein wirkliches Hausmädchen, das die ganze Zeit hinten im Garten gearbeitet hat, leistet uns ganz kurz Gesellschaft, will irgendwas wissen. Die beiden reden Maori.

»Sie hat übrigens deutsche Vorfahren«, sagt er, als sie wieder hinter dem Haus verschwindet. »Ihr Urgroßvater mütterlicherseits war Kapitän im Dienst der Cook Islands Trading Company. Kapitän Hoff.«

»Dem bin ich schon begegnet«, sage ich und stutze innerlich auch schon.

»Adolf von Hoff, gestorben am 29. Juni 1928. Hat einen ziemlich teuren Grabstein auf dem Friedhof in Avarua auf Rarotonga. Irgendetwas an dem Grab fand ich merkwürdig – aber ich kann bis heute nicht sagen, was. Der ist nicht zufällig ermordet worden? Von seinem Sohn?«

Das kann doch nicht wahr sein, dass ich mir von Hunderten von Grabsteinen genau den aussuche, dem ich dann hier wieder begegne. Ich war erst dran vorbeigegangen, hatte dann gezögert, war wieder zurückgekommen und hatte in meinem Notizbuch die Inschrift festgehalten. Im strömenden Regen.

Papa Paiere rülpste und lachte: »Wie kommen Sie denn auf sowas? Aber danke für den Vornamen, den hatte ich tatsächlich vergessen.«

Er schenkt mir Kaffee nach. Und fängt an, mich zu begutachten, zu beobachten. Jede meiner Bewegungen. Und irgendwie denk ich: Pass lieber auf.

Zwei Fragen würde ich gern noch loswerden.

»Papa Paiere – wohin gehen wir, wenn wir schlafen, wenn wir träumen?«

»Warum fragen Sie mich das?«

»Weil Sie sich mit allem auskennen, was von alters her kommt. Und mit Träumen haben sich die Menschen schon immer beschäftigt.«

»Meine Frau und ich, wir wecken uns morgens immer ganz behutsam. Je nachdem, wer eher aufwacht, legt dem anderen ganz leicht die Hand auf die Stirn oder die Schulter. Damit man nicht plötzlich aufschreckt und der Geist nicht mehr genug Zeit findet, in den Körper zurückzukehren.«

»Und wo ist der Geist, wenn der Körper schläft?«

»In der dritten Welt.«

»Die dritte Welt ist für uns Papa'as ein politischer Begriff.«

»Richtig. Für Sie ist das der arme Teil der Welt. Wo die Menschen braun sind wie ich und sich über bunte Glasperlen freuen.«

Er sieht mich sarkastisch an.

Ich kann ihn offenbar doch nicht bei Laune halten. Aber ich denke, irgendeinen politisch korrekten Schleimspur-Schwachsinn würde er jetzt noch mehr verabscheuen.

Also marschier ich nach vorn:

»Oh – ich hab jetzt nur Bargeld mit. Ich wusste nicht, dass Sie Glasperlen wollten.«

Er nickt anerkennend und sagt: »Die dritte Welt liegt unsichtbar zwischen den sichtbaren Dingen. Auch in der Hinsicht haben wir hier im Pazifik viel mehr Platz als Sie da drüben. Haben Sies passend?«

»Träume ich deswegen hier mehr? Weil hier mehr Platz ist zwischen den Dingen? Ist das so einfach?«

Ich stelle die Frage eigentlich mehr an uns beide als nur an ihn.

Er schiebt im Sitzen seinen Stuhl zurück und will aufstehen.

»Eine ganz kurze Frage noch. Bitte, Papa Paiere. Kennen Sie eine Matarua aus Mauke? Sie ist neuerdings meine Nachbarin im Are Manuiri. Ich hab sie erst einmal getroffen, aber irgendwie – – –.«

Er lässt mich nicht weiterreden.

»Sie sollten jetzt gehen. Haben Sies nun passend oder nicht?«

Das ist offenbar sein letztes Wort. Ich gebe ihm die fünfundzwanzig Dollar, hieve mein Rad von seinem Pickup und fahre zurück ins Dorf.

Ich bin sicher, dass er mich fixiert, bis ich aus seinem Blickfeld verschwunden bin.

In dem kleineren der beiden Läden auf der Insel waren am Abend mit dem letzten Flieger Eier und Käse eingetroffen. Teina hatte es mir stolz verkündet, als ich wie jeden Morgen meine beiden Brötchen abholte.

Glück, richtig tiefes, großes Glück, kann verdammt klein sein.

Und dann saß ich wie ein kleiner Junge an seinem Geburtstag auf der Veranda, klopfte das Ei auf, streute mit Daumen und Zeigefinger vorsichtig Salz drauf, freute mich schon auf das dann folgende Käsebrötchen und tat so, als wäre ich überhaupt nicht gut auf die Molukkenstare zu sprechen, die schon auf dem Nachbartisch scharrten und auch lange genug Eier und Käse entbehrt hatten. Dabei konnte ich mir Frühstück ohne sie und ihren Gesang schon gar nicht mehr vorstellen. Und dann wurde das Glück noch ein gutes Stück größer: Matarua kam durch die Hecke geschlüpft und setzte sich zu mir. Ich war trotz all der abstrusen Merkwürdigkeiten, mit denen sie aufwartete, ziemlich heftig in sie verliebt. Vielleicht gerade weil alles so verrückt war.

»Na, Papa'a, wie hast du geschlafen?«

»Mmhh. Weiß ich gar nicht. Ziemlich fest, glaub ich.«

»Und was hast Du geträumt?«

Ich hörte auf zu kauen, überlegte, konzentrierte mich richtig, aber konnte nichts rausbringen. Achselzucken.

»Och – nein, Papa'a, überleg doch. Ich hab mir so viel Mühe gegeben.«

»Was hast du?«

»Ich hab mir so viel Mühe gegeben, dir schöne Träume zu bereiten.«

»Matarua, bitte! Der Tag hat noch gar nicht richtig angefangen, und Du gibst mir schon wieder Rätsel auf.«

»Wir werden euch immer Rätsel aufgeben. Und wenn ihr noch so schlaue Bücher über uns schreibt. Und Ta'ungas sowieso. Die können nämlich eure Geister spazieren führen.«

Und schon war ich wieder mitten drin in dieser dritten Welt. Was waren da noch ein Ei und ein Käsebrötchen, das man behutsam vorbereitet hatte. Aber ich blieb irgendwie doch guter Laune. Ich schaute ihr in die Augen und dachte noch mal angestrengt nach.

»Kann das sein, dass ich auf einem Wal geritten bin?«

»Genau – unser To'ora von gestern.«

Unglaublich. Stimmte genau. Aber um wirklich herauszubringen, ob sie nicht einfach mit mir spielen wollte, musste ich den Spieß umdrehen. Ich konnte mich nach diesem Stichwort dunkel an die eine oder andere Einzelheit erinnern und fragte sie: »Hat der Wal mich irgendwo mit hin genommen, oder ist er nur vor Atiu auf und ab geschwommen?«

»Durch die ganze Südsee wollte dein Geist. Ich hab ihn gefragt. Er wollte noch mal alle Stationen deiner bisherigen Reise abfahren. Ich glaube, er sucht was?«

Ich atmete tief durch. Ich zerteilte das Käsebrötchen, warf es den Staren rüber und war kurzzeitig tief in Gedanken. Wie ging das? Wie konnte es sein, dass jemand nicht nur meine Träume kannte, sondern sogar wie selbstverständlich berichtete, wie er sie so und so und nicht anders gemacht habe. Gefertigt. Nach Anfrage an meinen Geist. Traumfabrik. Als Film hätte ich das alles ganz spannend gefunden, als Roman womöglich verschlungen, aber das hier war echt.

Mir fiel ein, dass ich noch etwas anderes aus ihr herausbringen wollte. Deshalb fragte ich sie: »Kennst du Robert Louis Stevenson?«

»Nein. Wer ist das?«

Gut so. Ich wollte sie noch mal was lesen lassen. Das mit dem Stirnauflegen gestern war mir doch zu windig gewesen. Ich stand auf, um ihr die *Stimmeninsel* von Stevenson zu geben. Sie legte auch wirklich nur kurz ihre Stirn drauf und sagte keine zehn Sekunden später: »Eine wunderschöne Geschichte. Nicht so wie dein Buch gestern!«

»Erzähl mir. Wovon handelt sie?«

»Von einem Ta 'unga auf Hawaii. Kalamake. Und der Mann seiner Tochter will, dass er ihm immer mehr Dollars von der Stimmeninsel holt. Aber Kalamake führt ihn ins offene Meer. Keola kann sich retten und landet allein auf der Stimmeninsel. Und da wohnen lauter böse Menschenfresser – – –.«

»Danke, Matarua, das reicht. Ich kenn die Geschichte, du musst sie nicht bis zum Ende erzählen.«

»Hat die ein Papa'a geschrieben?"

»Ja, aber er hat die letzten vier Jahre seines Lebens auf Samoa verbracht.«

»Dann ist er schon tot?«

»Matarua, was macht ein Ta'unga wirklich? Was machst du mit mir, obwohl du noch lernst?"

»Ich gewöhne mich an deinen Geist. Einmal musst du noch in mir sein, dann weiß ich. Was ein Ta'unga macht, erzählt dir Takona Tua. Ich geh nachher zu ihr. Und du kommst nach. Um sieben. Das letzte Haus, wenn du zum Hafen gehst.«

»Um sieben ist es stockfinster.«

»Armer Papa'a! Es ist zwei Tage vor Vollmond.«

Sie tauchte ihren Mittelfinger tief in mein Nutella-Glas, leckte ihn genüsslich ab und verschwand durch die Hecke – genau so, wie sie gekommen war.

Au Mann.

Wenn Matarua da unten im Abgrund auf mich wartet, könnte ich mich vergessen und nicht behutsam absteigen, sondern einfach nur mit Anlauf runter springen.

Nga half mir ein gutes Stück aus der Patsche. Nga war die Haushälterin im Are Manuiri, kam jeden Morgen mit ihrem Moped vorgefahren, begrüßte minutenlang sämtliche Nachbarn, rief dann ein helles, freundliches »Kia Orana! Morning!« durch die Hintertür und fing an zu putzen.

Wann immer die Nachbarn zu beschäftigt waren, um länger mit ihr zu tratschen, hatte sie mit mir ein Gespräch angefangen. Oder einfach ein bisschen telefoniert. Ich sagte ihr, dass ich am Abend zu Takona Tua gehen würde, und fragte, was man denn da am besten mitbringen sollte. Ich hatte zwar gedacht, dass Nga als annähernd Siebzigjährige, die Atiu nie verlassen hatte, Takona Tua kennen würde, hatte aber keine Ahnung, dass die beiden viele Jahre lang richtig Nachbarinnen gewesen waren.

»N bißchen Gin oder Whisky. Sie trinkt ganz gern mal einen. Aber nicht mehr so wie früher – sie wird nächste Woche vierundachtzig.«

Ich musste lachen:

»So she likes spirits, eh?« Ein 1 a Wortspiel.

Nga bekreuzigte sich.

»Darüber scherzt man nicht. Sie kann mit Geistern umgehen wie niemand sonst.«

»Ich habe gehört, dass sie ein Ta'unga ist. Was macht ein Ta'unga?«

»Wenn dir die Nase läuft, hihi«, – sie zeigte zwischen meine Oberschenkel –, »dann gehst du zum Arzt. Oder wenn du dir mit der Machete einen Finger abgehauen hast. Der Arzt und die Krankenschwester sind für deinen Körper zuständig. Aber wenn sich dein Geist erkältet hat, schwach ist und ausruhen will, und du deshalb von fremden Geistern befallen bist, dann gehst du zum Ta'unga. Er kann mit deinem Geist sprechen und fragen, was er braucht, und er kann die fremden Geister verscheuchen.«

Sie erklärte mir das richtig wie aus dem Lehrbuch. Und ich fand das auch alles tatsächlich sehr einleuchtend.

»Aber woher nimmt sie diese besondere Kraft, diese besondere Fähigkeit. Oder könntest du das auch – mit Geistern kommunizieren?«

Sofort bekreuzigte sie sich wieder.

»Sie ist nur ein Körper, eine Hülle. Sie hat keinen eigenen Geist, wie du und ich, sondern wurde schon als Säugling von einem fremden Geist übernommen. Er heißt Te Tevano und ist ein Mann. Er braucht sie und sie braucht ihn.«

»Te Tevano wie im heiligen Sankt Stephanus?«

»Kann sein. Ich habe sie nie danach gefragt. Aber er ist mächtig und kann elf weitere Geister holen, wenn sie gebraucht werden.«

»Was heißt das – wenn sie gebraucht werden?«

»Wenn jemand schon im Sterben liegt, weil er zu lange gewartet hat, zu Takona Tua zu gehen. Oder wenn Te Tevano selber nicht weiter weiß.«

Sie hatte meine Neugier geweckt und mein Gehirn arbeitete auf Hochtouren. Ich erinnerte mich an Andreas Worte von den Geschichten, die vermeintlich von jemand anders handeln, aber am Ende einen selbst meinen. Aber die Sache mit Sankt Stephanus und den elf Geistern klang doch sehr nach einem Hollywood-Drehbuch aus der Hand eines selbst ernannten Mystikers – es war einfach ungeheuer plump. Das versuchte ich natürlich vor Nga zu verbergen und fragte ganz neutral: »Also hat sie zwölf Geister zur Verfügung. Dieselbe Zahl wie die Apostel?«

Was bei ihr eine weitere Bekreuzigung zur Folge hatte.

»Ja. Und deshalb ist sie die beste Ta'unga aller Inseln. Aber es gibt auf den Cooks noch einen, der weithin bekannt ist: Moeto Tukurungi auf Mauke. Er kommt gleich nach Takona Tua. Er hat aber nur zehn Geister. Und er ist böse geworden, böse – sehr böse.«

Noch mal schlug sie ein Kreuz.

Mein Gehirn ratterte förmlich. Das konnte nur Mataruas Vater sein. Und seine zehn Geister waren nicht etwa die zehn Fischer? Ich biss die Zähne zusammen, um mich nicht zu verplappern. Die zwölf Apostel gegen die zehn Fischer – so langsam lernte ich. Vielleicht musste man sich ja auch nur in der Bibel auskennen und das eine oder andere auf den Kopf stellen, um die dritte Welt zu verstehen.

»Mmhh. Dann ist Takona Tua also der Körper einer Frau mit dem Geist eines Manns. Ein Lele?«

Die Krankenschwester auf Atiu war ein *Lele*. Als Junge geboren, aber als Mädchen erzogen. Trug Frauenkleider, schminkte sich und sprach mit hoher Stimme. Das ist in Polynesien weit verbreitet, und ich hatte nie herausfinden können, ob sie ganz einfach schwul waren, oder vielleicht echte Transsexuelle, oder nur als Frau erzogen, weil zu viele Brüder da waren und eine Haushaltshilfe fehlte. Letzteres war seit Jahrhunderten üblich.

»Nein, Takona Tua war mit einem Papa'a zusammen auf Rarotonga. Aber nicht lange und nicht verheiratet. Keiner will mit einer Ta'unga leben. Sie war seine Haushälterin und wurde schwanger. Ihr Sohn lebt auf Fidschi. Außerdem ist der Name, den sie zuerst bekam, zur Geburt, Vaine Poto, kleine Frau.«

Matarua hatte ganz verquollene Augen, als ich in das winzige Haus eintrat. Ich hatte tatsächlich im Central Store für viel Geld eine Flasche Gin bekommen können und viel Mühe darauf verwendet, sie in Lilienblätter einzuschlagen. Takona Tua saß auf einer niedrigen Holzpritsche, ich ging sofort in die Knie, um mit ihr für die Begrüßung auf gleicher Höhe zu sein. Allein schon wegen ihres Alters gebührte ihr großer Respekt; wie viel höher stehend als ich musste sie als berühmte Ta'unga sein – das konnte ich nicht mal ahnen.

»Da ist er ja endlich, unser Papa'a! Und Gin hat er mitgebracht. Haben wir ihn doch gut ausgewählt: Recherchieren kann er und gute Manieren hat er auch.«

Sie streckte die Hand nach der Flasche aus und schickte Matarua in die Küche, zwei Gläser zu holen. Ich war ziemlich froh, dass sie offenbar Humor hatte.

»Setzen Sie sich mal da drüben gemütlich hin – diese Pritsche hier ist nur für mich.«

Aha, dachte ich, aber trotzdem daran gewöhnt, die Regeln zu bestimmen. Sie zeigte auf eine Pandanusmatte neben der Eingangstür.

»Und legen Sie mal Ihre Beklemmungen ab – ich kann ja Ihr Herz bis hierher spüren.«

Ich konnte noch nichts sagen. Ich hatte nicht nur Beklemmungen, ich hatte Angst vor ihr. Nga hatte mir noch gesagt, dass man nur an Takona Tuas Tür zu lehnen braucht, und schon weiß sie, wer man ist. Und dass sie heftig reagierte, wenn man versuchte, ihr was vorzumachen. Matarua kam mit den Gläsern zurück, Takona Tua ließ nur einmal kurz ihren Finger kreisen, Matarua verstand und schenkte ein.

»Manuia – und wie sagt man bei euch?«

»Prost!«

»Na, dann runter damit. Einen können wir. Matarua, zeig ihm ruhig deine Tataus.«

Matarua hatte einen Pareo vor ihrem Busen zusammengeknotet, so, wie ihn eigentlich nur noch die älteren Frauen tragen. Sie kniete sich neben mich und drehte mir ihren unbedeckten Rücken zu. Unterhalb des rechten Schulterblatts war ein wunderschöner Hundertfüßer eintätowiert, der sich in einem sehr schlanken S ihren Rücken hinunter schlängelte. Die Haut war noch ganz entzündet. Deshalb ihre verquollenen Augen.

»Ein Veri Tara«, sagte sie stolz, »ein Totem, das nur die besten meines Clans haben dürfen.«

Als Enkelin eines Ariki, Tochter eines berühmten Ta'unga und Lehrling bei Takona Tua stand ihr das sicherlich zu. Das andere Tattoo erkannte ich sofort und war ziemlich perplex. Ich hatte es bei Andrea in einem Sammelband über die Kultur der Cook Inseln abgebildet gesehen. Zusammen mit einer ganzen Reihe anderer traditioneller Tattoos. Vielleicht wollte Andrea die irgendwann mal in einem ihrer Tivaevaes verarbeiten, aber dieses hier ganz bestimmt nicht. Eigentlich merkwürdig, dachte ich, dass mir diese Verbindung noch nicht eher aufgefallen war. Es war ein *Rangirangi*, der um Mataruas Oberarm lief, ein Muster stilisierter Regenwolken. Ein unvollständiger Punkt, darunter ein Halbkreis, und darunter ein leicht geschwungenes gleichseitiges Dreieck, das auf der Spitze steht. Die verdeckte Sonne, Wolken und Regen, zwanzig- oder dreißigmal nebeneinander. Regenwolken als Symbol für eine dunkle Periode im Leben des Tätowierten.

Unwillkürlich rutschte mir Mataruas Satz raus: »Schwarze Wolken über Mauke.«

»Ich sag doch, wir haben den Papa'a gut ausgesucht.«

Takona Tua durchbohrte mich mit ihrem Blick, war dabei aber mehr in Gedanken als böse. Zurückrudern konnte ich nicht mehr, also sagte ich so bescheiden wie möglich: »Sie haben doch gesagt, ich soll meine Beklemmungen ablegen. Außerdem weiß ich im Grunde gar nichts. Ich bin verwirrt, seit ich hier ankam.«

Matarua setzte sich neben mich und strich mir über die Wange: »Armer Papa'a. Bist schon so alt und musst noch so viel lernen!«

Takona Tua lächelte: »Womit wollen wir anfangen, Papa'a – mit Ihren Problemen oder mit unseren? Flugangst oder zehn tote Fischer?«

Das war also die Stunde der Wahrheit.

Ich schaute mich um. Zwei Pandanusmatten, auf denen mehrere Kissen in kitschig gehäkelten Überzügen verstreut lagen, dazwischen, in der Mitte des Raums, ein niedriges, rundes Tischchen mit Plastikblumen in einer aufgeschnittenen PET-Flasche, die Holzpritsche mit dünner Kokosmatratze und zusammengerollter Decke am Fußende, daneben ein Nachttisch mit kleiner Leuchte und mehreren Bilderrahmen, gegenüber der Pritsche, an der anderen Wand, eine Vitrine aus dunklem Holz mit buntem Stoffüberwurf, die auf vier alten Farblackdosen stand, darüber ein völlig blaustichig verschossenes Luftbild von Rarotonga, daneben der Durchbruch zur Küche, ohne Tür, ein früher mal blauer Stoff mit weißen Blumen wehte ständig und leicht ausgefranst im Rhythmus des Abendwinds.

Auf dem Boden der in Polynesien allgegenwärtige dünne Plastikbelag, der Kacheln suggerierte und überall mit glänzendem Klebeband geflickt war. Eine 40-Watt-Birne hing von der Decke und pendelte hin und wieder leicht, wenn eine der beiden Motten zu heftigen Anlauf genommen hatte. Ein ganz normales Stückchen vom ganz normalen Südsee-Paradies.

Ich wollte erst noch einen ordentlichen Schluck Gin.

»Können wir mit den ganz einfachen Dingen anfangen und uns dann langsam hocharbeiten? Zum Beispiel – in was für ein Experiment ich hier geraten bin?«

Matarua kicherte.

Takona Tua räusperte sich, betrachtete ihren Handrücken, spreizte die Finger und redete ohne mich dabei anzuschauen.

»Dass Sie sich auf den Weg gemacht haben, den Tag zu beginnen, wenn er in Ihrer Heimat schon vorbei ist, war Ihre Entscheidung. Und kaum waren Sie hier, haben Sie auch schon auf sich aufmerksam gemacht. Im Oktober sind Sie das erste Mal hierhergekommen, mit diesem Passagierschiff. Ich schaffe es zwar kaum noch vor die Haustür, aber alle, die im Hafen anlanden, müssen an meinem Haus vorbei. Und da kamt ihr auch schon alle angefahren, auf sämtlichen Lastwagen, die wir hier auf der Insel haben. Und auf diese Distanz ist es für mich ein leichtes, hundert Geister in ein paar Sekunden aufzunehmen, wenn ich mich entsprechend vorbereitet habe. Und Ihrer stach deutlich hervor. Aber jetzt bitte nichts darauf einbilden. Ihr Papa'as bildet euch gern was auf euren Geist ein und ihr messt ihn sogar mit Farbtafeln und Denkaufgaben. Für einen Ta'unga ist Geist etwas ganz anderes. Es ist die Vollendung von Vergangenheit und Zukunft. In allen möglichen Stufen. Ist der Kreis geschlossen, kommt er zur Ruhe. Aber es gibt unzählige, die bis in alle Ewigkeit unruhig sind.«

Ich versuchte, sie zu unterbrechen: »Wie der in dem Grab auf dem Grundstück von – – –.«

»Ssschh!« – Matarua schnitt mir den Satz einfach ab.

»Jedenfalls wurde ich auf Sie aufmerksam. Weil Ihr Geist sich mit einem außergewöhnlichen Problem beschäftigt. Und dann hab ich mich entschieden. Erinnern Sie sich, dass Sie kurz nach Ihrer Ankunft auf Atiu das Gefühl hatten, dass diese Insel sie magisch anzieht? Und dass Sie unbedingt für länger wiederkommen wollten? – Für einen Ta'unga eine Kleinigkeit.«

Meine Beklemmungen waren weg, meine Angst verflogen. Ich war fasziniert von dieser Frau. Von diesem dreiundachtzigjährigen Medium, das mit Geistern so selbstverständlich redete wie ich mit Pressesprechern. Aber was hatte sie da gerade gesagt – mein Geist beschäftigt sich mit einem außergewöhnlichen Problem?

»Später, Papa'a, später. Wir wollten doch bei den einfachen Dingen anfangen.«

»Na gut. Dann also, wofür Sie mich ausgesucht haben. Das Experiment.«

»Für Matarua zum Üben. Ganz schlicht. Nicht enttäuscht sein, nicht böse werden. Das tut Ihnen ja doch gut, oder? Und es ist ein kleines Stück ausgleichender Gerechtigkeit. Ihr Papa'as habt uns erst eure Krankheiten, euren Gott und eure Verbote gebracht, dann euren Schiffszwieback, euer Wellblech und eure Coca Cola. Hin und wieder wollen wir auch mal was von euch, das nicht auf eurer selbstlosen Angebotsliste steht. Ein paar von euren Träumen. Den einen oder anderen eurer Geister. Mit euren Computern können wir auch ohne euch umgehen, mit euren Geistern nicht. Und ein Ta'unga braucht nicht nur Maorigeister, sondern auch die Geister von Papa'as. Maorigeister kennt Matarua schon ganz gut.«

»Aber Entschuldigung, wenn ich da unruhig werde. Heißt das, dass Matarua meinen Geist benutzt – wer immer das ist?«

»Nein und ja. – Ein Ta'unga benutzt keine Geister, er wird von ihnen besucht. Natürlich kann ich sie einladen, aber sie müssen nicht kommen. Und wenn ich sie einlade, und wenn sie kommen, und wenn ich Arbeit für sie habe, verrichten sie die freiwillig.

Es gibt nicht viel zu tun in der Ewigkeit, meistens freuen sie sich drauf. Und die Geister von Lebenden schauen wir uns nur an, ganz behutsam. Wenn der Körper, in dem sie wohnen, schläft und sie ihn verlassen haben. Matarua soll sich einüben, sich auskennen, bevor ich sie an die Geister von toten Papa'as lasse. Sie besucht Ihre Träume und, naja, was sie sonst macht, wissen Sie ja. Weil Papa'as anders denken, anders lügen, anders verbergen.

Euer Kopf ist zu schwer. Ihr lasst zu viel aus beim Reden. Eure Gefühle, Eure Träume, Eure Ängste. Und Ihr habt immer nur Wörter ganz ohne Seele.«

Den Satz kannte ich schon. Und er hatte mich im Nachhinein sehr beeindruckt. Hatte da Matarua ihre Lehrmeisterin zitiert oder wollte uns Takona Tua gerade wissen lassen, dass ihr nichts entging.

»Ihr Geist, Papa'a, ist sehr unruhig. Er sucht ein winziges Stückchen Vergangenheit. Aber Sie sind nicht krank, nicht von anderen befallen. Sie können die Arbeit allein schaffen. Ein Ta'unga greift nur ein, wenn das nicht möglich ist. Jeder hat Arbeit zu verrichten – Vergangenheit und Zukunft geben sich nicht einfach so ohne weiteres die Hand. Aber ein klein wenig können wir trotzdem für Sie tun – als Gegenleistung für den Gefallen, den Sie uns tun. Matarua wird

Ihnen morgen Nacht bei Vollmond Miri schneiden, Zitronenbasilikum, gegen weitere mögliche Panik. Das hilft nach innen. Für die Hilfe nach außen hätte ich Ihnen ein Tiki gegeben, aber Sie haben ja schon eins.«

Ich holte den Sandelholz-Totem unter meinem Hemd hervor, den mir John mit der Hahnenfeder auf Ambrym gegeben hatte. Ich hatte ihn eigentlich eher gedankenlos als reinen Schmuck getragen. Takona Tua brauchte ihn sich gar nicht weiter anzuschauen. Sie sagte nur: »Der schirmt sie ganz gut ab, wenn es zu schlimm wird.«

Sie machte einen Punkt. Ich holte tief Luft, um noch mehr Details zu erfahren. Aber mit einer kurzen Handbewegung machte sie mir klar, dass meine Probleme jetzt ausgiebig genug behandelt worden waren.

Sie schaute Matarua an und gab neue Instruktionen.

»Matarua, es wird jetzt Zeit, dass du dir die neuen Rau-Ti-Blätter schneidest – geh!«

Matarua wollte protestieren: »Aber ich – – –.«

»Du gehst jetzt!«

Offenbar wollte sie mit mir allein sein. Und fing auch ohne groß auszuholen sofort an.

»Moeto Tukurungi, Matar023 Vater, hat Unrecht getan und wird bestraft. Das haben die Ariki von Ngaputoru einstimmig beschlossen – mehr kann ich Ihnen nicht sagen, Matarua weiß auch nicht mehr, wird es aber irgendwann sicherlich herausbekommen. Das Tatau, das sie heute bekam, der Rangirangi, ist das Zeichen ihrer Trauer und ihres lebenslangen Stillschweigens. Tukurungi und seine zehn Fischer werden bald kein Unheil mehr anrichten. Das tut sehr weh, denn wir waren einmal gute Freunde und er ist einer der besten Ta'ungas, die es auf den Inseln gegeben hat. Dass er Matarua mir anvertraut hat, sagt mir, dass er auch meine Kunst immer noch schätzt.«

Sie hatte plötzlich einen sentimentalen Unterton, ihre Stimme klang, als würde sich Speichel in ihrem Mund sammeln und Tränenflüssigkeit in ihren Augen. Sie blickte gedankenverloren auf das Luftbild von Rarotonga. Aber dann räusperte sie sich, wischte sich tatsächlich eine Träne aus dem linken Auge und fuhr mich völlig überraschend in sehr scharfem Ton an.

»Ich gebe Ihnen das sehr ungern preis, und ich werde mit all meiner Macht darüber wachen. Ich werde verhindern, dass Sie Ihre Arbeit verrichten können, wenn Ihr Wissen diesen Raum jemals verlässt. Und am Ende mach ich Ihnen dann doch noch ein Kompliment. Nicht nur Ihr Geist, wie wir ihn verstehen, sticht heraus, sondern auch der, wie ihr Papa'as ihn versteht. Der mit den Farbtafeln und Denkaufgaben. Sie haben schon mehr herausgefunden, als einigen in Ngaputoru lieb ist. Lassen Sie es mich so sagen: Gerade, weil sie ahnen, dass es etwas gibt, was Sie vielleicht nie erfahren werden, wollen Sie in Bezug auf Menschen und ganz besonders sich selbst immer alles ganz genau wissen.«

»Nur weil ich meine, dass in einem einzigen Menschen – seinem Hass, seiner Liebe, seiner Verzweiflung, Hoffnung, Angst – mehr Gesprächsstoff steckt als in allen Vögeln dieser Welt. Aber vielleicht hab ich ja auch nur als Kind kein Fernglas bekommen.«

»Ist doch von Ihnen, oder? Sie hatten übrigens als Kind ein Fernglas – Sie hatten es sogar um.
Matarua jedenfalls hat sie offenbar unterschätzt, ganz am Anfang. Und ich kann nicht überall sein. Ich sag doch: Sie braucht jemand zum Üben.«

Die Idee gefiel mir noch keinen Deut besser. Auch wenn mir gerade die womöglich beste polynesische Ta'unga, eine Priesterin, ein Medium, eine – ich traute mich gar nicht, das Wort zu denken – ein *witch doctor* bescheinigt hatte, dass ich schlau war. Aber noch weniger gefielen mir ihre Andeutungen über das Stück Vergangenheit, das mir da fehlen sollte. Ich kenne meine Vergangenheit sehr genau, je älter ich werde, desto besser. Aber über all das konnte ich später noch in Ruhe nachdenken. Jetzt musste ich die Gegenwart von Takona Tua noch ausnutzen, solange wir allein waren.

»Takona Tua, das Grab – – –.« Aber sie wusste schon, was ich fragen wollte.

»Manchmal reichen sich Vergangenheit und Zukunft auch auf

diese Art die Hand. Manchmal passieren Dinge zweimal. Und Matarua kennt sich gut aus in der Vergangenheit. Sie hat viel von ihrem Vater gelernt.«

Auf Atiu ging ich jeden Sonntag in die Kirche.

Zog mir meinen Anzug an, rasierte mich gründlicher als sonst, steckte einen Dollar für die Kollekte in meine Sakkotasche und saß da, wo ich als Bewohner von Areora zu sitzen hatte: Mittschiffs ab zehnter Reihe von vorne. Wobei ich immer zusah, dass Matarua vor mir saß, damit ich sie während der langen Predigten in Maori, von denen ich natürlich kein Wort verstand, heimlich anschauen konnte. Sie wusste das. Spürte wahrscheinlich meine Blicke in ihrem Nacken. Sie hatte einen dieser wunderschönen Strohhüte auf, in die oben schwarzes Perlmutt eingearbeitet ist.

Es war aufgefallen, wie gerne und wie laut ich mitsang, deshalb saß ab meinem zweiten Kirchenbesuch immer ein Mann neben mir, der mir sein Gesangbuch hinhielt, das *Te Tau Imene Ekalesia*. Die Dörfer wetteifern beim Singen, und da war jede Unterstützung durch einen Touristen-Tenor recht.

Aber dieses Mal stand mir nach dem Singen Ungemach ins Haus. Ada Rongomatane, der einflussreichste Ariki auf Atiu, Papa Paiere und der Pastor standen nach dem Gottesdienst wie aufgereiht gegenüber der Kirche und warteten ganz offensichtlich auf mich.

»Schön, dass Sie so oft in unseren Gottesdienst kommen. Aber leider haben Sie auch andere Dinge oft getan. Sie sind mit Matarua gesehen worden. Sie haben nach Geistern und Träumen gefragt, das sind sehr merkwürdige Fragen für einen Touristen, noch merkwürdiger ist, dass Sie sich nach Takona Tua erkundigt und sie sogar besucht haben. Und Sie haben sich für das alte, verfallene Grab interessiert. Sie überspannen unsere Gastfreundschaft. Es ist besser, wenn Sie Ihre Sachen packen und den nächstbesten Flieger nach Rarotonga nehmen.«

Das war harter Tobak.

Natürlich wollte ich bleiben. Es ging um exakt drei Tage mehr oder weniger auf der Insel.

Ich dankte für das offene Gespräch und erklärte, dass ich mich von nun an nur noch am Strand sonnen wollte. Aber auf einmal hieß es, am Sonntag Nachmittag noch, Air Rarotonga hätte auf dem von mir gebuchten Flug keine Plätze mehr frei, wegen des immensen Verkehrs zum Constitution Day und einer nicht mehr flugfähigen Maschine, die längere Zeit auf Aitutaki bleiben musste. Jürgen überbrachte mir die Nachricht selbst. Wenn ich nicht noch vierzehn Tage bleiben wollte, was ihm ja als Pensionswirt ausgesprochen recht wäre, müsste er mich morgen um elf Uhr zum Flughafen bringen.

Mataraua klopfte kurz nach Einbruch der Dunkelheit an das Fliegengatter der Hintertür. Sie wusste schon alles und sagte ganz sachlich, dass wir uns ja nun beeilen müssten. Sie zog sich aus, kroch unter mein Moskitonetz und flüsterte: »Aber heute machen wir so lange, wie Du willst. Ist ja schließlich unser letztes Mal.«

»Ich bin bis über beide Ohren in dich verliebt«, sagte ich, als wir aneinander gekuschelt nebeneinander lagen.

»Gehört diese Art des Verzauberns auch zu deinem Experiment?«

Sie lachte: »Ich hab doch gesagt, dass du schwächer wirst und ich stärker.«

»Wirst du mich jetzt immer in meinen Träumen besuchen?«

»Gelernt habe ich genug, aber ich würde es tun, wenn du es magst.«

Ach, ich weiß gar nicht, was ich da sage. Wenn mir vor drei Wochen jemand gesagt hätte, dass ich eine Frau kennenlerne, die im Traum meinen Geist fragt, wohin er will und Bücher durch Stirnauflegen liest – ich hätte ihn für verrückt erklärt.«

»Armer Papa'a.«

Und den Rest ihres Satzes flüsterten wir uns gleichzeitig jeder in des anderen Ohr.

Ich hatte auf Bauch und Rücken lauter Pflaster mit feuchten Miri-Blättern gegen meine Panik-Attacken. Mataraua hatte sie noch bei Vollmond geschnitten und mir im Morgengrauen angebracht. Dadurch hatte ich nicht nur einen etwas merkwürdigen, stocksteifen Gang, sondern roch auch stärker als sämtliche Blumenketten, die alle um den Hals gehängt bekamen, die die Insel mit mir verließen. Gottseidank, dass es bei Flügen innerhalb der Cooks keine Sicherheitskontrollen gibt. Aber es hat bestens geholfen.

Die Nacht zum Constitution Day hab ich dann übrigens tatsächlich im Gefängnis in Avarua verbracht. Reine Routine, hieß es. Es war ein schrecklicher Mord geschehen. Solange man ihrer noch habhaft werden konnte, wurden alle Touristen, die auf Mauke, Mitiaro oder Atiu waren, verhört, oder besser: als Zeugen vernommen. Weil diese insulare Dreifaltigkeit Ngaputoru durch Schwestern, Onkel, Neffen und Cousinen vernetzt und dadurch auch genügend verfeindet sei, konnte es sein, dass auch ich etwas Verdächtiges wahrgenommen hatte.

Es waren nicht allzu viele Papa'as von dort angekommen. Zu fünft saßen wir am Nachmittag des dritten August in einer Zelle. Mein ältester Mithäftling, Fred aus Wellington, Tischler im Ruhestand, war tatsächlich auf Mauke gewesen und hatte genauer gehört, was passiert war: jemand waren Kopf, Arme und Beine vom Rumpf getrennt worden. Fred hatte in der Nacht vor dem Abflug bei dem schönen Vollmond noch einen Spaziergang am Strand gemacht und auf einmal eine Menschentraube gesehen.

»Und die haben mir dann eine absolut steile Geschichte erzählt. Ihr wisst ja, wie die hier sind. Irgendwann haben alle Hunde der Insel gleichzeitig angefangen, wie verrückt zu heulen und sind im Rudel zum Strand runter. Und haben sich vor den Eingang zu einer winzigen Höhle gesetzt, in der schon lange niemand mehr gewesen war. Und weiter geheult und gewinselt. Und dann sind ein paar Fischer gekommen, die gerade reinfahren wollten, und haben nachgeschaut. Drinnen lag nur noch ein Rumpf. Mehr wusste keiner. Aber heute Morgen hieß es, Arme, Beine und Kopf hätte man zwar noch nicht gefunden, aber in der Höhle versteckt waren mehrere Blechdosen mit Hunderten von Zeitungsausschnitten. Bilder vom 11. September, dem Irakkrieg und dem Mauerbau in Palästina. Und an manchen Rändern waren irgendwelche magischen Zeichen angebracht. Und anhand einer Tätowierung hatte man inzwischen festgestellt, dass der Tote ein berühmter und mächtiger Zauberer war. Naja – wers glaubt.«

Natürlich haben sich dann alle Touristen-Häftlinge furchtbar darüber aufgeregt, hier wie Diebe festgehalten zu werden.

»Wegen soner hirnrissigen Klamotte.«

Shaun und seine sehr blonde Freundin Felicity waren aus Banff, Colorado.

»Das wird ein Nachspiel haben. Wir sind freie amerikanische Staatsbürger. Das ist doch eine Bananenpublik hier.«

Als Felicity später von uns Männern getrennt in eine andere Zelle gebracht wurde, notierte sich Shaun tatsächlich die Namen der Wachhabenden und rief ihnen durch die geschlossene Tür »Nigger« nach.

Sven aus Schweden konnte fast gar kein Englisch und hoffte nur mit unsicherer Stimme, dass dieser Staatsstreich bald vorüber sei. Er hatte ein Round the World-Ticket und musste in drei Tagen in Santiago de Chile sein.

»Ich bin einfach nur froh, wenn ich wieder in mein Zimmer im Paradise Inn komme«, sagte ich und drehte mich auf meiner Pritsche mit dem Gesicht zur Wand.

Ich war tief in Gedanken.

So so! Dafür war er also bestraft worden. Er hatte seinerzeit Bush und Sharon im Schlaf besucht, ihnen seine zehn Fischer in die Albträume geschickt. Und offenbar nicht zum Guten. Dass Mauerbau, Irakkrieg und Ground Zero von einem Ta'unga auf Mauke ausgelöst worden waren, hielt ich selbst nach allem, was ich erlebt hatte, für ausgesprochen unwahrscheinlich. Aber womöglich gab es hunderte von Begleitumständen, an denen er nicht unbeteiligt war.

Und wer weiß, woran der gerade aktuell beteiligt gewesen war. Denn genau deshalb hatten sie ihn ja außer Gefecht gesetzt.

Die Brisanz dieser Geschichte, wenn sie denn stimmte, ging völlig an mir vorüber, interessierte mich merkwürdigerweise überhaupt nicht.

Mich interessierte viel mehr, wie sie es angestellt hatten, die zehn Fischer unschädlich zu machen. Mit Geisterfallen aus Kokoshanf? Ich hatte mal welche auf einer alten Lithographie gesehen, die nach den

Angaben eines frühen Missionars angefertigt worden war. Ein recht simpel aussehendes Geflecht, das während der Verarbeitung besprochen und dann um den betreffenden Körper herum aufgehängt wurde, damit sich der Geist entweder beim Rein- oder Rausschlüpfen in ihm verheddert.

Und ich malte mir die Höhle aus, in der Moeto Tukurungi seiner schwarzen Kunst nachgegangen war. Ein perfektes Rechteck mit eingehauenen Sitzstufen an den kürzeren Enden. In der Mitte feinster Sand auf dem Boden. Es gab also zwei identische Höhlen.

Und dann standen mir ein letztes Mal sämtliche Nackenhaare zu Berge. Was hatte Takona Tua gesagt? Manchmal reichen sich Vergangenheit und Zukunft auch auf diese Art die Hand. Manchmal passieren Dinge zweimal. Und genau dort hatte ich mit Matarua geschlafen.

Meine Vernehmung ging sehr schnell und war im Grunde ein Witz.

»Keine Wahrnehmung«, sagte ich.

»Mit wem hatten Sie Kontakt auf Atiu?«

»Nachbarskinder. Die beiden Deutschen Jürgen und Andrea. In der Schule war ich und hab der fünften und siebten Klasse die Umlaute beigebracht.«

»Die was?«

»Die Umlaute: Ä, Ö, Ü.«

»Sie sind Journalist?«

»Ja, zu Hause. Aber ich bin seit Anfang des Jahres im Urlaub. Obwohl, die Geschichte würde ich bestimmt sehr gut loswerden. Aber ich habe keinerlei Hintergrundinformationen und lege auch keinen Wert auf eine Einladung zur Pressekonferenz. Und überhaupt sitze ich im Moment im Gefängnis.«

Man beriet sich im Flüsterton auf Maori.

»Wir haben eine Nachrichtensperre verhängt. Sollte jemand dagegen verstoßen, müsste er sich wegen Hochverrats verantworten.«

Das war deutlich genug, danke meine Herren. Sie haben ja keine

Ahnung, dass ich bereits bei einer viel mächtigeren Instanz im Wort bin. Unter Androhung einer weitaus empfindlicheren Strafe.

Man ließ mich unter der Bedingung gehen, dass ich nicht mit dem Ausland telefonieren und keine E-Mail absetzen würde. Und bis zum Tag meiner Abreise sollte ich mich morgens und abends im Polizeihauptquartier melden.
Wenn es weiter nichts war.

Ich hatte weiß Gott ganz andere Sorgen.

Der *Tilt Train* von Cairns nach Brisbane

> *»Sagen Sie, Monsieur de Becque«, fragte eine Schwester,*
> *»stimmt es, dass die meisten Weißen, die in den Tropen leben,*
> *vor irgendetwas zu Hause davongelaufen sind?«*
> *Der Franzose drehte sich auf seinem Stuhl nach dieser dreisten*
> *Fragerin um. Sie war noch sehr jung, und deshalb lächelte er.*
> *»Ja«, gab er zu. »Ich glaube, das ist wohl so. Nehmen wir mal an, auch*
> *ich sei vor irgendetwas davongelaufen. [...]*
> *Ich halte es nicht für klug, zu genau wissen zu wollen,*
> *warum irgendjemand irgendwo ist!«*
>
> James Michener, »South Pacific«

Ich bin gerade auf Abwegen.

Ganz bewusst.

Aber wenn ich einem Queenslander sage, dass ich ja eigentlich ausschließlich in der Südsee unterwegs sein wollte, dann schüttelt er den Kopf, zeigt auf die Küste und sagt, dass sie doch da vorne sei.

From here all the way to South America, mate!

Stimmt natürlich. Aber nur streng geografisch, dabei bleibe ich.

Denn eigentlich bin ich hier nur in einem etwas merkwürdigen England. Oder in einem zurückgebliebenen Nordamerika. Wie auch immer exotisch Flora, Fauna und Morphologie erscheinen: Pythons, Wallabies, Krokodile, Regenwald und Outback – Australien ist durch und durch westlich-weißes Land und nicht Südsee. Die größte Anpassungsleistung, die ich zu bewältigen habe, ist das Eingewöhnen in den Linksverkehr. Ansonsten hält sich der Kontrast zu der Welt, in der ich 20.000 Kilometer von hier groß geworden bin, im Bereich der Randnotizen.

Man fühlt sich hier allerhöchstens wie ein Bayer in Ostfriesland. Ein Gefühl, dass man nur anderthalb Flugstunden von hier, in Papua

Neuguinea, weiß Gott nicht hat.

Aber um allen Einwänden stolzer Aussies zu entgehen, hänge ich die Sache meinetwegen etwas tiefer.

Also: Ich habe mich auf einen kleinen Abstecher begeben. An die westlichste Küste des Korallenmeers, auf die Spuren zweier ganz großer Reisender: Captain Cook und William Bligh. Vor beiden habe ich Hochachtung, an beiden kommt man nicht vorbei, wenn man sich mit der Südsee beschäftigen will.

Und beide waren sie genau hier, zwei, drei Kanonenschüsse weit entfernt: Neu-Holland damals noch zu Cooks Zeiten, und segelten im Schutz des *Great Barrier Reef* nordwärts. James Cook auf steilem Weg zu höchstem Ruhm, Bligh in tiefer Not mit achtzehn Mann in der kleinen Nussschale, die eigentlich seinen sicheren Tod bedeuten sollte, ihm aber im Gegenteil einen Ehrenplatz in der Hall of Fame der christlichen Seefahrt einbrachte.

Hinter dem Großen Barriereriff segelte er aus Tonga kommend neun Tage lang geschützt die Küste herauf, erreichte so die Torres-Straße und gelangte weitere acht Tage später nach Timor. Vom 29. April bis 13. Juni 1789 war er unterwegs gewesen und hatte 3.200 Seemeilen zurückgelegt. Und hatte einmal mehr seine brillante Führungskraft unter Beweis gestellt: Laut Logbuch hätten er und seine Mannschaft noch für gut und gerne zwei Wochen Proviant gehabt, wenn man denn tägliche Rationen von sechs Gramm und das gelegentliche noch warme Blut eines Fregattvogels als Vorrat bezeichnen will.

Sein Lehrmeister James Cook hatte neunzehn Jahre zuvor in der *Botany Bay* vor dem heutigen Sydney kurz Station gemacht, war ebenfalls im Schutz der Küste nordwärts gesegelt und hatte dann am *Endeavour River* in der Nähe des heutigen *Cook Town* sein Schiff reparieren müssen, nachdem er auf eben jenes Riff gelaufen war. Sechs Wochen dauerte die Zwangspause. Zeit genug, um sogar den Bergen im Hinterland Namen geben zu können – als hätten sie nicht schon längst welche von den Aborigines bekommen. Einer heißt bis heute *Mount Sorrow* und gibt so gleichsam Auskunft über die Stimmung angesichts eines aufgerissenen Schiffsrumpfs. Jeder heutige Skipper hätte zusätzlich noch einen Berg Rechnungen am Hals. Genug Zeit aber auch, für die westliche Welt das Känguru und den Geschmack seines Fleisches, und – wenn ich mich recht erinnere – den Kasuar zu entdecken. Ein Vogel, vor dem ich mehr Angst habe als vor den Schlangen und Spinnen hier.

Die Kängurus und die kleineren Wallabies sind inzwischen eine Plage, und der Kasuar ist bis auf 1.200 Exemplare ausgestorben. Als Plage gelten den neuen Herren Australiens, die in Form eines Sträflingstransports aus England im Januar 1788 erstmals an Land gingen und die königliche Fahne hissten, auch die Ureinwohner, die Aborigines oder neuerdings *First Nation People*, wenn man politisch korrekt sein möchte. »Die arbeiten nicht und hängen nur dem Staat auf der Tasche. Geh bloß nie an nem Donnerstag in die Kneipe. Da ist Zahltag und die besaufen sich gnadenlos von ihrer Stütze. Aber bevor sie umfallen, machen sie noch Ärger und prügeln sich. Das wurde mir schon recht früh erzählt. Ich sag doch: Durch und durch westlichweißes Land.

Es gibt die denkwürdigsten Theorien, warum weiß und schwarz nicht zusammenpassen. Nicht nur hier, sondern überall auf der Welt. Thronne aus Johannesburg hat mir mal gesagt, dass ich ihm nur diesen einen Gefallen tun soll: Nicht über Apartheid, Schwarze, Weiße und Rassenpolitik in Südafrika zu reden!

»Wenn Du da nicht lebst, hast Du keine Ahnung. Glaubs mir!«

Ich ahne, was er meint und tu ihm den Gefallen. Und so halte ich das auch hier in Australien, wo ich fast wörtlich dasselbe gesagt bekomme. Obwohl die Sicht von außen, auch bar jeder praktischer Erfahrung, womöglich so manche Denkkruste aufbrechen könnte. Kann ja sein, dass man als Weißer immerhin viel über Weiße weiß. Aber gut – ich füge mich fürs erste.

Und indem ich das tue, bin ich schon mitten im allerschönsten Reisen unversehens mitten ins allerschönste Nachdenken geraten. Über das Reisen und die Wahrheit auf Reisen. Das ist zwar feinste literarische Tradition und ausgesprochen löblicher Grund, sich auf den Weg zu machen, aber es ist harte Arbeit. Denken ist immer harte Arbeit. Obwohl es um ganz simple, auf den ersten Blick völlig banale Fragen geht.

Was ist reisen eigentlich, und warum reist der Mensch? Und was lernt man auf Reisen, wenn man denn reist, um zu lernen. Das Goethe'sche *was die Welt im Innersten zusammenhält*? Also auch ein Stück Wahrheit über sich selbst?

Die reine Großhirnrinde wieder mal, bei genauerem Hinsehen lauter kniffliges Zeug, mit dem sich Cook und Bligh nie und nimmer befasst haben. Sie hatten einfach nur einen Auftrag und sind losgesegelt. Genau das war ihr Beruf. Umso wichtiger sind sie mir als Wegbegleiter. Als weit entfernter Spiegel.

Denn es ist manchmal ganz beruhigend zu wissen, dass das, worüber man sich gerade den Kopf zerbricht, womöglich jahrhundertelang absolut belanglos war. Dass uns heutigen die Frage nach dem Sinn und dem Wesentlichen nur so wichtig ist, weil uns die beiden immer mehr unter den Fingern zerrieseln. Aber gemach – jetzt bin ich ganz unvermittelt schon sehr früh mächtig hoch hinaufgestiegen.

Ausatmen. Einatmen.

Und ordentlich Boden unter den Füßen behalten. Genau deshalb hab ich ja auch keinen Flieger genommen, sondern sitze im Zug.

Ob ich mich denn auch an die Wahrheit halten würde, hatte mich Robert in Tahiti gefragt, und Sabrina Levy, deren Ur-Urgroßvater von Jack London schlecht behandelt worden war, war geradezu fanatisch für die Wahrheit eingetreten.

In Vanuatu hatte mich das Gefühl nicht wieder losgelassen, dass man mir die Wahrheit über den *Kastom*, die Tänze, Riten und Traditionen, sehr gerne vorenthalten wollte.

Und ich selbst hatte ja auch auf Palmerston in den Cook-Inseln den Passagieren der Ocean Blue die Wahrheit über das Zusammenleben der drei Marsters-Familien verheimlicht: den Hick-Hack bis hin zur Brandstiftung. Ihnen stattdessen ein paradiesisches Atoll vorgeführt, ihren Traum bedient.

Die pathetische Rede des Passagiers auf dem Achterdeck, im Angesicht des Vollmonds und der glimmenden Lava von Ambrym, hatte meine geballte Häme hervorgerufen, aber auch sie hatte etwas mit der Wahrheit zu tun gehabt. Einer ganz großen sogar, für die es das schöne unmoderne Wort Offenbarung gibt. Eine sprachlose, allumfassende Wahrheit, wie sie gerade auf Reisen, in fremder Umgebung manchmal aufscheint, und die meisten von uns bei dem Versuch, sie in Worte abzubilden, hilflos mit den Ärmchen rudernd zurücklässt. Weil wir halt Gedanken nur sprachlich fassen können. Und wenn die zu groß sind, gerät auch das überlegteste Wort zur leeren Sprechblase.

Und last but not least fängt diese Südseewelt gerade an, mir aus den Fugen zu geraten. Mehr noch: die Welt, wie ich sie bisher kannte. Ich gebe im Moment gerade keinen Cent auf irgendeine Wahrheit, auf irgendeine gültige Erkenntnis. Das ist eine Zeitlang ganz witzig, aber auf die Dauer sehr beunruhigend.

Meine Wahrnehmung ist ziemlich durcheinander.

Genau deshalb dieser Abstecher: zum Ordnen. Im nicht ganz so Fremden.

Was für ein Paradies! Die Leute hier sind bitterarm, aber glücklich.
Das schreibt man so von der Leber weg auf soundso viele Postkarten, aber was genau schreibt man da eigentlich. »Die Deutschen sind immer so ernst und missmutig«, sagte mir Riette aus Kapstadt, die auf der Ocean Blue die Boutique führte, an ihrem freien Vormittag am Strand von Aitutaki. Und sie meinte damit natürlich nicht mich; »versteh mich nicht falsch«, aber natürlich meinte sie auch mich. Deswegen wurde sie ja auch rot im Gesicht.

Und natürlich hab ich mich gefragt, ob ich ernst und missmutig wirke.

Die Wahrheit auf Reisen. – Das ist hübsch doppeldeutig.

Ich habe es mir in Wagen G, Sitz 24 gemütlich gemacht, um mich von den beiden – der Wahrheit und dem Reisen – mal wieder auf formschöne, fassbare Gedanken bringen zu lassen. Mehr nicht. Den beiden bis auf den Grund kommen und systematisch-korrekt eine Dialektik der Wahrheit auf Reisen ableiten, sollen wirkliche Philosophen.

Es haben sich ja auch schon einige in den vergangenen Jahrhunderten damit befasst. Aber immer nur ein bisschen daran geknabbert. Den ganzen Kuchen hat meines Wissens noch keiner gebacken und gegessen. Obwohl dabei durchaus schon wunderschöne Zitate entstanden sind, die auf jeder Party gut kommen: *Der kürzeste Weg zu Dir selbst führt einmal um die Welt herum.*

Ich werde den Fall beizeiten Robert dem Philosophen zurückgeben. Er wollte mich, glaube ich, sowieso nur provozieren und hat die Wahrheit selbst nicht parat. Vielleicht ist das Ganze ja ohnehin auch mehr was für die Psychologen. Und ich will auch einfach nur mal ein bisschen zusammensammeln, ordnen, und mich an dem Mosaik erfreuen. Und am Klettern im Baum der Erkenntnis. Um Gottes Willen nicht als Philosoph, sondern allerhöchstens als Reisender mit Literaturkenntnissen.

Ich werde mir vierundzwanzig Stunden und fünfundfünfzig Minuten ganz allein nur dafür nehmen, nachzudenken und aufzuschreiben. So lange braucht der Zug für die 1.681 Kilometer von Cairns nach Brisbane, immer die Korallenmeerküste und das Große Barriereriff entlang. Eine historische Strecke, nicht nur wegen Bligh und Cook: im November 1956 legte das Olympische Feuer auf seinem Weg zum Austragungsort Melbourne genau diese Etappe an der Ostküste Australiens zurück: *citius, altius, fortius*. Ein Gedenkstein an der Esplanade von Cairns erinnert daran.

Tilt Train nennt sich dieser Zug, den ich um acht Uhr heute früh bestiegen habe. Er neigt sich in den Kurven, daher der etwas schlichte, technokratische Name. Der deutsche *Pendolino* war da semantisch sehr viel gelungener. Der *Tilt Train* verkehrt erst seit Juni 2003 und die Broschüre auf Jedermanns Sitz feiert ihn als den modernsten Zug Australiens.

Mmhh – naja.

Aber immerhin sind die Kargheit und der Mangel an gestalterischem Weitblick im Zuginneren dem Prozess der Wahrheitsfindung ausgesprochen zuträglich. Hier kommen Herbheit und Klarheit des Verstands nicht in irgendwelche Versuchung. Mit seinem hellblauen PVC-Boden, beigefarbenen Spritzguss-Plastikwänden und den aus der Luftfahrt abgeguckten, hermetisch verschließbaren Gepäckkästen hat er die Anmutung eines Aeroflot-Fliegers aus den späten Achtzigern. Einen Speisewagen – *Club Car*, ach, was hat dieses Wort alles in mir hervorgerufen: Rotwein, Sessel, Zigarren – gibt es nicht. In Deutschland wird diese schönste Form des Reisens ja auch gerade abgeschafft. Stattdessen besticht ein Küchenwagen durch Cola- und Chipsautomaten und sechs hellblaue Barhocker.

Erinnert mich an den Warteraum der Grenzübergangsstelle Helmstedt – Marienborn, durch den man musste, wenn man nicht Transit war, sondern richtig in die Ostzone einreisen wollte. Nur der Lysolgeruch fehlt.

Wir reden hier wohlgemerkt über einen Zug, in dem es nur Businessklasse gibt: 300 Dollar one way. Fliegen kostet die Hälfte. Der häufigste Service besteht darin, dass jemand die Abfalltüten einsammelt, in denen sich all die Coladosen, Chipstüten und Plastiktassen angesammelt haben. Das wird richtig durchgesagt: »In Kürze wird unser Team wieder an ihren Platz kommen, um die Abfalltüten einzusammeln und Ihnen eine neue zu geben.«

Dahinter scheint eine ganz bittere Wahrheit über die weiße Kultur hier in *Down Under* auf, aber ich wollte ja den Mund halten.

Und nicht nach drinnen, sondern nach draußen schauen: Auf diese endlosen Zuckerrohrplantagen zwischen Cairns und Bundaberg, die italienische Einwanderer dem Urwald abgetrotzt haben.

Dagegen ist Fidschi eine zweitklassige Hobby-Gärtnerei.

Auf die Flüsse, die jetzt im Winter immer schmaler werden, auf die unzähligen roten Termitenhügel, wenn die Strecke mal weiter ins Landesinnere führt, auf die winzigen Siedlungen mit Namen wie *Proserpine* oder *Caboolture* und mit ihren Holz- und Wellblechhäusern auf hohen Stelzen. Und dazwischen immer wieder auf diese menschenleere Weite, die man sich hin und wieder nach Deutschland wünscht, wenn man einmal mehr zwischen Frankfurt und Wiesbaden im Stau steht.

Komisch, wenn am Fenster die Landschaft vorbeizieht und die Flüchtigkeit der Eindrücke eine detaillierte Wahrnehmung gar nicht zulässt, kann ich am besten nachdenken.

Transitorium Panoptikum.

Als Mikrobiologe oder auch nur *Birdwatcher* wär ich die absolute Niete. Ich fliege auf den Wald und mach mir dann überhaupt nichts mehr aus den Bäumen. Ich hab schon immer lieber aufs Große und Ganze geguckt. Deswegen kenne ich für die Behandlung des Themas Wahrheit auf Reisen auch keinen besseren Platz als Wagen G, Sitz 24.

Und weil ich vor der Wahrheit schon immer einen tierischen Respekt hatte, fange ich mit dem an, was ich besser kann – Reisen.

Das Thema des Reisens ist eines der umfassendsten und ältesten der Menschheit überhaupt.

Man muss sich nur mal klarmachen, dass nach allem, was wir wissen, *Homo Erectus* Hunderttausende von Jahren damit beschäftigt war, sich aus Ostafrika heraus in den Rest der Welt zu bewegen. Macht Euch die Erde untertan, das ist na klar eine einzige Reise, bis *Homo Sapiens* schließlich vor knapp 800 Jahren in Auslegerkanus in Neuseeland ankam, in *Aotearoa*, dem Land der großen weißen Wolke. Noch vor aller Sprache, noch bevor der Mensch das Wort dafür hatte, war er schon unterwegs.

Die Menschheitsgeschichte ist eine große Reise – würde mich nicht wundern, wenn demnächst einer dieser tapferen Biotechnologen das Reise-Gen isolieren würde. Und als die ersten Götter benötigt wurden, und später immer komplexere Gottheiten entstanden, waren die ganz selbstverständlich auch ständig unterwegs – wie auch anders – sie konnten ja keine anderen Gedanken haben als unsere.

Und so wurde das Reisen auch zur Metapher. Einer Metapher, in die richtig schön viel reinpasst. Vielleicht, weil man im Durchschreiten des Raums die Zeit am besten erfahren kann. ER-FAHREN. Allein was die Alltagssprache hergibt, ist ganz erstaunlich. Nicht nur die Menschheit insgesamt, sondern auch jeder einzelne LEBENSWEG zwischen Geburt und Tod ist eine einzige Reise mit verschiedenen STATIONEN, ein Transit. Und wenn wir am Ende DAHINGEGANGEN sind, KOMMEN wir in den Himmel oder FAHREN zur Hölle.

Und merkwürdig, dass wir bei aller Vertrautheit mit dem Reisethema noch immer nicht mit dem Ende der Reise klar kommen. Dem Tod. Der Endlichkeit von allem, was ist. Obwohl wir doch alle, unabhängig vom LEBENSWANDEL des einzelnen, längst aus dem Garten Eden VERTRIEBEN wurden. Als Tausch gegen die Erkenntnis.

Aber jetzt haben wir den Salat: die Erkenntnis reicht doch nicht, und wir sind nicht mehr im Paradies. Eine denkwürdige Reise.

Der Urzustand der christlichen, jüdischen, westlichen Welt ist ausgerechnet ein ORT.

Ein Ort, aus dem wir vertrieben wurden, in dem wir nicht mehr sind. Ausgereist.

Ostafrika? Meint das die Genesis im Alten Testament?

Viele mühen sich, das Paradies gerade auf diesem so folgenreichen ERKENNTNISWEG wieder zu erlangen und haben gerade zwei Sonden auf den Mars geschickt, um zu erkunden, ob wir dort oben menschgemäßer Leben können. Sozusagen am Ziel der Vertreibung, im neuen Garten Eden.

Andere begeben sich immer und immer wieder auf den Weg in die Vergangenheit, um zu restaurieren, was verloren ist. Die einen wollen nach vorne, die anderen zurück ins Paradies. Immer auf der Suche.

Und ihrem Gegenteil: der Flucht. Und immer seltener KOMMEN wir zu irgendeiner genuin neuen Erkenntnis. Weil halt die alten immer noch wahr sind, da beißt die Maus keinen Faden ab. Aber wenn es denn die Angst vor der Leere füllt, vor der Endlichkeit: bitteschön! Berauschen wir uns weiterhin an neuen Ingenieursleistungen.

Dem Reise-Gen. Dem Klonen oder dem Ausknipsen unerwünschter Erbinformationen.

Dem digitalen Sieg des Handys über dessen Sinn: die Kommunikation zu verbessern und vollständige, sinnvolle Sätze nicht nur zu transportieren, sondern allererst zu erzeugen.

Dem digitalen Sieg der Pixelkamera und ihres schier unendlichen Speicherplatzes über die kreative Leistung der behutsamen Motivauswahl. Wir speichern und transportieren voller Stolz immer mehr Müll, damit nur ja die Geräuschkulisse nicht abebbt und das Glitzern, Glänzen und Blubbern von der Leere ablenkt, die dahinter lauert.

FORTSCHRITT. – Und auch der stammt aus dem Füllhorn der Reisemetapher: FORTSCHREITEN.

Aber ich schweife ab und werde zudem gerade böse. Und bin viel zu früh auf dem besten Weg zu Teil zwei meiner Aufgabe: dem Blick auf die Wahrheit und das Wesentliche. Weiter oben im Geäst.

»Bed und Breakfast machen in Australien die wenigsten. Und die, die zu uns kommen, nennen Trish und ich gern REISENDE, nicht Touristen.« Zitat Andrew, Gastgeber in einer der besseren B & B-Unterkünfte oben am *Daintree River*, gut 100 Kilometer nördlich von Cairns.

Das behalten wir gleich mal bei und schmeißen, wenn wir über das Reisen nachdenken wollen, die Touristen raus – alle, die zweimal im Jahr vierzehn Tage ausspannen wollen, und denen egal ist, ob sich ihr all-inklusive Ghetto in Hurghada, Antalya oder in der Domrep befindet. Damit sind übrigens auch Golfspieler gemeint. Ich muss ja immer schon innerlich losprusten, wenn die Leute mit den Plastikbändchen am Arm *all inclusive* gar nicht richtig aussprechen können. Der Reiseveranstalter *Australian Pacific Touring* hat gerade eben die größten Knaller in Sachen Ignoranz von Touristen veröffentlicht. Köstlich!

»Könnte ich in Ayers Rock wenn möglich ein Zimmer mit Meerblick haben?« – »Meine Frau und ich werden sehr leicht seekrank. Wie hoch sind denn die Parkplatzgebühren am Großen Barriereriff?« – »Ich würde gern von Australien aus einen Abstecher nach Neuseeland machen, will aber nicht fliegen. Gibts da nicht auch nen Zug oder Bus?« – »Sagen Sie, kann man nicht auch um die Datumsgrenze herumfliegen, statt drüber weg? Ich krieg sonst einfach mein genaues Ankunftsdatum nicht auf die Reihe.«

Alles ganz wahre, alltägliche Geschichten. Damit dürfte der Bodensatz des Tourismus endgültig erreicht sein. Weg damit.

Und noch jemand schmeißen wir raus: Die Geschäftsreisenden, die sich größtenteils im weltweit genormten Niemandsland von Business-Class, Hotelzimmer und Konferenzraum aufhalten und sich dann dort mit genau dem beschäftigen, was sie auch zu Hause beschäftigt. Die haben zwar, wie Cook und Bligh, einen Auftrag, aber der hat nichts mehr mit einem BE-REISEN oder ER-FAHREN zu tun. Wer Reisender genannt werden will, muss auch wirklich dort ankommen, wohin er unterwegs ist, und nicht in einer künstlichen Zwischenwelt namens Robinson-Club, Golf Resort oder Kongresszentrum.

Historisch gesehen war das Reisen immer eine Suche. Und Suche ist Arbeit, harte Arbeit, ob man nun am Klondyke nach Gold schürft, die Nordwest-Passage finden will oder in Tibet den Stein der Weisen. Im englischen Wort *travel* wird diese Beziehung sehr viel deutlicher als beim deutschen Wort *reisen*. *Travel* ist nah verwandt mit dem französischen *travailler*, arbeiten. Und schon ist man mittendrin.

Die frühesten Reisenden waren immer auf der Suche. Nach besseren Jagdgründen, frischerem Wasser, gemäßigteren Temperaturen. Wir kennen sie aus Mythologie und Literatur, später dann auch aus der Geschichtsschreibung. Und wie sehr Suche Arbeit ist, wusste niemand besser als der bis heute auflagenstärkste Suchende – Moses. Das gelobte Land zu finden, war alles andere als Frühsport. Vierzig Jahre war Moses unterwegs, und das keinesfalls, weil er bereits achtzig und womöglich nicht mehr so ganz Herr der Lage war, als er sich an die Spitze des Volks Israel setzte.

Der englische Dramatiker Christopher Marlowe, Zeitgenosse Shakespeares – auch so ein großer Suchender, der dabei um die ganze Welt reiste – hat über Moses die wundervolle Bemerkung verbreitet, der Mann habe jahrzehntelang an einer Strecke gearbeitet, die man gut und gerne in drei Wochen hätte schaffen können. Ketzerische Gedanken haben was, da kann man mir erzählen, was man will.

Na klar war Moses nicht vierzig Jahre unterwegs. Aber man musste natürlich erzählerisch die Bedeutung der Suche unterstreichen, und so wurde die Geschichte ausgeschmückt und sehr viel größer und länger gemacht, als es der damaligen Lebenserfahrung entsprach. Na klar wird kaum ein Mensch 120 Jahre alt. Aber das gelobte Land Kanaan war für das Volk Israel schließlich das höchste überhaupt. Das Land, in dem Milch und Honig fließen. Dem Abraham vom HERRN höchstpersönlich prophezeit. Und die Suche gottbefohlen. Da kann man nicht einfach mal rasch von Ägypten zum Jordan laufen: *O. k. Herr, mach ich – meld mich von da dann wieder.* Die größte Arbeit des Volkes Israel musste ganz einfach Jahrzehnte dauern. Und um es noch dramatischer und wichtiger zu machen, durfte Moses schließlich kurz vor dem Ziel noch nicht mal rein. *Mission impossible!*

Ob das nun Mythologie ist, Legende oder Literatur oder vielleicht gar Geschichtsschreibung, ist eine akademische Frage. Es spielt keine Rolle. Da wird, warum und von wem auch immer, eins der universalen Themen der Menschheit abgehandelt, das jeder Kultur vertraut ist: die Suche und die damit verbundene Arbeit des Reisens. Das ist die gleiche Liga wie die ewigen Themen Liebe, Tod und Teufel.

Und das Reisethema aus jenen Tagen ist uns halt nicht anders erhalten als in dieser übertriebenen Form. Die heutige Beziehung zwischen *fact* und *fiction* war damals eine ganz andere. Man erzählte von der harten Arbeit des Reisens, der Suche, wie sie jeder Zuhörer aus eigener Erfahrung kannte. Der Erzähler war mit seinem recht überschaubaren Zuhörerkreis vertraut, und für den war Reisen wichtiger Teil des Lebens. Schäfer, Händler, Nomaden. Man vertrieb sich die Zeit mit Geschichten aus der eigenen Erfahrungswelt und rechtfertigte damit seine Existenz. Geschichten zu erzählen war keine Industrie, möglichst viele zu erreichen undenkbar. Zuhörer und Erzähler waren Nachbarn.

Heute ist das völlig anders, und trotzdem funktionierts noch: ich habe Stanley Kubrick nie gekannt, und er mich auch nicht. Wir sind auch beide nie im Weltall gewesen, aber bei allem Verlust dieser direkten Beziehung, bei allem Kommerz und aller Seichtigkeit reiner Kino-Bilderwelten können wir beide immer noch mit dem Reisethema etwas anfangen. Und Millionen andere auch. Deshalb wurde *Odyssee im Weltraum* ein Klassiker. Aber ich steige viel zu sehr ins fachliche Geäst der Cineasten und Rezeptionsästhetiker.

Odyssee.
Ich bin mir nicht sicher, ob sich Herr Kubrick dieses klassische Epos tatsächlich angetan hat, aber da fallen doch richtig die Schuppen von den Augen: die westliche Literatur im engeren Sinn beginnt ausgerechnet mit keinem geringeren Helden als einem Reisenden, einem Suchenden, der nach dem Trojanischen Krieg nicht wieder nach Hause findet. Und sein Name und seine Suche werden zum Sammelbegriff für alle Irrfahrten.

Und wieder ist die Suche harte Arbeit. Man kann sich richtig die Schweißperlen auf seiner Stirn vorstellen, als er sich an Polyphem vorbeimogelt. Und den Felsen und ihren Wellen ausweicht, die der von Odysseus geblendete Riese hinter ihm her wirft. Und weil der wackere Held alle Aufgaben mit Bravour besteht, seine Arbeit verrichtet, hat er den Beinamen *der Listenreiche*.

Der heutigen Arbeit ist übrigens dieser Aspekt der Mühe, die sich lohnt, abhanden gekommen. *Unser Leben währet siebzig Jahr, wenn es hoch kommt, sind es achtzig, und wenn es köstlich war, dann war es voller Müh' und Arbeit.* Mit diesem Satz würde nicht mal die FDP jemand für den Bundestag aufstellen.

Man kann noch eins drauf setzen: dem gesamten Leben ist dieser Aspekt der Arbeit abhanden gekommen.

Wer würde denn allen Ernstes noch wollen, dass in seinen Grabstein das geritzt wird, was der *Kastom Chief* Cecil Turgoven auf Loh in Vanuatu selbstverständlich fand: dass er mit der Arbeit 1906 begann; sprich: dass er 1906 geboren wurde – *Hemi statem wok 1906.*

Die Mühe des Lebens ist in der reichen westlichen Welt – da, wo Reisen zum Tourismus verkommen ist – längst zum *Kick* geworden, einem Wohlstandsgut, das wir uns teuer erkaufen müssen: Bungee-Springen, Einhandsegeln um die Welt oder für 5.000 Dollar allein mit der Machete durch den Urwald, Würmer essen.

Ich übertreibe, aber das ist ja, wie gesagt, allerbeste Tradition beim Reisethema.

Und natürlich ist die aus diesem alten Zusammenhang längst herausgetrennte Arbeit längst genauso verkommen. Man ist abhängig beschäftigt und hat vier Leben. Eins als Kind und Schüler in der *Vorerwerbsphase*, Leben zwei und drei vor und nach Dienstschluss, und dann noch eins in Rente, *Nacherwerbsphase*. Und die meisten sagen wie selbstverständlich, dass sie nur sie selbst sind, wenn sie nicht arbeiten. Das war mal anders.

Und schon dämmerts, dass das Reisen sich zwangsläufig auch bis zur Unkenntlichkeit verändert haben muss, wenn Arbeit und Leben so anders geworden sind. Auch in der Hinsicht sind Cook und Bligh ein köstlicher Spiegel.

Uns ist in groszen Mären
Wunders viel geseit
von Helden lobebaeren
von großer Arebeit.

Die ersten vier Zeilen des Nibelungenlieds.

Große Geschichten handeln von Wundern, Helden und eben jener alten Art von Arbeit. Minne, Macht und Totschlag. Und natürlich auch dort: Reisen. Der strahlende Held kommt immer gern aus der Fremde angeritten, um das Land von einem Drachen zu befreien oder die vom König gestellte Aufgabe zu lösen. Was natürlich die einheimischen Helden auf die Palme bringt. Denn zur Belohnung gibts die Hand der Prinzessin, die alle anderen auch haben wollten. Nebenerkenntnis: Fremdenfeindlichkeit ist keineswegs ein Kind der modernen Migrationsbewegungen. Den angereisten Helden mag keiner. »Die nehmen uns unsere Arbeit weg und wollen unsere Frauen.«

Na klar kann man die höfische Literatur nicht eins zu eins auf die höfische Welt des Mittelalters übertragen – da machen einen die Drachen doch stutzig – und auch Odysseus war ein besserer Seefahrer als alle seefahrenden Zeitgenossen Homers zusammen. Das mit der Übertreibung hatten wir schon bei Moses.

Aber natürlich wurde auch in der höfischen Welt der *Helden lobebaeren* sehr viel gereist. Kaiser und Herzöge waren die meiste Zeit ihres Lebens unterwegs. Nix mit Heim und Herd, Goldes wert. Das kam erst im Biedermeier. Da wurde nicht gereist, da hatte man nur heimlich Sehnsucht und Fernweh. Die Kaiser und Herzöge lebten im Sattel und schickten schon früh ihre Kinder auf eigene Wege, damit sie sich etwas von dem besonderen Schliff dieses oder jenes Hofes abschauen sollten. Noch der spätere *Cortegiano*, der Höfling, der es zu etwas bringen wollte, war weit gereist und dementsprechend mit allen, nicht nur den einheimischen Wassern gewaschen.

Aber mehr und mehr regierte Geld die Welt, und nicht mehr Gottesgnadentum, in Italien schon in der Renaissance. Siehe Florenz und Venedig. Das Großbürgertum kontrollierte die Handelswege und den Warenfluss, seine Handelsgesellschaften drangen in immer neue Gebiete vor: wieder mal eine geniale Reiseleistung.

Und je mehr das Bürgertum zu Geld, Macht und Ansehen kam, schickte es auch seine Söhne in die Welt. Die *Grand Tour* wurde im England des 18. Jahrhunderts zur Voraussetzung gesellschaftlicher Akzeptanz. Sie kam als *Kavalierstour* vom Hochadel herunter und wurde ins Bürgertum durchgereicht. Allerdings reiste man nicht mehr, wie die doofen Adeligen, von Hof zu Hof, sondern besuchte für Bildung und Erbauung die Orte der antiken Welt: Italien, Griechenland, den Vorderen Orient, Ägypten. Mindestens ein Jahr lang.

Und in dieser Bildungstour liegt die Wurzel des heutigen Tourismus. Der beginnt zwar erst mit dem Massentransportmittel Eisenbahn und solchen Organisationstalenten wie Thomas Cook, aber schon im 18. Jahrhundert waren Arbeit und Mühe des Reisens erstmals nicht mehr das, was sie jahrhundertelang gewesen waren. Die Mühe bestand jetzt nur noch darin, auch dort anzukommen, wo man hinwollte. Vor Ort gab es nichts mehr zu erledigen oder zu bestehen. Bildungsgüter und pittoreske Landschaften anzukucken und darüber Gedichte zu verfassen ist eine ganz andere Hausnummer als Drachen zu töten und Riesen zu täuschen. Oder dem Herzog von Burgund zu beweisen, dass man ein prächtiger Schwiegersohn wäre.

Es reisten zu viele. So viele bemerkenswerte Aufgaben gab es nicht mehr. Sie wurde immer seltener, immer spezieller, die Reise im alten Sinn, die Suche, die Arbeit.

Umso mehr wurde sie, wenn es sie dann doch mal gab, von einem wachsenden Lesepublikum bestaunt. Besonders, wenn sie gescheitert war und dieses Prickeln auf der Haut erzeugte. Manche Reisen sind nur wegen ihres Scheiterns berühmt geworden: Scott, Shackleton, Livingston. Auch William Blighs Brotfruchtbäume aus Tahiti kamen nie in der Karibik an, er musste der königlichen Admiralität nicht nur den Verlust der *Bounty*, sondern später auch der *Pandora* vermelden, und James Cook ist auf seiner dritten Reise in den Pazifik von den Ureinwohnern Hawaiis erschlagen worden. Womöglich hat den beiden gerade das den Eintrag in die Hall of Fame der Reisenden eingebracht.

Den bekommt man heute nicht mehr so leicht.

Als UN-Botschafter vielleicht, als Arzt ohne Grenzen, als Einhand-Weltumsegler auf der Suche nach sich selbst, obwohl ich mich immer gefragt habe, wen das eigentlich interessiert, dass da irgendein Aussteiger nun endlich weiß, wer er ist und zusätzlich im Guinnessbuch steht. Wenn sie wenigstens gut, spannend und ungesülzt schreiben könnten.

Aber ich bin ungerecht: auf Reisen sich selbst zu suchen, ist heutzutage einer der edleren Abfahrtsgründe. Allerdings könnte man sich zu Hause halt auch selbst suchen, denn: *Man nimmt sich mit, wohin man geht.*

Neben mir, jenseits des Mittelgangs, hat ein Pärchen Platz genommen; Mitte fünfzig, schätz ich.

Sie wiegt ungelogen mindestens 160 Kilo, er ist obenrum noch schlank, aber wächst von unten herauf auf dieselbe Erscheinung. Dafür sorgt sie unentwegt. Kaum saß sie, hat sie eine riesige Chipstüte gekillt, immer schön laut kauend mit offenem Mund, dazu immer wieder aus einer Cola Light nachgeschenkt, während er laufend kleine Häufchen auf sein Tischchen geschüttelt bekam. Dann hat sie eine ebenfalls riesige Tüte mit Nüssen, die mit einem Gummiband verschlossen, also schon angebrochen war, behutsam in einen mitgebrachten roten Plastikbecher ausgeschüttet. Aber minutiös sortiert: die, die er mag, ins Töpfchen, die, die sie mag, ins Kröpfchen. Inzwischen hat sie angefangen, zu rülpsen, laut und noch drei Sitze entfernt hörbar, und auch er lässt hin und wieder ein »Börb!« von sich, jetzt, wo er die Nüsse im Dreisekundentakt in sich hineinschaufelt. Widerlich! Und giften sich auch noch ständig gegenseitig an. Ich kann den Kopfhörer, den ich gar nicht will, gar nicht so laut aufdrehen, wie die beiden akustisch in mich eindringen.

Noch so eine Wahrheit über Australien – *Down Under* ist laut einem Bericht der Weltgesundheitsorganisation nach den USA in der Weltrangliste der Fehlernährung an Platz zwei. Dicke Menschen sind hier die Regel, nicht die Ausnahme. Gott schütze Pepsi, Kraft und McDonald's. Darüber konnte ich jetzt wirklich nicht mehr den Mund halten.

Ich werde den nächsten Halt nutzen, um den beiden zu entkommen und schnell eine zu rauchen. Wir nähern uns *Home Hill* mit einer Geschwindigkeit von zweiundsiebzig Stundenkilometern, die Außentemperatur beträgt siebenundzwanzig Grad Celsius, es ist 16:24 Uhr und bis zum Bahnhof sind es noch 6,7 Kilometer. Das alles kann ich dem Monitor in meiner Armlehne entnehmen, wenn ich auf Kanal 14 schalte. Und dazu gibt es die Bilder der Kamera, die mittig über den Schienen im Führerhaus der Lok installiert ist. Auf den anderen Kanälen gibt es *Findet Nemo*, *Enigma* und zwei mir unbekannte B- oder gar C-Filme. In der Radio-Abteilung habe ich die Wahl zwischen Comedy-Mitschnitten, deren Witze ohne Ausnahme unter der Gürtellinie und frauenfeindlich sind, dem Hip Hop-Kanal, in dessen Songs die Mädels auch nicht besser behandelt werden, den *Back Beat Charts*, die immerhin zwischen Drifters und Bee Gees keinen bleibenden Schaden anrichten, und der üblichen weich gespülten klassischen Musik fernab von Wagner und Rachmaninov. Toll, oder? Wozu noch aus dem Fenster schauen, wenn die Armlehne so viel mehr hergibt.

Der *Tilt Train* ist absolute Nichtraucherzone und deshalb sammeln sich die Raucher gerade in den Zwischenabteilen, um bei ganz kurzen Stops hastig mit einem Fuß auf der Schwelle, bei längeren Stops auf- und abwandelnd, ihre kostbare, teure Dosis zu ziehen. Zigaretten sind hier doppelt so teuer wie in Deutschland. Man kennt sich inzwischen, winkt sich über drei, vier Wagenlängen freundschaftlich zu, Feuerzeuge blitzen auf.

»Na, endlich isses mal wieder so weit, ey?« – »Yap, mite, about toime.«

Was macht der moderne Reisende, der eben nicht zu den Hurghada-, Antalya- und Domrep-Touristen gehört, aber auch kein Arzt ohne Grenzen oder UN-Botschafter ist. Und Geschäftsreisender sollte er ja auch nicht sein.

Was ist seine Suche, seine Arbeit? Psychologisch betrachtet, setzt er sich und seinen mitgebrachten Mikrokosmos aus Einstellungen, Erfahrungen, Erinnerungen und Blickrichtungen in Relation zu einem anderen, fremden Makrokosmos. Er verlässt seinen LEBENSRAUM und wird GAST in einem GASTRAUM. Und die Menschen in diesem Gastraum sind GASTGEBER. Auch sie mit Einstellungen, Erfahrungen, Erinnerungen und Blickrichtungen. Und die unterscheiden sich von denen des Gastes nicht nur so, wie sich der Gast zu Hause von Nina Hagen und Marietta Slomka unterscheidet, also individuell, sondern zusätzlich auch noch so, wie sich Frau Berlusconi von der Queen unterscheidet, also kulturell. Von daher können sich, wenn man mal alles zusammenzählt, unterscheiden: Gäste untereinander, Gastgeber untereinander, Galsträume (z. B. Paris und London) untereinander, und dann noch einmal Gäste und Gastgeber sowie schließlich noch Lebensräume und Gasträume voneinander.

Bei so vielen Möglichkeiten, sich zu unterscheiden, ist es kein Wunder, wenn es schwer ist, Fremde zu verstehen. Aber das war jetzt schon wieder viel zu viel fachliches Geäst und es ist mir reichlich trocken geraten. Trotzdem, ich freue mich gerade darüber, dass es noch einen Rest Ordnungsstreben in meiner Wahrnehmung gibt. Und meiner Erkenntnisfähigkeit.

Noch nicht mal der Sonnenuntergang hatte genügend Anziehungskraft, mich vom Nachdenken abzuhalten.

War wie immer.

Man sucht das Fremde und will es verstehen. Die Wahrheit mit nach Hause nehmen. Aber wie viel von dem Fremden versteht man. Nie und nimmer alles. Ich bin der festen Überzeugung, dass Kulturen unüberbrückbar sind. Da mag Gotthilf Fischer noch so viel singen. Der gerade. Kann ja weder singen noch ne Fremdsprache.

THESE: Der GAST versteht vom GASTRAUM am mühelosesten sowohl das, was dem heimatlichen LEBENSRAUM am ähnlichsten ist, als auch das, was ihm am fremdesten ist. Analog dazu versteht er das leicht, was ihm im GASTGEBER selbst am vertrautesten, und das, was ihm am fremdesten ist. Und dazwischen herrscht schwer überschaubare Grauzone. Und auch diese Trennung ist natürlich kein Gesetz. Aber irgendwo müssen wir ja voran kommen und lassen die Ausnahmen und Spezialfälle mal außen vor.

Das Prinzip, das besonders Fremde und das besonders Vertraute gleichermaßen gut zu verstehen, bzw. zu lernen, ist aus dem Fremdsprachenerwerb bekannt. Was der Muttersprache am ähnlichsten ist, merkt man sich genauso gut wie das, was sich von ihr am meisten unterscheidet. Im Übrigen ist reisen zutiefst sprachlich. Je schlechter mein Englisch ist, desto weniger werde ich von Australien wieder mit nach Hause nehmen können. Die eigene Anschauung natürlich, aber alles weiterführende, erklärende etc. geht nur über die Sprache. Je ausführlicher ich mit meinem B & B-Gastgeber quatschen kann, desto besser komme ich in die hinteren Ecken seines Gastraums. Finde mich auf Routen wieder, die nicht im Reiseführer beschrieben sind. Und da lauert womöglich ein ganz anderes Land. Denn ein Reiseführer macht das Besondere zum Typischen und empfiehlt dementsprechend

Routen. Australien in vierzehn Tagen. Und wenn genügend Leute diese Routen abgefahren sind, haben sie und der Rest der Welt ein Bild im Kopf von dem Land. Im fremden Gastraum mag man für solche Empfehlungen ja ganz dankbar sein, aber wenn man dann mal einen Reiseführer zur Hand nimmt, in dem der eigene Lebensraum als Gast-raum beschrieben wird, wenn man als Deutscher einen Reiseführer über Deutschland liest, stehen einem die Haare zu Berge: Da läuft der Deutsche an sich gern in Lederhose und Dirndl rum, lebt in Fachwerkhäusern und kann es jedes Jahr kaum erwarten, bis endlich die Bayreuther Festspiele und das Oktoberfest beginnen. Und die architektonischen Highlights sind der Kölner Dom, Neuschwanstein, das Reichstags- bzw. Bundestagsgebäude, und – als Ensemble – Rothenburg ob der Tauber.

Tja. Und Australien ist halt Ayers Rock, pardon *Uluru*, Outback, Sydney, Melbourne, Alice Springs, Darwin und Cairns. Die handelsübliche Rundtour.

Mmhh. Irgendwas stimmt da nicht.

Im Moment ist Australien seit immerhin tausend Kilometern relativ eintönige Zuckerrohrplantage mit winzigen Schmalspur – *cane trains* dazwischen; ist Australien ein schwer zu ertragendes übergewichtiges Ehepaar, das noch eine ganze Weile unisono schnarchen wird, bevor es wieder neue Nahrung aufnimmt, und in wenigen Minuten besteht Australien auch noch aus zwei Zukurzgekommenen, wie ich sie schon häufig hier traf.

Wir stehen im Bahnhof von Rockhampton. Es ist ein Uhr früh, noch acht Stunden bis Brisbane. Längerer Aufenthalt, weil das Personal wechselt. Ein Pärchen, das sich in den letzten drei Stunden im Küchenwagen die Kante gegeben hat, wartet auf seine neue Chance. Man hat ihnen den weiteren Verzehr von *intoxicating drinks* untersagt. Ich konnte bei einer kleinen Kaffeepause nicht vermeiden, den ersten Teil ihrer einsamen Geschichte mitzuhören. Er arbeitsloser Farmarbeiter, Mitte fünfzig, Cowboymontur, stolzer Besitzer einer üppigen, leicht durchgrauten Brustbehaarung, auf dem Weg zu seinem Bruder, der ihm verdammt noch mal nen Gefallen schuldet. Sie lange Jahre allein erziehend, jetzt nur noch mit ihrem Hund lebend, Ende vierzig mit deutlichem Nikotin- und Alkoholteint. Er sowieso. Und zwei Zigarettenpausen später waren sie auch schon am Knutschen auf dem Bahnsteig. Nicht mehr so ganz sicher auf den Beinen – er musste sich an einem Gepäckwagen abstützen – aber immerhin: Ein bisschen Romantik in einem ansonsten beschissenen Leben.

Aber ihre neue Chance auf Alkohol kommt nicht. Das eingewechselte Team, das bis Brisbane fahren wird, ist instruiert und schenkt den beiden auch weiterhin nichts aus. Lauter Protest auf der einen, Hinweis auf gesetzliche Bestimmungen auf der anderen Seite. Der Protest ebbt ab, als eine Mutter mit zwei kleinen Kindern, gerade zugestiegen, heiße Schokolade für die Kleinen bestellt.

»Okay, okay, iss dissudiere das nich, wenn aah K-K-Kinnah beisssinn.«

Schließlich hat sie auch drei Kinder groß gezogen. Auch wenn die sie jetzt fuckin allein gelassen haben.

NEBENERKENNTNIS: Die Würde des Menschen ist antastbar.

Diese Wahrheit lag sozusagen am Weg, ich brauchte nur hinzuschauen. Aber ich stell sie noch mal zurück, denn sie ist schwer, weil sie universell ist und mögliche Wahrheiten über Down Under weit hinter sich lässt. Sie hat etwas mit allen Menschen – und ganz besonders mit mir – zu tun und liegt am oberen Ende des Erkenntnisbaums.

Bleiben wir lieber bei dem leichter zugänglichen, den dickeren Ästen. Nochmal zurück: Wenn ich die Sprache kann, kann ich fragen, recherchieren und bin nicht nur auf die Vorlagen des Reiseführers angewiesen. Mag der nun ein Buch oder ein echter, lebender *Cicerone* sein. Je mehr Quellen ich anzapfen kann, desto vollständiger wird das Bild. Wie ein Mosaik, Stein für Stein. Je nachdem, wie viel Zeit ich habe. Aber die ist selbst bei groß angelegtem Reisen begrenzt – es sei denn, man wandert aus. Selbst, wenn ich dort ein halbes Jahr lebe, vielleicht noch jobbe, abends in Kneipen gehe, die Tageszeitung lese, bei vielen Leuten eingeladen bin, mit jemand ein intimes Verhältnis habe, wird mir dieser Gastraum nicht so vertraut werden, wie es mein

Lebensraum zu Hause ist. Oder sagen wir lieber: sein könnte. Denn wie viel weiß ich eigentlich wirklich über meine Heimatstadt, ihre Bewohner und ihre und deren Geschichte? Und je höher ich den Baum dieser Erkenntnisse hinaufsteige, desto schwindliger wird mir.

Was weiß ich über Deutschland, die Deutschen, ihre Geschichte, Befindlichkeit etc.? »Die Deutschen sind immer so ernst und missmutig.« Wann bin ich Experte, der zu internationalen Konferenzen eingeladen wird? Wann bin ich der Südsee- oder Australienreisende mit der meisten Ahnung?

Andrea in Atiu sagte, dass sie noch immer jeden Tag etwas dazulernt und nach wie vor vieles nicht versteht. Nach zwanzig Jahren auf einer winzigen Insel, die in besten Zeiten 1.500 Einwohner hatte.

Also: das mit der Wahrheit wird ziemlich kalt gegessen. Unser Wissen bleibt Stückwerk. Wir wissen bis heute nicht einmal genau, was eigentlich wirklich beim Sehen passiert.

Das ist doch im Zusammenhang mit dem Reisen ziemlich bemerkenswert. Und wer behauptet, die Wahrheit zu haben, meint eigentlich etwas anderes. Und ist natürlich sowieso mit Vorsicht zu genießen. Denn aus diesem Stoff sind Tyrannen gemacht. Das Mosaik wird nie vollständig, ab irgendeinem Punkt fangen wir an, aus den vorhandenen Teilchen auf das Ganze zu schließen. Zu generalisieren. Nicht anders funktioniert Wissenschaft auch. Und es ist keine Frage, dass das Generalisieren aus möglichst vielen Teilen zu verlässlicheren Aussagen führt, als das Generalisieren aus wenigen Teilen.

Aber was meint der, der sagt, er kennt die Wahrheit über dieses oder jenes, am besten über alles? Er meint, dass er einen Standpunkt hat, und wie durch ein Wunder bekommt er den überall auf der Welt bestätigt. Und damit kommen wir jetzt wirklich ins filigrane Geäst des Baums. Wo man sehr schnell den Halt und leider oft auch die Haltung verliert.

Mir ist es jedenfalls noch nie gelungen, mit jemandem, der aus Glaubensgründen die Evolutionstheorie verneint, ein vernünftiges, ausgeruhtes Gespräch zu führen. Endet immer in geschwollenen Adern meinerseits.

Oder die Frage zu erörtern, einfach aus Neugier und der Lust an Mosaik und Geäst, ob es nicht auch sein könnte, dass der Mensch sich Gott geschaffen hat, und nicht umgekehrt. Standpunkte hat man lieb gewonnen, und man verliert sie nicht gern.

Auf das Reisen bezogen, schließt sich da der Kreis und führt zurück zu dem Ausspruch von Ernst Bloch: »Man nimmt sich mit, wohin man geht, samt dem begrenzten Ort, worauf man steht«. Dass er das gereimt hat, verzeih ich ihm nicht.

THESE: Grundsätzlich ist jeder Reisende geneigt, aus dem unvollständigen Mosaik genau dann aufs Ganze zu schließen und keine weiteren Steinchen zu sammeln, sobald er merkt, dass die Erkenntnis mit seinem Standpunkt übereinstimmt. Und widmet sich dann dem nächsten Mosaik.

Die Würde des Menschen ist antastbar.

Das ist mein Standpunkt, das war schon immer meine Überzeugung, das hatte ich mitgenommen in meinem mentalen Gepäck; deshalb konnte ich beruhigt den Küchenwagen verlassen, sobald mir diese Erkenntnis kam. Wieder einmal kam. Ich wurde nur erinnert. Ich könnte noch ein *leider* hinzufügen, und dass ich das mit der Würde auch gern anders hätte, aber das spielt keine Rolle.

Ein anderer Gedanke ist viel interessanter: Womöglich habe ich die Situation schon von vornherein so wahrgenommen, so strukturiert, dass gar nichts anderes herauskommen KONNTE. Weil ich es unterbewusst so wollte. Weil ich die Menschheit und die Welt in ihrer Gesamtheit ziemlich zum Kotzen finde.

Und immer auf der Lauer bin nach weiteren Beispielen, die meinen Standpunkt als richtig erstrahlen lassen. Und natürlich ist es ungeheuer beruhigend, 20.000 Kilometer von zu Hause die eigenen Einstellungen, Erfahrungen, Erinnerungen und Blickrichtungen bestätigt zu bekommen: ICH BIN O.K. Auch wenn ich gerade niemand habe, von dem ich das höre. Sag ichs mir halt selber. Das ist ein Muster, das nur schwer aus uns rauszuprügeln ist, weil wir ihm schon seit frühester

Kindheit folgen. Wir Erkenntnishungrigen.

Wir krabbeln auf allen Vieren zur Wurzel des Baums, ziehen uns das erste Mal an ihr hoch und strahlen, wenn wir hören: *Toll gemacht. Ganz fein. Guck mal, er kann schon stehen!* Und auf jedem neuen Ast, den wir erreichen, halten wir inne, schauen wir runter, um zu hören, dass wir ja klettern können wie kein zweiter. Die, zu denen wir schauen, wechseln im Laufe des Kletterns: Schulkameraden, die erste Freundin, Arbeitskollegen, Mithäftlinge. Immer wieder müssen wir uns versichern, dass wir toll sind, einzigartig, wertvoll, auf dem richtigen Weg. In den verschiedensten Abstufungen zwischen Bescheidenheit und krankhaftem Narzissmus. Aber das ist schon wieder ein anderes Geäst. Darin klettern am besten die Psychologen.

Da jedenfalls ist die Wahrheit auf Reisen: An den Grenzen der Neugier.

Bundaberg. Das südliche Ende des Großen Barriereriffs.

Noch immer finstere Nacht. Die Gesichter der Raucher werden immer knittriger. Eine seltsam gespenstische Stimmung herrscht in diesem Nest, das weit und breit der größte Ort ist. Hier wird aus Zuckerrohr das gemacht, was den Widerstand der Aborigines gegen den Weißen Mann in Australien am nachhaltigsten gebrochen hat: Rum. Die größte Destille in Down Under.

Gleich drei Backpacker-Unterkünfte liegen in Sichtweite des Bahnhofs. Was mag so viele Fremde hierher locken? Über die Hauptstraße sind von Häuserfront zu Häuserfront alle fünfzig Meter Seile gespannt, an denen Laternen im Wind schaukeln.

Wenn jetzt noch ein paar kahle Büsche die Straße entlang rollen, kommt bestimmt gleich Burt Lancaster um die Ecke geritten, und die schwarze Kappe des Telegraphenmeisters erscheint für einen winzigen Augenblick hinter dem Fahrkartenschalter. Er weiß, was kommt, schließt hastig das Fenster und knipst das Licht aus. Und dann bellen Schüsse durch die Nacht. Eins, zwei, drei. Im Sekundentakt. Und einer der Raucher bricht, die Hand schon an der kleinen Griffstange neben der Wagentür, das linke Bein schon auf dem Trittbrett, lautlos zusammen. Kaltblütig von hinten erschossen. Am anderen Ende des Bahnsteigs sieht man eine dünne, bläuliche Rauchwolke langsam über das Dach des Toilettenhäuschens ziehen. *Ein Mann muss tun, was ein Mann tun muss.* Als wäre nichts geschehen, fährt der Zug an.

Noch 360 Kilometer bis Brisbane.

Man holt sich ein neues Stück Welt herein in seine bisherige Weltsicht, jedenfalls, wenn man zu Abstraktionen neigt. Und Reisende, das unterstelle ich, tun das. Jenseits aller Schönheit, die man genießt, aller Fremdheit, die man bestaunt, aller nicht alltäglichen Beschäftigung, der man nachgeht.

Man stellt seine Weltsicht, die Summe aller erinnerten Standpunkte, sozusagen auf eine breitere Basis. Die Weltsicht kriegt immer mehr Schliff. Man sammelt Beispiele für Aussagen wie die mit der Würde des Menschen: »Das kenn ich nicht nur aus dem Braunschweiger Landgericht, wo immer wieder Frauen, die jahrelang geschlagen wurden, ihren Mann in Schutz nehmen. Das hab ich in Kenia erlebt, wo so ein Macho-Schwein einer Hure im Hotel unter aller Augen für drei Wochen Liebesdienst zehn Dollar anbot, das hab ich in Australien gesehen, wo zwei arme Würstchen nur so lange stark waren, wie der Alkoholpegel stimmte.«

Und schon hat das Ding viel mehr Gewicht. Kommt aus der ganzen Welt daher und klingt nicht nach dem eigenen Wolkenkuckucksheim. Und ist trotzdem das Ergebnis einer Selektion, meines ganz persönlichen mentalen Gepäcks.

Melancholikergepäck. Ich sammele halt lieber das Negative. Das ist halt so meine Ecke und Kante.

NEBENERKENNTNIS: Menschen unterscheiden sich ganz allgemein durch die Lücken in ihrer Erkenntnisfähigkeit. Durch das, was sie NICHT wissen. Durch die NICHT vollzogenen Abstraktionen. Ein interessanter Satz für Computerfreaks. Das wird den Rechner immer vom Menschen unterscheiden. Ein Rechner lässt keine Lücken, außer bei längerem Stromausfall. Und erst recht nicht, wenn er selbst lernt.

Der Computer, der von sich aus sagt: »O.k., ich lasse jetzt mal den Bereich und den und den ungenutzt«, ist ein Widerspruch in sich. Deshalb werden sie immer alle gleich und immer vom Menschen verschieden sein.

Die eigene Weltsicht durch die Begegnung mit der Fremde auf eine breitere Basis zu stellen ist das eine, Erkenntnisse und Erfahrungen auszublenden, die mit meiner Weltsicht zu stark kontrastieren, ist das andere. Dabei versteht man doch gerade das, was am fremdesten ist, genauso schnell und gut wie das, was am ähnlichsten ist. Das hatten wir schon beim Verhältnis von Gast und Gastgeber, Lebensraum und Gastraum, Muttersprache und Fremdsprache.

NOCH EINE THESE: Die Neugier stößt da an ihre Grenzen, und vernachlässigt damit die Wahrheit, wo ich liebgewonnene Standpunkte verändern oder gar aufgeben muss.

Das ist eine ganz andere Liga als die vorangegangene These, dass man als Reisender dann aufhört, Mosaiksteinchen über fremde Umgebungen zu sammeln, sobald die Übereinstimmung mit dem Mitgebrachten genügend groß ist. Denn auf einmal wehrt man sich gegen Veränderungen. Schaut nicht mehr genügend hin, blendet aus, interpretiert um oder lässt es einfach als singuläre Ausnahme gelten.

Ich rede nicht von irgendwelchen Äußerlichkeiten: Von Standpunkten über Städteplanung, Forstwirtschaft, die Brutpflege von Watvögeln oder Gartengestaltung, die in fremden Ländern relativiert werden.

Ich rede über die Standpunkte, deren Summe nichts Geringeres als die Persönlichkeit des Reisenden ausmachen, die Selbstwahrnehmung des Reisenden. Die Antwort auf die Frage: *Wer bist Du?*

Da kann dann Polen auf einmal ziemlich offen sein.

Wenn dem Pessimisten zu viel Gutes widerfährt, der Rassist nur nette Schwarze trifft, der Philanthrop viermal von netten Leuten ausgeraubt wird. – Was dann?

Im Gewohnten, im eigenen Lebensraum, lauert da viel seltener Gefahr. Denn von dort stammt ja unsere Weltsicht und erweist sich im

Alltag als subjektiv sehr wahrscheinlich.

Im Ungewohnten, im Gastraum, in der Fremde schauen wir auf einmal in einen ganz anderen Spiegel. Aber jetzt unterstelle ich schon die ganze Zeit dem Reisenden, dem Suchenden, Arbeitenden, zu viel von dem, was ich viel lieber den Touristen anhängen würde: Wegschauen, ausblenden, sich mit Eindrücken begnügen, neugierig nur so lange sein, wie es nicht in Arbeit ausartet. Aber der Reisende sucht ja, ist neugierig, will in den fremden Spiegel schauen, begnügt sich nicht.

Wenden wir es also lieber ins Positive: Lassen wir die Wahrheit nicht an den Grenzen der Neugier scheitern, sondern durchmarschieren. Noch ein paar Äste höher, wo es nicht nur darum geht, aus möglichst vielen Mosaiksteinchen ein neues Stück bereiste Welt einzuarbeiten, damit man einen atemberaubenden Diavortrag zusammenkriegt, sondern dieses Mosaik wiederum als neues Steinchen der eigenen Persönlichkeit zuzufügen. Den Makrokosmos und den Mikrokosmos in Kongruenz zu bringen. Sich selbst neu zu justieren. Genau da wird das Reisen köstlich und voller Müh´ und Arbeit.

Wenn man der Wahrheit über sich selbst wieder einmal auf die Schliche gekommen ist. Jenseits aller Vermeidungsstrategien, die zu Hause so gut funktionieren. Weil man sein Wolkenkuckucksheim mal kurz verlassen hat.

Der kürzeste Weg zu Dir selbst führt einmal um die Welt herum.
Also doch!

Der wirkliche Reisende bemüht sich um die Wahrheit über die Fremde, und schreckt nicht vor der Wahrheit über sich selbst zurück. Und beide hängen sie am selben Faden: nur, wer sich um die eine bemüht, dem tut sich auch die andere auf. Doppelte Arbeit also. Wer sich die eine aufhuckt, kriegt die andere noch obendrauf.

Ich denke, das ist es, was der moderne »echte« Reisende tut. Bestenfalls tut.

Und wohlgemerkt in genau der Reihenfolge. Losfahren, um sich selbst zu finden und dabei die Fremde sozusagen in Kauf nehmen, gilt nicht. Denn der andere Satz gilt nach wie vor: *Man nimmt sich mit, wohin man geht.*

Kann ich das jetzt guten Gewissens an Robert auf Tahiti zurückgeben, als Antwort auf seine Frage: »Und – schreibst Du denn auch die Wahrheit?« – Nicht wirklich. Aber ich weiß, er wird milde lächeln. Denn natürlich hab ich jetzt die ganze Zeit nur Mosaiksteinchen ÜBER die Wahrheit gesammelt. Und das war ja nicht sein Begehr.

Aber mir ist doch merklich wohler. Und am Ende geht es doch soundso nur darum beim Schreiben, sein wir mal ehrlich.

Ich hab mich wunderhübsch abgelenkt von diesem bangen Gefühl, dass auf mich eine große Arbeit wartet. Takona Tua hat mir zwar schon versichert, dass ich sie schaffen werde, aber ich weiß ja noch nicht mal, was es ist.

Mein Geist sucht ein Stückchen Vergangenheit – ja Herrgott nochmal.

Wo? Welches Stück, und warum?

Ganz zu schweigen davon, dass ich im Moment einfach nur gern wüsste, wessen Träume ich da träume, wenn ich schlafe.

Aber da kommt Brisbane in Sicht, Endstation für den Tilt Train. Die Leute fangen schon an, ihre Sieben Sachen festzuzurren. *Brizzy* sagt man hier, aber einem Fremden steht das glaube ich nicht zu. Nach Monaten auf kleinen Inseln, wo mir schon Apia auf Samoa und erst recht Guam und auch das eigentlich recht beschauliche Cairns als atemberaubend urban erschienen, komm ich jetzt in einer richtigen Metropole an. 1,6 Millionen Einwohner und konstant wachsend. Mit S-Bahnnetz und sechsspurigen Brücken.

Aber bei allem modernen Antlitz an einem Fluss gelegen, der schon Wasser und Krokodile führte, als es den Nil noch gar nicht gab. Und der richtig lange seine Ruhe hatte vor dem weißen Mann: Erst 1824 wurde hier nach dem Vorbild von Sydney, damals Port Jackson, eine britische Strafkolonie aus dem Boden gestampft und gute zehn Jahre später durften sich dann auch Kaufleute, Händler und andere noch nicht Vorbestrafte niederlassen.

Da war Australien schon fast fünfzig Jahre lang offiziell Teil des britischen *Empire*.

Captain Bligh übrigens wurde gegen Ende seiner Seefahrerkarriere kurzzeitig zum Gouverneur dieses seinerzeit extrem unwirtlichen Landstrichs ernannt. Eine Auszeichnung war das mit großer Sicherheit nicht. 1805 trat er den Job an, 1808 musste er schon wieder entlassen werden. Irgendwie klebte der alte Fluch der Meuterei immer noch an seinen Händen. Diesmal meuterten die Soldaten. Eine Episode, die als *Rum-Rebellion* in die australische Geschichte einging.

Hätte er es gewusst, hätte es ihn aber womöglich getröstet, dass seine alten Meuterer von der *Bounty* zu diesem Zeitpunkt schon alle tot waren. Hatten sich in ihrem selbst erwählten Paradies *Pitcairn* aus lauter Hab-, Eifer- und Trunksucht gegenseitig die Köpfe eingeschlagen. Nur einer blieb übrig: John Adams. Er wurde am Ende ein tief gottesfürchtiger Mensch.

Aber eigentlich, ganz eigentlich kennt man Brisbane wegen der Brüder Gibb. Barry, Maurice und Robin. Die kamen hier 1958 aus England an und tingelten sich für ein paar Dollars ihre ersten Nächte um die Ohren: *Islands in the Stream*. Gerade in den *Back Beat Charts* gehört.

Ich bleibe sitzen, bis alle anderen ausgestiegen sind. Hänge noch dem einen oder anderen Gedanken nach, trödele. Und ziehe mir vorsichtshalber meinen Pullover über, der seit Tahiti ungenutzt mitgereist ist.

Mit einem Mal bin ich so weit südlich des Äquators, dass es hier im August, mitten im Winter, früh morgens und nachts doch etwas schattig werden kann.

Aber ich musste unbedingt auf diesen Abstecher.

Und ich gebe zu, dass es nicht wirklich die Neugier auf Australien war.

Aber ich denke, auch da wird Robert milde lächeln.

Gute Nachricht aus Rarotonga

Jack, der Chef des Restaurants, saß da, wo er seit Jahren immer sitzt: an der Theke. Mit Blick auf den kleinen Kanuanleger und die Veranda, auf der sich vornehmlich die neuen, noch nicht so braungebrannten Touristen gern den Sonnenuntergang anschauen.

Überall auf Rarotonga, überall in den Cook-Inseln, herrscht um diese Tageszeit eine wundervoll entspannte Atmosphäre. In der Lagune nutzten drei, vier Maoris die Dämmerung für den letzten Fischfang des Tages, hinter dem Riff waren mehrere Kanumannschaften in ihren *vakas* mit Auslegern dabei, sich den letzten Schliff für die Meisterschaften auf Hawaii zu geben, und das Wrack der *Maitai*, die hier Heiligabend 1916 gesunken war, brachte etwas geheimnisvolles und gespenstisches in diese perfekte Postkarten-Abendstimmung.

Die Sonne war noch eine knappe Handbreit über dem Horizont und tauchte gerade wieder hinter einer schiefergrauen Wolke hervor, deren letzte Ausläufer sie von unten her rosa färbte. Immer wieder trat jemand ans Geländer der Veranda, um diese einzigartige Farbenvielfalt zu fotografieren und am nächsten Tag als jpg nach Hause zu mailen: »Daddy hat wieder den ganzen Tag Fotos gemacht. Das letzte zeigt ganz schön, was es alles noch zu sehen gibt, wenn hier die Sonne untergeht. Ach ja! Wir sind in einem wundervollen Paradies und wollen am liebsten nie wieder weg.«

Es war mein letzter Abend auf Rarotonga. Ich saß an der Theke von *Trader Jacks*, dem legendären Fischrestaurant am Ortsausgang von Avarua, und wartete auf Nick und Wanda, zwei ehemalige Mathematiklehrer aus Neuseeland, die vor fünfzehn Jahren die einzige Tageszeitung der Cook-Inseln gekauft hatten. Ich hatte das komische Gefühl, dass die beiden etwas ausgeheckt hatten, und ich war in der Stimmung, ja zu sagen, wenn sie mir den Posten des Chefredakteurs anbieten würden. Nicht um jeden Preis, aber es war genau das eingetreten, was mir Judith prophezeit hatte: »Wart mal ab, Du willst hier womöglich gar nicht wieder weg.«

Genauso war es ihr vor sechzehn Jahren auch gegangen.

Und tatsächlich hatte ich ja auch schon ganz subtil und mit Bedacht angefangen, gegen die Einreisevorschriften zu verstoßen – war meinem Beruf nachgegangen und hatte bezahlte Arbeit angenommen. Als erstes hatte ich der Zeitung gesteckt, dass die Ocean Blue die Cook-Inseln nie mehr anfahren würde, hatte den Artikel im Grunde fix und fertig ins System getippt, und danach hatte ich zweimal in der Bibliothek des Nationalmuseums eine Lesung gehalten: gleich zwei ziemlich stichhaltige Ausweisungsgründe für das *Department of Foreign Affairs*.

Die Lesungen waren für Kinder, schwierigstes Publikum, aber diese hier waren so gespannt und aufmerksam gewesen, dass ich ohne weiteres für den Rest meiner Tage jeden Dienstag um 16 Uhr dort angetreten wäre. Mit ihren großen, braunen Knopfaugen hatten sie mich angestarrt, an meinen Lippen gehangen, in meinem Gesicht gelesen. Und immer, wenn ich zwischendurch gefragt hatte: na, was meint ihr, wie es weitergeht, hatte jedes Kind nicht nur mehrere Varianten auf Lager, sondern vor allem den bisherigen Handlungsverlauf voll im Griff gehabt. Wünscht man sich von Erwachsenen leider oft vergebens.

Für die Zeitung hätte ich noch mehr tun können, aber dass ich über den mysteriösen Mordfall auf Mauke mindestens sechs Sonderseiten ins System hätte tippen können, hat nie jemand erfahren. – Takona Tuas Drohung, meine mir noch bevorstehende Arbeit mit allen Mitteln zu verhindern, wenn ich auch nur im Schlaf darüber reden würde, wollte ich damals noch bis ans Sterbebett respektieren.

Die Bedienung im *Trader Jacks* hatte Anweisung, Jacks Glas mit Scotch auf Eis bis auf weiteres unaufgefordert nachzufüllen. Und er beleidigte, wie immer, rechts und links Gäste und Angestellte gleichermaßen. Als die drei unabhängigen Maori-Kandidatinnen für die Parlamentswahlen mit ihren neuen Wahlkampf-T-Shirts reinkamen, zeigte er nur auf seinen Arm und rief für alle hörbar: »Ich wähl euch nicht. Seht ihr meine Hautfarbe? Ich bin weiß, und das macht mich eurer ganzen Bagage überlegen!«

Alles lachte und Jack bezahlte die erste Runde.

Der Barmann raunte mir mal zu, dass alles bestens ist, wenn Jack jedermann durchbeleidigt. Die Mannschaft sei nur alarmiert, wenn er still ist und nichts sagt.

»Dann gehen wir ihm alle tunlichst aus dem Weg, er kann dich mit einem winzigen Blick aus seinen Augenwinkeln töten.«

Kommt aber wohl selten vor. Und mit seiner rumpeligen Art zieht er immerhin seit vielen Jahren die maßgeblichen Geschäftsleute und Politiker Rarotongas an: Trader Jacks ist Treffpunkt und Nachrichtenbörse Nummer eins, obwohl im Sails, dem Restaurant des Jachtclubs acht Kilometer außerhalb Avaruas, sehr viel besser gekocht und sehr viel liebevoller angerichtet wird.

Ich war tief in Gedanken.

Was auf Atiu geschehen war, überforderte mich immer noch, so bald ich auch nur im Entferntesten daran dachte. Als hätte ich eine Zeitreise in die Zukunft gemacht, neun oder zehn Generationen voraus, als hätte ich voller Befremden eine neue Art der Wahrnehmung und ein aberwitziges Raum-Zeit-Gefüge kennen gelernt und müßte nun zusehen, wie ich in meiner alten, normalen Welt damit umgehen kann. Immer wieder starrte ich minutenlang ins Leere und fragte mich, warum auf einmal bislang Selbstverständliches alles andere als selbstverständlich war.

Ich hatte beschlossen, so wenig wie möglich aktiv daran zu arbeiten, sondern die Dinge einfach geschehen zu lassen – das heißt, natürlich nur so lange, wie ich das Gefühl hatte, dabei den normalen, gesunden Bezug zur Realität nicht zu verlieren, langsam abzudriften.

Gottseidank hatte ich noch ganz stinknormale Sozialkontakte: zu Judith und Gerald, die inzwischen richtig gute Freunde geworden waren, zu Nick und Wanda von den *Southern Islands News*, auf die ich gerade wartete. Und die anderen Hotelgäste im Paradise Inn hatten auch bei längeren Gesprächen nichts Beunruhigendes an mir finden können. Und noch am Tag zuvor war ich bis drei Uhr morgens im *Banana Court* gewesen und hatte ausgelassen mit einer Gruppe Maoris getanzt und getrunken. Sänger, Tänzer und Musiker, die beim großen Festival aufgetreten waren und noch nicht wieder den Weg zurück nach Rakahanga im Norden der Cooks gefunden hatten. Und keiner hatte mich zur Seite genommen und gesagt: »Hör mal, Du hast doch gerade etwas erlebt, das dich aus der Kurve getragen hat, oder?«

Nein.

Ich hatte gerade mein zweites Bier bestellt und war tatsächlich in ganz anderen Gedanken.

Warum nicht die Zelte zu Hause abbrechen und hier leben? Ich wär in bester Gesellschaft.

Es gibt auf Rarotonga eine große Gemeinde von Ausgewanderten, die sich hier alle nicht auf die faule Haut gelegt haben, sondern arbeiten – in einem angenehmen Klima bei geringen Lebenshaltungskosten das machen, was sie zu Hause auch gemacht haben – nur eben partout nicht so hektisch und vor sehr viel malerischerem Hintergrund.

Markus aus der Ostzone baut hier Computerseiten für Air Rarotonga und die Regierung, und bringt demnächst noch einen weiteren Deutschen aus Berlin an. Katja aus Göttingen ist im selben Geschäft tätig und wird sicherlich auch bleiben.

Judith aus Bern geht hier seit fast zwanzig Jahren ganz ihrer Kunst nach und kann davon leben, ohne allzu viel Touristenkitsch zu malen.

Und Dr. Losacker hat es auch in bald vierzig Jahren nicht fertiggebracht, seine Arztpraxis zu schließen und nach Deutschland zurückzukehren. Trader Jack ist eigentlich Neuseeländer, aber irgendwann hier gestrandet, Gerald, Nick und Wanda auch, Gwen aus den USA war auf einmal unversehens die Chefsekretärin des Premierministers geworden und aus Freude am Job geblieben, als ihre Ehe mit einem Maori in die Brüche ging – alle waren sie irgendwann von Rarotonga mächtig angezogen worden und geblieben.

Und als Journalist gäbe es reichlich zu tun. Der Zeitung hätte ein gerüttelt Maß an professionellerer Schreibe durchaus gut zu Gesicht gestanden. Das lokale Fernsehen war technisch und journalistisch so schlecht, dass es die meisten erst gar nicht einschalteten, der Hörfunk, *Cook Islands Radio*, hätte eigentlich auch noch mal von vorne anfangen müssen. Beides war, mit weiteren drei Wochenblättern, in Familienhand. Mit denen hätte ich mich allerdings sicherlich angelegt.

Aber die Regierung wollte ein weiteres, unabhängiges Programm installieren, das auch die entfernteren Inseln wie Tongareva, Rakahanga oder Pukapuka bedient. Da wär ich wohl gern der Mann der ersten Stunde gewesen. Aber es hätte mir auch gereicht, einfach nur den Nachwuchs auszubilden.

Und dann war Öffentlichkeitsarbeit weitgehend unbekannt – in einem Land, das noch immer von der Entwicklungshilfe der sogenannten ersten Welt abhing und doch eigentlich aktiv Gelder hätte einwerben müssen. Und für eine anständige Regierung hätte ich sogar den Pressesprecher gemacht – ein Posten, den es seit Staatsgründung noch nie gegeben hatte. Und ganz abgesehen von diesen beruflichen Aussichten hatte ich ständig den Satz von Judith im Ohr: »Männer mit Bildung, die ihre Frauen nicht schlagen und Geld verdienen, statt zu saufen, werden hier am Strand von den einheimischen Mädels förmlich gejagt.«

Da hätt ich mich auch bewerben mögen.

Normalerweise sind ja Verleger die natürlichen Feinde des Journalisten, und für dieses Verhältnis gibt es auf beiden Seiten verdammt gute Gründe, aber schon seit unserem ersten Treffen hatte ich mich mit Nick und Wanda so gut verstanden, dass wir uns unbedingt vor meiner Abreise noch mal wiedersehen wollten. Sie hatten mich auf ihrem Segelboot mitgenommen, mich dem einen oder anderen Promi vorgestellt, wir waren sogar zusammen mit Judith und Gerald tanzen gewesen, bei einer der besseren Island Nights.

Und nach diesem Abend bei Trader Jacks würden die beiden ganz gespannt auf die Reaktion der UNESCO warten.

Die hatte der kleinen Zeitung mit ihren 2.000 täglich verkauften Exemplaren schon mal unter die Arme gegriffen. Nick und Wanda, gestandene und scharf analysierende Mathematiker, die sie noch immer sind, hatten die Zeitung damals eigentlich nur gekauft, um die Möglichkeiten der Digitalisierung auszuprobieren. Als Spielfeld gewissermaßen; dass es sich dabei um eine alt eingesessene Zeitung handelte mit treuen Lesern, die Informationen, Einschätzungen, Service und Familienanzeigen erwarteten, war eigentlich gar nicht so wichtig, mehr ein Anhängsel. Da mussten mir als Journalisten natürlich sämtliche Nackenhaare hochstehen.

Auf irgendeiner Pazifik-Konferenz von Verlegern, auf Fidschi, war dann ein UNESCO-Vertreter dabei, und der fand Gefallen an der Idee, die Southern Islands News zur ersten voll digitalisierten Zeitung der südlichen Hemisphäre zu machen – gab einen Zuschuß, über dessen Höhe Nick bis heute nicht spricht, und drei Jahre später war das Ziel erreicht. Hat für ziemlich viel Aufsehen gesorgt, sogar dem *Time Magazine* war das damals einen kurzen Artikel wert.

»Oh Gott – jetzt habe ich auch noch die Presse im Haus.«
Jack begrüßte die beiden so laut, daß sich alle zum Eingang drehten.
»Erst diese drei Grazien da, die auf einmal unbedingt Politik machen müssen, jetzt die vierte Macht im Staat. Hallo Nick, hallo Wanda! Sehr anständig von euch, wenigstens einen Bruchteil der Unsummen, die ich bei euch für Anzeigen lasse, in mein bescheidenes Etablissement zurück zu tragen.«
»Freu dich nicht zu früh, alte Saufnase. Nach den Wahlen erhöhen wir die Preise.«

Nick klopfte ihm freundschaftlich auf die Schulter und hatte die Lacher, die gerade Luft geholt hatten, um sich über ihn auszuschütten, von einer Sekunde zur anderen auf seine Seite gebracht.
Und sofort natürlich zehnminütiges Händeschütteln, hier und da Küsschen links und rechts und der letzte Abgleich der wichtigsten

Tagesneuigkeiten sowie Wandas Versicherung, dass das Foto der Kandidatinnen mit ihren Wahlkampf-T-Shirts tatsächlich morgen auf der ersten Seite erscheint.

Als Nick mich auf der anderen Seite der Theke wahrnahm, hatte ich eigentlich nur die Hoffnung, dass er mich nicht zu sich und der immer ausgelasseneren Gesellschaft herüberwinken würde. Das sah bei aller Freundlichkeit sehr dienstlich aus; er würde mich sicherlich als Journalist aus Deutschland vorstellen, blah, und alle würden mit breitem Lächeln erstaunt nicken, blah, und so etwas sagen wie *how interesting*. Das ist der einzige Satz, den auch ein Aquarianer aus Worcester und ein Münzsammler aus Canterbury herausbringen, wenn sie sich gegenseitig von ihren Hobbies vorschwärmen. Und er meint soviel wie: oh Gott, was n Idiot. Aber Nick war sensibel genug, einfach nur kurz Wanda mit dem Ellenbogen anzutippen und mit dem Kopf in meine Richtung zu zeigen. Beide verabschiedeten sich und wir begrüßten uns ganz ohne gesellschaftlichen Goldrand.

Jacks extrem hübsche Tochter führte uns zu dem Tisch, den ich reserviert hatte. Nick und ich blieben einen halben Schritt hinter Wanda zurück und pfiffen uns lautlos durch die Zähne zu.

Schon als wir die Menükarte durchblätterten, spürte ich, dass irgendwas in der Luft lag. Die beiden hatten womöglich tatsächlich etwas ausgeheckt, jedenfalls wollte das Gespräch nicht so recht in Gang kommen, und als wir gegessen hatten und nur noch der Wein vor uns stand, fing Nick an, ganz merkwürdig um irgendetwas herumzureden.

»Komm, Nick, red Klartext. Ich hab ja mein Lebtag noch nich sonen zimperlichen Verleger getroffen. Und als Journalist kann ich mir die Wahrheit schon so zurechtbiegen, dass sie erträglich wird.«

Aber er druckste weiter rum.

»Weißt du, Wanda und ich wollen uns in fünf Jahren aus dem Geschäft rausziehen. Aber nicht einfach so, wir sind da sentimental und vielleicht auch ein bißchen verrückt – wir wollen mit der Zeitung so aufhören, wie wir angefangen haben: wir wollen noch mal richtig in die große Presse mit unserm kleinen Käseblatt.«

Nick sagte wirklich Käseblatt und wollte durchaus kein Kompliment hören – einer der Gründe, warum ich ihn so gut leiden konnte.

Er lächelte Wanda an, schloß für eine Sekunde beide Augen und nickte.

Ein unausgesprochenes sag du es ihm.

Wanda drehte ihr Weinglas mit beiden Händen langsam immer im Kreis und sagte, ohne mich anzuschauen: »Und jetzt haben wir ja dich kennengelernt – mmhh – und, naja, und da dachten wir – vielleicht könnten wir was zusammen machen.«

Aha! Kommt jetzt am Ende also doch noch der schlitzohrige Verleger durch, der die Taschen voll haben will mit den fremden Federn seines schreibenden Personals.

»Offen gestanden kommen Wanda und ich ja doch immer nur auf technische Finessen; aber da können wir keinen Lorbeer mehr holen. Und unser Chefredakteur ist zwar ein guter Handwerker, aber das Pulver wird er, bis wir in Rente gehen, nicht erfinden.«

Ich schmunzelte: »Und jetzt soll ich euch mit nem journalistischen Knaller aushelfen – hab ich das richtig verstanden?«

»Wenn du das so direkt ausdrücken willst, wie es nicht die feine Maoriart ist – ja, warum nicht.«

Wanda spürte sofort, dass ich jetzt behutsame Betreuung brauchte, um das Gespräch nicht schlichtweg abzubrechen. Sie drehte immer noch ihr Weinglas, aber sie schaute mir direkt in die Augen: »Dafür wärst du dann der Verleger der Southern Islands News. Würdest uns eine gewisse Summe monatlich abstottern, und wenn der letzte von uns beiden ins Grab gestiegen ist, gehört die Zeitung dir.«

Also hatten sie tatsächlich etwas ausgeheckt.

Und ich bekam doch ziemliches Herzklopfen. Ich hatte keinen Zweifel, dass die beiden das ernst meinten. Mir hatte noch nie jemand eine Zeitung angeboten, und es würde mit Sicherheit auch das einzige mal bleiben.

Das Herzklopfen war aber wohl beiderseits. Jedenfalls schauten sie mich voll gespannter Erwartung an und hantierten jetzt beide ununterbrochen mit ihren Gläsern.

Was sie nicht ahnen konnten: Ich hatte tatsächlich etwas auf Lager, sogar seit zwei Jahren schon, ich hatte nur noch nie einer Menschenseele etwas davon erzählt. Es hätte mir den bodenlosen Spott aller Kollegen und mitleidige, wenn nicht gar tief besorgte Blicke meiner besten Freunde beschert. Jetzt isses soweit, hätten sie gesagt, jetzt driftet er ab.

Ich musste schmunzeln: »Wisst ihr zufällig, wie hoch die durchschnittliche Lebenserwartung von gut verdienenden Akademikern aus Neuseeland ist, die in den Tropen leben und andere für sich arbeiten lassen?«

Ein bisschen was zur Entspannung war jetzt wohl angebracht.

Nick hakte sofort ein: »Die noch dazu nicht rauchen und nur mäßig trinken – da könntest du schon ziemlich lange zahlen, ha ha ha!«

Er erhob sein Glas und wir prosteten uns zu: »Auf ein verdammt langes Leben: Manuia!«

Ich stand ganz langsam auf, schob meinen Stuhl zur Seite und sagte: »Ok, dann bestellt ihr mal noch ne Flasche Wein, entschuldigt mich für zwei, drei Momente, und dann wollen wir mal schauen, ob wir soundso viel Jahre nach eurer preisgekrönten Digitalisierung nicht noch ein zweites Feuerwerk zusammenkriegen.«

Ich war von einer Sekunde auf die andere richtig euphorisch, tänzelte förmlich zur Toilette. Vielleicht war das genau das Ventil, das mir fehlte und gut tun würde. Eine einzigartige Gelegenheit, für das bisher Erlebte ein Gegengewicht zu finden. Bislang waren die Merkwürdigkeiten immer mit mir passiert, warum nicht auch, und wenn es nur dieses eine mal war, durch mich? Statt rat- und atemlos das Gefühl zu haben, unerklärlichen Phänomenen eines fremden Raum-Zeitgefüges zu begegnen und ihnen am liebsten aus dem Weg zu gehen, statt auszuschlafen und wegzuträumen.

Einfach mitten hinein springen und ordentlich aktiv mitmischen beim Ich-kann-noch-viel-verrückter-als-du Spiel.

Ein Nachrichten-Moratorium. Weltweit, einen Tag lang.

Wo immer es auf der Erde gerade Null Uhr schlägt, herrscht vierundzwanzig Stunden lang eine himmlische Ruhe. Es werden keine Nachrichten gesendet, es kommen keine Zeitungen heraus. Die Mattscheibe bleibt weiß, im Radio kein Ton, im Internet kein Update.
Die Welt dreht sich einfach mal so, ohne *spin doctors*.
Für diesen einen ausgewählten Tag jedes Jahr. Der dann auch richtig einen Namen bekommt – *Innocent Day* oder sowas in der Richtung.
Und was an diesem Tag wichtiges geschieht, wird aufgehoben für den Tag darauf. Mal sehen, ob es dann noch wichtig ist. Und die tollen Filme gibt es einfach morgen. Einfach mal eine Verschnaufpause einlegen.
Weißes Rauschen auf allen Kanälen.

Die Idee war geboren aus diesem geisteskranken Tempo heraus, in dem in den elektronischen Medien die Nachrichtenredaktionen Neuigkeiten geradezu absorbieren. Kein anständiger Journalist wartet mehr, bis die Nachrichten endlich berichtenswert sind. Das dauert zu lange.
Die Pressekonferenz der Polizei über einen Doppelmord ist um elf Uhr, Hörfunk und Fernsehen berichten über die Inhalte der Pressekonferenz bereits seit neun. Schließlich war die Tat morgens um sechs; na hömma, um zwölf präsentieren wir den Täter und nicht die Erkenntnisse der Polizei. Den Tag auffressen, bevor er vorbei ist.
Das Flugzeug mit deutschen Passagieren an Bord ist in der Nacht in der Karibik abgestürzt, der wackere Nachrichtenredakteur erwartet erste Interviews mit Familienangehörigen fürs Frühstücksfernsehen. Egal, ob die schon offiziell benachrichtigt wurden oder nicht. Und die Analyse der Absturzursache braucht er drei Tage bevor überhaupt die Black Box gefunden wird. Und in der Zwischenzeit immer am Kochen halten, weiterdrehen das Thema, wir brauchen Futter, wir haben jede Stunde ne Sendung.
Das klingt wie ein Naturgesetz: Wir haben jede Stunde ne Sendung;

ist es aber gar nicht. Ist alles irgendwann mal lediglich erfunden worden, befohlen, formatiert. Von Männern, denen man erst zu früh die Brust und später auch noch die Modelleisenbahn weggenommen hat. In einer Welt, in der die Frauen das Sagen haben, gäbe es das nicht, darauf wette ich. Aber inzwischen machen sie munter mit.

Und was für ein Produkt aus dieser hirnlosen Hektik erwächst.

Noch nicht mal mehr anständig ablesen können sie ihre eigenen hektischen Ergüsse. Jedes Wort wird betont, weil ja jedes Wort so oberwichtig ist. Und nach fünfundfünfzig Sekunden brechen sie atemlos zusammen. Und für diesen ganzen Müll geben sie freiwillig erst ihre Ehen und wenig später ihre Herzkranzgefäße auf.

Und das betrifft nur die seriösen Nachrichten. Von den ganzen anderen Formaten, den glitzernden, breiten Boulevard zwischen Johannes B. Kerner und Dieter Bohlen entlang ganz zu schweigen.

Und an diesem einen Tag im Jahr könnte man sich ja mal auf all das besinnen. Den Hörern und Zuschauern, auch den Zeitungslesern, wird die Ruhe gut tun. Sie beklagen schon lange eine völlige Überforderung. Zumindest geben sie die immer häufiger zu Protokoll.

Mit frischem Wein in den Gläsern legte ich den beiden in groben Zügen meine Idee dar und konnte in ihren Gesichtern lesen, dass sie mich zumindest nicht für verrückt hielten.

Sie waren geübt in der Alten Schule: Mathematische und philosophische Gedanken waren in der Antike unzertrennlich. Ein Grund mehr, sie nicht einfach in die Verleger-Feindbild-Schublade zu legen.

Sie hörten aufmerksam zu, nickten hin und wieder und hatten sogar noch einen ganzen Strauß weiterer Beispiele für hirnrissige Nachrichtenhektik aus dem amerikanischen Fernsehen auf Lager.

Trotzdem war Wanda skeptisch: »Das ist zu groß, ein paar Nummern zu groß. Die Leute werden lachen, wenn ausgerechnet die Southern Islands News, dieses unwichtige Blättchen vom Ende der dritten Welt, einen Tag aussetzt, um den Rest der Welt an etwas zu erinnern.«

Da konnte ich nur zustimmen und seufzte ein: »Leider wahr!«

Natürlich hätte ich diesen neuseeländischen Wein auch lieber mit den entsprechenden Herrschaften von *FAZ* und *Bild* und den öffentlich-rechtlichen Intendanten getrunken. Aber die neigen halt, zumindest doch dienstlich, zu philosophischen Gedanken überhaupt nicht und zu mathematischen nur in dieser abgespeckten betriebswirtschaftlichen Variante.

Ich setzte auf Wandas Skrupel noch einen drauf: »Sie werden umso mehr lachen, als ihr hier ohnehin viele Weltnachrichten erst bekommt, wenn sie schon alt sind – wegen der Datumsgrenze.«

Nick hatte mir, als ich die Zeitung besucht hatte, erklärt, dass sie die Nachrichten von *NZAP* bekommen, der neuseeländischen Presseagentur *New Zealand Associated Press*. Was am Montagabend in Europa passiert, läuft bei *NZAP* wegen der Zeitverschiebung erst am Dienstagmorgen ein. Die Nachricht trägt also, obwohl sie erst eine oder zwei Stunden alt ist, korrekterweise das Datum des Vortags.

Nick protestierte und belehrte mich: »Nein, das kann man auch positiv wenden: was in Neuseeland am Dienstag passiert, wissen wir noch am Montag. Kriegen wir meistens zwar auch erst am Dienstag in die Zeitung, aber die Kiwis können es erst am Mittwoch lesen. Und genau das ist doch der Punkt. Ist zwar streng genommen nicht logisch, aber so könnte man es verkaufen. Es spielt keine Rolle, ob etwas am Montag oder am Dienstag passiert ist, und genauso ist es egal, ob du etwas am Mittwoch oder am Donnerstag erfährst. So jedenfalls habe ich den Hintergrund deiner Idee verstanden.«

Wanda lehnte sich zurück: »Das hat was. Genau da liegt unsere Kompetenz. Ich glaube, wir brauchen noch eine Flasche Wein.«

Nick buchstabierte im Geist schon das eine und andere durch: »Natürlich muss es Ausnahmen geben: Naturkatastrophen, vor denen gewarnt werden muß, menschliche Tragödien von großem Ausmaß: Der 11. September, der Einmarsch der Amis nach – na, wo sie halt gerade mal wieder einmarschieren … .«

Wanda ergänzte: »Und denkt um Gottes Willen daran, den Sonnabend auszusparen: die Rugbyspiele, Fußball, Basketball. Und dann die Lottozahlen. Das wollen die Leute live sehen. Und wer es verpaßt hat, braucht es wenigstens in den Nachrichten. An so nem Tag darf es kein Moratorium geben, das hätte mehr revolutionäre Kraft als der Sturm auf die Bastille und die Bauernkriege zusammen.«

»Einspruch!«

Das Gespräch hatte angefangen, ganz an mir vorbei zu laufen, aber ich wollte doch hin und wieder auch was beitragen. »Das ist eine Grauzone, die man auch ohne Nachrichtensendungen drum rum hinbekommt. Alles live und gut is.«

Die beiden schauten mich an, als wäre ich nicht ganz richtig im Kopf. Nick hob seinen Zeigefinger: »Und alle, die sich nicht für Sport interessieren und kein Lotto spielen, fragen sich, warum an einem Tag ohne Nachrichten son Schwachsinn ausgenommen wird. No, Sir. Lotto und Sportergebnisse sind Neuigkeiten, sind aktuelle Berichterstattung wie Mord und Totschlag auch. Nein! – Der Sonnabend darf auf keinen Fall angetastet werden.«

Scheiße! Da hatte er recht. Ich mußte wohl erstmal beim Wein eine Pause einlegen.

Wanda überlegte: »Wie soll das denn überhaupt aussehen? Wenn es keine Zeitung gibt, bleibt dann die Mattscheibe auch weiß? Und im Radio gibt es nur Rauschen?«

Nick zog seinen Atem laut hörbar durch die Zähne ein: »Das wäre dann wieder die Abteilung Bastille und Bauernkriege. Und womöglich begehen dann überall auf der Welt die ganz Einsamen Selbstmord. Nein! An dem Tag laufen ganz besonders schöne Filme. *Innocent Day* ist *Blockbuster Day*. Oder vielleicht doch lieber Dokumentationen, was erzieherisches. Da wird mal gegen den Strich gebürstet. Und im Radio Konzerte und Live-Mitschnitte mal in voller Länge, Hörspiele, die man sonst in Scheibchen schneiden muß, ungewöhnliches, schräges. Mal einen Tag die Medien auf den Kopf stellen.«

»Vielleicht kann man die Leute selber bestimmen lassen, was laufen soll.« Aber kaum hatte sie es gesagt, winkte Wanda auch schon wieder ab. »Das geht nur sonntags. Hätte natürlich den Vorteil, dass man da bestimmt die Kirchen mit ins Boot bekäme.«

Nick holte sein Notizbuch raus und fing an, Stichworte aufzuschreiben.

»Da wären die Zeitungen dann aber im Nachteil«, gab Wanda zu bedenken.

»Uns gibt es gar nicht, und in der Glotze werden die Medien auf den Kopf gestellt. Gleiches Recht für alle. Dann müßten wir an dem Tag, nennen wir ihn meinetwegen Innocent Day, meinetwegen Sonntag, auch mit einer Sonderausgabe kommen dürfen. Nur Bilder, nur Reisereportagen, nur Kochen, Wein und Genuß.«

Das wurde mir jetzt aber doch zu bunt: »Nochmal Einspruch! Die Medien auf den Kopf stellen heißt für meine Begriffe Schnee auf den Bildschirmen und Rauschen aus den Lautsprechern. Und nicht noch ne zusätzliche Sonntagsbeilage, die als Zeitung daherkommt. Zumal sich die meisten Tageszeitungen da genüsslich zurücklehnen könnten und alles so lassen könnten, wie es ist, weil es sie sonntags eh nicht gibt. Einschließlich der Southern Islands News. Und die wollten doch schließlich das Signal in die Welt setzen. Euer Knaller zum Ruhestand.«

Nick zog seine linke Augenbraue hoch, streifte mich kurz aus seinen Augenwinkeln und sagte in Wandas Richtung: »Kaum steht der Kuchen auf dem Tisch, meldet sich der Krümel. Komm Junge, lass uns anstoßen, aber unterbrich nicht, wenn sich Erwachsene unterhalten. Es könnte ja durchaus sein, dass wir selbst aktiv gar nicht dabei sein müssen, oder?«

Aha! Nun also wirklich doch noch der schlitzohrige Verleger, der die Taschen voll hat mit fremden Federn.

Sein Lächeln hatte in der Tat etwas schlitzohriges. Wir stießen zum – ich weiß nicht mehr, zum wievielten Mal an diesem Abend an – und ich zog mich besser für eine Weile auf die Veranda zurück.

Ich spürte schon wieder dieses Unbehagen. Es war zwar Meilen entfernt von dem, was mir auf Atiu widerfahren war, aber trotzdem: Die Situation fing schon wieder an, mir aus den Händen zu gleiten. Dabei hatte ich gedacht, daß es mein Spiel werden würde, mein Ventil, mein Gegengewicht.

Aber kaum hatte ich den Mond und den Sternenhimmel über mir, bekam alles wieder seine richtige Größe und Bedeutung.

Mein Gott, wir kleinen Hasepummelchen hier unten.

Ich hatte die Milchstraße nur zwei- oder dreimal in den Alpen, hoch oben und in unwirtlicher Kälte, in dieser Klarheit die Schwärze des Nachthimmels hervorheben sehen. Und hier in der Südsee hatte ich sie fast jede Nacht. Und jedesmal hatte mir diese unendliche räumliche Tiefe, die ich so bislang nur aus dem Planetarium gekannt hatte, kurzzeitig den Atem geraubt. Und ihn dann, nach ein, zwei Minuten, so ruhig gehen lassen wie sonst nur im Tiefschlaf. Ich nahm unweigerlich einen anderen, höheren Rhythmus auf.

Das Abendlied des Wandsbeker Boten fiel mir ein:

> *Seht ihr den Mond dort stehen?*
> *Er ist nur halb zu sehen,*
> *Und ist doch rund und schön!*
> *So sind wohl manche Sachen,*
> *die wir getrost belachen,*
> *Weil unsre Augen sie nicht sehn.*

Ich summte es richtig vor mich hin. Und merkte dabei überhaupt erst, wie sehr diese Strophe gerade jetzt hierher paßte. Und dass ich es nach all dem, was ich auf Atiu erlebt hatte, zu nichts weiter gebracht hatte, als wenigstens nicht mehr zu lachen über das, was meine Augen nicht sehen konnten.

Ich ging runter zu dem kleinen Bootsanleger, schaute mich vorsichtig um, ob mich jemand sah und legte mich, die Hände hinter dem Kopf verschränkt, flach auf den Rücken. – Weltall gucken.

Das kann man sich gar nicht vorstellen: da liegen Lichtjahre zwischen den einzelnen Helligkeitsgraden.

Ich erinnerte mich noch genau an das erste mal, in Tahiti, wo ich noch dachte schade, dass am Himmel so kleine Wölkchen sind, sonst hättest du den spektakulärsten Blick auf die Milchstraße. Aber im Verlauf von zwei, drei Stunden, in denen ich immer wieder, weil ich nicht schlafen konnte, aus dem Haus trat und in den Himmel schaute, hatten sich die Wolken nicht von der Stelle bewegt. Bis ich drauf kam. Auch das waren winzige Punkte, die den Nachthimmel illuminierten, so dicht beieinander, dass ich sie nur als Schleier, Wattebäusche, dünne Wölkchen wahrgenommen hatte.

Und das Ganze ist nicht irgendwo da draußen, etwas, über das wir von ganz weit weg staunen. Das ganze Ding ist so scheiß groß, dass wir noch mittendrin sind, hübsch eingereiht auch dazu gehören. Man schaut auf nichts anderes als auf seine etwas entfernteren Nachbarn.

Ein Grund mehr, Nachrichten von, für und über Menschen ihren Glorienschein zu nehmen: WORLD NEWS, herausgegeben von der vermeintlichen Krone der Schöpfung.

WELTNACHRICHTEN, wie vermessen.

War nicht Hybris eine der sieben Todsünden? Mag ja sein, dass wir das Salz der Erde sind, das Salz der Welt ist eine ganz andere Liga. Was bleibt da noch, bei aller Chronistenpflicht, von der viertausendsten Nachricht über den viertausendsten Flugzeugabsturz auf die Erde.

Aber gleichzeitig kam es mir auch niedlich und goldig vor, dass da jemand denkt, mit einem Moratorium die Dinge zurechtrücken zu können.

Neuerlich geläutert und gestärkt setzte ich mich an unseren Tisch zurück – außer uns gab es im Restaurant inzwischen nur noch zwei turtelnde Pärchen, an der Theke saßen noch drei coole Surfer von der braungebrannten und breitschultrigen Sorte.

Selbst Jack hatte sich schon nach Hause verabschiedet.

»Na, seid ihr zu einem Ergebnis gekommen?«

»Lass uns ein letztes Mal anstoßen, alter Bengel – kuck mal, Wanda hat schon ganz glasige Augen. Ansonsten haben wir uns schon lange nicht mehr so intensiv über Medien unterhalten wie heute abend. Allein schon deswegen könntest du unser Mann sein.«

Am Ende des Abends waren wir so betrunken, dass die beiden

schwankend ein Taxi bestellen mußten und ich nur unter größter Anstrengung den knappen Kilometer bis zum Paradise Inn zu Fuß meistern konnte. Auf halbem Wege musste ich noch mal kurz hinter der Tankstelle in der Vegetation verschwinden und wäre beinah vornüber gekippt. Als mich Mata an der Rezeption vorbeiwanken sah, prustete sie laut los und bot mir kichernd an, einen Eimer neben mein Bett zu stellen.

Am nächsten morgen rief mich Nick an und sagte, er sitze gerade an dem Schreiben für die UNESCO. Ob ich vielleicht auch noch mal draufschauen wollte. Das politische Klima sei gerade günstig, Medienschelte gesellschaftsfähig, vor allem aber zuschussfähig. Er wolle seine alte Verbindung nutzen, um unsere Idee auf einer internationalen Konferenz vorzustellen, hier auf Rarotonga: Unter dem Schutz der Vereinten Nationen. Und natürlich im Namen der Southern Islands News, die mit dem Innocent Day, einem möglichst weltweiten eintägigen Nachrichten-Moratorium, einen Beitrag zur Humanisierung der medialen Welt leisten wollten.

»Wanda und ich haben noch kein griffiges Motto für die Konferenz gefunden. Und wir dachten, dass Du die Einführung halten solltest. Wie nennt man das heute – das Impulsreferat. Da bräuchten wir noch ein paar Stichworte, ganz grob nur. Wann geht dein Flieger?«

Das war weder Scherz noch Prüfung, das konnte ich an seinem Tonfall erkennen.

Und gottseidank rief ich aus einem Reflex heraus in die Leitung: »Hallo? Nick, bist du das? – – – Ich kann nichts hören hier. Hallo! Das ist vielleicht ein scheiß Telefon. Das passiert dauernd. Hallo! – – – Nee, ich leg jetzt auf, die Leitung is tot.«

Mein Flieger ging erst kurz nach Mitternacht. Nein – das wurde jetzt wirklich etwas zu verrückt hier. Es war wohl doch höchste Zeit, die Cooks zu verlassen, bevor ich nicht mehr merken würde, wie ich tatsächlich den gesunden Bezug zur Realität verliere.

Langsam aber sicher abdrifte.

Ich bat Mata, mich am Telefon zu verleugnen und, falls mich jemand persönlich besuchen käme, bedauernd den Kopf zu schütteln.

»Sag Ihnen, ich wär schon früh aus dem Haus.«

Ich zog die Vorhänge zu, damit auch wirklich niemand reinschauen konnte, und legte mich für den Rest des Tages wieder ins Bett.

Gute Gelegenheit, das eine oder andere noch mal gründlich auszuschlafen und wegzuträumen.

Die beiden Gentlemen von Bora Bora

*Ob Katholiken oder Protestanten, bei all ihren groben Fehlern,
bei ihrem Mangel an Aufrichtigkeit, Humor, gesundem Menschenverstand, sind die Missionare doch die nützlichsten Weißen im Pazifik.*

Robert Louis Stevenson, »In der Südsee«

*Langsam bringen wir uns um. Jeden Tag, jeden Sonntag.
Jedes Gebet zu Jesus Christus schlägt einen Nagel mehr in unseren Sarg.*

Sia Figiel, »Alofa«

Solange der *Otemanu* noch nicht von einem Gipfelkreuz gekrönt ist, gibt es durchaus noch Hoffnung für Bora Bora. Jedes Mal, wenn er sich in Wolken hüllt, kehrt er zurück in die Zeit, als die Insel noch *Vauvau* hieß.

In die frohe Zeit vor der frohen Botschaft.

Dann tauchen Mythen auf, nicht die Bibel: *bei Vollmond schau nicht hinauf.* Auf den Bergen des Anfangs kann man durchaus anderes erleben, als vom HERRN die Gesetzestafeln zu empfangen. Angst, nicht Gewißheit. Es gibt selbst hier noch unbefleckte Reste, kleine, symbolträchtige Refugien des Anbeginns. Nein – die zehn Millionen Jahre alte Würde ist dem Otemanu noch immer nicht befleckt worden. Hin und wieder rühmt sich jemand, oben gewesen zu sein, aber amtlich bestätigen mag das keiner. Der Hubschrauber landet manchmal bei gutem Wetter und vielen Extradollars. Er ist nichts, er ist rein gar nichts gegen den Jahrtausende alten, majestätischen Bogen des Fregattvogels. Auf seinen Nachbarn, den *Pahia*, führt ein Pfad, aber die wenigen Touristen, die sich hier schweißbeperlt mit einem einheimischen Führer in stundenlangem Marsch herauf wagen, behandeln ihn mit Respekt. Und auch er hat – wie der Otemanu – kein Gipfelkreuz.

Wie beruhigend.

Obwohl ich ungerecht bin: Gipfelkreuze sind in der Südsee eigentlich unbekannt. Auf der Osterinsel gibt es noch die meisten, auf den Marquesas Inseln habe ich ganze zwei gesehen: auf Nuku Hiva an einer steilen Felswand und auf Ua Pou oberhalb einer kleinen Kapelle. Und dann noch, fünftausend kreuzlose Kilometer weiter westlich, auf einem winzigen Inselchen zwischen Yasawa und Sawa-I-Lau in Fidschi. Ein Hügel von dreißig Metern Höhe, den die Einwohner von Nabukeru mit einem schlichten weißen Kreuz geschmückt haben. Aber selbst Mangareva, das im 19. Jahrhundert einem religiösen Fanatiker und Despoten gehorchte, hat meines Wissens keins.

Ich übertreibe also. Aber ich stehe noch zu sehr unter dem Eindruck einer äußerst befremdlichen Begegnung.

Otemanu, *Ort der Vögel* – der höchste Berg auf Bora Bora, das Wahrzeichen sozusagen, 727 Meter hoch. Und ich bin ganz sicher: Die wenigsten nehmen ihn wirklich wahr.

Die ganz schicken kommen mit dem Schiff an – besser: mit der eigenen Yacht.

Folgende Szene: Der Otemanu verlockt sie (aus der Gegend um L. A., blond, falsche Zähne, falsche Titten, Botoxlippen, um die Dreißig) zunächst aus weiter Ferne zu Ausrufen wie: »Oh, Gawd, Bill – look at this – how pic-tjooo-resque!«

Sie geht runter in die Kabine, holt das *Taheedee Handbook*, kann den Namen des Bergs aber auch im dritten Anlauf nicht aussprechen: »I must have a drink on this.«

Und dann noch mal: »Gosh, Billy Darling, this iiiiis awesome. I love you so!«

Danach haben sie ihn meist nur noch im Rücken, den Berg, denn Bora Bora ist ein weltweit hochglänzendes Lagunen-Paradies, in dem man am Strand liegt und Champagnerkelche schwenkt, an Bord seiner Jacht Long Drinks durch Strohhalme zwängt oder im Glasboden-Schlafzimmer mit Pandanus-Dach 98er Merlot nach seinem

Waldbeeren-Abgang begutachtet. Im *Sofitel Marara*, im *Moana Beach Park Royal* oder im *Hotel Bora Bora*: Man hat jeweils den Blick auf den Blanken Hans gerichtet, also vom Otemanu weg. Entweder auf die in der Tat wunderschön in unendlich abgestuften Blautönen schillernde Lagune – je nach Sonnenwinkel, Windstärke, Tide und Bewölkungsdichte – oder in die verheißungsvolle Unendlichkeit des Pazifiks hinter den weißen Schaumkronen des Riffs. Auch von daher ist der Ort der Vögel, der Otemanu, noch recht unbefleckt. Pro Tourist ne Handvoll Blicke; ein, zwei besonders ausgiebige noch zusätzlich vielleicht bei einem spektakulär-romantischen Sonnenuntergang und dem Zweifel, ob das nun auf dem Foto mit Blitz oder ohne besser kommt. Also drei-, viermal auf den Auslöser und am nächsten Morgen Abflug. Schaden nimmt der Berg auf diese Distanz jedenfalls nicht.

Paradiese erkennt man todsicher daran, dass sich die Touristen dort im Grunde nach Herzenslust langweilen. *Heaven is a place where nothing ever happens.* Immerhin: Hier langweilt es sich sehr gediegen, auf hohem Niveau – ohne dass der Plebs in seinen ärmlichen Adiletten stören würde.

Immerhin ist Bora Bora die *Perle der Südsee* – so steht es in allen Reiseführern dieser Welt: Ein beispielloser Marketingerfolg, gemeinsam von den weltweit auftretenden Hotelketten vor Ort propagiert. Ein Meisterstück aus dem Bilderbuch des Dienstleistungskapitalismus. So erfolgreich, dass die Touris schon richtig durch den Tüddel kommen, was denn nun was eigentlich ist. Eine altgediente Lufthansa-Stewardess sagte mir allen Ernstes, das interessanteste und mit Abstand schönste hier seien doch wohl die Hotelanlagen. Bei zukünftigen Inselrundfahrten sollte man dort doch noch viel mehr Stopps dort einlegen.

»Vous connaissez, Monsieur?«

Das ging deutlich gegen mich, denn ich war der Dolmetscher auf der Rundtour gewesen.

Ich fragte vorsichtig nach: »Und die Berge? Der Pahia? Der Otemanu?«

»Ach, kommen Sie – tote Vulkane gibt es in der Südsee wie Sand am Meer!«

»Glauben Sie im Ernst, ich führe Sie hier durch die Hotels?«

Obwohl: ein ganz stinknormales Hotelbett auf der Perle der Südsee kostet durchaus um die 400 Dollar die Nacht, ohne Frühstück. Das raubt den Touris womöglich den Atem. Die Preise sind nach der berühmten Richterskala sortiert, man wird mit Leichtigkeit 1.200 Dollar die Nacht los – dabei bleibt ein Drittel der Betten ständig leer.

Im Mai 1908 war Jack London hier, auch er mit eigener Jacht angereist. Und er war der erste in einem bis heute ungebrochenen Reigen von Promis und VIPs, die sich die Perle der Südsee was kosten lassen. Und London, der sich in der Südsee gern von Einheimischen als John Lakana ansprechen ließ, hat immerhin noch unverstellt und echt erlebt, was später zunehmend inszeniert werden musste. Fischtreiben im Kanu als Alltag, nicht als Folklore.

Um fünf Uhr morgens begannen die Muscheltrompeten zu rufen. Am ganzen Strand hörte man die unheimlichen Klänge wie die ewig alte Stimme des Krieges, die die Fischer aufstehen und sich zum Ausrücken bereitmachen ließen. [...] Kanulieder, Hailieder und Fischlieder wurden gesungen.

Friedrich Wilhelm Murnau und Robert Flaherty drehten 1928 ihren Stummfilm *Tabu* hier, im zweiten Weltkrieg sorgten 4.500 stationierte GIs dafür, dass Bora Bora auch im hintersten Nebraska zur blumenumkränzten Legende wurde. Auf jeden Einheimischen kamen sechs Amerikaner – mit dabei auch, zumindest für Kurzbesuche, der Verbindungsoffizier James Albert Michener. Ihm verdanken wir nicht nur die beiden Südsee-Klassiker *South Pacific* und *Rückkehr ins Paradies* von 1946 und 1951, sondern leider auch die gnadenlose Hollywood-Inszenierung Polynesiens als Tanz- und Singspiel, genannt Musical. Kein Klischee wurde ausgelassen. Als Anfang der 60er auf Tahiti der zweite Aufguss der *Meuterei auf der Bounty* gedreht wurde –

der mit Trevor Howard als William Bligh und Marlon Brando als Fletcher Christian – waren die Erschütterungen auch hier, 250 Kilometer entfernt, noch zu spüren. Mit dem Ergebnis, dass eine der Statistinnen, die noch heute bildschöne Tarita Teriipaia aus Anau, Marlon Brandos zweite Frau wurde. Sie stammt aus einflussreicher Familie, ihr Bruder war und ist womöglich noch immer Bürgermeister von Anau. Marlon kaufte 1966 für das Taschengeld von heutigen 189.000 Dollar 438 Hektar Land auf der Nachbarinsel Tetiaroa und ließ ein Hotel mit vierzehn Pavillons bauen, das Tarita bis zu seiner Schließung im Mai 2004 führte.

1977 flog aus Italien in beinahe gleicher Stärke wie seinerzeit die GIs ein Filmteam ein, um mit Dino de Laurentiis den Katastrophenthriller *Hurricane* zu drehen. Die eigens für die Filmcrew errichteten Bungalows dienen bis heute ebenfalls als Hotel. Und derzeit chartern solch illustre Persönlichkeiten wie George Lucas schon mal eines der beiden Schiffe, die *Boraboracruises* von Tahiti aus hier laufen haben (38 Kabinen, 6 Sterne, alles comme il faut), und bitten darum, dass die Medien davon keinen Wind bekommen. Sie würden gern mal ohne Papparazzi ein klein wenig relaxen.

Im Restaurant namens *Bloody Mary* sind noch viel mehr solcher Berühmtheiten festgehalten. Sie ist so eine Art *Walk of Fame polynesienne*. Zwischen dem Hauptanlegeort Vaitape und dem Hauptbadeort Matira, direkt an der Straße. Wunderschöner Blick übrigens auf Otemanu und Pahia über die Poofay Bucht. Man muss ihn keineswegs im Rücken haben, den Berg.

Noch bevor man Bar und Restaurant überhaupt betritt: Überall Bilder, Autogrammkarten und Zeitungsausschnitte von Leuten wie David Copperfield, Pierce Brosnan, Jane Fonda, Keanu Reeves und Harrison Ford. Allerdings darf man wohl jeden dritten, vierten Namen getrost wieder abziehen. Der steht mit Sicherheit einfach nur auf der Tafel, weil er gerade angesagt ist – Janet Jackson zum Beispiel traue ich Bora Bora und überhaupt die Südsee schlichtweg nicht zu, und Keanu Reeves ist verdächtig falsch buchstabiert.

Macht nichts, die Bar ist auch ganz ohne Stars und Sternchen ein Erlebnis.

»Ahh, Bloody Mary Bora Bora!«

Slava, Barkeeper aus Odessa, bekam glänzende Augen, als er auf der Ocean Blue dies Stichwort hörte. Er nimmt eine Flasche Fernet Branca in die Rechte, eine Flasche Wodka in die Linke und jongliert sie mit atemberaubender Geschicklichkeit umeinander, dabei rollt er mit den Augen und lacht mich an: »Wenn Du bist Mann von Welt, oder maybe just pretend to be Mann von Welt, dann musst Du da gewesen sein. Aber kriegst Du bei mir Bloody Mary für halbe Preis. Und dickere Selleriestange ins Glas. Hahaha.«

Auf dem Boden feinster weißer Sand, noch frisch geharkt, wenn man zu den ersten Gästen gehört. Die Tischplatten sind aus schwerem, polierten Akazienholz, alles senkrecht stehende Holz besteht aus lasierten Palmenstämmen. 200 Leute passen hier rein, im hinteren Bereich wird gegessen, im vorderen ist die Bar, die Theke zur rechten ist ein mächtiges Halbrund aus besagten aufrecht stehenden Palmenstämmen und dazugehöriger schwerer Akazienholzplatte. Das ganze unter mehreren, bis zu fünf Meter hohen Kegeln, die mit Palmwedeln gedeckt sind – die Raumkonstruktion wirkt wie eine kleine Zeltstadt. Richard aus Kanada hat das Etablissement zusammen mit seiner einheimischen Frau gekauft und zu dem gemacht, was es heute ist.

Und Richard weiß, dass man nicht nur die Reichen und Schönen ansprechen darf. Er ist sich nicht zu fein, Schiffsmannschaften, die auf Bora Bora übernachten müssen, die Bloody Mary nach 23 Uhr kostenlos für Partys zur Verfügung zu stellen, ohne Eigenes ausschenken zu wollen oder gar Korkgeld zu verlangen. Denn die trinkfreudigen und -festen Crews bringen natürlich ihren eigenen Sprit mit. Richards einzige Bedingung: Alles, was an Getränken übrig bleibt, geht an die Bar.

»Wow! Sind ja schon verdammt viele berühmte Leute hier gewesen –

mein lieber Freund!«, murmelte ich halblaut vor mich hin, während ich an der Theke Platz nahm. Und dann kam ganz ohne Vorwarnung auf einmal dies, in erfrischend gebildetem Oxford Englisch: »Das kann man wohl sagen, hihi. Vergessen Sie die Namen da draußen. Wissen Sie was? Gestern habe ich mich hier drei Stunden lang mit Jesus unterhalten! Hallo, ich heiße Gordon.«

»You did WHAT – – –???«

»Nein. Lachen Sie bitte nicht. Bitte! Ich würde nämlich die Geschichte gern mal bei jemandem loswerden, denn natürlich irritiert sie mich selber ja auch. Das können Sie sich doch hoffentlich vorstellen!«

Es ging nicht – ich prustete unwillkürlich los.

»Tschuldigung! Sie haben also mit Jesus gesprochen. Und das ausgerechnet in der BLOODY MARY BAR. Hier! Hier treffen Sie Jesus! Das ist eine Kostbarkeit für den blasphemischen Geschmack: So fangen nur gute Geschichten an. – Nein, bitte erzählen Sie – dass ich lache, hat überhaupt nichts mit Ihnen zu tun.«

Er schaute mich so verschreckt an, dass er mir unwillkürlich leid tat und ich versuchte, zurückzurudern.

»Nein, wirklich, das geht ganz und gar nicht gegen Sie, Gordon. Nein nein, entschuldigen Sie bitte, erzählen Sie, lieber Gordon – ich bin sehr neugierig.«

Der Mann sah auf den ersten Blick weder so aus, als hätte er einen Vogel, noch konnte ich, bei allem Kredit für diesen mitunter furztrockenen britischen Humor, ausmachen, dass er mich verarschen wollte. Er hatte im Gegenteil eher schüchtern und fast ein wenig unterwürfig versucht, aus meinem Gesicht heraus zu lesen, was meine Antwort ja nun wirklich nicht gerade vermuten ließ: Ob ich ihn, bei allem, was folgen würde, ernst nehmen könnte und überhaupt fähig wäre, die Andersartigkeit fremder Menschen vorurteilsfrei für sich stehen zu lassen.

Aber bei meinen letzten Worten hatte er seinen Kopf plötzlich wie ferngesteuert leicht abgewandt und mich dann mit dem Handrücken angestoßen. Zwei Männer Mitte vierzig näherten sich uns, der eine blieb erst noch ein wenig zurück und schaute sich die Bilder und Zeitungsausschnitte an, der andere kam lächelnd direkt auf Gordon zu.

Ich konnte nicht anders – ich musste einfach diese ferngesteuerte Kopfbewegung nachmachen: »Excusez-moi – etes-vous Jesus?«.

Ich war so guter Dinge, dass meine Begrüßung, zugegeben, ein wenig schräg ausfiel.

Aber der Mann behielt vollständig die Fassung und lächelte mich an.

»Well, that depends ... Es könnte durchaus sein, dass ich nicht IHR Jesus bin.«

Ich hatte ihn auf französisch angesprochen, denn er machte den Eindruck, als sei er ein einheimischer Weißer. Er hatte mich zwar verstanden, blieb aber bei den noch folgenden Höflichkeits- und Allerweltsformeln bei genau dem wohlerzogenen Oxford-Englisch, das auch Gordon gerade an den Tag gelegt hatte.

»Wie – – – ich dachte, Jesus ist multilingual, polyglott, überall auf der Welt zu Hause; sprechen Sie nur englisch?«

»I think you should talk with my friend over there. Robert! Komm, setz Dich zu uns! Darf ich vorstellen: das ist Robert, Robert, das ist – mmhh, wie darf ich Sie nennen?«

»Tusitala.«

»Ah, wie originell: Robert, das ist Tusitala. Ich bin sicher, ihr werdet Eure Geschichten gegenseitig zu schätzen wissen.«

»Tusitala?«, fing dieser Robert sofort an und lächelte ein ganz weiches Lächeln, »Das war doch der Name, den die Samoaner Robert Louis Stevenson gaben, oder bin ich im falschen Reiseführer?«

»Nein nein, ganz recht: die Leute haben ihn sehr gemocht, den schottischen Mr. Hyde. Und gaben ihm den Beinamen Tusitala, Geschichtenerzähler. Sie waren so – sie waren so fasziniert von seiner Art, zu erzählen, dass sie sogar die Flasche sehen wollten, in der, ähm, in der der Flaschengeist eingesperrt war. Sie wissen schon, diese Kurzgeschichte von ihm?«

Au weia.

Jetzt hatte er mich ganz kurz auf dem völlig falschen Fuß erwischt. Ich wollte diese Tusitala-Kiste eigentlich gar nicht weiter aufmachen.

Und außerdem – warum sollte ich mit ihm sprechen, wenn ich mich eigentlich doch mit Jesus unterhalten wollte. Deshalb fragte ich – noch immer etwas unsicher: »Aber ich versteh nicht recht – sind SIE denn jetzt Jesus?«

»Das werden wir sicher gemeinsam herausfinden ... .«

Merkwürdig: ganz leise, aber doch eindringlich, bemerkte ich ein Summen im Raum. Es war mir gar nicht aufgefallen, als ich hereinkam. Wie von Moskitos. Aber nicht unmittelbar am Ohr, kurz bevor man die Hand öffnet, um gleich zuzuschlagen, sondern eigentlich eher wie das Meeresrauschen an einem Atoll: man sitzt an der völlig stillen Lagune und hört ein gutes Stück hinter sich von der Ozeanseite her das ständige Brechen der Wellen am Riff.
Mmmh.
Nach Monaten himmlischer Ruhe meldete sich wahrscheinlich gerade mein Tinnitus zurück. Klar, dass man in Wallung gerät bei solchen abstrusen Barbekanntschaften.

»Ich hatte keine Ahnung, dass mir Jesus einmal als, mmhh, wie sagt man hier, jetzt fällt mir gerade nur das samoanische Wort ein, als *Afakasi* gegenübersitzen würde – halb europäisch, halb polynesisch.«
Er lächelte: »*Demi* würde man hier sagen. Ja aber warum denn nicht? Maria erinnert ja in den Darstellungen in vielen älteren örtlichen Kirchen auch eher an eine wohlgenährte Polynesierin als an die in Lumpen gekleidete vorderorientalische Muttergottes im Stall von Bethlehem. Und Jesus hat selbstverständlich krauses Haar. Und er hat nicht Myrrhe und Weihrauch, sondern eine Brotfrucht geschenkt bekommen, wie denn auch anders. Schauen Sie sich mal ganz in Ruhe die vierzehn Tafeln des Kreuzwegs in der Cathedrale de L'Immaculée Conception in Papeete an.«
»Hab ich gesehen. Muss ich Ihnen recht geben.«

Na, immerhin. Der Mann versteht es, Vorlagen zu verwandeln und verbal zu scharmützeln.

»Mmhh – trotzdem entspreche ich also nicht Ihren Vorstellungen«, fuhr er fort.

»Ich meinerseits kann mir allerdings vorstellen, dass das eine Lektion ist, auf die Sie eigentlich begierlich sind. Vor der Sie aber eine große Wand aufgebaut haben. ›Ein feste Burg‹ sozusagen, um einen Ihrer Landsleute zu bemühen. Jesus soll Sie gefälligst im Sturm erobern und dabei zeigen, dass er Ihnen ebenbürtig ist. Sie sind mit Sicherheit Skorpion, stimmts?«

»Ich glaube, Sie sind wohl doch eher der örtliche Missionar hier, Mr. Hyde – ich darf Sie doch so nennen? – und für die Seelenfängerei in den besseren Bars eingeteilt?«

Woher wusste der, dass ich Deutscher bin. Mein Englisch ist makellos. Unwillkürlich stand meine gesamte Körperbehaarung auf hab acht. Aber gleichzeitig bohrte sich dieses sphärische Summen noch ein gutes Stück tiefer in meine Nervenstränge.

»Kennen Sie Seine Heiligkeit Bischof Bopeep Dr. Toki Tumu?«, fragte ich, »Den genialen Gründer des ›Chamber Island Konzertglocken Ensembles‹ drüben in Tikong?«

»Erst mal wollte ich eigentlich von Ihnen wissen, ob Sie Skorpion sind – das ist doch prinzipiell eine völlig religionsunverdächtige, glaubensunabhängige und eher spielerische Frage. Ich selbst bin übrigens Steinbock – und kann genauso wenig dafür wie Sie.«

»Ja, bin ich. Und ich erfülle sämtliche Klischees: mindestens drei der sieben Todsünden lagen als Babyrassel in meiner Wiege.«

Er rollte mit den Augen: »Huuh. Da müßte ich mich jetzt ja direkt bekreuzigen!«

Er hatte einen Gin Tonic bestellt, nahm jetzt sein Glas und hielt es zwischen uns beiden in die Höhe: »Lassen Sie uns auf etwas anstoßen. Worauf wollen wir trinken, Tusitala?«

»Ich weiß was Schönes. Lassen Sie uns auf all diese unvergleichlichen Choräle trinken, die in Polynesien zur Ehre Gottes angestimmt werden. Das ist ein Erlebnis, das seinesgleichen sucht, und das meine ich ganz ernst. Gratuliere. Wenn all die Mädels in ihren Strohhüten und die Männer in ihrem feinsten Zwirn eine *Imene* anstimmen, eine Hymne, kann auch einem Atheisten das Herz aufgehen. Die Frohe Botschaft als frohe Botschaft. Wird ja auch in allen Reiseführern dringend empfohlen – der Kirchgang am Sonntag. Darf auf keinem Touri-Video fehlen. Das müßte Ihnen doch runtergehen wie – ich weiß gar nicht, was.«

Wir prosteten uns zu und tranken darauf. Er schluckte ganz langsam und genußvoll und sagte dann ohne jeden belehrenden Unterton: »Sehen Sie, und so gehören auch die zur Gemeinde, die das ansonsten weit von sich weisen würden. Wollen immerhin zuhören. Oder mitsingen – so wie Sie.«

Schon wieder wußte er etwas, das er nicht von MIR wußte. Er stellte sein Glas zurück auf die Theke und klinkte sich kurz in das Gespräch der beiden anderen ein – nickte, lächelte, sagte nicht viel.

Ich schaute ihn mir genauer an, diesen Robert.
Mr. Hyde.
Jesus.
Er hatte den hellbraunen Teint und die schwarzen Haare der Polynesier, allerdings so kurz geschnitten, wie ich sie auch trug, ansonsten war er ganz Europäer. Das Gesicht sehr fein geschnitten und schmal, sein Körper sportlich, ausgesprochen schlank und hoch gewachsen. Er trug einen legeren, hellblauen Seidenanzug, dazu ein dunkelblaues Fred Perry-Polohemd. Ausgesprochen geschmackvoll bis hin zu den geflochtenen Lederslippern. Das alles war selbst auf Bora Bora nicht überall um die Ecke erhältlich. Ich konnte seine Anspielung auf meine Freude beim Mitsingen nicht einfach übergehen und fragte: »Haben Sie irgendwie – Karteikarten über mich angelegt?«

»Na, jetzt unterschätzen Sie sich aber: die Karteikarten legen Sie die ganze Zeit selber an, ich höre nur zu. Und ansonsten arbeite ich durchaus schon mit Notebook, wie Sie vermutlich auch."

»Aha. Dann sind sie also Psychologe?«

»Mit Promotion sogar. Das ist ja nun das mindeste, das Sie von mir erwarten. Obwohl – PSYCHOLOGIN wär Ihnen lieber, oder? – – –«

Son Arsch!

Und trotzdem musste ich innerlich grinsen. Denn eigentlich gab er mir ja nur das passende Wechselgeld, und er war ohne eine Spur von Aggression bestens zu Sprachspielen aufgelegt.

Das hab ich mein Leben lang bei Menschen immer am meisten geschätzt.

Er schien sogar eine regelrechte Spiele-Sammlung dabei zu haben und hatte sich ganz offenbar vorgenommen, seine Zeit nicht mit Plänkeleien zu verschleudern. Jedenfalls fing er sofort mit einem neuen Thema an.

»Man sagt, dass viele Menschen ganz besonders verwirrt sind, oder ganz besonders empfänglich werden, wenn Sie eine zukunftsweisende Begegnung ausgerechnet dort machen, wo sie sie am wenigsten vermutet hätten. Früher hieß das Offenbarung, heute riecht der Begriff nicht mehr so gut.«

Ich hakte ein und rannte auf das Spielfeld.

»Ich bin mit Offenbarungen durchaus vertraut. Und für mich riecht der Begriff ganz und gar nicht. Es sei denn, sie bestehen darauf, dass er eine religiöse oder gar christliche Dimension hat. Dann stinkt er tatsächlich. Und ich bin auch nicht damit einverstanden, dass eine zukunftsweisende Begegnung am ehesten zur Offenbarung dort gerät, wo man sie am wenigsten vermutet.«

Ich biss mir auf die Oberlippe und dachte: *Lass nicht zu viel raus.*

Ich wollte nicht vor ihm liegen wie ein offenes Buch. Dies war kein gewöhnliches Gespräch über die ersten und letzten Dinge der Welt, es würde nie ein philosophischer Dialog werden – es war ein Schlagabtausch. Es ging vor allem auch ums Taktieren, Verbergen, Brillieren, Gewinnen.

»Die nächste Runde geht auf mich, und dann, Tusitala – Geschichtenerzähler – erzählen Sie mir doch, wo Sie Ihre Offenbarung, oder meinetwegen ihre nächste Offenbarung, erwarten würden. Ich setze einfach als Spielregel, als Erzählanlass voraus, dass das auch eine Lektion ist, auf die Sie außerordentlich begierig sind. Dass Sie sich den Erlöser nicht als Mischling, als Afakasi, vorstellen konnten, hatten wir ja nun schon. Vielleicht passen bei Ihnen Südsee und Offenbarung ja auch ganz und gar nicht zusammen?«

Ich konnte mich schon wieder für mehrere Augenblicke nur mit Mühe konzentrieren. Dieses Summen war jetzt ganz nah. Immer, wenn weder er noch ich redeten. Vielleicht sollte ich rasch ne Paracetamol nehmen. Wenn das tatsächlich mein Tinnitus war, hatte er hier in der Südsee eine völlig neue Dimension erreicht. Das mochte ich aber nicht glauben. Es hörte sich jetzt an wie hunderte von Zikaden. Keine zwei Meter entfernt. Und auf einmal mischte sich in dieses Summen und Zirpen die Erinnerung an meine Angst im Flieger nach Atiu. Das Tunnelgefühl. Es war wie eine chemische Reaktion.

Dieser Mensch hatte gerade mit bemerkenswerter Zielstrebigkeit die nächste Karteikarte hervorgekramt und mit einer versteckten Andeutung ein Stichwort geliefert, von dem er ahnte, dass es zum Füllhorn würde.
Das wurde denn doch langsam unheimlich.
Ein verdammt guter Psychologe, wenn er denn wirklich einer war. Ich umfaßte mit beiden Händen mein rechtes Knie und lehnte mich zurück – wie ich es immer tue, wenn ich mich konzentriere und es nicht danach aussehen soll.
Vor einem halben Jahr, noch auf der Ocean Blue, hatte ich nach langer Zeit einmal wieder die Schönheit und die Ekstase erlebt, die mit einer allumfassenden, zukunftsweisenden Erkenntnis einhergehen. Nur war irgendetwas daran anders gewesen als sonst. Ich hatte nach allem, was ich wußte, nach allen Erinnerungen, die ich hatte, tatsächlich eine Offenbarung gehabt, aber dabei gleichzeitig einen irritierenden, einen störenden Gedanken. Irgendetwas hatte nicht gestimmt.
Es hatte überhaupt nichts mit Mystik zu tun gehabt, war Welten entfernt von den großen, hehren Eingebungen, die man aus der Religionsgeschichte kennt und die mein missionarischer Mr. Hyde sicherlich im Hinterkopf hatte. Der heilige Franziskus oder der Apostel Paulus.
Nein.

Es war eine Offenbarung, die ganz unscheinbar mitten aus dem Körperlichen daher gekommen war. Und deren wirkliche, tiefer liegende Erkenntnis mir eben erst, beim Versuch, eine Antwort zu formulieren, klar zu werden schien.

Offenbarungen sind für mich immer sehr räumlich-visuelle Erlebnisse: meine erste hatte ich, nachdem ich stundenlang mit einer Lupe durch eine Wiese gerobbt war. Auf einmal hatte ich den Grashalm gefunden, der das ganze Universum in sich spiegelte. Die Welt hatte die Form einer Sanduhr. Ein Trichter, der nach oben offen ist, ins immer größere: zu den Bäumen, zu den Bergen, zu den Wolken, den Sternen bis in den letzten Winkel des Alls; ein zweiter Trichter, der nach unten offen ist, ins immer kleinere: zu den Marienkäfern, zu den Blattläusen, in das Innere des Grashalms, die Molekularstruktur des Chlorophylls, die Elektronen. In der Mitte, zwischen den Trichtern, die Verengung, durch die immer nur ein Baum paßt, eine Wolke, ein Berg, ein Stern, und die dann dorthin fallen, wo die Elektronen, Moleküle, Blattläuse sind. Und wenn mit dem letzten Sandkorn das unendlich große zum unendlich kleinen durchgesickert ist, dreht man die Uhr um, und das unendlich kleine zwängt sich umgekehrt durch bis zum unendlich großen. Und der Grashalm ruht in der Mitte, hält das Gleichgewicht, ist aufgelöst. Und ist damit einverstanden. Er ist der Spiegel des einen und der Spiegel des anderen – und das ganze.

Na klar: Eine uralte Geschichte – die Entsprechung von Makrokosmos und Mikrokosmos.

Eigentlich ja zweites Semester Philosophie und sogar nur Vorkurs Mathematik: die Tangens-Kurve, die aus dem unendlichen Minus kommt, durch den Nullpunkt geht und dann im unendlichen Plus verschwindet.

Aber ich hätte damals jeden verbellt, der mir mit solch lapidaren Einschätzungen die Unmittelbarkeit meiner Erkenntnis zunichte gemacht hätte. Die Ekstase, die ich dabei empfand. Noch heute empfinde. Damit einverstanden zu sein.

Und bis heute ist es dieselbe Erkenntnis, dieselbe Unmittelbarkeit, dieselbe Ekstase. Nur dass ich selbst der Spiegel bin, die Mitte, das Gleichgewicht – der Nullpunkt. In diesen Momenten, in denen ich auf die Größe eines Sandkorns schrumpfe, habe ich die größte Ausdehnung. Bin nichts und alles. Ich löse mich auf und bin damit einverstanden. Die absolute Entgrenzung.

Später, sehr viel später, lernte ich diese Entgrenzung in der genau umgekehrten Richtung kennen. Wenn nicht diese Erkenntnis den Weg zur Ekstase öffnet, sondern umgekehrt die Ekstase diese Erkenntnis hervorbringt: Beim Orgasmus.

Es gibt Orgasmen, bei denen genau das passiert. Die absolute Entgrenzung. Für den Bruchteil einer Sekunde. Und die unmittelbare Erkenntnis, nichts und alles zu sein, der Nullpunkt. Und damit vollkommen einverstanden. Beides ist mir gleichermaßen vertraut und das einzige, was mir als Atheist durch das irdische Jammertal hilft.

Ich würde gern genau in dieser Millisekunde sterben.

Ich hatte mit Svetlana gekifft auf der Ocean Blue, morgens um halb drei, nachdem sie endlich die Schiffsbar geschlossen, alle Tische gewischt und die Rechnungen addiert hatte.

»Jetzt hab ich eine genau richtig temperierte Flasche Champagner für uns, die auf wundersame Weise aus der Kalkulation rausgefallen und leider in tausend Scherben zersplittert ist. Catch me if you can!«

Und damit lief sie bis ganz oben aufs Radardeck.

Die Sterne waren spektakulär. »Lass uns einen Joint rauchen und dann nimmst Du mich – hier unter dem Kreuz des Südens. And I want you to be strong.«

Der Äquator-Mond lag als dünne Sichel genau hinter uns zwischen den beiden Schornsteinen. »Guck mal, als würde der Momrath gerade auf einem Seil tanzen und lachen!«

Wir waren albern, verliebt und romantisch. Und als ich, wie sie es wollte, so stark war, wie ich nur konnte, kurz vor der Ekstase, als Svetlana mich mit ihren riesigen Augen fixierte, drängelte sich unter all den Bildern, die mir nach Schampus und Gras im Kopf herum schwirrten, und ich ahnte, dass sie sich jeden Moment auflösen würden, weil ich nach Jahr und Tag wieder für den Bruchteil einer Sekunde nichts und alles wurde, ein Bild mit Macht nach ganz nach vorne und blieb. Blieb. Löste sich nicht auf. *Wie kommst Du jetzt darauf,* hab ich noch gedacht, als ich merkte, was sich da aus dem Puzzle formierte.

Es war die perfekte Situation gewesen: Eine Woche lang hatte ich Svetlana vergeblich den Hof gemacht, der stolzen, unnahbaren Svetlana aus Kiew, die alle wollten und keiner bekam. Und ich hatte mir vorgenommen: Dies ist dein letzter Versuch. Und der war fast gescheitert; ich war hundemüde und kurz davor, ihr die endgültige »Gute Nacht!« zu wünschen.

Aber dann auf einmal, als ich mich nur noch mit Mühe wachhalten konnte, drehte sich alles um hundertachtzig Grad. *Catch me if you can.* Es blieb nichts zu wünschen übrig: alles ging in Erfüllung. Alles, was ich nach soundso vielen Liebesgedichten, Romanen, Hollywoodfilmen und Schmacht-Popsongs jemals unter Romantik abgelegt habe, kommt an diesem Morgen zusammen. Kitschig, ohne ironische Distanz und intellektuelle Würde, ich weiß, ich weiß: Südsee, Sternenhimmel, ozeanische Weite, allerfeinster Champagner. Und um das Füllhorn erst richtig auf den Kopf zu stellen, kommt noch hinzu, was mich meine intimsten Fantasien bislang immer nur erträumen ließen: *Reiß mir die Kleider vom Leib, ja, reiß sie auf, und faß mich hart an, fessel mir die Hände mit meinem BH, I want you to be strong...*

Und im Moment meiner größten Stärke erscheint plötzlich vor meinen Augen, aus der letzten Windung des Füllhorns, ein Berg in den Alpen. Lächerlich, oder sagen wir: Zutiefst komisch, ich weiß, aber offenbar sehr bedeutsam. Kommt einfach herauf aus meinem mentalen Bilderbuch und setzt sich eine Millisekunde lang wie eine Krone, ein Diadem, auf Svetlanas Stirn.

Einer dieser ewig schneebedeckten, mächtigen Gletscher. Als Kind schon hab ich sie stundenlang bestaunt, wenn wir die Sommerferien in Südtirol oder der Schweiz verbracht haben. Und diese Faszination hat bis heute angehalten.

Die Ewigkeit im Augenblick.

Trotzdem kam ich, wie ich noch nie in meinem Leben zuvor gekommen war. Ich hab so geschrien, dass ich noch zwei Tage später heiser war. Mein Orgasmus war wohl nur der Versuch, dieses störende Bild wegzuschreien.

Ich werde nie vergessen, wie Svetlana danach leise mit ihrer rauhen Stimme in mein Ohr flüsterte: »See – that's making love to Ukraine woman.«

Nein, Svetlana. Das Spiel heißt anders, und ich fürchte, du kennst es nicht. Und in dieser Nacht, unter Momrath-Mond und Kreuz des Südens, glaubte ich auch nur, es zu erkennen. Es wiederzuerkennen. Es war viel mehr.

Aber das weiß man erst, wenn die Herbheit und Klarheit des Verstands wieder vom Meeresgrund aufgetaucht ist. Diese gottverdammte Vernunft, der ich in nie enden wollender Haßliebe verbunden bin. Da wollte irgendetwas in mir zurück an einen Ort in meiner Kindheit, zu einem Grashalm auf einer Wiese, zurück an einen Ort, den ich noch heute aufsuche, wenn ich nichts und alles sein will. Der Nullpunkt. Wenn ich Offenbarung suche. Mit oder ohne Herbheit und Klarheit meines Verstands. Oder umgekehrt: Dort oben auf dem Radardeck, in einem winzigen Moment, in dem ich mich auflösen und damit einverstanden sein wollte, wollte unbedingt noch wer anders mit dabei sein.

Ein schneebedeckter Berg. Eifersüchtig auf die Südsee.

Das war es, was dieser unscheinbare Demi Robert, alias Jesus von Nazareth, König aus Judäa, den ich weiter hartnäckig Mr. Hyde nannte, hier an der Theke von Bloody Mary's ahnte.

Der konnte wahrscheinlich nur milde darüber lächeln, dass da irgendwann mal einer beim Ficken den Himmel auf Erden hatte. Mr. Hyde wollte vielmehr von mir hören, dass es hier in der Südsee nicht nach meinem gewohnten Muster ablief. Bei mir, dem in Offenbarungen ach so toll sortiertem Papa'a.

Und womöglich wollte er seinen Fuß in der Tür haben. Für das nächste mal. Der hatte meinen Atheismus mit jeder Pore seiner Haut wahrgenommen und ahnte aus irgendeinem Grund, dass ich gerade am Aufräumen war.

Dass mich auf dieser Reise nicht nur Neues, sondern vielmehr auch Altes erwartete. Und wieder, hier an der Theke von Bloody Mary's, zeigte sich ein kleines Stückchen des Mosaiks. Aber viel zu kurz, um es in Ruhe zu betrachten. Die Arbeit, von der Takona Tua gesprochen hatte, wurde immer größer. Und ich hatte immer noch keine Ahnung, was sie so sicher gemacht hatte, dass ich sie allein schaffen würde.

Umso unheimlicher wurde mir die jetzige Situation, die ich ja anfangs ganz sportlich und auf die leichte Schulter genommen hatte. Dieser Mann war mir einen riesigen Schritt voraus und hatte die Herbheit und Klarheit meines Verstands genauso unter dem Fingernagel wie seine eigene. Er deutete schon auf eine Offenbarung, die mir irgendwann erst, womöglich in ferner Zukunft, noch bevorstand. Ich war schon wieder an jemand geraten, der mit Zeit und Raum völlig anders vertraut war als ich.

Hatte mir Matarua den etwa auf den Hals geschickt? War das die nächste Stufe ihres Experiments? Oder war das ganze überhaupt nur MEIN Experiment, MEIN Spielbrett, waren erst Matarua, jetzt Mr. Hyde, MEINE Spielfiguren.

Ich kannte weder die Regeln noch den Namen des Spiels. Noch nicht mal aus meinen Träumen. Irgendwer hatte mir das Spiel einfach auf den Tisch gestellt und auf meine Neugier vertraut.

Ich würde schon irgendwann ziehen.

Hatte ich ja auch.

Und jetzt wollte ich so schnell und elegant wie möglich diesen Spieler hier los werden!

Ich schüttelte mich und nahm tatsächlich eine Paracetamol aus meiner Hemdentasche. Mr. Hyde, Gordon und Gordons Jesus hatten sich schon längst zugeprostet und warteten darauf, dass auch ich endlich zum Glas greifen würde.

»Wo waren wir gerade stehengeblieben?«

Ich hatte tatsächlich große Mühe, gedanklich wieder an die Theke der Bar zurückzukehren. Durchatmen. Immer schön das Gehirn durchbluten. Ziele definieren, Ich-Botschaften aussenden: die ganze Palette dieser standardisierten Gesprächsführungsseminare. Ich sah richtig die Gesichter vor mir, wenn die Leiterin solch eines Gesprächsführungsseminars Ideen aus dem Alltag der Teilnehmer sammelt und dann einer sagt, er würde gern mal ein Gespräch mit Jesus durchexerzieren, er hätte da noch Defizite und würde immer wieder den roten Faden verlieren.

»Ich hatte Sie gerade gefragt,« sagte Mr. Hyde, »ob Sie mit dem Begriff Offenbarung etwas anfangen können, und wenn ja, ob es dafür einen möglichen Ort gibt.«

»Richtig – – –!" Nur noch einmal kurz runterschlucken.

»Entschuldigung, wenn ich immer wieder von Samoa anfange, aber ich habe mich dort halt am intensivsten mit religiösen Fragen beschäftigt. – – –«

Himmelnocheins.

»Also, auf Savai'i sind 1906 alle drei Kirchen im Dorf Sale Aula bei einem Vulkanausbruch zerstört worden. In dem Gotteshaus der London Missionary Society ist die Lava richtig zur Tür reingeflossen und hat das ganze Gebäude bis zu einer Höhe von zwei Metern gefüllt. Alles, was nicht aus Stein war, brannte ab, das Dach stürzte ein – man sieht heute noch die Wellblech-Abdrücke auf der Lava.

Und da, wo früher der Altar stand, wächst heute ein Mangobaum. Ein mächtiger, zehn Meter hoher, Früchte tragender Mangobaum. Er ist es, der in den Himmel zeigt, nicht das Kreuz. Er ruht in der Mitte und hält das Gleichgewicht zwischen den Wolken, den Sternen und dem All weit über ihm und der Erde, in der seine Wurzeln ruhen, der Stein gewordenen Lava bis zum flüssigen Erdinneren weit unter ihm.

Ich kann nicht umhin: ich finde die Kirche heute viel schöner als all die anderen, in denen Gottesdienste gefeiert werden.

Die Unausweichlichkeit, mit der die Natur sich dieses Stückchen Land wieder zurückerobert hat. Die viel ältere Ordnung wiederhergestellt wurde. – Ich hab richtig andächtig innegehalten dort. Ein unglaublich starkes Symbol.

Der Garten Eden fängt genau da wieder an zu wachsen, wo jahrelang sein Verlust beweint wurde. Weil wir vom Baum der Erkenntnis gegessen haben. Und da steht er wieder. Voller Erkenntnis wie eh und je. Und Gott ist ihm so gleichgültig wie unsere Vorstellung vom Paradies. Diese beseelte, entgrenzte Stimmung, in die mich dieser Anblick versetzt hat, weil ich den Sinn dahinter erkannte, die Erkenntnis sich mir förmlich aufdrängte, ist das höchste der Gefühle in Sachen Offenbarung, was meine Person betrifft.

Also – Samoa als das Herz Polynesiens dürfte doch wohl Südsee genug sein, oder?«

Ich war einigermaßen stolz darauf, ihm diese Erinnerung so präzise auftischen zu können. Von meinen wirklichen Offenbarungen wollte ich ihm ums verrecken nichts erzählen. Obwohl ich nicht sicher war, ob ich ihn wirklich täuschen konnte. Höchstens langweilen und vergraulen.

Blitzschnell bekreuzigte er sich: »A popo, a oaoa, e te feia faaroo e. Ua vi ia Iesu te pohe, alléluia!«

»Verzeihung, davon hab ich jetzt kein Wort verstanden.«

»Das war auch für niemanden hier auf dieser Insel bestimmt.«

Zum ersten Mal nahm ich in seinem Blick eine gewisse Kälte wahr. Das weiche Lächeln jedenfalls war verschwunden.

»Wollen wir erst mal eine Weile Schweigen – eine kleine Pause einlegen?«, fragte ich. Mir war nach Zerstreuung, und über Belanglosigkeiten mochte ich mit ihm nicht reden. Außerdem hatte mich die Erinnerung an Svetlana doch ein kleines bißchen die Blicke schweifen lassen. Das Restaurant füllte sich mehr und mehr. Ein buntes Völkchen, von Backpacker-Grüppchen, die in Flipflops und T-Shirt mal einen Abend was anderes essen wollten als Selbstgeschmiertes, bis zu Leinenanzug- und Seidenkleid-Pärchen, die dem makellosen Menü ihres Fünfsterne-Hotels einen kleinen Ausflug ins wirklichere Leben entgegensetzten. Der eine oder andere Papa'a hatte es geschafft, eine Einheimische einzuladen und gab sich alle erdenkliche Mühe, sie nach Kräften zu beeindrucken. Aber ich konnte mich dann doch auf keinerlei Zerstreuung konzentrieren. Ich merkte, dass ich nicht in der Stimmung war, mir unterhaltsame Geschichten über die Pärchen und Grüppchen auszumalen.

Was machte mich so sicher, dass dieser Typ keine Show inszenierte? Er hatte all meine gesammelten journalistischen Tugenden, das Zweifeln, die Skepsis, die Erinnerung an soundso viele Spinner und Wichtigtuer, mit einer Leichtigkeit beiseitegeschoben, dass ich von Anfang an keine Zweifel hatte, mit dem außergewöhnlichsten Menschen zu reden, den ich je getroffen hatte. Und genau das machte mir Angst. Er hatte von einer Sekunde zur anderen einen zu ungehinderten Zugang zu Bastionen, in denen sich nur langjährige intime Freunde auskennen dürfen. Ich hatte mich zwar gut gehalten, aber wer weiß, was er noch auffahren würde. Jetzt, wo zum erstenmal, wenn auch nur kurz, sein so einnehmendes Lächeln verschwunden war. Vielleicht musste ich ihm einfach mit immer hanebücheneren Geschichten kommen. Tusitala sein, oder vielmehr ein schlechter Tusitala.

»Na, was meinen Sie, Robert: ist diese Bloody Mary hier eher Maria Magdalena oder die Unbefleckte?«

Scheiße. Manchmal hasse ich mich.

Seine Reaktion kam prompt und scharf: »Wollen wir jetzt ein paar Zoten reißen und die Sache mit der roten Farbe und der Selleriestange in der ›Blutigen Maria‹ n bisschen unter Männern plattwalzen? Das ist nicht unsere Ebene. Und außerdem: Vorsicht, Tusitala! Wer austeilen kann, muss auch einstecken können. Und Skorpione im Allgemeinen, um es mal auf dieser unverbindlichen Ebene zu belassen, und kann sein Sie im Besonderen, haben da eine deutliche Sehschwäche.«

Bingo. Schon wieder ins Schwarze.

Der Mann hatte in der Tat genau die Statur, auf die ich fliege. Umso dringender musste ich ihn loswerden. Ich nahm den nächsten Anlauf.

»Am 1. Mai wurden hier zwei Haie gefangen. In dem einen fand man ein Gebetbuch, völlig unverdorben: nicht eine Seite war unleserlich geworden. Das Buch trug auf der ersten Umschlagseite den Vermerk: ›Francis Carthy, zum Tode verurteilt im Jahre 1786 und

Selbigentags um vier Uhr des Nachmittags begnadigt‹. Faszinierende Geschichte, oder!?«

Das hatte ich mir gerade aus dem Buch von Caroline Alexander über die Bounty abgeschrieben. Und natürlich kannte er es längst. Aber zu meinem Erstaunen trat er schon bei diesem zweiten Versuch den Rückzug an. So sehr ich das gewollt hatte, war ich doch enttäuscht. Aber womöglich wußte er einfach nur viel besser als ich, dass man sich schonen muss, bis die Zeit für die richtige, die entscheidende Schlacht gekommen ist.

»Ach, Tusitala! Ihre Ablenkungs-Geschichten werden immer billiger. Erster Mai stimmt, aber das war im Jahr 1792. Und das Wörtchen ›hier‹ ist Ihre Einfügung. Der Fundort war nämlich im Atlantik, auf der Fahrt zwischen dem Kap der guten Hoffnung und Großbritannien. Der einzige Südseebezug ist, dass es sich um die Gorgon handelte, das Schiff, das die Meuterer der Bounty, die nicht mit Fletcher Christian nach Pitcairn gesegelt, sondern auf Tahiti geblieben waren, in Ketten nach England brachte. Meine Güte! Jetzt bin ichs aber leid. Sie müssen noch etwas sehr einfaches, aber sehr grundlegendes begreifen: Sie können mir nur Rätsel aufgeben, deren Antwort ich schon längst kenne – es geht gar nicht anders. Das ist keine Spielregel, sondern genau das ist das Spiel. Ich weiß nicht, wie lange Sie daran zu schlucken haben werden, und ich weiß auch nicht, ob es wirklich je dazu kommt, dass Sie es tatsächlich schlucken wollen. Ich hatte gedacht, Sie wären mit Ihrer Arbeit schon ein Stückchen vorangekommen, aber Sie haben ja noch nicht mal angefangen. Stattdessen verschanzen Sie sich hinter ihrem Intellekt und kommen jetzt sogar schon mit angelesenen Trivialitäten. Für heute jedenfalls ist es genug. Parahi! Auf Wiedersehen! Und wenn es an der Zeit ist, sehen wir uns sicher wieder. Gute Nacht!«

Er drehte sich zu den anderen beiden und gab ihnen freundschaftlich beide Hände: »And good night, you two! I'm off.«

Nicht nur Robert stand auf, sondern auch der andere vermeintliche Jesus. Und sofort wurde Gordon, mein ursprünglicher Thekennachbar, unruhig. Ach Gott, der arme! Er hatte sich die ganze Zeit ähnlich intensiv unterhalten wie Mr. Hyde und ich, allerdings viel vertrauter und teilweise sogar richtig verspielt.

Gut: Die beiden hatten ja auch schon einen Abend Vorsprung.

»Nein nein, ich bleibe noch, keine Angst«, sagte Gordons Jesus (ich habe nie nach seinem Namen gefragt). Er griff Gordon mit beiden Händen in den Nacken und massierte ihn. »Ich muss nur mal eben, tja, wie soll ich's ausdrücken – auf der Toilette den anwesenden Herren die Gretchenfrage stellen.«

Wow! Na immerhin hatte er Humor. Diesen ganz trockenen britischen.

Aber kaum hatte er sich abgewendet, brach es aus mir los.

»Heh! Gordon! Pssst! Hör mir mal ganz kurz ganz intensiv zu. Beidohrig. Und schau mich an! Ist das hier die Bloody Mary Bar in Bora Bora und sitzen wir hier wirklich leibhaftig an der Theke?«

»Was soll denn das? Hast Du zu viel getrunken?«

»Nein, Gordon, ich bin so scheiß nüchtern wie selten in meinem Leben. Und das ist weiß Gott nicht der Sinn eines Thekenaufenthalts. Gordon! Wer sind die beiden? Erzähl mir nicht, dass dieser Typ, der gerade pinkeln gegangen ist, Jesus heißt und Jesus ist. Du weißt, was ich meine. Jesus heißt in Südamerika jeder Dritte, aber das hier ist was anderes, das hier – – –.«

Ich konnte den Satz nicht zu Ende bringen, obwohl ich förmlich außer mir war.

Das Gezirpe!

Mein Tinnitus!

Weg! – Ich hörte nichts mehr. Ich hielt mir kurz beide Ohren zu, aber ich konnte keinerlei Geräusch mehr wahrnehmen.

»Gordon, hast Du vielleicht zufällig gerade ein Summen im Ohr, so ein schwer lokalisierbares Zirpen? Wie Meeresrauschen, manchmal richtig nervtötend?«

»Ja. Komisch – jetzt, wo Du es sagst! Den ganzen abend schon. Obwohl: eben gehts. Ich dachte, das käme vom Alkohol in der Hitze!«

»Gordon! Ich kann doch davon ausgehen, dass ich im Krankenhaus von Papeete lande, wenn Du mir jetzt volles Rohr in die Eier trittst, oder? Oder schüttel ich mich gleich, wache auf und mach die Nachttischlampe an, weil ich schlecht geträumt habe? Was tun wir hier?«

»Ich hab Dir doch gesagt, dass ich hier Jesus getroffen habe. Gelacht haste. Und heute ist er halt wiedergekommen. Mit nem Freund!«

»Scheiße mit nem Freund! Der wollte sich mir auch als Jesus verkaufen. Aber wenn ich je die Frohe Botschaft richtig verstanden habe, dann gibt es nur EINEN. Und der is für alle da!«

»Kannst Du bitte nicht so schreien? Die Leute gucken ja schon!«

»Gordon! Was passiert hier? Ich habe keinen Zweifel daran, dass wir gerade ganz außergewöhnliche Gespräche geführt haben. Ich bin ja nicht blöd. Aber sind wir wirklichen Menschen begegnet? Fragst Du Dich das nicht? Jesus! Oder sitzen wir hier vielleicht nur an der Bar und reden mit irgendwelchen Hirngespinsten, mit lieb gewonnenen Projektionen, verinnerlichten Antithesen unserer eigenen Persönlichkeit? Selbstgespräche – so wie Leute, denen über die Jahre die Sozialkontakte abhanden gekommen sind.«

»Hast Du nicht gerade Tabletten genommen? Das ist nicht gut mit Alkohol.«

»Oder ist das vielleicht diese Südsee? Wenn man zu lange hier ist. Da wird man allmählich weichgeklopft von all diesen merkwürdigen Geschichten. Von Maui, und wie er die Sonne dazu gebracht hat, mehr Zeit zwischen Auf- und Untergang zu verbringen. Von Häusern in Australien, die unbewohnbar sind, weil zu viele Geister darin rumschwirren. Oder Zauberer in Vanuatu, die nen Pandanuszweig in den Sand stecken, den danach kein Mensch mehr rauskriegt.«

»Ich mag besonders die Geschichte von dem Aal, der ein verzauberter Prinz ist und nach seinem Tod als Kokosnuss erscheint. Und bis heute kannst Du sein Gesicht in jeder Kokosnuss sehen, die Du zum Trinken ansetzt. Und Du musst ihn dabei genauso küssen, wie er es wollte.«

»Siehst Du, das meine ich. Gordon! Wach auf! Wir sind im 21. Jahrhundert. Sag mir nicht, dass da gleich Jesus vom Klo kommt.

Womöglich kommt er ja gar nicht in Menschengestalt wieder, sondern als silberglänzende, wunderschöne Zikade. Und bestellt n Fruchtnektar!«

»Mmhh.«

»Oder aber die ganze Nummer is nur fürs Fernsehn arrangiert. Die Zuschauer lachen sich kaputt über Jesus auf Bora Bora! Und gleich kommt da hinten der Conferencier aus der Kulisse und gratuliert uns dazu, dass wir so lange ausgehalten haben. Du kriegst allerdings nur den Trostpreis.«

»Hör mal auf jetzt. Reicht hin.«

»Gordon, mein Gott! Sag was. Sag irgendwas. Oder hat es Dich schon längst gerissen? Mein Gott, wie Du mich anschaust. Dich hats erwischt, volle Breitseite. Mann, Mann, Mann. – – – Na los, wenn schon, denn schon. Dann laß uns jetzt auch schön gemeinsam singen: ›Jesu, meine Freude, meines Herzens Weide, Jesu meine Zier!‹«

Gordons Jesus kam leider nicht als Zikade oder Aal vom Klo wieder. Ein letzter Gedanke bewegte mich noch, deshalb stand ich kurz von meinem Barhocker auf und ging drei, vier Schritte auf ihn zu: »Darf ich Sie ganz offen etwas fragen? Sind Sie homosexuell?«

»Das sollten Sie besser Gordon fragen!«

Ich habs gelassen. Ich hab mich aus dem Gespräch ausgeklinkt. Ich wollte mir einfach nur noch ordentlich einen kippen heute Nacht, um tief schlafen zu können. Dann würde ich Vater, Sohn & Heiligen Geist aus meinem Schädel träumen, als Psychohygiene sozusagen.

Allerdings musste ich am nächsten morgen noch arbeiten. Mit Jeff, dem Amerikaner. Aber egal – wer saufen kann, kann auch arbeiten.

Arbeiten. Hatte mein ganz persönlicher Heiland nicht gerade genau die Arbeit gemeint, von der Matarua und Takona Tua auf Atiu gesprochen hatten? Scheißegal! Heute Abend fang ich damit bestimmt nicht mehr an.

So lange ich noch nicht völlig breit war, kam ich nicht umhin, dem Gespräch der beiden zu folgen. Oxford-Jesus schien mich sogar zum

Zuhören regelrecht zu ermuntern. Das ist das einzige, was ich an Christen bis zum jüngsten Tag hassen werde. Noch während sie im Gülletank am Ersaufen sind, rufen sie dem Schweinemäster zu, der sie da gerade reingeworfen hat, dass Gott ihm vergeben wird. Bis zum bitteren Ende noch die Frohe Botschaft auf den Lippen. Immer am Missionieren. Gordon flötete gerade in den höchsten Tönen: »Ich habe in meinem ganzen Leben noch nie jemand getroffen wie Dich. Ich meine damit jetzt nicht, dass Du irgendwie auserwählt bist und deswegen was besonderes, sondern – – – mmh, ich hab noch nie so eine totale Übereinstimmung mit einem anderen Menschen erlebt. Aber es ist nicht wie bei einem Spiegelbild, sondern viel perfekter. Was ich an mir mag, hast Du auch. Aber was ich an mir hasse, hast Du nicht. Aber Du weißt es, kennst es und gehst ganz behutsam damit um.«

Wie ich es hasse, dieses Sozialpädagogengewäsch.

»Wie – wie eine Verkörperung der ursprünglichen Idee von mir.«

Jesus aber sprach zu ihm: »Na klar, es ist im Grunde ganz einfach. Ich habe all die Eigenschaften, die Du in einer perfekten Freundschaft finden möchtest, in einer allumfassenden – Du darfst nicht vergessen: mich gibt es vor allem in deinem Kopf. Und erst, wenn Du Dir dieser Freundschaft bewußt bist, gibt es mich auch physisch, fange ich an, körperlich zu werden.«

Sag ich doch. Seit über zwanzig Jahren predige ich, dass erst der Mensch da war. Und dann hat er sich Gott geschaffen. Die Umkehrung dieser Logik ist zwar genial, aber sachlich falsch. Am Thema vorbei. Setzen, Ratzinger! Und alles noch mal auf Anfang!

Gordon war völlig verzaubert. »Aber ich rede doch mit Dir, und Du warst es, der mich gestern angesprochen hat, nicht ich. Und heute wieder.«

»Ja, sag ich doch!«

»Mmhh?«

Man kann gar nicht so viel trinken wie man besoffen sein will.

Ich hatte in Bora Bora einen Job angenommen. Nicht wegen des Geldes, sondern wegen der Kontakte und damit ich was zu tun hatte.

Bei *Otemanu Tours*. Die bieten jeden Tag eine Inselrundfahrt an, standardmäßig mit französischer oder englischer Führung. Ich hatte ihnen angeboten, als Dolmetscher oder auch eigenständiger Guide auszuhelfen, wenn bekannt war, dass sich deutschsprachige Touristen einfinden würden. Sechs, sieben mal hatte ich das gemacht, die letzte Tour war ausgerechnet am Tag nach diesem Besäufnis.

Jeff wartete schon am Anleger. Der LKW, ein nagelneuer *Mercedes* mit Holzaufbau und Pritschenbänken, stand auf dem großen Platz hinter der Touristeninfo, Fifi brachte noch rasch den üblichen Blumenschmuck an den Spanten an.

Hilfe! Ich konnte meinen Kopf gar nicht bewegen. Warum tut man sich das immer wieder an. »Bonjour, Fifi. Bitte sprich ganz leise, und nur einfache Sätze.« – »Soll das heißen, dass Du mich endlich mal verstehen willst? Am Tag Deiner Abreise?«

Ganz behutsam und die pralle Sonne vermeidend, ging ich auf Jeff zu und versuchte, mich auf die Liste der Touris zu konzentrieren, die im Voraus bezahlt und eine deutsche Führung bestellt hatten. Ich hakte die Namen ab, übergab Jeff den Umschlag mit den Vouchers. Erstaunlich, wie gut man am Ende dann trotzdem noch funktioniert. Vierzehn Deutsche und drei Schweizer an Bord, der Rest Amis.

»O. k. – let's roll off.«

Ach – ich hatte Jeff immer gemocht. Ein liebenswerter Loser, Mitte fünfzig, Amerikaner, der hier irgendwann mal gestrandet war. Einer von denen, die man niemals nach ihrer Lebensgeschichte fragen würde. Jeff hatte nur noch seinen Daumen an der rechten Hand, was er nach Kräften zu verbergen suchte, aber wann immer er mir auf dem Beifahrersitz das Mikro in die Hand drückte, damit ich ins Deutsche übersetzte, was er gerade auf Englisch erzählt hatte, hatte ich natürlich keine Chance, das zu ignorieren.

Jeff fing wie immer bei den Blumen an: »There are eighty-seven different kinds of Hibiscus on Bora Bora. On special occasions, the people ... .«

Und dann kam eine Geschichte, die dankbaren Touristen nicht nur auf Bora Bora immer wieder gern aufgetischt wird. Das Ende ist frauenfeindlich und wegen des Reims im Englischen unübersetzbar. Die Leute stecken sich also zu besonderen Gelegenheiten Hibiskusblüten hinter das Ohr. Rechts bedeutet, auf die Mädels bezogen: *looking*, also auf der Suche. Links bedeutet: *cooking* – ich koche für jemand, bin schon vergeben. Achtung: zwei Blüten bedeuten: *cooking but looking*. Immer und immer wieder ein Knaller. Und wenn hinten die Lacher kommen und klar ist, dass die Pointe rüberkam, zwinkert mir Jeff zu und grinst.

Er hat jedes Mal einen frisch geflochtenen, noch grünen Strohhut aus Palmblättern auf und trägt dazu Hawaii-Hemden der schrillsten Sortierung. Nur eins hatte ich ihm immer mal sagen wollen – er sollte einfach nur aufhören, seine Führungen mit französischen Sprachbrocken auszuschmücken. *Jay voodray deeray mercey.* Da hatte es mich immer geschüttelt. Dagegen klingen Sachsen verständlich, wenn Sie an jeder Ecke unbedingt den örtlichen polynesischen Gruß *Iaorana* herausbringen müssen.

Aber dafür hämmerte mein Kopf viel zu sehr gegen die Sonnenstrahlen an – und ich würde ihn eh wahrscheinlich nie wieder sehen. Ich wollte etwas ganz anderes von ihm wissen, und ich sammelte meine ganze Konzentration, um es nur ja nicht falsch herauszubringen.

Erst beim letzten Halt machte ich meinen Vorstoß.

»Jeff – seit wann lebst Du jetzt auf Bora Bora?«

»Nächsten November sind es fünfundzwanzig Jahre. Wieso?«

»Ich bin jetzt seit sieben Monaten in der Südsee, und je länger ich hier bin, desto weniger versteh ich die Menschen, die hier leben. Ihre Mythen, ihre Tänze, ihre Feiern. Was man sagt und was damit gemeint ist, was man nicht sagt, und damit meint.«

»Und was meinst Du gerade mit dem, was Du nicht sagst?«

»Kann man hier Menschen begegnen, die es nur in der Vorstellung anderer Menschen gibt?«

»Oder auch in der eigenen?«

»Oder auch in der eigenen. Ich hab das noch nicht zu Ende gedacht.«

Von einer Sekunde zur anderen zuckte ein Schlag durch meinen Körper. Als hätte ich mit beiden Händen an einen elektrischen Zaun gefaßt. Den Blick, mit dem er mich drei, vier Sekunden lang fixierte, werde ich mein Lebtag nicht vergessen. Er dauerte eine Ewigkeit. Seine linke Gesichtshälfte zuckte nervös, seine Oberlippe zog sich für einen winzigen Augenblick wie bei einem angreifenden Hund fast unmerklich nach oben.

»Das hättest Du doch ganz jemand anders fragen müssen!«
Nur dieser eine Satz.

Danach atmete er ganz tief ein und sehr langsam wieder aus – dann war er wieder der liebenswerte Loser mit dem komischen Hut und dem schrillen Hemd.

»O. k. – let's roll off now.«

Ich hatte ziemliche Beklemmungen, wieder auf dem Beifahrersitz Platz zu nehmen.

Wir waren kaum mit der Tour fertig und wieder auf dem Parkplatz hinter der Touristeninfo angekommen, als ich sofort die Tür aufstieß, blitzschnell meinen Rucksack nahm: »Bye, Jeff, nice working with you!« rief und so schnell wie möglich Richtung Chinesen-Supermarkt ging.

Manchmal ist es besser, keine Fragen zu stellen. Wenn ich in der Südsee diese Lektion lernen sollte, dann hatte ich sie jetzt ein für allemal drin.

Ich wollte einfach nur noch weg.

Gordon war den Abend zuvor zunächst eher gegangen als ich. Zusammen mit seinem Erlöser wollte er noch ein bisschen. *Sterne gucken am Strand.* Also doch schwul. Aber er war zurück gekommen zur Bloody Mary und hat tapfer mitgehalten, bis ich endlich sturzenbreit war. Ich hab keine Ahnung, warum. Eigentlich konnte er nicht sonderlich viel Sympathie für mich empfinden. Andererseits war ich der Einzige gewesen, der wußte, mit wem er sich da den ganzen Abend unterhalten hatte. Also so eine Art Bruderschaft der Wissenden:

In Treue fest.
Aber trotzdem hatten wir aus unterschiedlichen Gründen getrunken. Er war *on top of the world,* ich eine Mischung aus zutiefst verwirrt und angeekelt. Und froh, dass ich Bora Bora am nächsten Tag verlassen würde. Er war gerade erst angekommen und blieb noch zwei Wochen. Er hatte in diesem typischen, die ganze Welt und die ganze Ewigkeit umfassenden Suffkopp-Freundschaftsschwur hoch und heilig versprochen, dass er zum Anleger kommen würde, um mir auf Wiedersehn zu sagen: »Iss komme, D-D-Du, sosst ma sehnnn! Un – un wenn er Ossemannu au-ausbrich! Sosste ma sehnnn!«

Als mich das Taxi mit meinen Koffern am Kai in Vaitape absetzte, war weit und breit kein Gordon zu sehen. Dafür war Fifi gekommen, Jeffs Kollegin von Otemanu Tours. Wir hatten nur zweimal zusammen gearbeitet, aber mochten uns auf Anhieb. Es rührte mich, dass sie jetzt extra zu meinem Abschied mit ihrem Moped aus Faanui gekommen war. Obwohl ich mir neuerdings nicht mehr sicher war, wen ich da eigentlich jeweils vor mir hatte.

»Wohin fährst Du jetzt?«

»Zurück nach Tahiti.«

»Wirst Du wiederkommen?«

»Nein, Fifi.«

»Schade! Immer, wenn man anfängt, sich an Fremde zu gewöhnen, haben sie was anderes vor.«

Sie nestelte in ihrer Tasche herum. »Dreh Dich um!«

Sie hatte mir als Abschiedsgeschenk einen Pareo mitgebracht.

»Fifi, Du beschämst mich! Das ist ein Pareo für ganz feine Leute, aber doch nicht für mich.«

»Ach, Quatsch. Du sollst uns einfach nur nicht vergessen.«

Ich nahm das Amulett ab, das ich um den Hals trug, und gab es ihr als Gegengeschenk.

»Dann ist das für Dich. Das hab ich von einem Zauberer aus Vanuatu. Es verleiht Dir Kraft.«

»Und Du?«

»Ich glaube, ich weiß seit gestern Abend, dass ich stark genug bin. Oder sagen wir lieber: ich bin zuversichtlich und auf dem besten Weg. Ich denke, ich brauch es nicht mehr. Außerdem soll es wandern. Wenn es Dir Kraft gegeben hat, gibst Du es an jemand anders weiter!«

»Was war denn gestern Abend?«

»Ach, das ist eine lange Geschichte – und ich muss los. Eigentlich wollte noch jemand kommen, um zu winken, aber wenn ich jetzt nicht abhaue, fährt das Schiff ohne mich.«

»Eine Frau?«

»Nein, Fifi. Einer von diesen verrückten Engländern.«

Sie wischte sich eine Träne aus dem Gesicht, setzte ihren Helm auf und fuhr los.

Das Schiff hatte bereits abgelegt, als ich vom Deck aus noch einen letzten Blick auf den Otemanu werfen wollte. Und auf einmal sah ich Gordon doch noch. Er überquerte den Parkplatz und ging auf den Anleger zu. Nicht wirklich schnell, so als wäre noch alle Zeit der Welt, mir auf Wiedersehen zu sagen.

Ich winkte. Er sah mich nicht.

Ich rief: »Hey, Gordon! Good Luck!«

Er hörte mich nicht. Und er bewegte sich merkwürdig. Er schien nicht allein zu sein, obwohl ich niemand in seiner Begleitung ausmachen konnte. Ich nahm das Fernglas. Tatsächlich. Er drehte hin und wieder den Kopf zur Seite, gestikulierte mit den Händen, als würde er gerade jemand etwas erklären.

Aber da war niemand.

Vielleicht hätten wir an unserem Abend einfach irgendeinen anderen Gast fragen sollen, ob direkt neben uns noch weitere Personen an der Bar saßen.

Vielleicht hätte auch nur ICH fragen sollen, ob überhaupt jemand neben MIR saß.

Ich wollte einfach nur noch weg.

Ich packte das Fernglas wieder ein und machte mich auf den Weg ins Schiffsrestaurant. Kein Abschiedsfoto mehr vom Otemanu. Mein

Kater verlangte nach einem üppigen Dinner. Und danach würde ich nochmal ordentlich trinken, um so bewußtlos wie möglich schlafen zu können. Morgen noch eine Nacht in Tahiti, und dann endlich wieder nach Hause.

Aber ich konnte den Gedanken nicht zu ende fassen.

Das Klappen der Tür zwischen Außendeck und Treppenhaus wirkte wie ein Schalter. Ein Regler.

Da war es wieder, kein Zweifel.
Ganz leise.
Dieses Zirpen.

Der Abgrund am Großhorn

Am Sankt Martinskirchlein, hoch oben über dem *Haidersee*, wartet auf jeden Wanderer der Tod. Er hat statt der Sense einen Spaten in der linken Hand und stapft durch den Schnee. An der rechten führt er Anton Telser, dessen Seele gerade in diesem Moment in den Himmel fährt. Ein Sonnenstrahl, heller als der Glanz der Heerscharen, nimmt sie mit zu sich hinauf.
 Darunter die Inschrift:

Christliche Erinnerung an den am 30. Jänner 1909 im Schneesturm verunglückten Anton Telser, welcher im Vallungtal gefunden und in Burgeis beerdigt wurde.

Liebes Schwesterherz!

Nein nein – Du brauchst mich wirklich nicht besuchen zu kommen, genieß bitte in aller Ruhe und ganz normal Deine Herbstferien. Mir geht es gut, Schwester Filomena hat mich tief in ihr Herz geschlossen und läßt mich – wie Du siehst – sogar nachts heimlich den Stationsrechner benutzen. Schon seit drei Tagen komme ich ganz ohne Diazepam aus, heute war ich das erste Mal unten im Garten und habe die Sonne, den intensiven Duft und vor allem die Aussicht genossen. Ich meine, wenn schon Krankenhaus, dann doch umgeben von Bergen, oder?
Aber schmunzeln mußte ich doch: Ich hatte ja Meran noch kurz besucht, wie immer, wenn ich bei der Stecher Barbara einquartiert bin – man will sich ja schließlich mit getrockneten Steinpilzen und dem einen oder anderen Karton ›Meraner Küchelberg‹ eindecken. Und dann saß ich bei Costantin und seinem nach wie vor göttlichen Eis und dachte mir: Nein, für länger als einen Tag Meran bist Du noch gut zwanzig Jahre zu jung. Es riecht hier einfach zu sehr nach Rheumasalbe.
Tja – und jetzt bin ich doch länger hier, habe eine entzückende weiße

Thrombosestrumpfhose an und freue mich über Hundert zwischenfallsfreie Schritte im Spitalsgarten. Aber körperlich werde ich schon nächste Woche wieder fit sein, wenn diese ganzen Medikamente rausgespült sind, und mental komme ich so gut voran, dass meine Therapeutin schon ganz beunruhigt ist.

Also: mach Dir bitte überhaupt und gar keine Sorgen. Ich werde in vierzehn Tagen oder drei Wochen nach Hause kommen. Der ADAC fährt mich. Die Versicherung war zwar für die Südsee gedacht, aber das ist ja nun mal alles ganz anders gekommen.

Es war bestimmt das dritte Mal, dass ich mich auf den Weg zum *Großhorn* gemacht hatte, *Corno grosso,* aber wer hier italienisch spricht, wird noch immer sehr unfreundlich angelächelt. Ich hatte mir als Marschverpflegung ein halbes Pfund Tiroler Speck und ein *Paarl* gekauft, dieses unvergleichliche Anisbrot, und noch ein bisschen im Ort herumgetrödelt. Denn der Aufstieg zum Großhorn gehört zu den Nachmittagswanderungen, und Ende September ist der Unterschied zwischen Wandern in der Sonne und Wandern im Schatten ziemlich empfindlich. Aber zunächst mal ging es ja sowieso nur durch den Wald: Eine gute dreiviertel Stunde durch die allmählich sich gelb verfärbenden Lärchen, für die Sankt Valentin berühmt ist, dann noch mal mindestens eine Stunde durch immer knorziger werdende Kiefern.

Und es war wie jedesmal, wenn ich eine Tour schon länger nicht mehr gegangen war: die Erinnerung an die Beschwerlichkeit war völlig verflogen, ich fluchte still vor mich hin und fragte mich, warum ich mir solche Anstrengungen jedes Jahr wieder antue. Dabei hatte ich in meinem schon sehr professionell abgegriffenen Wanderführer noch die Randnotiz gemacht: *Pausenlos steil, nie nach zu viel Rotem.* Muss wohl ein feucht-fröhlicher Abend mit bösem Erwachen gewesen sein.

Je höher ich stieg, desto lauter wurde das Röhren eines Hirschs, der irgendwo im tiefen Schatten des Talai-Waldes der Welt etwas ganz dringendes mitzuteilen hatte. Arme Viecher! Die Brunft macht sie am verletzlichsten. Erst am Tag zuvor war ein Bauer mit einem riesigen Vierzehnender auf dem Trecker-Anhänger durchs Dorf gefahren. Ich hatte noch ganz genau den rot aufgeschlitzten Bauch und diesen blöden Tannenzweig in seinem Maul gesehen; zynischer Hubertusbrauch, der offenbar dem ganzen eine höhere Weihe verleihen soll.

Ich hatte von Anfang an Beklemmungen.

Noch mitten im Wald, wenn der Weg um eine Ecke bog, an der es steil nach unten ging, mußte ich mich kurz festhalten. Das hatte ich bislang nur von ausgesetzten Stellen gekannt, wenn man weit gucken kann, oberhalb der Baumgrenze. Und als ich die erreichte und immer mal wieder den Ausblick genießen wollte, zog es mich immer heftiger runter. Ich mußte mich richtig hinsetzen, um ins Tal und ins Dorf runterschauen zu können, und hielt versuchsmäßig beruhigende Selbstgespräche.

»Schau mal, wie klein und verloren die Martinskapelle drüben über dem See von hier aussieht. Und dahinter die Brugger-Alm und das Zerzertal machen sie nochmal kleiner. Kann man von unten alles nicht sehen. Muss man für raufsteigen.«

Aber das einzige, womit ich mehr und mehr beschäftigt war, war die Erinnerung an den Flieger nach Atiu. Ganz plötzlich war sie da. Nicht als Gedanke, sondern als beklemmendes Gefühl, als Herzklopfen. Angst vor einem Abgrund. Es half nichts, dass ich Boden unter den Füßen hatte, Schritt für Schritt hier heraufgestiegen, mir selbst vertraut hatte und nicht der unergründlichen Technik eines Turboprop-16-Sitzers ausgeliefert war.

Ich hatte Angst!

Aber ich wusste auch, dass ich sie durchstehen musste.

Genau das war die Arbeit, die auf mich wartete. Also weiter.

Die letzte Abzweigung hatte ich gerade hinter mir, es gab jetzt nur noch diesen einen Weg. Mein Höhenmesser zeigte 2.254 Meter an. Das Gipfelkreuz steht auf 2.630. Ich beruhigte mich wie zu Schulzeiten mit arithmetischen Spielen: »Du schaffst im Schnitt alle acht, neun

Sekunden einen Höhenmeter, 376 sind es noch, also bei neun Sekunden 3.384, durch sechzig sind das schlappe aufgerundete siebenundfünfzig Minuten, mit Pausen eine Stunde zehn. Bei acht pro Höhenmeter gibt es nur 3.008, hör mal, Du wirst doch ne knappe Stunde Angst aushalten. Und wo wir schon beim Fliegen sind, alte Pilotenweisheit: Angst schärft die Sinne.«

Der Ortler hatte schon lange den Blick nach Süden beherrscht, er tut es schon in Sankt Valentin unten. Aber da sieht man nur seine Spitze, links steil aufragend, rechts dieses riesige, sanft abfallende Schneefeld, das im oberen Drittel eine runde Senke hat: wie ein Mondkrater, aber weich und abgerundet, als wäre dort oben ein Wasserstrudel vor Urzeiten zu ewigem Eis gefroren. Aus genau so einem Strudel sind immer Dietmar Schönherr, Wolfgang Völz und Eva Pflug im *Raumschiff Orion* gestartet.

Immer größer und mächtiger war er geworden, je weiter ich gekommen war, aber jetzt schien er wieder zu schrumpfen. Denn hier oben sah man, dass er nur Teil einer ganzen Gruppe von schneebedeckten Gletschern ist – der Königsspitze, dem Zebrú – die dem Vinschgau an dieser Stelle die Nord-Südrichtung versperrt und nach Osten zwingt.

Ich setzte mich und schaute ihn minutenlang an. Als hätte ich ihn nicht schon hundertmal gesehen und immer wieder fotografiert zwischen Mals und Reschen im Tal, der Spitzigen Lun und dem Elfer weit oben. Und jedesmal war er anders gewesen, jetzt auch wieder: es war diesig in den Tälern, ich konnte nur sechs, sieben Kilometer weit klar sehen, darüber hinaus wurden die Umrisse immer undeutlicher. Erst auf meiner Höhe war die Luft wieder klar. Und es sah so aus, als würde die ganze Gletschergruppe mit dem Ortler in der Mitte dort hinten schweben, sich aus einem Nebel heraus langsam und stetig formieren, immer deutlicher gegen den blaßblauen Himmel abheben.

Es war keine Frage mehr, dass er es gewesen war, der mit Macht alle anderen Bilder überholt hatte, als ich mit Svetlana auf dem Radardeck geschlafen hatte.

War einfach heraufgekommen aus meinem mentalen Bilderbuch und hatte sich wie eine Krone, ein Diadem auf Svetlanas Stirn gesetzt. Er war, auch das war keine Frage mehr, aus den tiefsten Tiefen meiner Kindheit gekommen.

Und heute früh, ein halbes Jahr nach dieser Nacht unter dem Kreuz des Südens, hatte ich mich auf den Weg gemacht.

Am Tag meiner Ankunft in Südtirol enthüllte die Gemeinde Schluderns vor dem *Vinschger Museum* ein schlichtes Denkmal, das an Josef Pircher erinnert, genannt Pseirer Josele, Jäger in Diensten der Grafen Churburg.

Er war am 27. September 1804 als erster auf den Ortler gestiegen.

Ein Feuer hat er auf dem Gipfel angezündet, als Beweis, dass er oben war. Reinhold Messner wollte die Route nachlaufen, hat sie aber verfehlt.

»Es war eine extrem schwierige Tour. Mein Respekt vor dem Pseirer Josele ist mächtig gestiegen.« Das sagt Messner bestimmt bei jedem Berg, bei jedem Jubiläum, über jeden seiner Vorgänger. Denn eigentlich herrscht auf dem Ortler schon seit vielen Jahren dichtes Gedränge.

Liebe Julie!

11 Jahre jung und schon hast Du am 29. August 2004,
den Spuren des Pseirer Josele folgend über den Hintergrad den Gipfel des Ortlers erreicht.
Hut ab!

Dein Seilpartner, Dein Papa.

Eine Fotoanzeige im »Vinschger« vom 24. Sptember.

Meine Oma war es, meine kleine, dickliche, unbewegliche Großmutter Luise, die 1957 auf dem Weg zum Gardasee Sankt Valentin entdeckte.

Und weil sie es gewöhnt war, dass ihr Wort Gewicht hatte in unserer Familie, fuhren wir im nächsten Sommer alle geschlossen nach Südtirol. In einem schwarzen Käfer, Mutter und Vater vorne, Oma Luise, meine Schwester und ich hinten. Für uns Kinder der erste Urlaub weit weg und für die nächsten drei Jahre die schönste Zeit des Lebens.

Wir schliefen im Heu, kriegten jeden Tag Spaghetti, trieben abends die Kühe in den Stall, saßen hoch oben auf dem Ochsenwagen und wanderten durch Wiesen, deren Blumen mir bis zur Schulter, meiner Schwester bis zur Hüfte reichten. Und weil wir echte Nachkriegskinder waren und unsere Eltern zu Hause den ganzen Tag damit beschäftigt, dafür zu sorgen, dass es uns Kindern (und ihnen) mal besser gehen sollte, hatten wir in Sankt Valentin drei Wochen lang etwas, das wir sonst nur Sonntags kannten: unsere Eltern. Und die kauften uns Sonnenbrillen und Wanderstöcke, preßten uns Edelweiß und Enzian zwischen die Autoatlas-Seiten, paddelten uns in einem quietschgelben Plastikboot über den Haidersee und erzählten uns Geschichten von dem INRI, der überall hing. Kein Wunder, dass ich bis heute in die glücklichsten Tage meiner Kindheit zurückfahre, wenn ich hierher komme.

Mein Vater drehte mit seiner Nizo, die man wie eine Uhr aufziehen musste, Schwarzweiß-Filme, in denen ich heldenhaft Ziegen fütterte und meine Schwester einen Salto in den Heuhaufen sprang. Und Toni, der älteste Sohn unserer Gastgeber, sportlich, blond und braun gebrannt, Händchen haltend mit meiner Mutter den Berg herauf kommt. Er soll später im Namen des Freien Südtirols Strommasten angesägt und Straßensperren gebaut haben. Aber da fuhren wir schon nicht mehr in die Alpen.

Irgendwann fuhren wir nach Sylt, nach Kroatien oder in die Staaten.

Da, wo der Zaun anfängt, bekam ich einen kalten Schweißausbruch.

Keine dreißig Meter höher musste ich mich übergeben.

Der Zaun soll die Kühe und Schafe, die sich aus dem *Plawenntal* in diese Höhe versteigen, von den steilen Abhängen der *Schafpleisen* fernhalten. Er führt direkt den Kamm entlang, der die letzten vielleicht 400 Streckenmeter bis zum Großhorn ausmacht. Der Weg liegt links des Zauns, da, wo die Abgründe weit steiler und tiefer sind, und ich konnte mich jetzt gut erinnern, dass ich mir schon bei früheren Touren hier rauf gewünscht hatte, er wäre auf der anderen Seite.

Ich bin leider nicht schwindelfrei; als Kind muß ich es gewesen sein, denn es gibt Bilder, auf denen ich Wege gehe, die ich heute ums Verrecken nicht mehr machen würde. Fünfundzwanzig Jahre Wanderpause hatten offenbar ihren Preis.

Als ich mich übergeben mußte, krallte ich mich mit der rechten Hand so fest in den Zaun, dass es anfing zu bluten. Danach drehte ich mich ganz behutsam auf allen Vieren ganz in Richtung Maschendraht, zog mich hoch und kletterte vorsichtig auf die andere Seite.

Es kam mir vor wie mehrere Minuten, in denen ich oben auf dem Zaun lag und mich weder zur einen noch zur anderen Seite herunter traute. Mein erbärmliches, panisches Zittern übertrug sich natürlich auf den Draht und verstärkte sich. Ich biß die Zähne zusammen und ließ mich ganz vorsichtig wieder herunter gleiten. Mein Herz raste, meine Knie zitterten, obwohl ich beide Beine lang ausgestreckt auf dem Boden hatte und jetzt auf der flacheren Abhangseite war.

Ich hatte ein taubes Gefühl im Mund und natürlich kam mir sofort der Gedanke an einen Herzinfarkt.

Aber merkwürdigerweise konnte ich mich etwas beruhigen, redete wieder zu mir selbst. »Was jetzt kommt, kommt – und wenns der Herzinfarkt sein soll, dann isses der. Im Grunde wolltest Du doch immer hier sterben, also maul nicht. Und noch gehts doch. Was hat Takona Tua gesagt? – Du brauchst ihre Hilfe nicht, Du schaffst es allein.«

Ich nahm meinen Rucksack ab, holte meine Thermoskanne raus und schenkte mir einen Schluck Wasser in den Becher ein.

Und dann kam der nächste Schub.

Ich wusste, dass es pures, klares Leitungswasser war, aber es schmeckte nach Tee. Ich nahm noch einen Schluck – eindeutig Tee. Und auf einmal sah ich die Thermoskanne meiner Eltern vor mir, rot gerieffelt, mit einem Naturkorken verschlossen. Es gab immer Tee auf Wanderungen, und Butterbrot und gekochte Eier.

Und ich schrie ganz laut, fluchte mir die Seele aus dem Leib: »Ja, verdammte Scheiße, jaaa! Da bin ich jetzt, da habt ihr mich. Tee gibts. Und kotzen muß ich. Ich bin fünf oder sechs, ich bin schwarz-weiß. Ich habe Angst. Verdammte scheiß Angst! Wo muss ich noch hin, wie weit muß ich noch zurück, wie weit muß ich noch rauf. Du alte, dreckige Ortlerfotze, kuck weg, ich krepier hier. – Kann ich bitte noch einen Schluck Tee haben – – –?«
Oben auf dem letzten Pfahl, da, wo der Zaun kurz vor dem Gipfel wieder den Kamm verlässt, saß eine Krähe. Sie musste dort schon länger gesessen haben, ich hatte sie nicht bemerkt. Aber jetzt antwortete sie auf mein Schreien. Es war ihr zu bunt geworden, erst war ich in ihr Revier eingedrungen und im Moment alarmierte ich gerade alles, was sie jagen wollte.

Und von einer Sekunde auf die andere war ich still, schaute sie an, als hätte ich gerade eine Erscheinung. Nach allem, was ich in der Südsee erlebt hatte, schien mir das alles andere als abwegig, wollte ich nichts mehr ausschließen. Also nahm ich sie als Erscheinung, machte sie einfach dazu.
Ich lächelte und redete mit ihr.
Ich merkte richtig, wie sich mein Körper entkrampfte, ohne dass ich auch nur einen Muskel bewußt bewegt hätte. Wie der erste Druck Heroin am Tag.

»Na? – Hat Dich Takona Tua geschickt?
Oder bist Dus sogar selbst, Matarua?

Das ist sehr anständig von Euch, dass ihr mich hier nicht allein lasst. Mir fehlt ein Stück meiner Vergangenheit, stimmts? Und es ist hier oben, hab ich recht? Und ich bin noch nicht ganz da, oder? Und ihr wisst hoffentlich, wie dreckig es mir gerade geht. – – –
Mmmh. Wie machen wir das jetzt. Also, ich geh jetzt ganz vorsichtig weiter. Und wenn ich nicht mehr weiter muss, dann fliegst Du weg, ja?«

Und ohne mich weiter am Zaun festzuhalten, Schritt für Schritt, nicht eine Sekunde die Krähe aus den Augen lassend, ging ich bergauf. Ich war keine zwanzig Schritte gegangen, als sie sich völlig geräuschlos in die Luft erhob und in einem großen Aufwärtsbogen hinter dem Großhorn verschwand.

Meine Pensionswirtin reagierte sofort, als ich mit weit aufgerissenen Pupillen, am ganzen Körper zitternd, schweißüberströmt und in vollgeschissenen Hosen vor ihr stand. Keine fünf Minuten später kamen die Rettungssanitäter vom Weißen Kreuz. Auch sie dachten sofort an einen Herzinfarkt, stülpten mir eine Sauerstoffmaske über, gaben mir eine Infusion und brachten mich mit Blaulicht und Martinshorn zur Notaufnahme ins Krankenhaus von Schlanders.

Ich brachte kein Wort heraus, machte auch gar nicht den Versuch, zu sprechen, war aber bei vollem Bewußtsein. Neugierig und voller Erwartung registrierte ich alles, was mit mir und um mich herum passierte.

»Herzinfarkt, vielleicht auch Schlaganfall.« Man hatte schon die nötigen Vorbereitungen für eine Herz-Operation getroffen, aber gottseidank wurde der diensthabende Arzt skeptisch, als er mich sah und wollte mich lieber erst noch gründlicher untersuchen, bevor mir in bester Absicht routinemäßig möglichst rasch die üblichen Bypässe gelegt oder die Arterien geweitet wurden. Es stellte sich heraus, dass ich ohne jeglichen physischen Befund war. Dreimal kam er rein, kontrollierte die Werte, schüttelte mit dem Kopf, schnipste mit den Fingern vor meinem Gesicht: »Hallo – können Sie mich hören, können Sie vielleicht etwas sagen? Wissen Sie, wo Sie hier sind – – –?«

Ich hörte ihn ganz deutlich und fand das Fingerschnipsen sehr unhöflich. Aber sprechen konnte ich nicht, ich machte noch nicht einmal den Mund auf, um ihm zu verstehen zu geben, dass ich wollte, aber nicht konnte.

Nein, es war noch etwas komplizierter: ich wollte gar nicht sprechen. Ich hatte mich eingeschlossen.

Ein letztes Bild aus Kindertagen stieg in mir auf, bevor das Beruhigungsmittel mich einholte: Ich hatte irgendetwas Schlimmes angestellt, von dem ich hoffte, dass es noch nicht herausgekommen war, und hatte mich in meinem Zimmer eingeschlossen. Und natürlich war alles schon längst herausgekommen, und natürlich klopfte mein Vater schon an die Tür. Aber ich rührte mich nicht, verhielt mich mucksmäuschenstill, legte mich ins Bett und war mir ganz sicher, dass ich die ganze Angelegenheit über Nacht bereinigen könnte: ausschlafen, wegträumen.

Irgendwann wachte ich von Getuschel auf, die Sonne schien schon hell ins Zimmer.

Visite.

Und ich konnte nur einen einzigen Satz klar und deutlich verstehen: *Dem fahlt nix, der isch verruckt gwordn.*

Zwei Tage später wurde ich in die Neurologie nach Meran gebracht.

Toni setzte sich auf meinen Bettrand. Er hatte eine riesige Toblerone mitgebracht.

»Na, Mensch, Du machst ja Sachen. – – – Weißt Du noch, wer ich bin?«

Ich richtete mich auf, stützte mich auf meine Ellenbogen und schüttelte nach gut einer Minute mit dem Kopf. Ich hatte zwar eine Ahnung, dass ich aus unerwarteter Ecke Besuch kriegen würde, aber im Moment war ich völlig überfordert.

Vor mir saß ein alter Mann mit tiefen Furchen im Gesicht, ausgeprägter Hakennase, aus deren Löchern schwarze Haare hervorwuchsen, und einem dieser edelweißfarbenen Filzhüte auf dem Kopf. Er roch nach Tabak und Trester.

»Nee, keine Ahnung.«

»Ich bin der Patschinser Toni. Als Du ein ganz kleiner Bub warst, wart ihr Sommergäste bei uns in Sankt Valentin. Ich war zweiundzwanzig, Du vielleicht fünf oder sechs.«

Unglaublich.

»Der Toni, ich werd verrückt.«

Er drückte mir herzlich mit deutlich feuchten Augen die Hand.

Ich hätte ihn lieber für den Rest meines Lebens so in Erinnerung behalten wie bisher. Blond, drahtig, gefeierter Skifahrer, der mich auf seinen Schultern trug, wenn ich nicht mehr konnte und vor den anderen Jungs beschützte. Toni war einer der Helden meiner Kindheit.

»Jetzt bist Du ja ganz von selbst drauf gekommen. Das ist gut. Ich hätte die Geschichte nur sehr ungern mit ins Grab genommen.«

Ich bin total gespannt, Toni. Meine Schwester hat mir schon geschrieben, dass Du alles am besten weißt. Ich komme über ein paar Zeitlupen-Bilder, auf denen ich in einen Abgrund stürze, nicht hinaus.«

Er nahm nochmal meine Hand, drückte sie und sagte: »Deine Schwester hat mich angerufen. Wir haben all die Jahre den Kontakt nie verloren. Deinetwegen. Sie hat nur gesagt: »Es ist soweit, Toni, und da wusste ich – – –.«

Er fing an zu weinen. Und ich auch. Und das war völlig in Ordnung.

Er stand umständlich auf, ging zum Fenster und schaute hinaus. Ohne sich zu mir umzudrehen, fragte er: »Du weißt, wo es war?«

»Allerdings weiß ich das. Und so heftig, wie ich mich gewehrt habe, so klar steht mir die Stelle wohl bis zum Ende meiner Tage vor Augen. Keine fünfzig Schritt vor der Zielgeraden zum Gipfelkreuz. Mein Höhenmesser stand auf 2.588. Ich hab wie in Trance mit meinem Hirschfänger eine dicke Kerbe in den Zaunpfahl geritzt.«

»Den Zaun gab es damals noch nicht. Aber der Steig lief schon immer den Kamm entlang. Ein völlig harmloser Aufstieg – wir waren alle zusammen schon viel schwierigere Wege gegangen. Aber auf einmal bist Du abgerutscht und warst weg. Den felsigen Abhang runter. Und Du kannst Deinem Schutzheiligen danken, dass Du ein Fernglas um den Hals hattest. Der Riemen hat sich schon nach ein paar Metern an einer Felskante verfangen.«

Ich starrte ihn mit offenem Mund an. »Sie hatten übrigens als Kind ein Fernglas. Sie hatten es sogar um.« Das hatte Takona Tua so ganz beifällig gesagt, als stünde es auf meiner Stirn geschrieben.

»Drei Wochen lang warst Du bewußtlos. Hattest nur ein paar Schürfwunden, aber wolltest einfach nicht wieder aufwachen. Das war eine ganz furchtbare Zeit für Deine Eltern und Deine Schwester. Und für mich auch. Schließlich habe ich Dich in meinen Armen den Berg runtergetragen. Gelaufen bin ich, gerannt. Ich habe nicht einmal auf den Steig geschaut, ich habe die ganze Zeit meine Augen nur auf Dich geheftet; ob Du noch atmest, ob Du die Augen aufmachst, ob ich Dich zu locker oder zu fest hielt.«
Ich hatte keine Ahnung, wie man nach so vielen Jahren für so etwas DANKE sagt.
Ist mir wahrscheinlich auch gründlich daneben geraten.
Ich sagte einfach nur: »Danke, Toni!«
Und er wußte es auch nicht und schnitt mir das Wort ab: »Hebs Maul.«
Wir schwiegen.

»Und dann hast Du auf einmal die Augen aufgemacht, ganz lang gegähnt und gesagt: ›Mei, hob I oan Hunger‹. Genauso. Als wär nichts gewesen.«
Er ließ ein merkwürdiges Glucksen durch die Nase los, fing dann an zu lachen, immer lauter, klopfte sich schließlich auf die Oberschenkel, konnte sich gar nicht mehr halten, drehte sich jetzt endlich zu mir um und prustete los: »Du warst schun ein blöder Hund, warst Du. Host

onfach losgredt wia a echter Vinschger.«

Als Schwester Filomena reinkam, um nachzuschauen, ob denn mit uns alles in Ordnung wäre, kniete ich brüllend und mit Tränen in den Augen auf dem Bett, hielt mich mit beiden Armen am Fußende fest und kriegte gar keine Luft mehr vor Lachen. Und Toni kauerte auf dem Boden, krümmte sich an der Wand, heulte abwechselnd wie ein Wolf und biß knurrend immer und immer wieder in die Krempe seines Huts. Wir hatten uns beide schon lange nicht mehr so ausgeschüttet vor Lachen.

»Gibt es eine Erinnerung an die drei bewußtlosen Wochen?« Die Psychologin hatte zur abschließenden Sitzung geladen.

»Nein. Keine Wahrnehmung, keine Erinnerung. Nichts. Ich lege es mir als langen, heilsamen Schlaf zurecht.«

»Haben Sie eine Ahnung, warum alle, die von Ihrem Unfall wußten, vor Ihnen dicht gehalten haben, über vierzig Jahre lang?«

»Ich nehme an, weil ich keine Ahnung hatte.«

»Kommen Sie mir nicht wieder mit Ihren rhetorisch eleganten Nullbotschaften.«

Ich liebe sie, diese strengen, unbeeindruckten und unerreichbaren Therapeutinnen.

»Mmhh, weiß nich. Offenbar war der Unfall spurlos an mir vorüber gegangen. Und niemand wollte schlafende Hunde wecken. Deshalb sind wir auch nie wieder in die Alpen gefahren."

»Ist da auch ein Gefühl bei?«

»Ja, ich bin ganz sicher.«

Sie schaute mich zweifelnd an: »Können Sie es auch beschreiben?«

»Es rührt mich. Und ich bin dankbar. Einen schöneren Liebesbeweis kann man glaube ich kaum kriegen. Auch wenn er erst nach vierundvierzig Jahren ans Tageslicht kommt.«

Ich hätte wahrscheinlich den Rest meines Lebens ohne das Wissen um diese drei Wochen wunderbar leben können. Dieses fehlende Stückchen meiner Vergangenheit. Ich hatte es womöglich schon längst ausgeschlafen, weggeträumt.

Aber Toni nicht. Und meine Schwester erst recht nicht.

Die beiden von ihrem jahrzehntelangen Schweigen und der Angst, sich dadurch Schuld aufgeladen zu haben, zu befreien – das war meine Arbeit gewesen.

Aber es blieb schon noch etwas für mich übrig. Vielleicht war es ja nur ein Wortspiel, den Verdacht hatte ich, denn es kam etwas zu plump und vordergründig daher.

Ich hatte, und das war mir in der Südsee erstmals so richtig bewußt geworden, meine Melancholie, meinen Atheismus, sogar meine hin und wieder auftauchende Todessehnsucht liebgewonnen. Ich hatte mich an dem Abgrund, der sich zwischen diesen dreien auftut, mühsam, aber am Ende doch glücklich eingerichtet. Hatte es immer wieder geschafft, ihn als Quelle für eine Kreativität zu nutzen, die vielen anderen verschlossen bleibt. Aber jetzt hatte ich an einem viel früheren Abgrund gestanden, real und nicht symbolisch, hatte mich an seinem Rand ausgekotzt und vollgeschissen. Vielleicht war ich ja nur seinetwegen Melancholiker und Atheist geworden und hatte die Todessehnsucht in genau diesen drei Wochen entwickelt.

Und jetzt hatte ich vielleicht den wahren Grund kennengelernt.

Aber im Moment war ich davon überzeugt, dass mich dieser Blick nur noch mehr festigen würde. Auf jeden Fall habe ich nicht zu Gott zurückgefunden, im Gegenteil, ich war mir sicherer als jemals zuvor, dass es ohne ihn geht.

Toni hatte mir zum Abschied das Fernglas mitgebracht, das mir vermutlich das Leben gerettet hat. Ein kleines, blaues Holzglas für Kinder – ich konnte ich nicht mehr daran erinnern, es jemals besessen zu haben, so lange und eingehend ich es jetzt auch betrachtete.

»Toni – sei mir nicht böse. Aber ich kann damit überhaupt nichts anfangen. Es sagt mir nichts.«

Ich hatte gehofft, dass Du das sagen würdest.«

Er schluchzte einmal kurz auf, es reichte aber nicht, um ein letztes Mal anzufangen zu heulen. Er holte ein riesiges Stofftaschentuch aus seiner Hosentasche und schneuzte sich.

»Ich hab das so lange aufgehoben – ich hab es immer sauber gehalten, bei jedem Umzug war es das erste, was ich eingepackt habe, erst in Seidenpapier, dann in ein Ledertuch und dann in den Koffer mit meinen ganz persönlichen Sachen. Es hat mir unglaublich viel bedeutet. – – – Und weißt Du – – – wenn es mir dreckig ging, so richtig dreckig, und ich nicht mehr weiter wollte, hab ich es hervorgeholt und gesagt: Nein. Es gibt noch was zu tun.«

Ich legte es richtig ein bißchen feierlich auf meinen beiden Handflächen zurecht und übergab es ihm wieder.

Er schaute es an wie eine Hostie, oder ein hilfloses, gerade geschlüpftes Küken.

»Danke.« Er stopfte es ganz behutsam und umständlich in seine Jackentasche.

»Ich hänge an dem Ding.«

Ich habe beim Sender gekündigt.

Man hat das kurz und ausgesprochen eloquent bedauert, ist aber recht schnell zur Tagesordnung übergegangen. Und auf der standen 19 Bewerbungen für meine Stelle.

Vorgestern schrieben mir Nick und Wanda, dass sie tatsächlich eine für pazifische Verhältnisse ausgesprochen hochkarätig besetzte Konferenz zusammengetrommelt hätten. Ende August. Sogar *CNN* und *Fox* hätten sich angekündigt – nicht als ernsthafte Teilnehmer, aber als Beobachter und Berichterstatter. Und die alte UNESCO-Verbindung hatte eine viertel Million Dollar locker gemacht.

Jetzt können wir richtig glänzen mit unserem Nachrichten-Moratorium am ›Innocent Day‹. Wanda und ich können doch nach wie vor davon ausgehen, dass Du das Eingangsreferat halten wirst?

Vergiß Deinen Sender da am Rand der Landkarte. Unser Angebot steht: Du wirst unser Nachfolger als Verleger der Southern Islands News. Wenn Du willst, lass ich gleich den Vertrag aufsetzen. Die Formalien mit der Arbeits- und Aufenthaltsgenehmigung regele ich bei Trader Jacks auf dem kleinen Dienstweg. Brauch ich dann aber Deine Daten. Und während der Konferenz, und bis Du ein Haus hast, wohnst Du selbstverständlich bei uns. Meld Dich so rasch wie möglich.

Na klar werde ich den beiden zusagen.

Und noch jemandem werde ich zusagen: Matarua.

Sie macht zwar gerade das, wofür ihr Vater in Stücke geschnitten wurde, aber wer ist schon gern päpstlicher als der Papst. Im Namen der Liebe ist halt doch was anderes als im Namen des Hasses.

Schon in der ersten Nacht im Krankenhaus von Schlanders war sie in einem meiner Träume aufgetaucht. Und hatte wieder dieses irritierende Top an. Extra natürlich.

Sie saß rittlings auf dem Zaun, der mich gerade in die Klinik gebracht hatte, umspielte mit ihren Füßen den Maschendraht und winkte mir zu. Als müßte ich erst noch näherkommen. Und dann saß ich ihr gegenüber auf dem Pfahl, in den ich gerade meine Kerbe geritzt hatte und versuchte, sie zu küssen. Aber immer, wenn ich mich nach vorne beugte und natürlich Angst bekam, lehnte sie sich zurück.

Nicht hier, dummer Papa'a. Bist schon so alt und musst noch so viel lernen. Aber ich bin trotzdem stolz auf Dich. Das mit der Krähe hast Du gut erkannt. Ich hätte Dir gerne richtig geantwortet, aber auch ich muss noch immer viel lernen. In Deinen Träumen gehts, in Deinem Alltag noch nicht.
Du fehlst mir, Papa'a!
Und jetzt, wo Deine Arbeit vorbei ist, könntest Du doch wieder zurückkommen. Hier gibt es auch viel Arbeit. Und indem sie das sagte, ent-

blößte sie ihre Brüste, wartete, bis ich mich wieder nach vorne beugte, erhob sich dann völlig geräuschlos in die Luft und verschwand in einem großen Aufwärtsbogen hinter dem Großhorn.

Das Biest!

Ganz davon abgesehen, dass Matarua mich offensichtlich will, werde ich bei Takona Tua ganz polynesisch um ihre Hand anhalten.

Ich habe zwei gute Argumente auf meiner Seite. Erstens werde ich Matarua als designierter Verleger der Southern Islands News ein Leben in luxuriösem Wohlstand bieten können, und zweitens – das hoffe ich jedenfalls – gilt nach wie vor, was mir Nga und Matarua über Ta'ungas sagten: dass niemand mit ihnen leben will. Diese Regel durchbreche ich gern und opfere mich.

Und ich bin eigentlich zuversichtlich, dass mich Takona Tua erhören wird, noch bevor wir die Flasche Gin – die ich natürlich mitbringen werde – bis zum letzten Tropfen ausgetrunken haben.